I0726276

DÉMON DE L'APRÈS-MIDI

MAMAN
CONTRE DÉMON

JULIE KENNER

Parfois, la maternité, c'est l'enfer...

Démon de l'après-midi
Démons et merveilles
Démon ne meurt jamais
Déjà démon
Allô maman, démon ! (histoire bonus)
Démon ex machina
Démon en vadrouille
Démon à bord
Démon, mode d'emploi

DU MÊME AUTEUR
(J. KENNER/JULIE KENNER)

Nikki & Damien Stark

Délivre-moi

Possède-moi

Aime-moi

Comble-moi (une nouvelle)

Prends-moi (une nouvelle)

Joue mon jeu (une nouvelle)

Surprends-moi (une nouvelle)

Retiens-moi

Tout contre toi (une nouvelle)

Tout pour toi (une nouvelle)

Protège-moi

Damien

Plus de Nikki & Damien à venir

Découvrez le monde de Devlin Saint

Mon Ange Déchu

Mon Doux Péché

Ma Cruelle Rédemption

Jackson & Sylvia

Sur tes lèvres

Sur ta peau

À tes pieds

Jamie & Ryan

Apprivoise-moi

Tente-moi

Attise-moi

Rencontrez les hommes de Most Wanted

Te désirer

T'enflammer

T'envoûter

Découvrez les hommes de Stark Sécurité.

En mille éclats

Dans ton ombre (prequelle)

En mémoire de nous

En demi-teinte

En haute voltige

En ton nom

En crescendo (nouvelle)

En plein cœur

Plus de Stark Sécurité à venir

L'Homme du Mois

Droit au cœur - Mister Janvier

Vague à l'âme - Mister Février

Raison d'être - Mister Mars

Coup de sang - Mister Avril

État d'âme - Mister Mai

Droit au but - Mister Juin

Au beau fixe - Mister Juillet

Diable au corps - Mister Août

Cri du cœur - Mister Septembre

Corps à corps - Mister Octobre

État d'esprit - Mister Novembre

Force d'âme... - Mister Décembre

Cocktail royal - livre bonus

Blackwell-Lyon Sécurité

Nos adorables mensonges

Nos drôles de jeux

Nos belles erreurs

Nos plus beaux rôles

La série Maman contre démon

Démon de l'après-midi

Démons et merveilles

Démon ne meurt jamais

Déjà démon

Allô maman, démon ! (histoire bonus)

Démon ex machina

Démon en vadrouille

Démon à bord

Démon, mode d'emploi

BEST-SELLER SUR LA LISTE DE *USA TODAY*

JULIE KENNER

Traduit de l'anglais par Viviane Faure and Valentin Translation.

1

Je m'appelle Kate Connor et, avant, j'étais chasseuse de démons.

Je me suis souvent dit que ça serait une introduction sympa pour draguer, mais avec une ado, un enfant en bas âge et un mari, je ne fais pas vraiment le tour des soirées. Et bien sûr, tout ce qui concerne les démons et tout ça est un énorme secret aux proportions gargantuesques. Personne ne sait. Ni mes enfants ni mon mari, et encore moins les gens à ces soirées imaginaires où je me fais mousser devant de beaux mâles en leur racontant comment il m'arrivait d'occire du démon, de chasser du vampire et de trucider du zombie.

À l'époque, j'étais plutôt cool. Désormais, je sers de chauffeur à mes enfants pour les entraînements de foot et les après-midi jeux à Gulli Parc. Un peu moins sexy, peut-être, mais je dois reconnaître que j'adore ça. Je n'échangerais ma famille pour rien au monde. Et après quatorze ans à être une maman, mes talents de chasseuse de démons se sont un peu émoussés.

Tout cela explique pourquoi je ne localisai et n'exterminai pas immédiatement le démon qui se baladait au rayon croquettes pour chien du Walmart de San Diablo. Non, quand ce fumet caractéristique parvint à mes narines, je partis tout naturellement du principe qu'il émanait de la couche d'un gamin de deux ans particulièrement grognon. *Mon* gamin de deux ans, pour être exact.

— Maman ! Il a encore fait. Qu'est-ce que tu lui donnes à bouffer ?

C'était une question d'Alison, mon ado de quatorze ans particulièrement grognonne. Au moins elle, elle ne puait pas.

— Des entrailles et des crottes de chèvre, répondis-je d'un air absent.

Je reniflai à nouveau l'air. Non, c'était sûrement juste Timmy que je sentais.

— Mam-*man*.

Elle parvint à allonger la consonne, oui, puis ajouta :

— T'es pas obligée d'être dégueu.

— Désolée.

Je me concentrai sur mes enfants et repoussai fermement de mon esprit mes suspicions. Je me montrai bête. Cela faisait des années qu'il n'y avait pas de démons à San Diablo. C'était même pour ça que je vivais là.

De toute façon, les faits et gestes des démons n'étaient plus mon problème. Désormais, mes soucis étaient plus d'ordre domestique que démoniaque. Les courses, le budget, le covoiturage, les vêtements à repriser, le nettoyage, la cuisine, l'éducation, et mille autres choses. Tout ce qui permet à une famille de fonctionner et que toute personne sur cette planète qui ne soit pas une épouse et une mère au foyer prend pour acquis. (Et si vous avez senti la pique là-dedans, vous marquez deux points. Je reconnais que c'est un sujet sensible pour moi, mais bon sang, je bosse dur. Et croyez-moi, le travail ne me fait pas peur. Ça n'a jamais été évident, par exemple, de nettoyer un nid de créatures surnaturelles et assoiffées de sang, armée de seulement quelques pieux en bois, d'eau bénite et d'une cannette de Coca Zéro. Mais je m'en suis toujours sortie. Et c'était carrément plus facile que de faire en sorte que tout le monde soit prêt à l'heure le matin quand vous avez une ado, un mari et un bambin. Ça, c'est un sacré défi.)

Alors que Timmy s'agitait et chouinait, je fis tourner le caddie pour partir vers le fond du magasin, là où se trouvait la table à langer. Ç'aurait été un mouvement fluide et maîtrisé si Timmy n'en avait pas profité pour tendre ses petites mains potelées. Il vint heurter une pile de Gourmet Gold et tout se mit à vaciller.

Je poussai un de ces petits « oh » surpris, totalement inutiles et absolument dépourvus d'efficacité. Il y avait une époque où mes réflexes étaient si vifs, si parfaitement entraînés, que j'aurais probablement pu rattraper chacune des boîtes avant qu'elles ne touchent le sol. Mais cette Kate n'était pas à Walmart avec moi ce jour-là, et je regardai sans rien pouvoir faire les boîtes s'effondrer au sol.

Nous voilà beaux...

Allie avait bondi en arrière quand les boîtes avaient commencé à tomber, et elle observait la pile avec consternation. Quant au coupable, il était maintenant d'excellente humeur et tapait dans ses mains en criant « Badaboum ! Badaboum ! » tout en regardant les boîtes qui n'étaient pas tombées d'un air d'envie. Je poussai le caddie à l'écart des étagères.

— Allie, tu t'en occupes ? Il faut que j'aille le changer.

Elle me jeta un de ces regards d'enfant martyr qui semblent génétiquement codés pour apparaître chez les filles quand elles arrivent à l'adolescence.

— Tu choisis, dis-je de ma voix de mère raisonnable. Tu ramasses les boîtes pour chat, ou tu changes ton petit frère.

— Je m'occupe des boîtes, dit-elle d'une voix parfaitement assortie à son expression.

Je pris une grande inspiration et me forçai à me souvenir qu'elle avait quatorze ans. Des hormones en folie. Ces années d'adolescence si difficiles. Probablement plus difficiles pour moi que pour elle.

— Je te retrouve au rayon musique, si tu veux. Choisis un CD, c'est moi qui paie.

Son visage s'éclaira.

— Vraiment ?

— Bien sûr. Puisque je te le dis.

Oui, oui, je sais. Je lui donnais de mauvaises habitudes, je ne définissais pas les limites, bla-bla-bla. Venez me déblatérer tout ça quand ce sera *vous* qui vous baladerez dans Walmart avec deux gosses et une liste de choses à faire longue comme le bras. Si je peux me payer une journée de coopération de la part de ma fille pour 14,9 $, en ce qui me concerne, c'est une affaire. Je m'inquiéterai des conséquences quand je verrai mon psy, merci bien.

Une nouvelle bouffée de puanteur me parvint juste avant d'entrer dans les toilettes. Par habitude, je regardai autour de moi. Un vieil homme frêle étrécit les yeux par-dessus le prospectus des réductions Walmart, mais à part lui, il n'y avait que moi et Timmy.

— Pouah, dit Timmy avec un grand sourire.

Je lui rendis son sourire en garant le caddie devant les toilettes des femmes. « Pouah » était son nouveau mot préféré, suivi de près par « Oh, *mince !* » Le « Oh, *mince !* » venait de *Dora l'Exploratrice*. Pour l'autre, c'était entièrement la faute de mon mari qui n'avait jamais été fan de changer les couches et avait dû parvenir, j'en étais convaincue, à instiller au pauvre Timmy un énorme complexe quant à la fonction défécatoire.

— C'est toi qui pouah, dis-je en le hissant sur la table à langer repliable. Mais pas pour longtemps. On va te nettoyer, te mettre du talc, et une couche toute propre. Tu vas sortir d'ici en sentant la rose, mon grand.

— La rose ! s'écria-t-il en tendant la main vers mes boucles d'oreille alors que je le maintenais et le déshabillais.

Après un million de lingettes et une couche propre, Timmy retrouva son caddie. Nous récupérâmes Allie devant le présentoir des nouveautés au rayon musique, et elle vint plus ou moins de bonne grâce, un CD à la main.

Dix minutes et quatre-vingt-sept dollars plus tard, j'attachais Timmy au siège-auto pendant qu'Allie chargeait les sacs dans le monospace. Alors que je sortais du parking, j'aperçus à nouveau le vieil homme que j'avais vu tout à l'heure. Il se tenait juste devant le magasin, entre le distributeur de Coca et les piscines gonflables pour enfants, et il me regardait fixement. Je m'arrêtai. Mon plan était de quitter la voiture, dire un mot ou deux au vieux, renifler son haleine et repartir.

Ma porte était à moitié ouverte quand la musique se mit à tonner par les six haut-parleurs de l'Odyssey, pas loin des cent décibels. Je sursautai et me tournai vivement pour regarder Allie qui était déjà en train de tourner le bouton volume en marmonnant « Désolée, désolée ».

J'appuyai sur le bouton *off* pour couper court à cette sérénade en stéréo, mais cela n'arrangea pas les choses pour Timmy qui était en train de pleurer à chaudes larmes, probablement à cause de la douleur causée par l'explosion de ses tympans. Je jetai un regard sévère à Allie, défis ma ceinture et grimpai à l'arrière en produisant des petits roucoulements pour calmer mon bébé.

— Je suis désolée, Maman, dit Allie.

À sa décharge, elle avait l'air sincère.

— Je ne savais pas que le son était si fort.

Elle se faufila à l'arrière de l'autre côté de Timmy et se mit à lui faire coucou avec Bounours, un ours en peluche bleu en piteux état qui était son compagnon indéfectible depuis qu'il avait cinq mois. Au début, Timmy ignora sa sœur mais au bout d'un moment il entra dans le jeu et je me sentis fière de ma fille.

— Bien joué, dis-je.

Elle haussa les épaules et embrassa Timmy sur le front.

Je me rappelais le vieil homme et tendis la main vers la portière mais en regardant vers le trottoir je m'aperçus qu'il avait disparu.

— Qu'est-ce qui ne va pas ? demanda Allie.

J'avais froncé les sourcils sans m'en rendre compte. Je me forçai à sourire et fis disparaître les rides d'inquiétude sur mon front.

— Rien, dis-je.

Et puis, puisque c'était la vérité, je répétai pour moi-même :

— Rien du tout.

Au cours des trois heures qui suivirent, nous passâmes de magasin en magasin au rythme de ma liste de choses à faire pour la journée : des achats en gros à Walmart – *fait* ; des chaussures pour Timmy à Chaussea – *fait* ; un Happy Meal pour Timmy afin qu'il soit moins grognon – *fait* ; de nouvelles chaussures pour Allie – *fait* ; de nouvelles cravates pour Stuart – *fait*. Le temps qu'on arrive au magasin d'alimentation, l'effet du Happy Meal avait disparu et Timmy et Allie étaient tous les deux grognons, et je n'étais pas loin de l'être moi aussi. Mais j'étais surtout distraite.

J'avais toujours ce vieil homme à l'esprit et j'étais agacée contre moi-même de ne pas réussir à me sortir ça de la tête. Il y avait un truc chez lui qui m'avait dérangée. Alors que je poussai mon caddie dans le rayon des produits laitiers, je me dis que j'étais parano. D'abord, les démons n'infectent pas les personnes âgées ou faibles, en général. C'est logique, quand on y réfléchit : quitte à s'incarner, autant choisir un corps jeune, fort et viril. Et puis j'étais à peu près sûre que ça n'avait pas été une odeur démo-niaque, juste une couche particulièrement puante. Bien sûr, ça ne voulait pas forcément dire qu'il n'y avait pas eu un démon à proximité. Tous les démons que j'avais rencontrés avaient tendance à s'enfiler des tonnes de bonbons à la menthe, et l'un d'eux était même actionnaire majoritaire d'une entreprise qui produisait du bain de bouche. Quoi qu'il en soit, le bon sens me disait qu'il n'y avait pas de démon.

De toute façon, il fallait que je passe à autre chose, tout simplement parce que ce n'était plus mon problème. J'avais peut-être été une chasseuse de démons Niveau Quatre à une époque, mais c'était il y a quinze ans de cela. J'étais à la retraite, désormais. Hors circuit. Et surtout, je n'avais plus l'entraînement physique qui allait avec.

Je passai dans le rayon des biscuits et des chips en faisant attention à ce que Timmy ne me voie pas mettre deux paquets de Teddy Grahams dans le caddy. Au rayon suivant, Allie contem-plait les céréales et je compris qu'elle pesait le pour et le contre dans sa tête entre du muesli super sain et les Lucky Charms qu'elle adorait. J'essayai de me concentrer sur ma liste de courses (on avait vraiment fini les All Bran ?) mais je n'arrêtais pas de penser au vieil homme.

J'étais parano, voilà tout. Franchement, que viendrait faire un démon à San Diablo, de toute façon ? Cette ville côtière de Cali-fornie était construite à flanc de colline et ses rues en zigzag montaient jusqu'à la cathédrale Sainte-Mary perchée en haut de la falaise, qui était le centre névralgique de la ville. Ce n'était pas seulement un monument superbe, elle était également célèbre pour ses reliques et attirait tant les touristes que les pèlerins. Les gens pieux venaient à San Diablo pour la même raison que les démons s'en tenaient éloignés : la cathédrale était un lieu sacré. Le mal n'était tout bonnement pas le bienvenu par ici.

C'était aussi la raison principale pour laquelle Eric et moi nous étions retirés à San Diablo. Vue sur la mer, météo californienne, et absolument zéro démon ou autre saleté pour venir nous gâcher la vie. San Diablo était un endroit formidable pour avoir des enfants, des amis, et la vie normale dont nous rêvions tous les deux. Aujourd'hui encore, je remerciais Dieu pour les dix belles années que nous avions eues ensemble.

— Maman ?

Allie pressa ma main libre et je me rendis compte que j'étais partie dans le rayon suivant. Je tenais la porte d'un congélateur et fixai sans les voir un assortiment de pizzas surgelées.

— Ça va ?

À la façon dont elle fronçait le nez, je compris qu'elle se doutait que j'étais en train de penser à son père.

— Très bien, mentis-je en clignant des yeux à toute vitesse. J'étais en train de décider si je voulais du salami ou du chorizo pour ce soir, et puis j'ai commencé à me demander si je ne pourrais pas faire la pâte à pizza moi-même.

— La dernière fois que tu as essayé, tu t'es retrouvée avec de la pâte sur le lustre et Stuart a dû grimper pour l'en enlever.

— Merci pour le rappel.

Mais ça avait fonctionné : nous étions toutes les deux sorties de notre élan de mélancolie. Eric était mort juste après le neuvième anniversaire d'Allie et même si elle et Stuart s'entendaient super bien, je savais que son père lui manquait tout autant qu'à moi. Nous en parlions de temps en temps, parfois pour nous rappeler les moments drôles, et d'autres fois, quand nous allions au cimetière par exemple, ceux qui nous tiraient des larmes. Mais ce n'était le moment ni pour les uns ni pour les autres, et nous le savions toutes les deux.

Je serrai sa main à mon tour. Ma petite fille était en train de grandir. Elle commençait déjà à faire attention à moi, et c'était tout à la fois mignon et déchirant.

— Qu'est-ce que tu en penses ? demandai-je. Chorizo ?

— Stuart aime mieux le salami, remarqua-t-elle.

— On va prendre les deux.

Je savais qu'elle n'aimait pas la pizza au salami.

— Tu veux qu'on s'arrête louer un film avant de rentrer ? Il faudra qu'on choisisse vite pour que les produits frais ne s'abîment pas, mais il doit bien y avoir un truc qu'on aura envie de regarder.

Son regard s'éclaira.

— On pourrait se faire un marathon *Harry Potter*.

Je réprimai une grimace.

— Pourquoi pas ? Ça doit bien faire un mois depuis notre dernier marathon *Harry Potter*.

Elle leva les yeux au ciel, ramassa le gobelet de Timmy et ajusta Bounours. Je savais que j'étais fichue.

Mon portable sonna. Je regardai qui appelait avant de décrocher en m'appuyant au caddy.

— Allô, chéri.

— Cette journée, c'est l'enfer, déclara Stuart.

C'était un choix de vocabulaire contestable. Je me remis aussitôt à penser aux démons.

— Et j'ai peur de devoir gâcher ta journée aussi, annonça-t-il.

— Je meurs d'impatience.

— Est-ce que par hasard tu prévoyais de nous faire un dîner fabuleux ce soir ? Genre pour huit personnes avec des cocktails en apéro et un dessert chic ?

— Je partais sur des pizzas surgelées et *Harry Potter*, répondis-je.

Je voyais déjà vers où cette conversation s'acheminait.

— Ah, dit Stuart.

Au bout du fil, je l'entendis tapoter son bureau du bout de son crayon surmonté d'une gomme. À côté de moi, Allie fit mine de se taper la tête contre la porte en verre du congélateur.

— Eh bien, ça pourrait nourrir huit personnes, dit-il. Mais ça n'aura pas tout à fait le cachet que je visais.

— C'est important ?

— Clark pense que oui.

Clark Curtis était le procureur du comté qui devait bientôt quitter son poste, et il voyait en mon mari un remplaçant poten- tiel. Pour l'instant, Stuart faisait profil bas ; il travaillait pour des clopinettes en tant qu'assistant du procureur dans le département immobilier. Stuart était encore à des mois de se présenter de façon officielle, mais s'il voulait avoir la moindre chance de remporter l'élection, il fallait qu'il commence à jouer le jeu : serrer des mains, se faire bien voir, et chercher des soutiens financiers pour sa campagne. Même s'il était un peu nerveux, il était enthousiaste à l'idée de faire campagne et flatté par le soutien de Clark. Quant à moi, j'étais un peu perturbée à l'idée de devenir l'épouse d'un homme politique.

— Une maison pleine de procureurs, dis-je en me demandant ce que j'étais bien censée leur présenter à manger.

Ou mieux, s'il y avait un moyen de me sortir de cette situation.

— Et de juges.

— Oh, super.

C'était le côté que je n'aimais pas dans la vie de famille. Recevoir, ce n'était pas mon truc. Je détestais ça, pour tout dire. Depuis toujours, et ça n'allait pas changer. Mais mon mari, aspirant politicien, m'aimait quand même. Rendez-vous compte.

— Tu sais quoi ? Je vais demander à Joan d'appeler des traiteurs. Tu n'auras rien à faire à part être à la maison à six heures pour réceptionner ça. Nos invités arrivent à sept heures, et je serai là à six heures trente pour te donner un coup de main.

Voilà. C'était pour ça que je l'aimais. Mais je ne pouvais pas accepter. La culpabilité me serra le ventre à cette simple suggestion. C'était l'homme que j'aimais et je ne pouvais pas me donner la peine d'organiser un petit dîner ? Étais-je vraiment une sans-cœur ?

— Et si je faisais des rigatonis ? proposai-je en me demandant ce qui était pire, entre être une sans-cœur ou me faire pigeonner parce que je me sentais coupable. Avec une salade d'épinards ? Et puis je peux prendre des hors-d'œuvre et de quoi faire ma tarte aux pommes.

C'était à peu près toute l'étendue de mon répertoire culinaire et Stuart le savait.

— Ça serait parfait. Mais tu es sûre ? Il est déjà quatre heures.

— Je suis sûre, dis-je alors que je ne l'étais pas du tout.

C'était sa carrière, pas la mienne, qui reposait sur mes talents derrière les fourneaux.

— Tu es la meilleure, dit-il. Passe-moi Allie.

Je donnai le téléphone à ma fille qui était en train de faire une imitation criante d'une personne dont la dépression chronique nécessitait une hospitalisation. Elle leva une main lasse, attrapa le téléphone et le colla à son oreille.

— Oui ?

Pendant qu'ils parlaient, je tournai mon attention vers Timmy qui était très sage.

— Nez ! s'écria-t-il quand je désignai mon nez. Oreille !

Je montrai mon autre oreille.

— Encore oreille !

Il était du genre littéral. Je me penchai et le couvris de gros bisous baveux tandis qu'il pouffait de rire et se débattait. La tête penchée de côté, j'aperçus Allie qui avait perdu son air morose. Pour tout dire, elle avait l'air terriblement contente d'elle. Je me demandais ce qu'elle et Stuart complotaient et je soupçonnais que j'allais me retrouver à devoir conduire tout un troupeau d'adolescentes au centre commercial.

— Qu'est-ce qu'il y a ? demandai-je quand elle raccrocha.

— Stuart a dit qu'il était d'accord pour que je dorme chez Mindy. Je peux ? S'il te plaît ?

Je me passai les doigts dans les cheveux et essayai de ne pas m'imaginer assassiner mon mari. Mon côté rationnel savait qu'il avait juste voulu m'aider. Mon côté agacé rétorquait qu'il venait de donner quartier libre à mon assistante, et maintenant j'allais devoir me retrouver à ranger la maison, faire à manger, et gérer Timmy toute seule.

— S'il te *plaîîîîîîît* ?

— D'accord. Bien sûr. Super idée.

Je commençai à pousser le caddy vers le rayon des produits laitiers alors que Timmy babillait des paroles incompréhensibles.

— Tu pourras faire ton sac et partir chez Mindy dès qu'on sera à la maison.

Elle se mit à sautiller sur place avant de se jeter à mon cou.

— Merci, Maman ! Tu es la meilleure.

— Mmh. Souviens-t'en la prochaine fois que tu seras punie.

Elle pointa son buste du doigt avec son air le plus innocent.

— Moi ? Faire des bêtises ? Je crois que tu dois me confondre avec une autre de tes filles.

J'essayai de faire une mine sévère mais n'y parvins pas vraiment et elle comprit qu'elle avait gagné la partie. Et puis quoi ? J'étais une femme moderne. J'avais planté des vampires à coup de pieux, vaincu des démons et mutilé des incubes. Ce n'était pas organiser un dîner à la dernière minute qui allait avoir raison de moi.

Mindy Dupont vit au même numéro que nous, juste la rue d'après. Quand nos filles sont devenues inséparables, Laura Dupont et moi en avons fait de même, et maintenant elle est davantage comme une sœur pour moi que comme une voisine. Je savais que ça ne la dérangerait pas qu'Allie aille dormir chez elle, alors je n'avais pas pris la peine de l'appeler pour lui demander. J'avais juste acheté un gâteau au chocolat en guise de remerciements/pot-de-vin, et puis je l'avais mis dans les affaires d'Allie. Elle n'avait qu'à traverser nos jardins respectifs pour arriver dans le patio de Laura. Techniquement, les jardins ne sont pas connectés. Il y a un chemin pavé entre les deux, et des grillages de chaque côté. L'année précédente, Stuart avait convaincu la mairie qu'il faudrait installer des portails de chaque côté, pour permettre le passage aux travailleurs municipaux qui auraient des choses à faire par là. Je n'ai jamais vu un seul travailleur passer derrière ma maison, mais ces portails nous ont bien facilité la vie à Laura, aux filles et à moi. Est-ce que j'ai déjà dit que j'adore mon mari ?

Un peu moins de dix minutes plus tard, Timmy était installé devant une vidéo de *Barney* et moi je passai un balai à franges sur le parquet. J'essayais d'atteindre tous les petits recoins qu'un juge risquait de remarquer et j'ignorais royalement tout le reste. J'étais plus ou moins convaincue qu'il y avait un festival des moutons de poussière sous le canapé, mais à moins que les festivaliers ne commencent à se balader dans le reste de la maison, je refusais de m'en soucier.

Le téléphone sonna et je me précipitai dessus.

— Allie dit que tu dois préparer un dîner pour des invités. Tu as besoin d'aide ?

— Eh bien figure-toi que je m'en sors. J'ai choisi ma tenue, la sauce est sur le feu, les petits fours sont sur la plaque, prêts à être mis à réchauffer, et j'ai même réussi à trouver huit verres à vin.

Je pris une grande inspiration.

— Qui vont bien ensemble.

— Eh bien, tu es une vraie Martha Stewart ! Avant le scandale, hein, quand c'était une fée du logis. Et ton petit monstre ?

— En pyjama devant la télé.

— Il a déjà pris son bain ?

— Pas de bain. Des vidéos en plus.

Elle poussa un soupir douloureux.

— Ah, enfin un défaut. Je ne vais pas être obligée de te détester, génial.

Ça me fit rire.

— Tu peux me détester autant que tu veux. Parvenir à sortir un dîner pareil à la dernière minute, c'est un exploit qui me vaut bien ta haine.

Je ne fis pas remarquer que le dîner en question n'était pas encore sorti. Je ne considérerais pas cette soirée comme un succès tant que nos invités ne seraient pas repartis en se tapotant le ventre et en promettant à Stuart toutes sortes de faveurs.

— Tant que tu ne me détestes pas pour t'avoir balancé Allie. Tu es sûre que ça ne t'embête pas ?

— Oh, non, t'inquiète. Elles sont enfermées dans la chambre de Mindy et essayent tous mes échantillons de chez Clinique. Si elles commencent à s'ennuyer, on ira s'acheter une glace. Mais je ne devine pas d'ennui dans leur futur immédiat. Il y a deux ans d'échantillons dans cette boîte. Je pense que ça devrait bien les occuper pour les quatre heures qui viennent. Je vais faire du popcorn, me mettre un film avec Cary Grant, et attendre Paul.

— Oh, oui, vas-y, fais-moi rager.

Ça la fit rire.

— Tu as ton Cary Grant à toi.

— Et il sera bientôt à la maison. Je ferais bien de me dépêcher.

Elle raccrocha après m'avoir fait promettre de l'appeler si

j'avais besoin de quoi que ce soit. Mais pour une fois, les choses étaient sous contrôle. Incroyable. Je fis disparaître la serpillière dans le placard à balais avant de revenir jeter un dernier coup d'œil au salon. Confortable et propre. On aurait même pu dire que la pièce possédait une élégance décontractée. Le dinosaure qui dansait sur l'écran de télé ne collait pas vraiment à l'atmosphère, mais j'éteindrais ça dès que Timmy serait au lit.

Je partis vers la cuisine en vérifiant mentalement ma liste de choses à faire. Un mouvement par la fenêtre attira mon attention et je me rendis compte que j'avais oublié de nourrir Kabit, notre chat.

J'envisageai d'attendre la fin du dîner, décidai que ce n'était pas juste et passai dans la zone petit déjeuner où la gamelle du chat était rangée sur un petit tapis à côté de la table. Je venais juste de me pencher pour attraper le bol d'eau quand un bruit de verre brisé emplit la pièce.

Je me redressai presque aussitôt, mais ça ne suffit pas. Le vieil homme de Walmart sauta par la fenêtre brisée avec une agilité étonnante pour un octogénaire et se jeta sur moi. Nous dégringolâmes par terre et roulâmes au sol jusqu'à ce que nous soyons freinés par la gazinière. Il était au-dessus de moi, ses mains osseuses bloquaient mes poignets et son visage se trouvait trop proche du mien. Son haleine puait la viande avariée et le chou-fleur bouilli et je me fis la promesse de ne plus *jamais* ignorer mon instinct.

— C'est fini pour toi, chasseuse, dit-il d'une voix grave et basse.

Pas du tout une voix de vieil homme. Un petit éclair de panique me parcourut. Il n'aurait pas dû savoir que j'avais été une chasseuse. J'avais pris ma retraite. J'avais changé de nom. De ville. Ce n'était pas bon du tout. Et ses paroles m'inquiétaient bien davantage que la fièvre de sang que je voyais dans son regard.

Mais je n'avais pas le temps de m'appesantir sur ça car les mains du type étaient en train de passer de mes poignets à mon cou et je n'avais aucunement l'intention de le laisser m'étrangler.

Son poids bascula et je roulai sur le côté et parvins à libérer ma jambe. Je la ramenai vers le haut et lui donnai un coup de genou dans l'entrejambe. Il glapit mais ne me lâcha pas. C'est le problème avec les démons : leur mettre un coup dans les couilles ne leur fait pas l'effet que ça devrait. Ce qui voulait dire que j'étais toujours coincée sous lui à subir son haleine puante, et ultra frustrée car je n'avais pas besoin de ces conneries. J'avais un dîner à préparer.

Dans le salon, j'entendis Timmy hurler :

— Maman ! Maman ! Badaboum ! Badaboum !

Je compris qu'il était en train d'abandonner la vidéo pour venir voir ce qui faisait du bruit.

Je ne me rappelais plus si j'avais fermé la grille et il n'y avait pas moyen que mon fils de deux ans découvre sa mère en train de se battre contre un démon. J'avais peut-être perdu la main, mais là, j'étais motivée.

— J'arrive tout de suite ! hurlai-je.

Et puis je fis appel à toutes les ressources de mon corps et me retournai en parvenant à prendre le dessus sur Grand-Pa. Je lançai mes ongles vers ses yeux mais ne réussis qu'à lui griffer le visage.

Il poussa un glapissement qui semblait émerger des abîmes de l'enfer avant de se jeter à nouveau sur moi. Je sautai en arrière, surprise mais ravie de constater que j'étais en meilleure forme que je ne l'aurais cru. Je pris note d'aller à la salle de sport plus souvent alors que je lui balançai un coup de pied qui l'atteignit dans le menton. Ma cuisse me fit un mal de chien et je sus que j'en paierais le prix fort le lendemain.

Un autre cri du démon fit écho à celui de Timmy et au grincement de la grille qui, Dieu merci, était verrouillée. Grand-Pa se précipita sur moi et je hurlai quand mon dos cogna violemment le plan de travail en granit. Une main se referma autour de ma gorge et je luttai pour respirer en me débattant sans effet.

Le démon rit et ses yeux se remplirent d'un tel plaisir que cela m'énerva encore davantage.

— Pauvre conne inutile, dit-il en me projetant son haleine puante au visage. Autant mourir maintenant, chasseuse. De toute façon, tu mourras quand l'armée de mon maître se lèvera pour sa victoire.

Alors *ça*, ça puait, mais je n'avais pas le temps de m'appesantir dessus. Le manque d'oxygène commençait à m'atteindre. J'étais désorientée, j'avais la tête qui tournait, et tout virait doucement au violet sombre. Mais les cris de Timmy se changèrent soudain en gémissements. Une nouvelle décharge de colère et de peur me redonna de la force. Ma main tâtonna sur le plan de travail jusqu'à ce que je trouve un verre à vin. Je refermai mes doigts autour du pied et le cognai contre la surface. Je parvins à en casser la base.

La pièce se mit à tanguer autour de moi, j'avais désespérément besoin de respirer. Il ne me restait plus qu'une seule chance. Avec toute la force dont j'étais capable, je projetai le pied du verre vers son visage et m'effondrai de soulagement en le sentant marquer son but et s'enfoncer presque sans résistance dans les tissus mous de son globe oculaire.

J'entendis un bruit d'air et je vis le miroitement familier alors que le démon était aspiré hors du vieil homme, juste avant que le corps de celui-ci s'écroule sur le sol de ma cuisine. Je m'effondrai contre le plan de travail en faisant entrer de grandes goulées d'air dans mes poumons. Dès que je me sentis à nouveau stable sur mes pieds, je me concentrai sur le cadavre en travers de mon carrelage tout propre et je soupirai.

Ce n'était pas comme dans les films ou les démons disparaissent dans un nuage de fumée ou de cendres, et je me retrouvais à contempler le corps en me demandant comment j'allais bien pouvoir faire pour m'en débarrasser avant le dîner quand j'entendis le grincement de la porte de la véranda et la voix paniquée d'Allie dans le salon.

— Maman ! Maman !

Les glapissements de Timmy se joignirent à ceux de ma fille et je fermai les yeux et priai pour trouver la force.

— Ne viens pas par ici, ma puce. J'ai cassé du verre et il y en a partout.

Tout en parlant, je hissai le cadavre de mon ennemi par les aisselles et le tirai vers le placard. Je le balançai à l'intérieur et claquai la porte.

— Quoi ? dit Allie qui apparut à l'angle, Timmy dans les bras.

Je comptai jusqu'à cinq et décidai que ce n'était pas le bon moment pour faire la morale à ma fille parce qu'elle n'écoutait pas ce que je disais.

— Je t'ai dit de ne pas venir ici, répétai-je en avançant vivement vers elle pour lui bloquer le passage. Il y a du verre partout.

— Bon sang, maman.

Les yeux écarquillés, elle contempla le désastre qu'était devenue ma cuisine.

— On dirait que tu ne vas plus pouvoir me faire de reproches sur ma chambre, hein ?

Je levai les yeux au ciel. Elle regarda la baie vitrée derrière la table du petit déjeuner. La baie qui n'était plus vitrée.

— Qu'est-ce qui s'est passé ?

— Une balle de softball, dis-je. Ça l'a fait exploser.

— Ouah. On dirait que Brian a fini par marquer dans le mille, hein.

— On dirait, oui.

Brian avait neuf ans. C'était le fils de nos voisins et il passait son temps à jouer au softball dans leur jardin. Je me sentais un peu coupable de lui mettre ça sur le dos, mais tant pis.

— Je vais chercher le balai.

Elle colla Timmy dans sa chaise haute et se dirigea vers le placard. Je l'attrapai par le bras.

— Je m'en occupe, ma puce.

— Mais tu dois faire le dîner !

— Exactement. Et c'est pour ça que j'ai besoin de me concentrer.

Ça n'avait aucune logique, mais elle ne sembla pas s'en apercevoir.

— Écoute, tu n'as qu'à coucher Timmy pour moi, et à retourner chez Mindy. Je vais m'en sortir. Vraiment.

Elle n'avait pas l'air convaincue.

— Tu es sûre ?

— Absolument. Tout est sous contrôle. Pourquoi tu es revenue, d'ailleurs ?

— J'ai oublié mon nouveau CD.

J'aurais dû m'en douter. Je soulevai Timmy qui, heureusement, était calme désormais et observait la scène avec intérêt.

— Va mettre le gnome au lit, ça me rendra un grand service.

Elle fronça les sourcils mais ne protesta pas et me prit Timmy des bras.

— Bonne nuit, mon cœur, dis-je.

Je leur fis un bisou à tous les deux.

Elle avait toujours l'air dubitative, mais elle attrapa Timmy un peu mieux et partit vers les escaliers. Je poussai un petit soupir de soulagement et jetai un coup d'œil à l'horloge. Il me restait exactement quarante-trois minutes pour nettoyer la cuisine, me débarrasser du cadavre d'un démon, et faire apparaître un dîner pour huit personnes. Après ça, je pourrais me demander ce qu'un démon faisait à San Diablo. Et, plus important, pourquoi il était venu m'attaquer, *moi*.

Mais d'abord, les rigatoni.

Tout est une question de priorités, non ?

2

Les hors-d'œuvre étaient dans le four, la table était mise, le vin était débouché, et j'étais en train de traîner la carcasse d'un démon en travers de la cuisine quand j'entendis le grincement lent et douloureux de la porte du garage. *Merde.*

Je m'arrêtai net et jetai un coup d'œil rapide à l'horloge du four. Six heures vingt-cinq. Il était en *avance*. L'homme qui était arrivé à notre mariage avec dix minutes de retard – alors que je lui avais dit que ça commençait trente minutes plus tôt que le véritable horaire – avait réussi à rentrer à la maison à temps.

Je fronçai les sourcils en contemplant le cadavre dans mes bras.

— C'est une surprise après l'autre, aujourd'hui, hein ?

Il ne répondit pas, ce qui était une bonne chose. On n'est jamais trop prudent avec les démons. Je changeai de position et grognai alors que je le ramenai vers le placard. Connaissant la porte du garage, j'avais au moins deux minutes avant que Stuart ne débarque dans la cuisine. Cela faisait une éternité qu'il devait se pencher sur le problème, et je râlais souvent pour qu'il s'y mette enfin, mais en cet instant, j'étais terriblement reconnaissante que mon mari soit un procrastinateur de première catégorie. Mon plan original avait été de sortir le cadavre par la porte de derrière et de le cacher dans la cabane à outils où je savais que ni Stuart ni Allie ne se risqueraient jamais. J'avais déjà laissé un message au père Corletti pour lui parler du démon et de la déclaration cryptique quant à l'armée satanique, et dès qu'il me rappellerait, j'insisterais pour qu'il m'envoie une équipe de nettoyage illico presto.

En attendant, je me résolus à donner un dîner avec un démon dans mon placard. J'entendis le fameux *cling* de la porte du garage qui s'arrêtait, et puis le ronron du moteur de l'Infiniti alors que Stuart se garait. J'écoutai tout en poussant avec frénésie les bacs de croquettes pour chat afin de faire de la place pour le cadavre.

Le moteur s'arrêta et une portière claqua.

Je fourrai le démon avec la nourriture pour chat, et je remis les bacs devant lui. Pas terrible. Je voyais toujours sa chemise blanche et son pantalon bleu qui dépassaient derrière les bacs.

La poignée de porte tourna, suivie par le grincement de la porte qui menait du garage à la cuisine. J'attrapai le premier objet qui semblait vaguement utile – un paquet de sacs poubelles – et le déchirai vivement. Je dépliai les sacs les uns après les autres et en recouvris le corps et les bacs de croquettes. Ce n'était pas parfait, mais ça allait devoir suffire.

— Kate ?

Le cœur dans la gorge, je me précipitai de l'autre côté du placard dans un mouvement qui aurait pu être gracieux s'il n'avait pas été si désespéré. Je passai la tête par la porte ouverte, souris à mon mari, et croisai les doigts pour avoir l'air heureuse de le voir.

— Je suis là, mon cœur, dis-je. Tu es rentré tôt.

Il me décocha un sourire spécial Stuart Connor.

— Tu veux dire que je suis à l'heure.

Je sortis du placard et fermai la porte derrière moi avec assurance.

— Avec toi, c'est de l'avance.

Je plantai un baiser d'épouse aimante sur sa joue avant de prendre sa mallette, de poser une main dans son dos et de le guider fermement hors de la cuisine.

— Tu as dû avoir une grosse journée, dis-je. Et si tu prenais un verre de vin ?

Il s'arrêta de bouger et me regarda comme si c'était *moi* qui étais possédée par un démon.

— Kate, les invités arrivent d'ici une demi-heure.

— Je sais. Et c'est une soirée importante pour toi. Tu devrais te détendre.

Je le poussai en avant.

— Rouge ou blanc ?

Il ne bougea pas.

— *Kate*.

— Quoi ?

— *Une demi-heure*, répéta-t-il. Et tu n'es pas habillée et…

Il écarquilla les yeux, ferma la bouche, et je savais exactement ce qu'il était en train de regarder.

— Brian a mis dans le mille, dis-je en haussant les épaules.

Je me maudis intérieurement. J'avais nettoyé le verre et tiré les rideaux blancs pour camoufler, mais il n'y avait rien que je puisse faire à propos de la brise qui soufflait à l'intérieur et faisait danser le tissu fin.

Il me regarda.

— Tu as appelé un vitrier ?

OK, *là*, ça m'agaçait. Je haussai un sourcil, posai une main sur ma hanche et le fusillai du regard.

— Non, Stuart, je n'ai pas appelé de vitrier. J'ai été un peu occupée à préparer un dîner pour huit à la dernière minute.

Son regard passa de la fenêtre à moi, puis de nouveau à la fenêtre.

— Les enfants vont bien ?

— Personne n'était à côté quand elle s'est cassée, mentis-je.

— Où est Tim ?

— Il dort déjà, dis-je. *Il va bien.* Personne n'a rien.

Il m'observa une minute avant de coincer une mèche rebelle derrière mon oreille. Il caressa ma tempe et je grimaçai.

— Tu appelles ça rien ?

Je poussai un soupir. Je ne savais pas si c'était le verre qui m'avait coupée ou le démon qui m'avait griffée.

— C'est juste une éraflure, dis-je. Rien de grave.

— Ça aurait pu te crever un œil.

Je haussai les épaules. Ça aurait pu faire bien pire que ça. Stuart serra ma main.

— Désolé pour ce soir, je ne pensais pas que tu devrais

nettoyer un désastre en plus de préparer un repas. Tu as besoin d'aide ?

Bon, il m'avait vaguement agacée, mais ça disparut aussitôt.

— C'est sous contrôle, dis-je. Va faire ce que tu as à faire. C'est toi qui seras sur la sellette ce soir.

Il m'attira dans ses bras.

— Je te suis vraiment reconnaissant pour ça. Je sais que c'est à la dernière minute, mais je crois que ça va en valoir le coup.

— Des financements pour ta campagne ?

— Peut-être. Mais j'espère un soutien officiel. Deux juges fédéraux et deux juges d'état. C'est un sacré poids.

— Comment pourraient-ils ne pas être impressionnés par toi ? dis-je en penchant la tête en arrière pour le regarder. Tu es formidable.

— C'est *toi* qui es formidable, murmura-t-il de cette voix caressante qu'il ne devrait vraiment pas utiliser à moins de vouloir m'emmener sous la couette.

Ses lèvres se refermèrent sur les miennes et l'espace de quelques délicieuses secondes, j'oubliai tout ce qui concernait les démons, les dîners pour huit personnes, les rigatoni et...

Les petits fours !

Je rompis le baiser.

— Le four ! dis-je. Il faut que je sorte les hors-d'œuvre.

Je ne pouvais pas servir des mini quiches brûlées à un juge fédéral. Ç'aurait clairement été un suicide social et politique.

— Je vais le faire. Et je ferais mieux de couvrir cette fenêtre. Il doit pleuvoir.

Il me regarda de haut en bas.

— Je suis déjà habillé, mais il faut que tu te changes. Ils arrivent bientôt, tu sais.

Comme si j'avais pu l'oublier.

Je retirai mon tee-shirt de l'asso des parents d'élèves en montant les escaliers et enlevai mon soutien-gorge alors que je traversai le couloir jusqu'à la porte double qui menait à notre chambre. Une fois à l'intérieur, je laissai tomber mes vêtements par terre et me débarrassai de mon jogging miteux. Je donnai un coup de pied dans le tas pour le pousser hors de mon chemin et attrapai la tenue que j'avais préparée sur le lit aux draps défaits. J'avais choisi une jolie petite robe à fleurs que j'avais achetée lors d'une virée shopping chez T.J. Maxx au début de l'été (un maillot et un short pour Allie, et une autre poussée de croissance pour Timmy). Avec son corsage ajusté, sa taille cintrée et sa jupe ample, elle était festive et me dessinait une silhouette flatteuse. Étant donné que je passai la plupart de ma vie en tee-shirt et jean ou jogging, c'était la première fois que j'aurais l'occasion de la porter.

Avec un œil sur le réveil à affichage numérique à côté du lit, j'enfilai de petites mules bleues, me passai un coup de brosse, et mis un peu de mascara sur mes cils.

Je ne m'étais jamais préparée aussi vite mais j'avais de la motivation aujourd'hui et le processus complet me prit moins de trois minutes. Mais ça n'avait pas suffi. Je compris à la seconde où je revins dans la cuisine que j'avais mis trop de temps. Bien trop de temps.

— C'est quoi ça, bon sang ? demanda Stuart.

Il se tenait juste à l'entrée du placard si bien que je ne voyais pas son visage, juste une partie de son bras et l'arrière de sa tête.

Sa voix ne m'aida pas non plus. Il avait l'air perplexe, mais ça aurait aussi bien pu être une réaction à une nouvelle marque de céréales qu'à un cadavre derrière les croquettes. S'il s'interrogeait parce que j'avais abandonné les Cheerios pour les Special K, lui répondre *C'est un démon que j'ai mis hors d'état de nuire, mon chéri. Je m'en débarrasserai d'ici demain* ne serait vraiment pas la bonne solution.

Je me précipitai à travers la pièce et posai une main – une main d'épouse dévouée – sur son épaule avant de jeter un coup d'œil dans le placard. Pour autant que je puisse en juger, il n'y avait pas de démon visible. Juste des douzaines de sacs poubelle qui recouvraient la petite pièce.

Gros soulagement.

— Heu... Quel est le problème ?

— Ce désordre, dit-il.

— Ah oui. Le désordre.

Je balbutiai et je me redressai, comme si me tenir correctement allait permettre à mon cerveau de mieux s'oxygéner.

— Allie, déclarai-je en sautant sur ma première pensée cohérente.

D'abord Brian, ensuite Allie. N'avais-je aucune vergogne ?

— Je lui en parlerai demain.

Je voyais bien qu'il avait envie de s'éterniser là-dessus – mon mari est un maniaque du rangement – alors je le poussai hors du placard et en refermai la porte.

— Je croyais que tu devais t'occuper de la fenêtre.

— C'est pour ça que je cherchai des sacs poubelle, dit-il en faisant la moue. Il va pleuvoir.

— D'accord. Bien sûr. Je t'en amène.

Je désignai l'horloge.

— Une demi-heure, tu te souviens ? Même moins, désormais.

Cela le fit se mettre en mouvement et dans une tornade d'efficacité virile, il couvrit la fenêtre cassée en moins de quinze minutes.

— Ce n'est pas très joli, reconnut-il en me retrouvant dans le salon où j'étais en train de disposer les mini-quiches sur des plats Fiesta couleur mandarine. Mais ça devrait éviter que la pluie ne rentre.

Mais pas les démons. Je réprimai un petit frisson et jetai un regard dans cette direction. Tout ce que je vis, ce fut du plastique noir. Je grimaçai et essayai de ne pas imaginer une horde de démons accroupis sous le rebord de la fenêtre, prêts à venger leur comparse.

Assez. Je repoussai cette pensée, me redressai et parcourus le reste de la pièce du regard. Pas mal.

— Bon, dis-je. Je crois qu'on est prêts. Si on arrive à garder tout le monde dans le salon, le bureau et la salle à manger, on devrait s'en sortir.

— Oh, dit Stuart. Oui, bien sûr. On devrait pouvoir faire ça.

Une alarme résonna dans ma tête alors que je pensais aux piles de vêtements dans le couloir du haut, à la zone de guerre qu'Allie appelait une chambre et à la collection de peluches et de jouets Happy Meal qui couvrait le sol de la salle de jeu. Par ailleurs, j'étais persuadée que le Centre pour la Prévention des

Maladies aurait voulu mettre en quarantaine la salle de bain des enfants, dans l'espoir de trouver un remède au cancer parmi les espèces de moisissures exotiques qui poussaient le long de la baignoire.

— Tu veux faire visiter la maison à quelqu'un ? demandai-je sur le ton que j'aurais pu utiliser s'il avait suggéré que j'effectue une chirurgie à cœur ouvert après le dessert.

— Juste le juge Larson, dit Stuart dont la voix perdit de l'enthousiasme alors qu'il observait mon visage. Il veut acheter et je suis sûr que le quartier lui plairait.

Il se lécha les lèvres, toujours en me regardant.

— Je... heu... je suis sûr que ça ne le dérangera pas s'il y a un peu de désordre.

Je haussai un sourcil et gardai le silence.

— Ou on peut faire ça une autre fois.

— Oui, dis-je avec un sourire victorieux. Une autre fois, ce serait bien.

— D'accord. Pas de souci.

C'est une autre chose que j'aime chez Stuart. Il apprend vite.

— Alors, qui est le juge Larson ? demandai-je. Je le connais ?

— Il a été nommé récemment, dit Stuart. À la cour fédérale du district. Il vient d'arriver de Los Angeles.

— Oh.

Suivre le mouvement de tous les juges et procureurs qui gravitaient autour de Stuart était impossible.

— Tu peux lui montrer la cuisine et le bureau si c'est important pour toi. Mais ne l'emmène pas à l'étage.

Je me penchai et déplaçai la coupe de fruits légèrement sur la gauche pour qu'elle soit bien alignée avec les fourchettes que j'avais disposées.

Nous n'eûmes pas le temps de décider si nous faisions visiter le rez-de-chaussée ou non, car la sonnette retentit.

— Vas-y, ordonnai-je. Il faut encore que je sorte les verres à vin.

Je commençai à faire défiler une liste dans ma tête. Les petits fours – *fait* – le vin – *fait* - les serviettes...

Oh merde. *Les serviettes.*

Je savais que j'avais des serviettes en papier quelque part dans la maison, mais je n'avais pas la moindre idée d'*où*. Et des petites assiettes pour les hors-d'œuvre ?

Comment avais-je pu oublier les petites assiettes ?

Mon pouls accéléra et je n'étais pas loin du rythme qu'il avait tout à l'heure pendant que je me battais contre le démon. C'était pour ça que je détestais recevoir. J'oubliais toujours quelque chose. Ça n'allait jamais comme sur des roulettes. Stuart allait perdre l'élection, et ce serait ce dîner qui sonnerait le glas de sa carrière politique. Ce moment. La soirée où sa femme avait complètement foiré un dîner.

Et ce n'était pas la peine de prendre les démons comme excuse. Non, j'aurais oublié les serviettes en papier et les assiettes même sans Grand-Pa. C'est juste comme ça que je...

— Eh.

Stuart se matérialisa soudain à côté de moi, ses lèvres effleurèrent mes cheveux et sa voix douce me tira de mon marasme.

— Je t'ai déjà dit à quel point tu es géniale, pour avoir réussi à faire tout ça à la dernière minute ?

Je relevai les yeux vers lui, réchauffée de l'intérieur par l'amour que je voyais sur son visage.

— Oui, dis-je. Tu me l'as déjà dit.

— Eh bien je le pensais.

Je clignai vivement des yeux. Mon mari était peut-être l'homme le plus adorable sur cette planète, mais il était hors de question que je fasse couler mon mascara.

— Je ne sais pas où sont les serviettes en papier, avouai-je d'une petite voix.

— Je crois qu'on s'en remettra, dit-il.

On sonna à nouveau.

— Reprends-toi, et viens me retrouver à la porte.

Je hochai la tête, un peu calmée par la preuve que mon mari m'aimait, même si j'étais une catastrophe ambulante.

— Et Kate, dit-il alors qu'il passait dans le salon. Regarde dans le buffet, le second tiroir à gauche, derrière les couverts à salade en argent.

Clark arriva le premier, bien sûr. Et pendant que lui et Stuart se lançaient dans le jeu politique, à faire des ragots sur la campagne à venir, à critiquer les décisions idiotes prises par le nouveau conseil municipal, j'en profitai pour parachever mon rôle de déesse du foyer.

Je sortis les serviettes en papier – qui se trouvaient exactement où Stuart l'avait dit –, produisis sept verres à vin – j'avais utilisé le huitième pour tuer un démon – et regardai où en était le dessert.

Tout du long, je continuai à jeter des coups d'œil vers la fenêtre réparée à la hâte en m'attendant à moitié à en voir émerger une armée de démons. Mais tout semblait tranquille. Trop tranquille, peut-être ?

Je fronçai les sourcils. Si ça avait été une journée normale, je serais partie du principe que j'étais mélodramatique. Mais je ne savais plus où se situait la normalité. Pendant quatorze ans, ça avait été les couches, les gâteaux à vendre à la kermesse, le Mercurochrome et les réunions parents-profs. Les démons, surtout ceux qui se sentaient assez à l'aise pour carrément *attaquer*, n'étaient pas normaux. Et de loin.

Et pourtant, des années auparavant, cela avait été ma vie.

Ce n'était pas une vie que je souhaitais retrouver. C'était une vie dont il était hors de question que mon mari et mes enfants aient un aperçu.

Mais cette vie était là. Ou plutôt, *là-bas*, dans mon placard, sous la forme d'un cadavre derrière les croquettes pour chat.

Ce n'était pas le démon mort qui m'embêtait le plus – enfin, il m'embêtait quand même pas mal –, mais c'était ce qu'il avait dit qui me perturbait vraiment : *Autant mourir maintenant, chasseuse. De toute façon, tu mourras quand l'armée de mon maître se lèvera pour sa victoire.*

Je frottai mes bras nus en luttant contre la chair de poule. Il se passait un truc, un truc auquel je n'avais pas envie d'être mêlée. Mais que je le veuille ou non, j'avais le pressentiment d'y être déjà plongée jusqu'au cou.

— Kate ? me parvint la voix de Stuart depuis le salon. Tu as besoin d'aide, mon cœur ?

Elizabeth Needham, une autre assistante du procureur dans la même division que Stuart, était arrivée quelques minutes plus tôt, et désormais elle, Clark et Stuart échangeaient leurs histoires d'anciens combattants. La proposition de Stuart était sincère, j'en étais sûre. Mais je savais à son ton que c'était aussi une demande de sa part pour que je ramène mes fesses et les rejoigne.

— Je m'en sors, chéri. J'arrive tout de suite. Je voulais juste appeler Allie pour lui dire bonne nuit.

Stuart ne répondit pas si bien que je ne pus décider s'il pensait que c'était bizarre ou non. Ça l'était. Allie dormait chez Mindy et Mindy dormait chez nous de façon si régulière que Laura et moi étions devenues un parent de substitution pour la fille de l'autre. Je savais que Laura me passerait un coup de fil s'il y avait le moindre problème.

Je composai le numéro et attendis. Une sonnerie. Deux sonneries. Trois, et puis le déclic familier du répondeur. J'attendis que le message passe en pianotant du bout des doigts sur le plan de travail pendant que Laura débitait les informations habituelles : nom, numéro de téléphone, je ne peux pas répondre pour le moment, bla bla bla, jusqu'à ce que j'entende enfin le bip suraigu.

— Laura ? Tu es là ? Laisse tomber Cary Grant une minute et décroche. J'ai besoin de dire un truc à Allie.

J'attendis, toujours en pianotant sur le plan de travail.

— Laura ?

J'arrêtai de pianoter en remarquant que j'avais réussi à abîmer la manucure qui avait survécu à l'attaque d'un démon.

Toujours pas de réponse. Je sentis une vague de panique glacée enfler dans ma poitrine. Les démons ne s'en étaient quand même pas pris à ma fille...

— Allez, ma vieille, dis-je au répondeur en faisant de mon mieux pour ne pas laisser ma panique transparaître. Il faut que je...

Je fermai la bouche et les yeux et poussai un gros soupir en me rendant compte que j'étais idiote. Pas de démons. *Des glaces.* Le maquillage tenait peut-être Mindy occupée pendant des heures, mais ma fille était différente. Quarante-cinq minutes, au max.

— Tant pis, dis-je dans le combiné. Dis juste à Allie de me rappeler quand vous serez rentrées.

Je regardai l'heure. Sept heures dix. Si elles étaient allées au centre commercial, elles ne seraient pas de retour avant au moins huit heures. Il allait falloir que je fasse taire ma paranoïa pour les cinquante minutes à venir.

Stuart entra dans la cuisine au moment où je raccrochai.

— Un problème ?

Il le dit sur un ton qui laissait entendre qu'il espérait presque qu'il s'était produit une tragédie, car cela aurait expliqué pourquoi sa femme campait dans la cuisine plutôt que de s'occuper de ses invités.

— Je suis désolée, dis-je en posant le téléphone. Juste un peu de parano maternelle.

— Mais est-ce que tout va bien ?

— Très bien, dis-je d'un air enjoué.

Il cherchait une explication et je n'en avais aucune à lui donner. Le minuteur du four se déclencha et je bondis vers une manique. Sauvée par le brie au four.

Je venais de faire glisser le fromage sur une assiette et de le passer à Stuart quand la sonnette retentit à nouveau.

— Eh bien, dis-je. On ferait mieux d'aller voir nos invités.

J'ouvris la voie hors de la cuisine, suivie d'un mari perplexe. Dans le salon, Stuart déposa l'assiette sur la table basse à côté des fruits alors que je filai vers la porte d'entrée, un sourire de maîtresse de maison efficace plaqué sur mon visage.

J'ouvris la porte à l'un des hommes les plus distingués que j'aie jamais vus. En dépit de son âge – il devait avoir une bonne soixantaine – son allure assurée semblait lui conférer vingt ans de moins. Ses cheveux poivre et sel lui donnaient de la classe et j'étais absolument certaine que c'était le genre d'hommes qui ne doutait jamais de ses décisions.

— Juge Larson, déclara Stuart derrière moi. Je suis ravi que vous ayez pu venir.

J'ouvris la porte en grand et lui fis signe d'entrer.

— Bienvenue. Je suis Kate, la femme de Stuart.

— Tout le plaisir est pour moi, ma chère, dit-il.

Il avait une voix rocailleuse à la Sean Connery. Je n'avais peut-être que trente-huit ans, mais je devais avouer qu'il me faisait de l'effet. J'espérais que Stuart serait aussi sexy et sophistiqué quand il aurait cet âge.

— Votre maison est superbe, ajouta-t-il.

Nous étions toujours dans l'entrée et il passa devant moi, si près que je sentis le parfum dont il s'était visiblement aspergé. Je fronçai le nez. Sexy, peut-être.

Et c'est là que je la sentis : la puanteur immonde cachée sous des hectolitres d'eau de Cologne. *Oh putain.*

Tant pis pour le charme. Tant pis pour la sophistication. Tant pis pour le dîner que j'étais censée donner.

Le juge qui venait de rentrer chez moi était un démon – et il n'y avait pas moyen qu'il sorte de là vivant.

3

Mon instinct et mon entraînement prirent le dessus, et mes muscles se contractèrent. Je ployai la taille, avec l'intention de donner un grand coup de pied et d'enfoncer mon talon dans le ventre du démon.

Je n'y parvins pas.

Au moment où mon pied quittait le sol, mon bon sens revint et je m'arrêtai net. *Trop tard.* Mon changement soudain de direction me fit perdre l'équilibre et j'atterris sur les fesses dans un bruit sourd. Le carrelage était froid à travers le tissu fin de ma robe.

Stuart cria mon nom, mais ce fut le juge Larson qui se pencha pour me tendre la main. Je le regardai fixement en me rappelant que c'était moi qui étais obsédée par les démons et que tous les gens qui avaient désespérément besoin d'une pastille à la menthe n'étaient pas pour autant les hommes de main de Satan.

— Madame Connor ? Est-ce que ça va ?

— Oui. Ça va.

Avec précaution, je pris sa main et fus rassérénée de voir qu'il ne me tirait pas sur mes pieds pour m'arracher la tête. C'était plutôt bon signe, non ?

Avec une main dans celle du juge Larson et Stuart qui me tenait par le coude, les deux hommes m'aidèrent à me relever.

— Je suis tellement désolée, marmonnai-je, les joues en feu. J'ai dû trébucher sur quelque chose. Je suis vraiment gênée.

— Je vous en prie, dit le juge. Ne le soyez pas.

Clark et Elizabeth étaient sortis du salon pour voir ce qui se passait, et deux autres invités arrivaient dans l'allée. Formidable. Tout le monde était là pour ajouter à ma mortification.

Je repris ma main à Larson et me concentrai sur mon mari.

— Ça va. Je t'assure.

L'inquiétude que je vis sur son visage me rassura quant au fait que mes acrobaties n'avaient pas transformé la soirée en farce.

— Tu es sûre ? Tu ne t'es pas tordu la cheville ?

— Ça va, répétai-je.

Ça n'allait pas, bien sûr. Ça n'allait pas du tout. Pour ce que j'en savais, j'étais sur le point de servir mes célèbres rigatonis – célèbres car c'était le seul plat que je savais faire correctement– à un démon. Et en cet instant, je n'avais aucun moyen de confirmer l'humanité de Larson.

Je jetai un regard de côté au juge tandis que Stuart nous conduisait tous dans le salon. Mais je tirerais ça au clair. Il ne pourrait pas me cacher son identité bien longtemps.

Et si Larson se révélait être un démon, il en paierait le prix fort.

— Un peu plus de brie ?

Je tendis le plat devant Larson en me penchant comme une allumeuse qui mettrait en avant son décolleté. S'il n'était pas un démon, il penserait probablement que je le draguais. Stuart, le pauvre, devait penser que j'étais prise d'un coup de folie.

Mais j'étais déterminée à renifler à nouveau l'haleine de ce type. Pour le moment, c'était le seul indice à ma disposition.

— Non, merci, dit-il alors que je prenais une grande inspiration.

En vain. Il avait déjà mangé pas mal de brie et l'odeur forte du fromage masquait la puanteur qui aurait pu s'attarder dans son haleine. Frustrée, je reposai le brie sur la table et m'assis à côté de

Stuart. Il s'était lancé avec le juge Robertson, un de nos derniers convives, dans une discussion fascinante sur la loi des trois prises en Californie.

— Alors, que pensez-vous des trois prises ? demandai-je au juge Larson. Moi je suis totalement pour, sauf pour les êtres vraiment mauvais dont on doit se débarrasser à n'importe quel prix.

Je vis que Stuart m'avait entendue et il me regardait avec surprise. Sa position quant au crime était sévère, mais pas *à ce point*.

— Laisser cela à des justiciers autoproclamés ? demanda Larson.

— Dans certaines circonstances, oui.

— Kate...

Il y avait un *qu'est-ce que tu fous ?* dans la voix de Stuart.

Je lui souris mais c'est à Larson que je m'adressais.

— Je joue juste l'avocat du Diable, mon cœur.

— Kate est très douée pour les débats, annonça-t-il au groupe. Et elle a des opinions très fermes quant à la criminalité.

— Le bien et le mal, dis-je. Le noir et le blanc.

— Pas de nuances de gris ? demanda Elizabeth.

— L'incertitude existe pour certaines choses, reconnus-je en jetant un regard à Larson. Et je trouve cela terriblement frustrant.

Cela fit rire tout le monde.

— C'est peut-être votre femme qui devrait entrer en politique, Stuart, déclara le juge Westin, qui avait été récemment élu à la cour d'État. Soyez prudent, ou ce sera *elle* notre nouveau procureur du comté.

Stuart me caressa l'épaule avant de se pencher pour déposer un baiser léger sur ma joue.

— Avec elle, les criminels seraient surveillés de près, c'est sûr.

Il fit un grand sourire au groupe et je vis que le politicien en lui était de retour.

— Et avec moi aussi, à l'évidence.

— Tout ce que je compte surveiller de près, c'est les pâtes, déclarai-je.

Je me levai en faisant signe aux invités de rester assis.

— Il faut que j'aille m'occuper de la suite. Veuillez m'excuser...

Dans la cuisine, je me laissai aller contre le plan de travail.

Mon cœur battait à toute allure. Je n'avais jamais été aussi nunuche quand je chassais les démons. Bien sûr, je n'avais jamais non plus invité de démon à dîner. À l'époque, on me donnait une mission et je la remplissais. C'était simple. Je n'avais jamais besoin de localiser les démons ; c'était le rôle de mon *alimentatore*. Je faisais juste le sale boulot.

Et aussi dangereux et pénible que ce boulot ait été, je crois que je préférais encore ça à ma situation actuelle.

Je sortis une cuillère en bois du tiroir, et remuai la sauce en me sentant un peu coupable de ne pas remplir au mieux mon rôle d'épouse modèle. Au moins, la sauce avait l'air super. Peut-être qu'un menu épatant compenserait le fait que la femme de Stuart était zinzin. Était-ce vraiment important pour un politicien d'avoir une femme saine d'esprit ?

Je me repassai les événements de la soirée et décidai que je n'avais pas fait dérailler la carrière de Stuart. Nos invités pensaient probablement juste que j'avais du caractère et que j'avais des positions rigides sur la criminalité. Ça me convenait. Et surtout, ça pouvait convenir à Stuart. Mais si je continuais à me conduire n'importe comment, je ferais capoter ses projets avant même qu'il ait eu le temps de déclarer sa candidature.

Réfléchis, Kate, réfléchis. Il devait bien y avoir un moyen de déterminer si Larson était un démon ou non sans gâcher mon mariage, les rêves politiques de Stuart ou cette soirée.

Je diminuai le feu sous la sauce et versai les pâtes dans l'eau bouillante tout en réfléchissant à mes options. Malheureusement, il y avait très peu de tests infaillibles pour identifier un démon. Si le démon avait *possédé* un humain pendant que celui-ci était toujours vivant, c'était facile. Vous vous retrouviez dans une situation à la Linda Blair avec une bataille qui faisait rage à l'intérieur de la personne. C'était moche. Très facile à repérer. Et ça ne relevait pas du tout de mes attributions – mes *anciennes* attributions.

Si vous êtes possédé, n'appelez pas une chasseuse. C'est un prêtre qu'il vous faut. C'est un processus douloureux, terrifiant, hideux, qui implique des tas d'insultes colorées de la part du démon, une grande quantité de fluides corporels divers et une fatigue incommensurable. Je sais. J'ai dû y assister deux fois au cours de ma formation. Il n'y a rien de tel qu'une possession pour faire comprendre vite fait bien fait à un chasseur *pourquoi* on veut éradiquer les démons de la surface de la planète. Ce n'était pas quelque chose que j'avais envie de revoir.

Mais aucune bataille ne faisait rage dans le corps du juge Larson. Non, si j'avais vu juste, Larson n'était pas possédé par un démon. Il *était* un démon. Ou plutôt, un démon avait emménagé en mode bernard-l'ermite et l'âme du vrai Larson avait quitté les lieux.

C'était bien triste, mais il y avait des tas de démons sur cette terre. Heureusement, la plupart d'entre eux ne peuvent pas faire grand-chose pour déranger ou blesser les humains. Ils sont juste là en train de flotter, incorporels, et ils passent leur éternité à chercher un corps humain à occuper. La plupart d'entre eux ont tellement envie d'avoir un corps humain qu'ils choisissent la voie de la possession.

Mais c'est ceux qui sont patients dont je m'inquiète. Ces démons entrent dans le corps au moment de la mort. Dès que l'âme de la personne se retire, le démon se glisse à sa place, exactement comme Grand-Pa dans mon placard. Vous avez déjà entendu ces histoires de gens qui n'auraient jamais dû survivre à un accident mais en ont réchappé quand même ? Ou ces personnes qui passent sur le billard et s'en sortent contre toute attente. Ou cette victime d'une crise cardiaque qui s'effondre… et se relève direct en ayant l'air parfaitement en forme ?

Eh bien maintenant, vous savez pourquoi.

Bien sûr, ce n'est pas aussi facile que ça. Il faut que le timing soit *parfait*. Une fois que l'âme a disparu, le chemin d'accès se referme et, pouf, l'occasion disparaît. Enfin, ce n'est pas *tout à fait* exact. Il y a un moment un peu plus tard où le démon peu à nouveau s'emparer du corps. Je crois que la décomposition ouvre un portail ou je ne sais quoi. Je ne suis pas théologienne. Tout ce que je sais c'est qu'arrivé là, il y a des problèmes de rigidité cadavérique, de vers et autres trucs dégueu. Les démons s'y résolvent de temps en temps, et j'ai dû me battre contre quelques zombies à mon époque. Mais comme Larson n'était visiblement pas un zombie, ce n'était pas vraiment mon problème en ce moment.

L'autre point sur les corps humains, c'est que les démons ne peuvent occuper ceux des fidèles. Ces âmes-là *luttent*. Donc ce n'est pas juste comme si les démons n'avaient qu'à attendre dans le couloir de l'hôpital que les gens passent dans l'au-delà. C'est beaucoup plus difficile que cela. Ce qui, quand on y pense, est une très bonne nouvelle pour nous. Si bien que même s'il n'y a pas tant que cela de démons qui se baladent dans une enveloppe humaine, ceux qui le font sont difficiles à repérer. Ils se fondent parfaitement dans la masse. Bon, il y a la mauvaise haleine, mais combien de non-chasseurs vont comprendre grâce à ça ? Et se débarrasser d'eux est un vrai casse-tête.

Mais ces démons possèdent quelques manies qui sont utiles aux chasseurs pour les identifier. J'avais déjà fait passer le test de l'haleine à Larson. Et même si je pensais qu'il était positif, je n'avais pas pu avoir une seconde bouffée qui me permette de le confirmer. Et franchement, même si son haleine était si atroce qu'elle m'avait fait tomber à la renverse, ce n'était pas une raison pour lui crever un œil. C'est déjà assez difficile comme ça de planquer l'élimination d'un démon. La mort accidentelle d'un juge non démoniaque n'était pas une chose sur laquelle j'avais envie de devoir m'expliquer.

Ce qui voulait dire qu'il fallait que je trouve un autre test.

Le meilleur, c'était les lieux consacrés. La plupart des démons ne supportent pas d'entrer dans une église. Physiquement, ils peuvent en pousser les portes, mais ça les tue presque. Ça leur cause une souffrance atroce, et ça ne fait qu'empirer en approchant de l'autel. Et si cet autel contient des ossements d'un saint – ce qui est assez commun –, alors on est à un niveau de torture infernal. Pas joli à voir. Mais comme il n'y avait pas moyen que je convainque Stuart, Larson et les autres d'aller faire une petite excursion à la cathédrale, ce test n'allait pas m'être bien utile.

Je fronçai les sourcils et ouvris le robinet. Il fallait que je me lave les mains et que j'amène le dîner. La détection de démon allait devoir attendre jusqu'au dessert.

Et c'est là que je percutai. *De l'eau bénite.* La solution était évidente, et je me sentis bête de ne pas y avoir pensé avant. Comme dans *L'Exorciste*, l'eau bénite brûle la peau des démons. Et je dois dire qu'il y a peu de choses aussi satisfaisantes que de voir apparaître ces cloques sur la peau d'un démon que vous avez passé du temps à traquer. Était-ce une attitude revancharde ? Sans aucun doute. Mais ça n'en était pas moins vrai.

Le minuteur retentit, ce qui voulait dire que les pâtes étaient prêtes. Je les versai dans la passoire et mélangeai les rigatoni avec la sauce dont j'avais le secret dans un de ces beaux saladiers que nous avions reçus en cadeau de mariage, et puis je transportai le plat jusqu'à la table. J'hésitai et jetai un regard vers les escaliers en passant d'un pied sur l'autre. Mon matériel de chasse était enfermé dans une malle au grenier, mais tout chasseur qui se respecte garde quelques produits de première nécessité à portée de main, même quinze ans plus tard. Et j'étais à peu près certaine que si je regardai dans le dernier tiroir de mon coffret à bijoux, j'y trouverais un crucifix et au moins un petit flacon d'eau bénite.

En tout cas, je l'espérais.

Je mâchonnai ma lèvre inférieure. Est-ce qu'ils s'en rendraient compte si je disparaissais en haut ? Non, probablement pas. Après tout, ça ne me prendrait qu'une seconde.

J'étais sur le point de tenter quand Elizabeth entra dans la salle à manger, fabuleuse dans une tenue qui devait coûter un mois de salaire. Son mari travaillait pour McKay & Case, un cabinet spécialisé dans le dommage à la personne. Disons qu'ils n'avaient pas besoin de compter leurs sous.

— Je peux faire quelque chose ?

J'envisageai de la laisser disposer le reste de la table pendant que je filai à l'étage, mais un dernier éclair de bon sens me fit renoncer à ce plan. Je n'avais pas besoin de l'eau bénite là tout de suite. Si Larson était un démon, je le saurais bien assez tôt. Il ne comptait aller nulle part pour le moment. De toute façon, qu'étais-je censée faire s'il était effectivement un démon ? Le tuer au cours d'un dîner mondain serait un faux pas dont je ne me remettrais jamais sur le plan social.

Alors que je finissais de préparer la table, Elizabeth appela les hommes. Ils nous rejoignirent et je m'assis à côté de Larson en faisant mine de ne pas voir la chaise que Stuart me tendait.

Nous commençâmes par la salade et je réussis à participer à la conversation. « Oui, j'ai entendu dire qu'il y avait un projet de centre commercial sur la Troisième rue. J'espère que ça ne se fera pas. C'est *tellement* près de la plage » ; « Eh bien, Elizabeth, figurez-vous que c'est Allie qui fait pousser le basilic. Je lui dirai que ça vous a plu » ; « Merci. On aime vraiment ce quartier. » Terre à terre. Sans intérêt. Vous voyez le genre.

Les gens ont tendance à davantage s'intéresser au contenu de leur assiette qu'à la conversation quand arrive le plat principal. Et c'est là que je décidai d'agir. Je penchai la tête de côté et fis mine de plisser le front. Et puis je me penchai en avant et croisai le regard de Stuart.

— Tu as entendu ?

— Quoi ?

La perplexité et un peu d'inquiétude se peignirent sur son visage. Je me levai de table et laissai tomber ma serviette sur ma chaise.

— Je suis sûre que ce n'est rien, dis-je.

Je me levai, fis le tour de la table et partis vers la porte.

— Je crois que j'ai entendu Timmy.

Je fis un sourire à nos invités.

— Excusez-moi. Je reviens tout de suite.

Stuart était déjà à moitié debout.

— Est-ce que tu veux que...

— Mais non, ne t'en fais pas. Il a dû faire un cauchemar. Je vais aller voir.

Cela l'apaisa et je sortis. Dès que j'eus tourné l'angle et fus hors de vue de la salle à manger, je me mis à courir et montai les escaliers quatre à quatre.

Je ne repris ma respiration qu'une fois dans la chambre où je fonçai droit sur mon coffret à bijoux en sautant en travers du lit d'une façon qui aurait valu à Timmy de se faire gronder. J'en ouvris le tiroir du bas et éparpillai un peu partout sur les draps froissés des bijoux désassortis et des petits souvenirs.

Un bracelet avec des breloques, une montre à gousset cassée, un crucifix en argent dans un étui en velours, une boîte avec les dents de lait d'Allie et, coincé tout au fond, un flacon d'eau bénite dont le capuchon en métal était toujours bien vissé.

Seigneur Dieu, merci.

Je n'entendis même pas Stuart arriver derrière moi.

— Kate ?

Je glapis et fourrai le flacon dans mon corsage. Je sentis mon cœur cogner violemment.

— Mince, Stuart, tu m'as foutu la trouille.

Je me laissai glisser du lit et me tournai pour lui faire face sans vraiment le regarder dans les yeux.

— Je croyais que tu venais voir Tim.

— Oui. Je l'ai fait. Il dort.

Stuart haussa les sourcils et regarda d'un air entendu le désordre sur le lit.

— Je... heu... je me suis rendu compte que je n'avais pas mis de boucles d'oreilles.

Rien.

Le silence se fit si lourd que j'eus peur qu'il ne réponde pas. Et puis il avança jusqu'à moi, me caressa la joue et prit mon menton dans sa main. Avec une tendresse absolue, il me fit incliner la tête en arrière.

— Ma puce, est-ce que ça va ?

— Oui, dis-je.

Aussi bien qu'on pouvait aller quand on devait gérer des démons, un dîner-surprise, et qu'on cachait quelque chose d'important à son mari.

— Je suis désolée. Je suis juste distraite.

C'est là que je réalisai que si nous étions tous les deux à l'étage, personne ne surveillait la cuisine. Et si quelqu'un renversait quelque chose ? Et s'ils cherchaient de l'essuie-tout ? *Et s'ils regardaient derrière les croquettes pour chat ?*

Je pris la main de Stuart.

— Je crois que je me sens un peu dépassée, dis-je en le tirant vers le couloir. Je ne suis pas vraiment une Jackie Kennedy.

— Je ne veux pas d'une Jackie Kennedy. Tu as monté un superbe dîner. Sois toi-même et tout le monde t'aimera. Moi je t'aime déjà.

Je me forçai à sourire, mais je ne parvins pas à répondre. Parce que pour la première fois, la vérité nue me frappa de plein fouet : mon mari, le père du plus jeune de mes enfants, l'homme qui partageait ma couche chaque soir, ne savait rien de ma vie.

Et si je m'en sortais comme je voulais, il n'en saurait jamais rien.

L'occasion se présenta pendant le dessert.

— Quelqu'un veut de l'eau ? demandai-je en me levant.

Personne ne dit oui, alors je me rendis dans la cuisine, sortis notre plus petit verre (celui de Timmy avec les dinosaures violets décolorés) et y versais l'eau bénite. Il n'y en avait même pas deux centimètres.

Je regardai le robinet en me demandant si ce serait sacrilège de mélanger l'eau bénite avec celle de la Ville de San Diablo. Et surtout, je me demandais si ça la rendrait inefficace.

Comme je ne voulais mettre ni mon âme ni mon plan en danger, je revins dans la salle à manger avec ma toute petite quantité d'eau dans mon tout petit verre. Stuart me regarda et je haussai les épaules.

— Il semble qu'on n'a jamais assez de verres propres, dis-je.

Le juge Larson avait l'air amusé.

— Vous ne devez pas avoir très soif, dit-il. Ou alors vous vous offrez un shot de liqueur pendant qu'on se jette sur votre délicieuse tarte aux pommes.

Je ris.

— Au contraire, j'avais très soif, mentis-je. J'en ai déjà vidé la moitié en marchant.

Tout en parlant, je me dirigeai vers mon siège avec l'intention de trébucher et de renverser l'eau sur Larson dès que je serais suffisamment près.

Le téléphone sonna et Stuart se leva. Il me bloqua le passage et mit mon plan en échec.

— Ça doit être la juge Serfass, dit-il.

C'était une de nos invitées qui avait appelé pour décommander parce que son vol avait du retard. Il décrocha. Son expression se fit perplexe.

— Je ne vous entends pas, dit-il en criant comme le font les gens quand il n'y a pas de réseau. Je ne comprends pas un mot de ce que vous dites.

Quelques secondes de plus passèrent alors qu'il secouait la

tête, l'air perdu et frustré. Il finit par hausser les épaules et raccrocher.

— C'était qui ?

— Aucune idée. Il avait l'air étranger. Italien, peut-être. On n'entendait rien, mais ça devait être un faux numéro.

Le père Corletti.

D'instinct, je me tournai pour regarder Larson *qui était pile en train de me fixer.*

Oh, bon sang, c'était maintenant ou jamais. Je passai devant la chaise de Stuart pour rejoindre la mienne. Au même moment, Larson se leva. Il tendit la main comme pour m'avancer ma chaise, mais avant que je réalise ce qu'il se passait, il me cogna le bras et mon verre vola.

L'eau éclaboussa le carrelage. Pas une seule goutte ne toucha le juge.

— Oh non, regardez-moi ça. Je suis vraiment désolé, dit-il. Je suis terriblement maladroit.

— Vous l'avez fait exprès, sifflai-je en me penchant pour ramasser le verre.

— *Quoi ?*

C'était la voix de Stuart. *Oups.* Je voulais que seul Larson m'entende, mais apparemment j'avais parlé plus fort que je n'en avais l'intention.

— J'ai dit qu'il m'avait surprise.

Je me relevai et croisai le regard de Larson avec un sourire froid.

— Il n'y a pas de mal. L'eau, ça se remplace. Que ce soit de l'eau du robinet, de l'eau minérale, de l'eau en bouteille. Toutes sortes d'eau.

Il ne me répondit pas. Ce n'était pas la peine. Nous savions tous les deux qui avait remporté ce round. Démon – un. Moi – *zéro.*

Encore une heure de papotage et de jargon politique et nos invités furent enfin prêts à reprendre la route. Les soirées se terminent souvent dans un méli-mélo de gens qui se pressent de retrouver leurs sacs à main et leurs clés de voiture, et celle-ci ne fut pas une exception. Nous migrâmes tous dans l'entrée, puis sous le porche, où force poignées de mains et au revoir chaleureux furent échangés.

Dans l'agitation, Larson prit ma main. Sa peau était rêche.

— C'était une soirée fort agréable et éclairante, Madame Connor. Je suis sûr que nous nous reverrons bientôt.

Ses yeux reflétaient une intensité profonde. Pas forcément maléfique... mais il avait l'air de quelqu'un qui aurait percé mes secrets. Je frissonnai en réprimant un accès de dégoût et une pointe de peur.

— Oui, dis-je péniblement. Je suis sûre que nos chemins se croiseront à nouveau.

— Et je suis vraiment navré de ne pas avoir eu l'occasion de rencontrer votre fille. J'imagine qu'elle doit vous ressembler.

Mon cœur se serra, j'étais soudain incapable de respirer. Il était presque onze heures. Cela faisait une heure que le centre commercial était fermé. Et je n'avais pas eu la moindre nouvelle de Laura ou Allie.

Oh merde, oh merde, oh merde.

— J'ai entendu Timmy pleurer, marmonnai-je soi-disant à l'intention de Stuart, mais je ne pris pas la peine de vérifier s'il m'avait entendue.

Je me précipitai à l'intérieur en jetant un « merci à tous d'être venus ».

— Décroche, décroche, décroche.

Le téléphone en main, je faisais les cent pas dans la cuisine. La voix de Laura, ce satané message, le bip et puis :

— Allie ? Laura ? Où est-ce que vous êtes ? Allô ?

Personne ne répondait et j'étais sur le point de raccrocher et de courir jusqu'à chez Laura quand un bip retentit et que j'entendis la voix de Mindy, chargée de rires.

— Madame Connor ?

— Mindy, soupirai-je en sentant mes jambes lâcher.

Je me laissai tomber par terre et ramenai les genoux contre ma poitrine, le dos au lave-vaisselle.

— Où est Allie ?

— Sur le tapis de course. On a toutes les deux pris deux

boules alors il faut qu'on brûle trois cents calories pour compenser.

Je fermai les yeux et décidai de garder le discours sur les troubles du comportement alimentaire pour une prochaine fois.

— Tu peux me la passer ?

Mindy ne se donna pas la peine de répondre mais j'entendis le cliquetis du téléphone sans fil qui changeait de main.

— Maman ! Mme Dupont nous a emmenées voir un film avec Adam Sandler. C'est pas cool, ça ? Il est *trooooop* drôle.

— Je ne pensais pas que vous resteriez dehors si longtemps, dis-je. Je croyais que vous alliez juste prendre une glace.

Je l'entendis quasiment hausser les épaules.

— On a un peu supplié. Mais maman, ce film, il est trop chanmé.

J'imaginais que ça voulait dire que ça lui avait plu.

— Une raison pour laquelle tu ne m'as pas appelée pour me dire où tu serais ?

— Hein ? J'étais avec Mme Dupont, non ?

D'accord, j'étais injuste.

— Désolée. Je me suis juste un peu inquiétée parce que je ne savais pas où tu étais.

— Alors achète-moi un portable.

Ma fille, toujours pragmatique.

— Alors, dis-je avec entrain, et si vous veniez ici ce soir, toi et Mindy. J'ai pris trop de café. Si tu as toujours envie de ce marathon *Harry Potter*, je suis partante.

— Heu…

Ce n'était pas la réponse enthousiaste que j'avais espérée.

— Allez, Allie. Ça sera marrant. Vous pourrez vous coucher à l'heure que vous voudrez.

— Ah oui ?

Une pause.

— Pourquoi ? demanda-t-elle d'une voix soupçonneuse.

Maligne, cette gamine.

— Parce que tu es ma fille, que je t'aime, et que j'ai envie de passer du temps avec toi.

Et de te protéger.

— *Oh.*

Je retins ma respiration alors qu'elle y réfléchissait.

— On n'a pas les films.

— J'enverrai Stuart les chercher.

— Et on peut vraiment tous les regarder cette nuit ?

— Absolument.

Je pouvais me montrer magnanime quand j'obtenais ce que je voulais.

— Cool.

Une pause puis :

— Et maman ?

— Mmh.

J'étais distraite par le fait de savoir que maintenant il allait me falloir convaincre Stuart de passer chez Blockbuster louer les films.

— Je crois que le mec qui vend les popcorns, je lui plais.

Je n'étais plus distraite.

— Lequel ? Le blond qui a l'air de jouer au foot américain dans l'équipe de la fac ?

Je lui briserais le cou s'il osait regarder ma petite fille comme ça.

— *Nooon.*

Je l'entendis lever les yeux à l'oral.

— Il doit avoir seize ans et il a des lunettes et des cheveux bruns bouclés. Il est mignon.

— Tu n'as pas besoin d'un petit ami, Allie, dis-je. Crois-moi. Tu auras bien le temps pour ça plus tard.

— Oh, *mam-man.* De toute façon, ce n'est pas *lui* que je voudrais comme petit ami.

Ce qui posait la question de savoir s'il y avait un garçon qu'elle avait envie d'avoir comme petit ami.

— J'ai dit que *moi* je lui plaisais. Il est mignon et tout, mais c'est un peu un blaireau. Et il pue vraiment de la gueule.

Mon sang se figea dans mes veines.

— Allie, déclarai-je d'une voix tranchante. Je vais venir vous chercher en voiture toutes les deux.

Je pris une inspiration et essayai de trouver un prétexte.

— Sinon, on y sera jusqu'à l'aube avec ces films.

En dépit de leur enthousiasme pour notre marathon impromptu, Allie et Mindy ne tinrent que jusqu'à la moitié de *Harry Potter et la Chambre des Secrets*. Je les laissai sur le tapis du salon et fis le tour de la maison pour vérifier toutes les portes et les fenêtres et m'assurer que toutes les alarmes étaient activées, y compris le détecteur de mouvement du rez-de-chaussée. Nous l'utilisions rarement – le chat le déclenchait tout le temps – mais ce soir, je considérai que c'était essentiel. Si quiconque ou quoi que ce soit passait par la fenêtre, je voulais être au courant.

J'envisageai de déplacer le corps, mais j'avais peur de réveiller quelqu'un. Il valait mieux que j'envoie mari et enfants faire des courses le samedi matin et que je sois seule pour faire le sale boulot. Si je leur donnais le choix entre aller faire les magasins ou laver les salles de bain, je pouvais à peu près garantir qu'ils quitteraient la maison de bon gré.

Je comptais dormir sur le canapé à côté des filles, mais Stuart se réveilla pendant que je regardais si tout allait bien dans la chambre de Timmy, et il me tira au lit avec lui. Nous nous blottîmes l'un contre l'autre, comme nous l'avions fait pendant des années, mais j'étais incapable de dormir. Au lieu de cela, je restai allongée là, l'esprit en vrac. J'essayai d'atteindre une pensée cohérente et de trouver une logique aux événements de la journée, mais j'étais trop épuisée.

Et vraiment, il n'y avait pas de logique à trouver. Je n'avais tout simplement pas assez d'informations.

Je jetai un coup d'œil au réveil dont les chiffres lumineux dansaient devant mes yeux fatigués. Quatre heures, tout juste passées. Je me décollai doucement de Stuart et m'assis. Pieds nus sur le sol, je marchai à pas de loup jusqu'à la chambre d'amis et en refermai la porte.

Il était temps de passer un coup de fil.

Même quinze ans plus tard, je connaissais toujours le numéro par cœur. Je le composai et attendis alors que résonnait cette petite musique qui me faisait toujours penser que les téléphones européens étaient davantage des jouets qu'un appareil de télécommunication. Au bout de quatre sonneries, l'opérateur du Vatican décrocha.

— *Sono Kate Andrews. Posso paralare con Padre Corletti, per favore ?* dis-je en donnant mon nom de jeune fille.

Bien sûr, le père me connaissait aussi par mon premier nom d'épouse – Crowe – mais il avait été comme un parent pour moi. Je serais toujours Katherine Andrews avec lui.

L'opérateur transmit la communication et au bout de quelques secondes, le père Corletti décrocha.

— *Katherine ?*

Sa voix autrefois si ferme et pleine d'autorité semblait petite et faible.

— *Katherine ? Sei tu ?*

— *Si.*

Je fermai les yeux, avec soudain la crainte que le père ne soit pas du tout capable de m'aider. Mais il fallait qu'il m'aide. Si je ne pouvais pas me tourner vers la Forza Scura, alors je n'avais nulle part où aller.

— Je suis tellement heureux, dit-il avec son accent marqué. Quand je n'ai pas réussi à te joindre tout à l'heure, j'ai eu peur que le pire se soit produit.

Je me léchai les lèvres.

— Dites-moi ce qu'il se passe.

— C'est toi qui es là, à San Diablo. Peut-être que c'est toi qui devrais me le dire.

J'obtempérai. Je commençai du début en rentrant davantage dans les détails que je ne l'avais fait dans mon message précédent, et je terminai avec la phrase que Larson m'avait dite en partant et la révélation d'Allie quant au vendeur de popcorn puant.

— Ils ne peuvent pas en avoir après ma petite fille, murmurai-je. Je vous en prie, mon père, dites-moi que ce n'est pas en train de se produire ?

— Ils cherchent quelque chose, dit le père. Quelque chose à San Diablo.

— Vous n'avez pas répondu à ma question, accusai-je.

— Je n'ai pas de réponse, mon enfant.

Je fermai les yeux et luttai contre les larmes. Je ne pouvais *pas* perdre Allie. Ni maintenant ni jamais.

— Quoi ? Qu'est-ce qu'ils veulent ?

— Cela, nous l'ignorons.

— Alors trouvez-le, dis-je. Ou mieux encore, éradiquez le problème. Vous devez déjà avoir des chasseurs sur place.

— Il n'y a pas de chasseurs là-bas.

— Alors envoyez-en, sifflai-je.

Je luttai pour garder le contrôle, pour ne pas me mettre à lui hurler dessus. J'étais sur les nerfs, mes émotions étaient à vif, et il fallait que je me souvienne que ma famille était en train de dormir et que je ne voulais pas les réveiller.

— Ah, Katherine, dit-il. Peut-être n'ai-je pas été clair. Si ? Mais je crois que tu ne comprends pas. Il n'y a personne que nous puissions t'envoyer.

Il prit une inspiration.

— Cette bataille, tu dois la livrer seule.

4

— Pardon ?

Je tins le téléphone devant moi tout en parlant et fusillai le combiné du regard comme si c'était lui qui était responsable de cette mauvaise nouvelle.

— Je ne peux pas gérer ça. J'ai des enfants. Je les transporte partout. J'ai des *responsabilités*.

— Tu as toujours eu des responsabilités, dit le père.

— Oh non, non, non.

Je parlai à voix basse par considération pour ma famille en train de dormir, si bien que je n'étais pas certaine de faire montre de façon adéquate de la profondeur de mon déplaisir. Tempêter et hurler aurait été bien plus efficace.

— J'ai pris ma *retraite*, vous vous rappelez ? La Forza ne fait plus partie de ma vie. Je me tiens à l'écart des démons, et ça me plaît.

— Apparemment, mon enfant, ils ne se tiennent pas à l'écart de toi.

Je repensai au démon dans mon placard et je dus reconnaître que le père marquait un point. Mais je me tus et attendis qu'il dise autre chose. Ce ne fut pas le cas mais je gardai le silence encore un peu, avec l'espoir absurde de pouvoir le forcer à reprendre la parole.

Rien.

— Mince, dis-je quand je ne fus plus capable de le supporter. Pourquoi est-ce que c'est *mon* problème ?

— Le démon est venu à toi. Cela en fait ton problème, non ?

— Non, dis-je, mais sans conviction.

J'étais en train de céder. Je le savais, et il le savait.

Il ne dit rien.

Je soupirai, la colère s'effondrant enfin devant un élan d'épuisement bien plus profond. Ç'avait été une journée infernale. Et visiblement, ça risquait bien d'être un week-end infernal aussi.

— D'accord, très bien, finis-je par dire en partie pour mettre fin au silence chargé qui me parvenait de Rome. Mais dites-moi au moins pourquoi c'est moi qui suis sur la sellette.

Je posai la question même si je n'avais pas vraiment besoin d'une réponse. Quelle que soit la raison, je savais déjà la seule chose qui importait : personne n'allait venir m'aider et j'étais, sans fanfare ni trompette, sortie de ma retraite. Le pourquoi était au rang de la curiosité intellectuelle.

Mais j'avais envie de savoir et j'écoutai avec une fascination perverse alors qu'il m'expliquait avec un luxe de détails déprimants la baisse des ressources de la Forza Scura et les implications dérangeantes qui s'ensuivaient.

— Les jeunes d'aujourd'hui, dit-il. Ils sont plus intéressés par la télé et – comment ça s'appelle ? – la Nintendo. La vie de chasseur ne les attire pas et les effectifs de la Forza diminuent.

— Vous plaisantez, dis-je. Est-ce que vous avez *essayé* de regarder la télé ? De jouer à ces jeux ?

De mon expérience, c'était rare que les jeunes n'aient pas envie de se sortir de devant la télé et de se mettre au boulot.

— De nombreux jeunes gens en ont le désir, reconnut le père après que je lui ai exposé ma théorie. Mais les élèves qui ont l'endurance, par contre, sont rares.

C'était un peu plus facile à croire. La capacité de concentration de ma propre fille avait tendance à augmenter ou diminuer de façon inversement proportionnelle au nombre de garçons dans les parages.

— Très bien, dis-je en reconnaissant son argument. Je veux bien admettre que vous avez du mal à recruter. Mais je ne peux pas croire qu'il n'y ait *aucun* chasseur. Je veux dire, cela reste une nécessité, non ?

C'était ma façon pas très subtile de demander si l'activité démoniaque s'était effondrée au cours des dernières années. J'en doutais, cela dit. J'étais peut-être à la retraite, mais je continuais à regarder les infos. Et croyez-moi, il y avait des démons parmi nous.

— *Nunquam opus maius*, dit le père.

Mon latin n'était pas terrible, mais je compris l'idée. Notre besoin était plus grand que jamais.

— Et oui, il y a d'autres chasseurs, mais pas beaucoup. Comme tu le sais, le taux de mortalité est élevé. Nous avons moins de chasseurs aujourd'hui qu'à l'époque où tu étais active.

— Oh.

Même si j'avais cru le comprendre, l'entendre dire ainsi refroidissait tout de même.

— Et les chasseurs que vous avez, insistai-je, je suppose qu'ils sont occupés ailleurs ?

— *Si.*

— Merde.

Suivi de :

— Désolée, mon père.

Son petit rire passa sur moi, et je me retrouvai enveloppée d'un souvenir inattendu. Moi, au lit avec la grippe dans mon dortoir, avec une boîte de mouchoirs et un pot de Vicks Vapo-Rub. Et le père Corletti assis à côté de moi, avec le petit lit qui pliait même sous son poids minime, tandis qu'il me racontait des histoires de la vie au sein de la Forza Scura. Une affaire sérieuse, disait-il. Une mission divine. Mais tout de même, il était capable d'y trouver de l'humour. Et une fois guérie, j'avais été plus empressée que jamais de me remettre à m'entraîner.

Le père Corletti était la personne la plus proche d'un parent que j'avais et jusqu'à Eric, la Forza était la seule famille que j'aie connue. Alors si le père avait besoin que je lâche tout et que j'aille tuer des démons, je le ferais. Ça ne me plaisait peut-être pas, mais j'allais le faire.

— Tu ne seras pas complètement seule, dit le père.

Je réprimai un sourire. Il avait toujours eu une capacité perturbante à lire dans mes pensées.

— D'accord, dis-je. Qui ?

— Un *alimentatore*, dit-il.

— Vous avez un *alimentatore* à disposition, mais pas de chasseur ? On dirait que le département des ressources humaines du Vatican ne fait pas vraiment son boulot pour garder un équilibre correct au sein de ses employés.

— Katherine...

— Désolée.

— Il te retrouvera à la cathédrale demain à midi.

— Très bien, dis-je.

Je savais qu'insister ne servirait à rien.

— Très bien.

Et puis j'y réfléchis encore un peu.

— Demain ? C'est le milieu de la nuit ici. Vous voulez dire, plus tard dans la journée ?

Je savais que c'était le cas.

— Comment va-t-il arriver ici si vite ?

— Il est déjà là.

— Déjà...

— Il te dira ce que nous savons demain. D'ici là, repose-toi... et garde tes forces. Je crains que tu n'en aies besoin.

Une fois de plus, je contemplai le combiné dans ma main, sauf que cette fois, je ne le fusillai pas du regard. J'étais complètement perplexe.

— Vous étiez au *courant* ? Vous savez déjà ce qui se passe ici ? Bon sang, mon père, vous n'allez pas me faire attendre jusqu'à demain !

— Mon enfant, ce n'est pas le moment.

Il marqua une pause et je retins mon souffle, en pensant absurdement qu'il allait peut-être changer d'avis.

— Bien sûr, tu as continué à t'entraîner ?

Cette déclaration prenait la forme d'une question. Et même s'il disait ça l'air de rien, je savais qu'il était tout à fait sérieux.

— Bien sûr, mentis-je. Évidemment.

Dans ses rêves. Le seul sport que je faisais ces temps-ci, c'était courir derrière un enfant de deux ans, et en termes d'exercice mental, le plus récent consistait à des débats avec Allie pour savoir à quel point la tenue-qu'il-lui-fallait-absolument était inappropriée.

Je n'étais pas vraiment au mieux de ma forme.

— Bien.

Ce seul mot me fit davantage peur que tout ce qu'il aurait pu dire d'autre.

— Mon père, je sais que vous ne me direz pas tout, alors je ne vais même pas essayer, mais...

— Goramesh, dit-il.

Mon sang se figea à ce nom.

— Nous pensons qu'il est peut-être venu à San Diablo.

Je fixai le téléphone à nouveau et cette fois je me rendis compte que ma main tremblait. *Goramesh.* Le Décimateur. Un des Hauts Démons.

La voix du démon dans le corps du vieil homme résonna dans ma tête : *quand l'armée de mon maître se lèvera...*

Je n'avais pas peur ; j'étais terrifiée.

Je me signai dans le noir et dis au revoir au père Corletti. Mais je ne retournai pas auprès de Stuart. Je restai assise là, sur le lit de la chambre d'amis, mes genoux sous mon menton, mes bras enroulés autour de mes jambes. Et puis, alors que les premières lueurs du soleil enflammaient le ciel dehors, je fermai les yeux, mis mon âme à nu, et priai.

— Te voilà. Bon sang, Maman, Mindy vient de partir, et Stuart et moi on te cherchait *partout*.

La voix d'Allie me tira d'un sommeil peu réparateur, empli de rêves de démons, de mort et d'Eric. Il avait été mon partenaire, ma force. Mais il ne pouvait pas m'aider avec cette nouvelle bataille, et je me réveillai les larmes aux yeux, avec la peur amère qui venait quand on était complètement seule.

— Maman ?

Il y avait de l'inquiétude dans sa voix et mes émotions vacillèrent : désormais, c'était la culpabilité qui occupait le premier plan. Je tendis la main et elle marcha jusqu'à moi. La mine circonspecte, elle s'assit sur le lit. Je la tirai vers moi et fermai les yeux en inspirant son odeur de savon Ivory et de shampooing Aveda. Je n'étais *pas* seule, et il était hors de question que je me laisse aller à l'autoapitoiement. J'avais Allie, Timmy et Stuart, et je les aimais de tout mon cœur.

— Tu pensais à papa ?

Ses mots me transpercèrent et je m'entendis pousser un petit hoquet.

— C'est normal, dit-elle. C'est normal qu'il nous manque.

Elle me répétait mes propres paroles. Ma petite fille. La petite fille d'*Eric*. Elle avait tellement grandi depuis sa mort. Il avait manqué tant de choses. Je tendis la main et lui caressai la joue, déterminée à ne pas pleurer.

— Est-ce que ça va ? demanda-t-elle.

De petites lignes d'inquiétude marquaient son front. Je lui pris la main et la serrai.

— Ça va, dis-je. Mais depuis quand tu es devenue aussi grande, au juste ?

Les rides inquiètes disparurent, remplacées par un sourire presque timide.

— Est-ce que ça veut dire qu'on peut ajouter une heure de plus à l'heure du couvre-feu ?

Elle parlait d'une voix légère, avec un sourire espiègle qu'elle tenait de moi. Je le lui rendis. Mon humeur s'était déjà bien améliorée.

— Je vais y réfléchir, dis-je.

— En langage maternel, ça veut dire non.

— Non seulement tu as grandi, mais tu es pleine de sagesse.

— Si je suis si intelligente, pourquoi mon couvre-feu est-il si tôt ?

Je balançai mes pieds sur le côté du lit.

— C'est l'un des grands mystères de l'univers, dis-je. Je pourrais te le dire, mais après je serais obligée de te tuer.

— Mam-*man*.

Elle leva les yeux au ciel et voilà que la vie avait repris son cours normal. Ou en tout cas, le plus normal possible au vu des circonstances. Après tout, j'avais un démon à chasser, et un cadavre à faire disparaître. J'avais déjà dormi plus tard que je n'en avais l'intention. Il fallait vraiment que je m'y mette.

La scène qui m'accueillit dans la cuisine était presque aussi flippante que mon entrevue de la veille avec Larson : Stuart, debout devant un grill, une spatule à la main, du pain perdu en train de grésiller devant lui. Et la porte du placard derrière lui grande ouverte. *Argh !*

Je bondis en travers de la pièce et parvins à éviter un camion en plastique et une demi-douzaine de Lego. La main sur la poignée de la porte, je la claquai vivement et m'appuyai contre, la respiration hachée.

— Attends ! appela Stuart, la spatule tendue devant lui alors qu'il avançait vers moi.

Mon cœur s'arrêta de battre.

— Il me faut un autre pain.

Bam-bam, bam-bam. D'accord. J'allais survivre.

— Il y en a dans la huche, dis-je.

— Y en a plus.

Je grimaçai. Comment pouvait-il descendre une miche complète et ne pas avoir assez de pain perdu pour nourrir deux adultes, une ado et un bambin ? Même moi, j'aurais réussi.

— Je t'en prends, dis-je avec entrain. Après tout, je suis juste devant.

Il haussa les sourcils.

— Je vois bien. C'est pour ça que je t'ai demandé.

— En effet.

Je souris pour essayer de prévenir tout risque que mon mari pense que j'étais zinzin.

— Maman maman maman.

La petite voix de Timmy parvint à emplir tout le rez-de-chaussée.

— Tu es où maman ?

Le piétinement de minuscules pieds en pyjama et puis mon

petit homme apparut dans la cuisine, son gobelet dans une main et Bounours dans l'autre.

— Ze veux le pot, maman. Le pot.

Merde. Ce n'était pas le juron le plus approprié parce que Timmy se fichait éperdument d'apprendre à faire ses besoins. Il aimait juste s'asseoir sur ses toilettes miniatures tout habillé en jetant des objets dans la baignoire. Malheureusement, cette activité requerrait la présence d'une mère pour être pleinement appréciée.

— Vas-y, dit Stuart. Je m'occupe du pain.

— Allie, tu peux l'emmener dans la salle de bain ?

— Oh, maman, je suis obligée ?

Allie s'était laissée tomber devant la table de la cuisine où elle était absorbée par les pages d'un magazine.

— Oui.

Timmy se lança à nouveau dans un chœur de « mamamama-mamaman » sans aucun accompagnement musical.

— Timmy, mon cœur, va avec Allie.

— Non.

— Allie...

— Il ne veut pas y aller avec moi.

— Kate, emmène le petit. Je peux prendre une miche de pain moi-même.

Hors de question. Je levai un index qui signifiait « ne bouge pas » en direction de Stuart, et je jetai à Allie un regard qui signifiait « tu peux oublier cette heure en plus pour le couvre-feu » avant de me glisser dans le placard. J'y attrapai un paquet de pain et émergeai à l'extérieur. J'y étais restée juste le temps qu'il fallait pour m'assurer que mon démon était toujours couvert et, heureusement, toujours mort. Ce qui était un bon point.

Je passai le pain à Stuart qui avait l'air un peu perplexe.

— Tiens. Cuisine ça.

Et puis je pris la main de Timmy.

— Allez, mon grand. Où est-ce qu'on va ?

— Challe de bain ! Sur le pot !

— Montre-moi, dis-je en le laissant me traîner à sa suite, ravi d'avoir toute l'attention de maman.

Dès que nous atteignîmes la salle de bain qu'il partageait avec

Allie, je m'effondrai sur la lunette des toilettes pendant que Timmy se mettait en demeure de placer Bounours de façon stratégique sur le pot en plastique que nous avions acheté avec optimisme pour ses dix-huit mois. Sept mois s'étaient écoulés depuis, et notre fils n'avait toujours pas fait l'usage attendu de l'objet.

Dans la cuisine, j'entendais le pain enduit d'œufs battus grésiller sur le grill électrique et le raclement de la spatule sur la surface en Téflon. Je poussai un soupir en me félicitant d'être parvenue à tenir mon mari dans l'ignorance.

En même temps, je me demandais si ça serait vraiment si terrible que cela si Stuart connaissait mon secret. Je comptais dire la vérité à Allie un jour, mais pas dans l'immédiat. Après tout, elle avait le droit de savoir qui était son père, et elle ne pourrait jamais le comprendre réellement sans avoir entendu parler de la Forza Scura. Stuart, par contre...

C'était mon mari. Je l'aimais. Et je ne voulais pas lui cacher de choses. Mais en même temps, je n'avais pas envie qu'il sache *cela*. Je soulageai ma conscience en me rapportant aux règles : mon identité de chasseuse était un secret, j'avais fait le vœu d'un silence absolu. Mais ce n'était qu'un prétexte. Je ne *voulais* pas que Stuart me voie comme une chasseuse de démons. Dès qu'il saurait la vérité, il ne me verrait plus jamais comme simplement Kate. Et je ne pensais pas pouvoir supporter ça. J'avais la vague sensation qu'un conseiller conjugal décèlerait un gros problème avec cette logique, mais j'allais devoir faire avec.

Alors que Timmy lançait avec jubilation la totalité de nos serviettes propres dans la baignoire encore humide, j'appuyai les coudes sur mes cuisses et me pris la tête dans les mains.

Le père Corletti avait raison : j'aurais dû continuer à m'entraîner. J'étais à plat. Physiquement et mentalement. Ce n'était pas bon signe. Surtout qu'il fallait encore que je trouve l'énergie – sans mentionner le temps – de me débarrasser du cadavre d'un démon et d'empêcher un seigneur démoniaque de s'emparer de San Diablo, et peut-être du reste du monde.

Je regardai l'heure à ma montre : il était neuf heures. J'avais dans l'idée qu'une *très* longue journée m'attendait.

Il fallait reconnaître à Stuart qu'il avait réussi à produire un pain perdu plutôt exceptionnel. Juste assez de cannelle dans la mixture, une légère couche de sucre en poudre – un ingrédient que j'étais franchement abasourdie de découvrir en notre possession, sans parler du fait qu'il avait réussi à le trouver sans découvrir M. Démon. Assis tous les quatre devant la table en formica style année cinquante, nous engloutîmes en masse cette réalisation culinaire et fîmes descendre tout cela avec de grands verres de jus de pomme glacé, un produit de base dans notre maison vu sa propension à dompter les enfants en bas âge.

Allie regarda sa montre.

— Si on part juste après le petit déjeuner, on arrivera à l'ouverture du centre commercial.

Je la dévisageai bouche bée alors qu'elle ouvrait son carnet à spiral, posé de façon innocente à côté de son assiette tout du long du petit déjeuner. J'avais complètement oublié qu'elle prévoyait d'aller faire du shopping pour remplir sa garde-robe d'école aujourd'hui.

— J'ai fait une liste, expliqua-t-elle en tapotant la page de son stylo. On peut commencer par Gap, juste pour voir s'il y a des soldes. Ensuite aller chez Limited et Banana Republic. Je choperai les bons plans et puis je récupérerai ce qui manque chez Old Navy. Ensuite on pourra faire les grands magasins pour voir s'il y a des démarques. Je me disais qu'on pourrait commencer avec Nordstrom et ensuite finir chez Robinsons-May.

— N'oublie pas le manège, ajoutai-je en réfléchissant à toute vitesse. Timmy l'adore.

Allie me regarda comme si une deuxième tête m'avait poussée.

— On *l'emmène* ? Je pensais qu'il restait à la maison avec Stuart ?

— Kate, dit Stuart, tu sais que j'ai des choses à faire ici.

Jusqu'à maintenant, il se cachait derrière les pages locales du *Herald* de San Diablo, mais il le referma soudain avec une moue presque aussi marquée que celle d'Allie.

— Cette fenêtre, par exemple. Je ne vais pas pouvoir m'en occuper avec Timmy dans les pattes.

Timmy se redressa car il venait apparemment de se rendre compte qu'il venait de laisser toute une conversation se dérouler sans y apporter de contribution significative. Il décida d'y remédier en chantant à tue-tête : « Si t'es heureux tape dans tes mains ».

— Je m'occupe de la fenêtre, dis-je à Stuart en tapant des mains en rythme.

Il fallait qu'on s'en occupe bien sûr, mais je dois avouer qu'après avoir passé la nuit sans incident, mon taux de paranoïa avait bien baissé.

— Je me disais que *tu* pourrais emmener Allie et Timmy au centre commercial.

Il me regarda comme si j'étais devenue folle et l'expression d'Allie reflétait exactement la sienne. Pour deux personnes qui ne partageaient aucun lien génétique, en cet instant, ils s'en sortaient presque aussi bien que des jumeaux.

Allie parla la première :

— Pas moyen, maman : faire du shopping avec Stuart ? C'est un *mec.*

— Oui, en effet, dis-je. Et il a très bon goût, n'est-ce pas, mon chéri ?

— Non, dit-il. Je veux dire, oui. J'ai bon goût.

Il étrécit les yeux au point que ce ne furent plus que de simples fentes.

— Tu es en colère contre moi ? J'ai fait quelque chose pour t'énerver ?

Je réprimai l'envie de me taper la tête contre une surface dure et me contentai de me lever de table.

— Maman maman maman. Où tu vas maman ?

— Juste ici, mon cœur, dis-je en montrant le mur qui séparait la table du petit déjeuner du salon. Finis ton pain perdu.

Je tirai Stuart avec moi dans le salon. Je n'irais pas jusqu'à dire qu'il vint de bonne grâce, mais il vint quand même et à la seconde où nous fûmes hors de vue des enfants, il se lâcha :

— Tu es folle ? murmura-t-il de façon théâtrale. Le *centre commercial*. Tu veux que j'aille au *centre commercial*. Qu'est-ce que j'ai fait ? Je te jure, je me rattraperai. Un voyage à Paris. Une journée au spa. Dis-moi ce que tu veux. Mais pas le centre commercial.

Je reconnais m'être sentie légèrement ébranlée par ses suppliques. Si Stuart ne s'était pas lancé en politique, je lui aurais vu une grande carrière d'acteur. Il avait une maîtrise technique du mélo impressionnante.

— Sois sérieux, dis-je. J'y ai beaucoup réfléchi, et je pense que c'est une merveilleuse idée.

Ce qui était tout à fait vrai, mais pas pour des raisons dont je pouvais lui faire part. Je cherchai une raison qui fonctionne pour Stuart.

— Tu as besoin de passer un peu de temps avec les enfants. Surtout Allie.

— Qu'est-ce qui ne va pas avec Allie ? On s'entend bien ?

Il fronça les sourcils.

— Non ?

— Si, dis-je. Pour *l'instant*. Mais elle a quatorze ans. Tu te rappelles de tes quatorze ans ?

— Pas très bien.

— Eh bien, moi je suis une fille, et je m'en rappelle. Quatorze ans, c'est pas de la tarte.

Mes quatorze ans avaient été très différents de ceux d'Allie. C'était l'âge auquel j'avais empalé mon premier démon. Ce n'est pas le genre de choses qu'on oublie.

— Il lui faut un peu de temps père-fille.

— Mais faire du shopping ?

Cette perspective avait vaguement l'air de le terrifier.

— Je ne pourrais pas juste l'emmener dîner ?

Je lui jetai un regard de biais.

— Stuart...

— D'accord. D'accord. Le centre commercial, alors. Mais tu ne veux quand même pas que j'emmène Timmy en plus ?

Timmy était plus difficile à justifier. J'avais réussi à concocter une raison légitime pour que Stuart accompagne Allie au centre commercial, mais il n'y avait pas vraiment d'intérêt à ce qu'un bambin de deux ans y aille avec eux.

Je m'en remis à l'indignation outrée, la dernière arme de toutes les mères au foyer.

— Stuart Connor, dis-je en posant un poing sur ma hanche et en le fixant de mon regard le plus sévère. Est-ce que tu es en train de me dire que tu es incapable de passer du temps avec deux enfants, les deux enfants avec lesquels je passe toutes mes journées ? Que tu n'as pas le temps ou l'énergie pour sortir avec ton fils un samedi matin ? Que tu...

— D'accord, d'accord. J'ai compris. Je suppose que c'est balade avec papa ce matin.

Mon air sévère disparut et je fus soudain tout sourire. Je me dressai sur la pointe des pieds.

— Tu es le meilleur.

Stuart n'avait pas l'air extatique, mais il n'était pas au bord de l'apoplexie non plus. Un point pour Kate. Nous revîmes dans la cuisine et découvrîmes qu'Allie avait déjà mis les assiettes dans le lave-vaisselle et qu'elle était désormais en train de passer un gant de toilette sur le visage de Timmy – ainsi que ses cheveux, ses mains et ses vêtements – pour essayer d'en faire disparaître tout signe de sucre et de sirop. Même les mauvais jours, Allie est plutôt chouette quand il s'agit de donner un coup de main avec Timmy. Ajoutez-y la promesse d'une nouvelle garde-robe, et cette enfant est une vraie sainte.

Dix minutes plus tard, ils étaient tous installés dans le monospace, Stuart armé de ses cartes de crédit, Allie de sa liste et Timmy de Bounours. La voiture descendit le trottoir alors que je passai sous le porche. Je m'appuyai à l'un des poteaux en bois et leur fis au revoir de la main en espérant qu'ils ne voyaient pas la façon dont mon corps s'était effondré de soulagement. J'aime ma famille, vraiment. Mais alors que je regardais le monospace sortir de l'allée, je devais bien admettre que ça faisait quand même du bien d'être un peu seule. Même si j'étais seule avec le cadavre d'un démon.

5

Quinze minutes plus tard, la cafetière était en route et l'arôme âpre du Sumatra de Starbucks me rappelait la récompense caféinée qui m'attendrait une fois que j'aurais accompli ma tâche. Pour l'instant, j'étais pliée en deux, les mains crispées autour des bras du vieil homme alors que je le traînais en travers de la cuisine jusqu'à la porte-fenêtre à l'autre bout de la maison.

Mon rendez-vous avec mon *alimentatore* était à midi, et je ne pouvais pas attendre. Depuis que Stuart et les enfants étaient partis, je luttai contre la désagréable sensation d'être observée. J'avais vérifié la fenêtre et n'y avait pas trouvé de démon ou voyeur d'une catégorie mortelle. Le plastique s'était détaché en quelques endroits, mais je mettais davantage ça sur le compte de la mauvaise qualité du scotch premier prix que sur les forces du mal.

J'ignorai mon malaise et me mis au travail. La vérité, c'est que j'aurais préféré pouvoir simplement garder le démon dans le placard puis ramener mon mentor ici pour qu'il m'éclaire de ses conseils avisés sur la façon de me débarrasser du cadavre. Mais comme je ne pouvais être certaine que la bonne humeur de Timmy ou l'endurance de Stuart tiendraient jusque-là, il fallait que je sorte le démon de la maison et le planque dans la cabane de jardin. Dans mon ancienne vie, une fois que j'avais exécuté un démon, un simple coup de fil à la Forza et on m'envoyait une équipe de nettoyage pour s'occuper de la carcasse, me laissant dans une ignorance bénie de cette partie du travail. Quelle chance d'avoir enfin un aperçu des méthodes pour faire disparaître un cadavre de démon ! (Ceci, au cas où la question se poserait, est du sarcasme.)

Il avait beau être petit et chenu, le vieil homme s'avéra malgré tout un sacré fardeau. Il était, après tout, un poids mort, et je soufflai fort quand j'arrivai devant la porte vitrée. Les rideaux étaient tirés et j'en poussai un de côté pour jeter un regard furtif dans notre jardin, comme si j'étais une fugitive. Je ne sais pas trop ce que je m'attendais à voir. Une armée de démons ? Les flics ? Mon mari qui pointerait un doigt accusateur vers moi en disant que je lui cachais des choses ?

Je ne vis rien de tout cela et poussai un soupir de soulagement. Mon taux de paranoïa avait toutefois augmenté, au point que le bruit du lave-vaisselle qui changeait de cycle me fit sursauter.

Je laissai le corps devant la porte et montai à l'étage quatre à quatre, tout en faisant défiler dans ma tête le contenu de mon tiroir à draps. Il me fallait quelque chose de suffisamment grand pour y envelopper un homme, mais quelque chose que ça ne me dérangeait pas de jeter. Le pressing du coin était peut-être très bon, mais il n'y avait pas moyen que je dorme dans le linceul d'un démon, qu'il ait été fraîchement lavé ou non.

J'attrapai un drap-housse – du 100 fils, donc pas une grande perte – et repartis en bas en courant. Parfait. Les coins élastiques permettaient même au tissu floral de rester tendu sur le corps alors que je le roulais dedans jusqu'à former un cocon parfait. Je doutai que mes efforts trompent quiconque serait en train de regarder par-dessus ma clôture – un corps enroulé dans un drap ne ressemble à peu près à rien d'autre qu'un corps enroulé dans un drap – mais le processus me fit me sentir mieux. Et en dépit de ma paranoïa galopante, je ne pensais pas vraiment qu'il y aurait quelqu'un en train de regarder par-dessus ma clôture pendant le temps nécessaire pour que je planque le corps dans la cabane.

Il s'avéra que cela me prit plus de temps que ce que j'imaginais.

Amener le corps *jusqu'à* la cabane à outils fut remarquablement facile – je m'étais rappelé l'existence du petit chariot à tirer de Timmy et en fis bon usage –, mais faire entrer le cadavre *dans* la cabane ne le fut pas. Le petit bâtiment était plein à craquer et je n'aurais pas pu y faire entrer un grille-pain, encore moins un cadavre.

Il était encore tôt, si bien que je n'étais pas encore totalement en panique. Pour le moment.

Avec une bonne dose d'adrénaline dans les veines, je sortis des cartons, des meubles et du menu désordre et empilai tout cela à l'extérieur de l'abri de jardin dans le seul but de pouvoir le réorganiser d'une manière qui serait plus propice à y cacher un cadavre. Dès que j'eus fait une entaille suffisante, je me glissai à l'intérieur, me penchai, et agrippai la momie. Je la fis passer à l'intérieur et découvris qu'elle rentrait tout pile sous le vieux lit d'Allie. Je me hâtai dehors et commençai à remettre en place tout ce que j'avais sorti. Nietzsche aurait fait un commentaire incisif sur la futilité de toute chose, mais ce n'était pas mon genre. Je voulais juste en finir. Et c'est précisément parce que j'étais tellement prise par ma tâche que je n'entendis personne arriver jusqu'à ce qu'il soit trop tard.

Une main se referma sur mon épaule et je hurlai. Sans réfléchir, je m'accroupis et pivotai en ignorant mes muscles douloureux et balançai ma jambe pour venir cueillir mon assaillant juste sous le genou avant de me redresser en position d'attaque. C'était un superbe mouvement, et je l'avais accompli sans même me faire un claquage à la cuisse. Qui l'eût cru ? Le coup aurait en effet été parfait… si j'avais frappé un démon. Au lieu de cela, je me retrouvai à surplomber Laura, les poings serrés contre mes flancs, le sang battant dans mes veines, et ma poitrine sur le point d'exploser du désir réprimé de frapper quelqu'un.

Heureusement, je *parvins* à le réprimer.

Mettre une trempe à ma meilleure amie requerrait un mensonge bien plus sophistiqué que tous ceux que j'aurais pu lui servir, surtout dans mon état actuel. Je me pliai en deux et pris de grandes inspirations, les mains posées juste au-dessus du genou. Laura était par terre devant moi, la paume de ses mains dans le gravier qui couvrait la partie ouest de notre jardin et entourait la cabane et le terrain de jeux de Timmy. Vu le diamètre de ses pupilles, je l'avais surprise au moins autant qu'elle m'avait surprise. L'espace d'un moment, aucune de nous ne put parler. Je me remis la première.

— *Seigneur*, Laura. Ne m'arrive pas dessus en mode furtif comme ça.

Elle cligna des yeux et grimaça.

— Je m'en souviendrai, dit-elle avant de se pencher pour se frotter le mollet. Où est-ce que tu as appris à faire ça ?

— Les patrouilles de voisinage, dis-je. Le flic nous a montré quelques techniques le mois dernier.

C'était une réponse ridicule mais elle ne sembla pas s'en apercevoir ; elle était trop occupée à plier sa jambe et remuer la cheville.

— Et qu'est-ce que tu fais là ? Tu caches l'or familial ?

J'ignorai sa question et me penchai à la place pour poser une main sur son mollet.

— Ça te fait très mal ?

Elle grimaça.

— Je vais survivre, dit-elle.

Je l'aidai à se relever et elle mit avec précaution du poids sur sa jambe.

— Mais sérieux, qu'est-ce que tu faisais ? Je crois que je ne t'ai jamais vue être aussi intense.

— Oh. Ah oui.

Je cherchai désespérément une réponse et me décidai pour la seule chose qui me vint à l'esprit et éviterait qu'elle pose trop de questions.

— J'ai de nouveau rêvé d'Eric la nuit dernière. Et comme Stuart et les enfants sont au centre commercial...

Je m'interrompis en espérant qu'elle finirait pour moi.

— Tu ressasses des souvenirs ?

Je haussai les épaules.

— Quelques fois il me manque, c'est tout.

Son front se plissa et je vis une réelle inquiétude dans son regard. La vérité, c'est qu'il m'arrivait de rêver d'Eric plus souvent que je n'aurais voulu le reconnaître. Et Laura avait été ma confidente à ce propos plus d'une fois. Mais aujourd'hui, je ne pouvais pas partager avec elle ce qui m'accablait vraiment, même si je l'aurais bien voulu.

— Tu veux en parler ?

— Non, dis-je en fixant le sol, craignant ce qu'elle risquait de voir dans mes yeux. Ça va aller. Il faut que je me reprenne, de toute façon. J'ai un rendez-vous à midi.

Elle regarda sa montre, puis les cartons qui couvraient toujours mon jardin, et enfin moi, toujours en jogging et tee-shirt, sans maquillage, les cheveux sales.

— Je vais t'aider à remettre ça en place.

J'aurais voulu refuser, mais j'étais déjà en retard. Et je savais que c'était la façon de Laura de m'aider par rapport à Eric, même si je n'avais pas envie de parler. Et puisque les chances qu'elle pense que le tas sous le vieux lit était autre chose qu'un tapis roulé – si d'ailleurs elle y pensait tout court – étaient minces, j'acceptai de bonne grâce.

— Qu'est-ce que tu fais à midi ? demanda-t-elle en me passant un carton.

— Rien d'important, dis-je en essayant de répondre d'un air détaché, même si j'étais sûre que je devais avoir l'air d'un braqueur de banque en train de jurer qu'il ne savait pas où était caché l'argent. Je dois retrouver un vieil ami qui passe en ville. Ça fait longtemps qu'on s'est pas vus. On va s'échanger les dernières photos de nos familles. Ce genre de choses.

— Oh, ça a l'air chouette. Comment tu le connais ?

— C'était un ami d'Eric et moi, dis-je en sautant sur la première réponse qui me passa par la tête.

Elle soupira.

— Oh, ma puce. Tu te retrouves prise d'assaut de tous côtés, hein ?

— En gros.

Je ne parvins pas à croiser son regard alors qu'elle me tendait un autre carton.

— Je peux faire quelque chose ?

— J'aimerais bien, répondis-je. C'est juste mon passé. Quelques fois, ton ancienne vie te prend par surprise, et même si ce n'était pas prévu, il faut quand même que tu t'en occupes.

Elle hocha la tête et nous terminâmes de travailler en silence.

Je fermai l'abri de jardin à clé, m'époussetai, et jetai un regard appuyé à ma montre.

— Merci pour le coup de main, dis-je, mais il va falloir que je file sous la douche.

— Pas de souci. Il faut que j'y aille aussi de toute façon. J'ai promis à Mindy que je l'emmènerai au centre commercial pour lui acheter de nouveaux vêtements. J'ai passé l'été à éviter d'y penser.

Ça me fit rire.

— J'ai mis ça sur le dos de Stuart.

— Tu as un mari en or, dit-elle avec une petite moue.

Elle tapota ses poches et en sortit ses clés. Elle se mit à jouer avec, en faisant tourner l'anneau du porte-clés autour de son doigt.

— Tu sais, je vais finir sur les rotules après toute une journée au centre commercial. Ça te dirait qu'on prenne un verre de vin et qu'on souffle un peu, tout à l'heure ?

Je compris bien ce qu'elle me proposait : m'offrir son soutien après une après-midi émotionnellement chargée avec un vieil ami.

Elle se trompait peut-être quant à la cause, mais elle n'avait pas tort sur le résultat : quand cette journée serait terminée, j'étais certaine que j'aurais désespérément envie d'un verre. Ou deux.

— Ça me va. En plus, je suis sûre que les filles voudront comparer leurs achats et se coordonner pour la rentrée.

— C'est vrai. Il va nous falloir un peu d'alcool dans le sang pour survivre à un tel défilé de mode.

Son regard partit sur le côté et je la vis dresser mentalement l'inventaire de sa cave à vin.

— J'ai un Moscato qui n'est pas mal. Je vais le mettre au frais et je te l'amène tout à l'heure, avec ma fille et la moitié du magasin.

Paul était le PDG d'une chaîne de fast-food qui marchait très bien, et il gagnait nettement mieux sa vie que Stuart. Sa fille n'avait pas besoin de faire les soldes. Le regard de Laura dériva vers la porte-fenêtre.

— Tu as le temps que je te chipe une tasse de café ? Il ne me reste plus que du déca et je me suis traînée toute la matinée.

— Tu as frappé à la bonne porte.

Le souvenir du café que j'avais mis en route me requinqua. On rentra dans la cuisine et je sortis l'une des tasses thermos de Stuart pour Laura. Elle la prit et alla chercher du lait dans le frigo. C'est quand elle ouvrit la porte que je l'entendis : un léger grattement contre le plastique qui couvrait la fenêtre brisée. Mon cœur se mit à battre deux fois plus vite sous l'effet de l'adrénaline qui préparait mon corps à l'action. Qu'est-ce que c'était ? Un démon qui était là pour finir ce que Grand-Pa avait raté ? Ou peut-être un chien de l'enfer qui était en train de renifler avant de bondir à l'intérieur pour m'arracher la gorge ?

— Je peux te prendre du lait de noisette ? demanda Laura, la tête dans le frigo.

Je ne répondis pas. J'étais trop occupée à regarder le plastique. *Pas maintenant... pas déjà.* Je ne voulais pas que Laura soit là quand la chose attaquerait. Je ne voulais pas qu'elle soit impliquée. Je ne voulais pas...

— MRRRRRRA-OUUUUUU !

— Oh, merde ! hurla Laura.

Quelque chose de petit et agile bondit à travers la fenêtre, à moitié recouvert d'un morceau déchiré de sac poubelle. Le glapissement abominable de la chose fit se dresser les poils de mes bras. Je plongeai en avant pour saisir la bête et mes doigts entrèrent en contact avec quelque chose de doux et...

— *Mrrra-ouu.*

Je m'arrêtai net et finis enfin par comprendre ce que mes mains savaient déjà. Ce n'était pas un démon. Pas un chien de l'enfer. Rien de mauvais, juste Kabit, notre chat obèse, hyper grognon et bavard.

Kabit me fusilla du regard un long moment. Il était tout hérissé et sa queue faisait trois fois sa taille normale. Puis il marcha jusqu'à sa gamelle et commença à manger, l'image de la dignité offensée. J'avais envie de rire mais je n'y parvins pas tout à fait.

— Désolée, dit Laura en se penchant pour ramasser le carton de lait aromatisé qu'elle avait fait tomber. Il m'a foutu la trouille de ma vie.

Je regardai la flaque par terre et soudain, mon rire se mit à monter.

— Oui, dis-je en soufflant entre deux éclats de rire. J'imagine.

La mine penaude de Laura disparut alors qu'elle se mettait à rire aussi. Nous nous laissâmes glisser au sol toutes les deux, dos au placard, secouées d'hilarité. Mais la situation n'était vraiment pas drôle et je savais que ce rire était davantage le résultat de mes nerfs à vif que de mon sens de l'humour. Aujourd'hui, ce n'était que mon chat qui avait fait peur à Laura. Vu le tournant que ma vie avait pris dernièrement, je ne pouvais m'empêcher de me demander si, avant que tout cela ne soit terminé, Laura aurait l'occasion de voir quelque chose de vraiment effrayant.

Et si c'était le cas, serais-je là pour la protéger ?

La cathédrale Sainte-Mary a été édifiée il y a des siècles de cela, et fait partie de la route des missions californiennes. Le bâtiment originel est toujours debout, même si la messe n'y est donnée que lors de fêtes religieuses malgré les rénovations en cours sur le superbe bâtiment. Le reste du temps, c'est la salle de l'évêché qui sert de lieu de culte temporaire.

D'un point de vue purement personnel, je serai heureuse quand les travaux seront terminés. L'intérieur de la cathédrale est à couper le souffle, et le bâtiment plus récent de l'évêché n'a pas le même cachet. Et, oui, je vais régulièrement à la messe – enfin, plus ou moins. J'ai été témoin d'exorcismes, j'ai planté des pieux dans des vampires et abattu des démons avec une simple touillette en plastique... alors, oui, je suis croyante. Je me suis même retrouvée embrigadée dans le comité bénévole de l'église il y a quelques mois. Bien sûr, le projet, qui était censé être terminé pendant l'été, est bien loin de l'être. Ne dit-on pas que les bonnes actions se retournent souvent contre vous ?

La cathédrale est perchée sur le point culminant de la ville et donne sur le Pacifique et les îles du détroit. Comme dans n'importe quelle église, la salle de culte est un lieu consacré, mais la cathédrale Sainte-Mary a un petit truc en plus. Tout ce qui s'étend derrière le chancel – le chœur, l'autel, et même la crypte en dessous et le plafond au-dessus – ont été construits avec un mortier dans lequel ont été incorporées les reliques de saints. C'est assez commun d'inclure un os de saint dans un autel – enfin, moins de nos jours –, mais une telle dose de sainteté est unique, même des siècles en arrière.

Eric et moi pensions que la puissance de ce sanctuaire expliquait pourquoi il y avait si peu de démons à San Diablo. Bien sûr, les démons peuvent malgré tout se balader en ville – ou sur le terrain non consacré de l'église, d'ailleurs – mais nous étions d'avis que la cathédrale établissait une atmosphère peu attirante pour les démons. Apparemment, nous nous étions plantés.

Quoi qu'il en soit, je n'avais aucune idée de l'identité de mon nouvel *alimentatore* ; d'après la tradition, un chasseur ne sait rien de son mentor avant de le rencontrer pour la première fois. Je trouve cette tradition non seulement archaïque mais surtout carrément idiote. Malheureusement, je ne fais pas partie du comité en charge du règlement de la Forza Scura et personne ne m'a demandé mon avis.

Même si je ne pouvais savoir qui j'étais censée rencontrer, je regrettai amèrement ne pas avoir réclamé de plus amples détails au père Corletti sur le lieu exact de notre rendez-vous. Pour autant que je sache, mon mentor était peut-être assis dans le bureau du presbytère du père Ben et se tournait les pouces en se demandant où j'étais.

Cette pensée en fit naître une autre : mon mentor était peut-être le père Ben en personne. C'était une idée qui me plaisait. Même si le père Ben n'était pas sorti du séminaire depuis longtemps, il avait l'air réactif et ses homélies étaient intéressantes. Toutefois, les probabilités que ce soit lui que je doive retrouver étaient minces. Le père Corletti s'était peut-être montré vague, mais il avait clairement dit que la Forza avait « envoyé » un *alimentatore*. Cela faisait des années que le père Ben était pasteur ici, alors à moins que la Forza ne soit au courant de l'intérêt de Goramesh pour la cathédrale depuis bien plus longtemps que le père Corletti ne l'avait laissé entendre, Ben n'était pas l'homme que je cherchais.

Je décidais que le bâtiment de la cathédrale elle-même était le choix le plus sûr, et je fis virer l'Infiniti vers l'une des places de parking à proximité. Je dois avouer que je prenais un plaisir peu charitable d'avoir refilé le monospace à Stuart, et une part de moi avait juste envie de rester sur le parking, à faire tourner le moteur en profitant de l'odeur de propre de la voiture, dépourvue d'effluves de lait tourné ou de jus de raisin renversé. Malheureusement, je n'avais pas le temps de m'attarder. Je mis la voiture au point mort, coupai le moteur et abandonnai le confort de l'air conditionné pour la météo agréable de la Californie du Sud.

Je suivis le chemin empierré jusqu'à la cathédrale et laissai ma main effleurer les oiseaux de paradis qui bordaient l'allée comme des sentinelles. Les portes en bois massif renforcé de laiton terni étaient fermées mais non verrouillées et je tirai l'une d'elles pour entrer. Je traversai d'abord le petit hall d'entrée et avançai lentement jusqu'à franchir le seuil de la nef. Les bénitiers à l'entrée avaient été retirés pour être rénovés et remplacés par de simples socles en bois surmontés d'un bol plaqué or. Le sol était encore humide, probablement à cause de la pluie de tout à l'heure, et j'avançai avec précaution pour ne pas glisser. Je trempai un doigt dans le bénitier, me signai, et effectuai une génuflexion en direction du tabernacle.

Les bancs étaient vides et j'envisageai de partir voir si mon rendez-vous était ailleurs. Mais j'étais arrivée avec quelques minutes d'avance, alors il semblait bête de ne pas attendre un peu.

J'avais amené un flacon en verre vide, et je le remplis d'eau bénite pour refaire mon stock. Cette mission accomplie, je restai là, debout, et feuilletai distraitement un missel tout en vérifiant l'heure qu'il était environ toutes les vingt-quatre secondes. À onze heures cinquante-sept, j'entendis le grincement d'une porte suivi de bruits de pas. Comme l'acoustique des lieux avait été davantage conçue pour chanter des hymnes que pour repérer d'où venait un son précis, je ne savais pas vers où regarder. Je tournai complètement sur moi-même et je m'étais mise à marcher vers le chancel quand le mystère se résolut : le père Ben passa derrière un rideau en velours et apparut dans le chœur devant moi.

Il tenait un bloc-notes et un stylo et ne semblait pas s'être aperçu que j'étais là.

Je me raclai la gorge et il releva la tête, surpris. Mais son visage s'éclaira presque aussitôt et il me fit un grand sourire.

— Kate Connor. Qu'est-ce qui vous amène ici aujourd'hui ?

D'accord. Donc ce n'était clairement pas mon *alimentatore*. Je lançai l'excuse que j'avais préparée.

— Je suis venue chercher l'inventaire pour le dactylographier. Mais le son était mauvais sur mon répondeur, alors je ne sais pas trop qui a appelé.

Notre projet impliquait de dresser un index des dons massifs qui faisaient partie des immenses archives de la cathédrale, je supposai qu'il devait y avoir une liste quelque part en attente d'être mise au propre. Et donc, je n'étais pas vraiment en train de mentir à un prêtre.

Le père Ben se frotta le menton.

— Eh bien, je crains de ne pouvoir vous aider. Delores saurait quoi vous dire, mais elle n'est pas là aujourd'hui.

Il s'agissait de la directrice du comité.

— Oh. Dommage.

Je fronçai les sourcils et essayai d'avoir l'air bien embêtée.

— J'espérais me mettre au travail là-dessus ce soir.

Je me tournai un peu, et regardai autour de moi comme si je m'attendais à voir quelqu'un se matérialiser sur un des bancs.

— Vous n'avez vu personne d'autre par ici ?

— Non, désolé.

— Je vais aller voir dans la salle de l'évêché. Si quelqu'un me cherche, vous lui direz que je suis là-bas ?

— Bien sûr.

Je dis au revoir poliment et partis. Je passais dans la salle de l'évêché, fis le tour, et n'y trouvai personne à l'exception du gardien qui passait la serpillière. Je fis marche arrière rapidement pour ne pas faire de saletés.

La poussée d'adrénaline qui avait accompagné l'idée de rencontrer mon nouveau mentor se trouvait rapidement remplacée par de l'agacement. J'avais au moins trois lessives qui m'attendaient à la maison. Sans mentionner un cadavre qui allait finir dans un état sympathique s'il restait encore longtemps dans mon abri de jardin. Je décidai de revenir vers la cathédrale au cas où on soit juste en train de jouer aux chaises musicales et de ne jamais se trouver. Je venais de mettre les pieds dans l'allée quand j'entendis des pas derrière moi. Je me tournai mais ne vis personne. J'appelai mais personne ne répondit.

J'atteignis les portes de l'église en même temps que le père Ben. Son visage s'éclaira aussitôt et cette fois, je compris que j'étais exactement la personne qu'il voulait voir.

— Oh, Kate, je vous cherchais justement. Je suis tombé sur un monsieur qui demandait après vous sur le parking.

— Ah bon ?

Mes yeux se portèrent automatiquement vers le parking. Il y avait là cinq voitures mais pas de piéton.

— Qui ?

— J'ai peur de ne pas connaître son nom, dit le père. Il a dit qu'il vous cherchait dans l'évêché mais que le sol était mouillé.

— En effet. Je viens d'y passer.

— Il m'a demandé de vous envoyer dans la cour si je vous voyais.

— Super. Merci.

Il rentra dans l'église et je fis le tour du bâtiment en direction de la cour, une petite zone avec des bancs entre la cathédrale, les bureaux du presbytère et les bâtiments de l'évêché. C'est surtout un endroit où le personnel de l'église vient s'asseoir pour déjeuner, égayé seulement par quelques plantes en pots autour de bancs en béton. L'entrée en était marquée par une grille en fer forgé. Le portail était ouvert et je le franchis. Je ne vis personne. Les bancs en béton avaient presque viré au blanc après avoir été exposés au soleil de Californie jour après jour et, avec absurdité, je pensais à des os nettoyés par des vautours au milieu d'un champ, oubliés là. Je frissonnai comme si on avait marché sur ma tombe et je tournai mon regard vers la statue de la Vierge Marie à la recherche d'un réconfort.

— Donnez-moi Votre force, murmurai-je en fermant les yeux un instant alors que je me signais.

Ce petit jeu de cape et d'épée était agaçant. J'avais un téléphone portable, un fax, un agenda électronique et une connexion Internet à haut débit. Était-il vraiment nécessaire de rôder autour de la cathédrale alors qu'un simple email aurait pu m'indiquer un lieu et un horaire exacts pour notre rendez-vous ? Un autre coup d'œil à ma montre m'apprit qu'il était désormais midi dix. Le père Ben venait de le voir, alors où diable était-il ?

— Il y a quelqu'un ? appelai-je en me sentant idiote puisque à l'évidence il n'y avait personne.

Je marmonnai un juron peu séant à côté d'une église et je repartis d'où je venais. Mon sang bouillonnait alors que je tournai, mes muscles crispés par cette frustration accumulée. J'avais envie de frapper quelque chose, de me lâcher et de passer mes nerfs de façon tangible. La réaction me surprit. Durant quinze ans, j'avais travaillé si dur pour réprimer ces envies, et je m'étais efforcée de vivre selon des règles différentes. Et j'y étais parvenue. La vie en banlieue m'avait permis d'oublier mon passé. Je répétai sans arrêt à Timmy de ne pas taper, mordre, frapper ou crier ; ce n'est pas gentil de taper, ça ne résout rien.

Sauf que des fois, frapper résout vraiment des choses.

Quelques fois, taper vous sauve la vie.

J'avais peut-être refoulé mes années de formation, mais je ne les avais jamais vraiment perdues. Et désormais, je sentais mes anciens instincts gratter à la surface, mon sang qui brûlait et ma force qui revenait. Et surtout, je sentais le désir. De me battre. De gagner. De vivre.

Une brindille craqua derrière moi, et le son résonna dans la cour. Je fis volte-face, les poings levés, les muscles bandés. Je ne m'attendais vraiment à rien d'autre qu'à voir enfin mon *alimentatore*, mais j'étais dans un tel état mental que je ne pouvais simplement pas me retourner et dire « Oh, bonjour ».

Et Dieu merci.

Il était là. Larson. Il se dressait de toute sa hauteur à cinquante centimètres derrière moi.

— Fils de pute, hurlai-je en me jetant sur lui.

Je ne réfléchissais pas, mais un sentiment de satisfaction s'était emparé de moi. J'avais eu raison tout du long ! C'était un démon, il avait été mis au courant de cette entrevue, et il avait réussi à mettre en retard – ou tuer – mon *alimentatore*.

En plus de quoi, je n'aimais pas ce type. Sa remarque sur Allie m'avait foutue en rogne, et c'est avec une sorte de jubilation absurde que je lui sautai dessus.

Il écarquilla les yeux en me voyant arriver et tendit les mains devant lui à la dernière seconde, comme pour dévier mon assaut, mais c'était trop tard. Je le frappai de toute la puissance de mon corps, et nous nous écroulâmes au sol. Ce n'était pas la méthode la plus élégante, je l'avoue, mais mon but premier avait été de l'atteindre avant qu'il ne le fasse.

Il se remit rapidement de sa surprise initiale et se tordit violemment vers la gauche en parvenant à me déloger. Il était bien plus fort que ce à quoi je me serais attendu pour un magistrat dans la soixantaine, ce qui ne faisait que confirmer mes soupçons sur sa nature.

Sa parade m'avait envoyée m'écraser sur le sol de pierre, et mon sac vola au loin. Mes affaires s'étaient répandues comme les entrailles d'une bombe. Je me relevai sur les genoux en fouillant dans les débris et ma main se referma sur le premier objet solide que je trouvai : une figurine issue d'un Happy Meal, avec une petite épée en plastique. Ce n'était pas génial, mais je pouvais m'en sortir avec ça.

Je me redressai sur mes pieds et vis que Larson en faisait de même. Il n'y était pas encore, cependant, et j'en profitai pour lui mettre un bon coup de pied quelque part du côté de ses reins.

Cet enfoiré n'avait pas la moindre chance. Il s'écroula et je bondis. J'atterris sur lui et lui fis une prise d'étranglement. J'avais gagné et nous le savions tous les deux. Il y avait de la peur, de la défaite dans son regard, et le chant de la victoire résonnait à mes oreilles. Je m'apprêtai à lui porter le coup de grâce et amenai la figurine du Happy Meal vers son œil gauche.

— Pour l'amour de Dieu, Kate, arrêtez ! Je suis votre *alimentatore* !

6

— C'est ça, oui, dis-je en maintenant l'épée en plastique à quelques millimètres de son œil.

Nous étions par terre, j'avais un bras contre sa gorge, sa tête coincée contre ma poitrine. S'il bougeait, mon arme improvisée pénétrerait la sclère et s'enfoncerait dans l'humeur vitreuse comme un couteau dans du beurre. S'il était un démon, il serait mort. S'il était humain, il serait borgne.

En cet instant, c'était un risque que j'étais prête à prendre.

— Kate, réfléchissez à ce que vous êtes en train de faire. La Forza m'a envoyé pour vous aider.

Il essaya de se soustraire à l'épée en appuyant sa tête contre mes seins. Il était glacé de peur et tremblait quasiment. Je resserrai ma prise autour de son cou.

— Expliquez-vous, dis-je. Expliquez-moi le dîner.

Rien. Le silence. Je le secouai légèrement pour raviver son zèle.

— Un test, finit-il par balbutier, d'une voix si basse et rauque que je le compris à peine.

Je relâchai de façon infime ma prise sur son cou mais mes doigts restèrent bien serrés autour du jouet Happy Meal.

— N'importe quoi.

Il toussa, commença à parler, et toussa à nouveau. Je me forçai à ne pas me laisser attendrir par son mal-être apparent.

— Parlez, dis-je.

— Ça fait un moment que vous n'étiez plus dans le circuit. J'avais besoin de savoir à qui nous avions affaire. À quel point il faudrait vous entraîner. Quel niveau vous aviez.

— Alors vous êtes venu chez moi et vous vous êtes fait passer pour un démon ? J'aurais pu vous tuer.

— Mais vous ne l'avez pas fait.

Il se racla la gorge et prit une inspiration. Je me rendis compte que j'avais encore davantage desserré ma prise.

— Vous avez passé ce test, au moins.

Il commença à se lever, mais je le tirai en arrière. Il grimaça.

— Même si je peux encore modifier ma note.

— Vous m'avez délibérément tendu un piège. L'haleine. Les commentaires.

— L'haleine, je vous l'accorde, dit-il. Une semaine à manger de l'ail sans me brosser les dents. Les commentaires, par contre...

Il s'interrompit.

— Quoi ?

— Je n'ai jamais rien dit de compromettant. Vous avez supposé que j'étais un démon et vous avez entendu ce que vous vouliez entendre.

J'essayai de repenser à la soirée, de voir si ce qu'il disait était vrai. Mais tout était trop flou. Tout ce dont je me rappelais, c'est ce qu'il avait dit d'Allie, qu'il était désolé de ne pas l'avoir rencontrée. Qu'elle devait me ressembler.

Merde.

Il avait raison. À moins d'être un suppôt de Satan, c'étaient des remarques inoffensives.

Sans le lâcher, je me penchai et reniflai un bon coup. Il ouvrit la bouche obligeamment. Il sentait bon la menthe.

Je relâchai ma prise et il s'assit en se frottant les épaules et en assouplissant sa nuque.

— Excuses acceptées, dit-il.

— Je ne me suis pas excusée.

Je continuai à viser son visage avec le jouet. J'étais à peu près sûre qu'il était inoffensif, mais pas à cent pour cent.

Il grogna, de frustration ou de douleur, et bougea légèrement vers la gauche.

— Vous avez refait le plein ?

Je n'avais aucune idée de ce dont il parlait et je me tournai dans la même direction que lui. Mon chéquier ouvert était étalé à côté du banc, un flacon d'eau bénite à moitié caché en dessous. Je ne pouvais pas l'atteindre sans lâcher Larson, et je parcourus mentalement mes possibilités. C'était peut-être un piège. Il prévoyait peut-être de m'attaquer – ou de s'enfuir ventre à terre – à la seconde où je le lâcherais. Mais comme je ne pouvais pas rester assise là éternellement, c'était un risque qu'il allait bien falloir que je prenne.

— Ne bougez pas, dis-je, comme si je pouvais le clouer sur place par la seule force de ma volonté.

— Même pas en rêve.

Je reculai, attrapai le flacon, et revins en position. Je tenais toujours le jouet, mais avec un peu moins d'empressement. Larson n'avait pas bougé d'un cheveu pendant que je récupérais l'eau, et il m'observa dévisser le bouchon, impassible.

— Le moment de vérité, dis-je en lui lançant l'eau dessus sans autre forme de procès.

Il ne frémit même pas et je sus immédiatement quel serait le résultat. Rien. Pas de chair brûlée ou cloquée. Pas de cris émanant des profondeurs de l'Enfer. Même pas un petit grésillement. Je sentis mon corps se détendre.

Aucun démon ne pouvait supporter de se faire asperger d'eau bénite en plein visage.

Larson n'était pas un démon. C'était juste un homme, déconcerté et trempé.

Je soupirai et lui passai un mouchoir que je sortis de la poche de mon jean. Il se tamponna le visage.

— Bon, d'accord, dis-je. Je vous crois.

— J'espère bien.

Il commença à se lever et j'en profitai pour tâtonner autour de nous afin de récupérer toutes mes affaires.

— Alors vous me testiez, dis-je en enfonçant une porte ouverte. À la soirée, je veux dire.

— Oui.

Je fourrai mon carnet de chèques dans ma poche et commençai à ramasser les pièces tombées.

— Est-ce que j'ai passé votre test ?

Il m'observa.

— Disons qu'il y a du travail.

— D'accord. Bien sûr.

Mince.

Je n'aime pas avoir tort et, pour être franche, j'ai pris l'habitude d'avoir raison à peu près tout le temps. Je suis la maman et maman a toujours raison. Alors ce ne serait pas exagéré de dire que je ne prenais pas de très bonne grâce mon erreur quant au juge Larson.

Heureusement, il semblait comprendre et pendant que je boudais, il roula jusqu'à la décharge publique, avec une carcasse de démon dans le coffre et moi assise sur le siège passager en train de broyer du noir. Non que j'aie passé tout mon temps à bouder. Après quelques vigoureux mea-culpa de ma part – je n'arrivais pas à croire que j'avais aspergé mon *alimentatore* d'eau bénite – nous étions partis chez moi. J'avais garé l'Infiniti devant pendant que Larson mettait sa Lexus dans le garage. Nous avions sorti le cadavre de l'abri de jardin, l'avions de nouveau trimballé à travers la cuisine, et avions fourré notre démon mort et d'un âge gériatrique dans le coffre immaculé de Larson.

J'appris qu'entrer dans la décharge coûte vingt-cinq dollars et que personne ne prend votre nom, votre numéro de plaque ou quoi que ce soit. Un vieux type grisonnant gardait l'entrée mais il était davantage intéressé par regarder *Le Juste Prix* sur une vieille télé noir et blanc que par nous. Étant donné la facilité avec laquelle nous et notre cadavre étions entrés, je ne pouvais que m'imaginer que tout un tas de meurtriers étaient passés par là avant nous. Peu sympathique.

Larson se gara derrière un tas de débris qui nous abritait à la vue de quiconque aurait pu passer sur la route. L'endroit n'était pas franchement bondé, alors je ne m'inquiétais pas trop des témoins éventuels. Ensemble, nous tirâmes Grand-Pa hors du coffre et le fourrâmes dans un creux que nous avions dégagé dans les détritus. La puanteur n'était pas négligeable, mais avec deux enfants – dont un toujours en couche-culotte – je contrôlais bien les nausées.

Nous recouvrîmes le corps d'ordures, nous époussetâmes, et repartîmes comme nous étions venus. Avec un peu de chance, personne ne trouverait jamais le corps. Et si quelqu'un le trouvait, personne ne ferait jamais le lien avec nous.

— Vous m'en voulez toujours ? demanda Larson alors que nous roulions depuis un moment.

— Oui, dis-je, mais je vais m'en remettre.

— C'était nécessaire, dit-il.

— Je comprends.

Et je comprenais. Vraiment.

— Ça me fout juste en boule que vous vous soyez senti obligé de tester des compétences que je n'ai pas utilisées depuis des années. Je veux dire, comment vous vous sentiriez si votre professeur de droit de la propriété se pointait sans prévenir pour vous faire un test sur la règle contre les dévolutions perpétuelles ?

Pour être claire, je n'ai aucune idée de ce dont il s'agit, mais à chaque fois que Stuart invite ses amis avocats à boire un verre, le sujet tombe toujours sur le tapis et ils râlent en disant que c'est incompréhensible et qu'ils sont bien contents de ne pas gagner leur vie en écrivant des testaments. Les yeux de Larson se plissèrent avec un air très Paul Newman.

— Je vois, dit-il. Ça ne m'aurait pas plu du tout.

Il s'arrêta à un feu rouge et me tendit la main.

— On fait la paix ?

Je la serrai.

— D'accord.

Le feu passa au vert et il redémarra. Quelques minutes plus tard, il tourna sur le Rialto Boulevard, une rue bordée de cyprès qui mène à mon quartier. Je me tordis sur mon siège pour lui faire face.

— Alors, à quel point j'ai été pathétique ?

— Pour tout dire, au vu des circonstances, vous avez fait preuve de pas mal de ressources. Cela dit, je ne m'attendais pas à moins. J'ai lu votre dossier et je sais que Wilson n'a pas dû être laxiste en vous entraînant.

S'il essayait de piquer mon attention, c'était réussi.

— Vous connaissiez Wilson ?

Wilson Endicott avait été mon premier et unique *alimentatore* jusqu'au jour où il avait pris sa retraite. Il était le fils aîné d'un gros bonnet britannique qui avait renoncé à son héritage le jour où il avait quitté la maison pour rejoindre la Forza. Là où le père Corletti avait été comme un père pour moi, Wilson était davantage un frère aîné. J'avais confiance en lui, je l'admirais, et il me manquait terriblement.

Une ombre passa sur le visage de Larson.

— C'était un excellent *alimentatore* et un ami. Sa mort est une grande perte.

— Il aurait probablement été mortifié de voir ma réaction avec vous.

Larson secoua légèrement la tête et me toucha doucement la main.

— Au contraire. Je pense qu'il aurait été très fier.

Je me concentrai sur mes ongles.

— Merci.

— J'enverrai un rapport positif à la Forza, Kate. Vous vous en êtes bien sortie. Vraiment.

— Oh.

Je me rassis un peu plus droit et tentai de me reprendre.

— Bon, tant mieux. Pourquoi vous ne l'avez pas dit avant ?

Il jeta un coup d'œil rapide dans ma direction et je vis du rire dans son regard.

— Si ma mémoire est exacte, vous étiez en train de viser mon globe oculaire avec un chevalier miniature.

— Ah oui. Désolée.

— Je ne le prends pas mal.

Il abaissa la visière pour révéler un paquet de gommes à mâcher Nicorette. Il en déballa une et la mit dans sa bouche avant de faire la moue en me regardant.

— Plus difficile d'arrêter que je ne l'aurais cru, dit-il.

— Alors, comment allez-vous trouver Goramesh ? demandai-je pour en revenir au boulot. C'est ça le plan, n'est-ce pas ? Vous le trouvez, je l'extermine et la vie reprend son cours normal ?

J'étrécis les yeux en le regardant. Cela me fit penser à autre chose.

— Vous êtes vraiment juge ? Stuart va faire une crise s'il s'avère que vous ne pouvez pas vraiment soutenir sa candidature.

Ça le fit rire.

— Je peux vous assurer que ma place en tant que magistrat est tout à fait sérieuse.

— Alors quoi ? Vous faites des extras pour le Vatican ?

J'étais sarcastique mais il hocha la tête.

— Quelque chose comme ça.

— Sans blague ?

À mon époque, les chasseurs et les *alimentatores* travaillaient à temps plein, employés par la Forza. Avoir une autre profession à côté n'était même pas une option.

— Cela faisait douze ans que j'avais fini mes études de droit quand j'ai contacté le père Corletti pour recevoir une formation d'*alimentatore*.

— Vraiment ?

Je ne pus garder la note d'incrédulité hors de ma voix. La Forza est super-secrète. Je n'avais jamais entendu parler de quelqu'un qui aurait contacté l'organisation de lui-même.

— Le père Corletti a trouvé cela inhabituel lui aussi, dit-il. Mais j'avais fait quelques recherches de mon côté sur les démons et l'infiltration de la magie noire dans la société et j'étais tombé sur une vague référence à ce groupe dans un texte ancien. J'étais intrigué, et plus je me renseignais, plus j'étais déterminé à découvrir si l'organisation était réelle ou si elle était le produit de l'imagination de quelqu'un.

— Je suis impressionnée.

— Cela m'a pris cinq ans, mais j'y suis parvenu.

Un sourire ironique se dessina sur sa bouche.

— Des années intéressantes. C'est incroyable les personnalités que l'on rencontre en faisant des recherches sur un groupe de chasseurs de démons d'élite.

— Alors le père Corletti vous a fait entrer et le reste est venu tout seul ?

— Plus ou moins. J'ai travaillé hors de Rome jusqu'à ce que le nouveau règlement entre en application il y a environ dix ans.

Depuis que nous avons le droit d'exercer un second métier en plus de nos devoirs envers la Forza, je suis revenu à Los Angeles et j'ai repris mon travail de juriste.

Eric et moi avions fait la même transition : nous nous étions d'abord retirés à Los Angeles après notre mariage, et ensuite nous avions emménagé à San Diablo quand nous avions appris que j'étais enceinte.

— Et ensuite vous êtes devenu juge ?

— Exactement. Trois ans plus tard, j'ai été nommé au siège d'une cour supérieure.

Nous étions arrivés dans ma rue et il se gara devant chez moi, mit la voiture au point mort et se tourna vers moi.

— Comme vous pouvez l'imaginer, ma nouvelle position s'est révélée plutôt utile pour la Forza. Le système judiciaire criminel offre un point de vue fascinant sur les activités démoniaques.

— J'imagine.

Il parlait d'un air détaché, comme un météorologue qui donnerait ses prévisions, ou un médecin qui rapporterait les résultats du labo. Rien que des banalités, le quotidien, l'ordinaire pour lui, mais j'en eus une boule dans le ventre. Ce n'était pas l'ordinaire pour moi. Cela faisait bien, bien longtemps que ça ne l'était plus.

Et pourtant, voilà où j'en étais. L'homme à côté de moi avait fait son métier de la surveillance de l'activité démoniaque et de l'étude des méthodes pour les vaincre. Moi j'y revenais à peine.

J'eus froid soudain et je me sentis submergée par le désir d'entendre la voix de mes enfants. Mes bras se couvrirent de chair de poule et je fouillai mon sac à la recherche de mon téléphone. Sous les yeux de Larson, je composai le numéro du portable de Stuart. Une sonnerie, deux, et puis sa voix :

— Je t'en prie, dis-moi que tu viens me sauver.

Je fus aussitôt en alerte.

— Pourquoi ? Qu'est-ce qui ne va pas ?

Larson se tourna vers moi, le visage inquiet lui aussi. Ma main se porta sur la poignée de la portière, prête à l'ouvrir.

Stuart se mit à rire.

— Rien, tout va bien. Désolé de t'avoir fait peur. Tu as cru que j'avais perdu les enfants quelque part entre le parking et l'espace restauration ?

— Un truc du genre. Je peux leur parler ?

— Bien sûr, si tu veux que Timmy se mette dans tous ses états. Il est sur le manège, là, avec Allie. Il est sage, mais s'il entend la voix de maman...

— Ah oui. Tant pis, laisse tomber.

Je n'avais pas très envie que Timmy se mette à faire une crise et que Stuart ramène tout le monde au bercail.

— Alors quel est ton horaire estimé de retour à la maison ?

— Je ne sais pas trop. Pour le moment, Timmy est content alors je veux bien rester là aussi longtemps qu'Allie le voudra.

Je sentis mes sourcils se hausser de surprise.

— Ah bon ?

— Bien sûr. Pourquoi ça te surprend ? J'ai déjà dit à Allie qu'on irait déjeuner un peu tard à Bennigan.

— Vraiment ?

Stuart n'est pas un fan des franchises de restaurant, mais Allie adore cet endroit et c'est facile d'y trouver de quoi manger pour Timmy.

— Tu vas marquer un tas de points.

— Je sais, répondit-il.

Je l'entendis presque sourire.

— Et c'est mieux que de devoir gérer cette satanée fenêtre. Comment ça se passe, ça, d'ailleurs ?

— Bien, mentis-je.

J'avais complètement oublié la fenêtre. Nous nous dîmes au revoir et je remis le téléphone dans mon sac, étrangement insatisfaite.

— Tout va bien ? demanda Larson.

— Oui, répondis-je.

Mais ce n'était pas le cas. Je ne sais pas à quoi je m'étais attendue : que Stuart se rende compte de ma détresse comme par magie et me promette que tout irait bien ? Un serment de la part de mes enfants de ne jamais parler à des inconnus ou des démons ? Je ne savais pas trop ce dont j'avais besoin, mais je ne l'avais pas obtenu.

Je sortis de voiture et partis vers la maison, Larson sur mes pas.

— Vous n'avez pas répondu à ma question sur comment vous allez faire pour trouver Goramesh, dis-je alors que nous entrions.

— Vous ne m'en avez jamais donné l'occasion, dit-il.

Il n'avait pas tort.

— Je veux le tuer. Je veux mettre fin à tout ça. Je veux que mes enfants soient en sécurité.

— Ça sera bientôt terminé, dit-il. C'est pour cela que je suis là. Pour vous assister et mettre rapidement un terme à cette situation.

— Tant mieux.

Je repensais à ce qu'il venait de dire. *Situation* n'était pas le mot que j'aurais employé, mais je n'avais rien contre y *mettre rapidement un terme*. Plus vite la vie serait de retour à la normale, mieux ce serait.

— Oui, c'est super, ajoutai-je.

Nous étions dans la cuisine désormais et l'horloge du four indiquait qu'il était quatorze heures. J'avais oublié de demander si Tim avait fait la sieste dans sa poussette, mais je supposai que la réponse était non. Timmy n'est pas des plus charmants quand il n'a pas fait au moins deux heures de sieste et je savais qu'aux premiers signes de grognonnerie infantile, Stuart ramènerait toute la fine équipe à la maison.

— On ferait mieux de s'y mettre, dis-je. Si vous êtes encore là quand Stuart rentre, je ne sais pas ce que nous lui dirons.

J'ouvris le frigo, en sortis deux bouteilles d'eau et lui en tendis une avant de passer dans le salon. Je venais d'ouvrir la porte de derrière quand je me rendis compte que Larson ne me suivait pas.

— Vous venez ?

— Où ça ?

— On ne s'entraîne pas ?

Je donnai un coup de pied, comme Bruce Lee.

— À mains nues ? Au maniement des armes ? Peut-être un petit coup d'escrime ?

Je dégainai une épée imaginaire avant de me rendre compte que mes simagrées ne l'amusaient pas. Je soupirai.

— Ça fait presque quinze ans que je ne me suis pas entraînée, Larson. Il faut que je m'entraîne. Sinon je suis morte.

— Vous vous en sortiez derrière l'église, dit-il.

— M'en sortir, ça ne va pas suffire.

Il se racla la gorge mais ne dit rien. Je m'appuyai au montant de la porte.

— Qu'est-ce que vous ne me dites pas ?

— La Forza s'inquiète moins de Goramesh que de ce qu'il cherche.

— On arrête Goramesh et ce qu'il cherche n'aura plus vraiment d'importance, si ?

— Et comment vous comptez faire ça ?

— En me battant ?

J'agitai une main impatiente en direction du jardin.

— Le genre de trucs que la Forza a passé des années à m'apprendre, ce que le père Corletti attend de moi, non ? Que je m'occupe de ce problème. Que j'arrête Goramesh.

Je n'étais pas tant en colère qu'effrayée. J'avais peur de voir s'effondrer cette vie que je m'étais construite, cette vie que j'aimais et d'être renvoyée dans un monde d'ombres et de noirceur.

— J'ai juste envie de le *planter* Larson. Je veux en *finir*.

— Et encore une fois, je suis obligé de vous demander : *comment ?*

— Pas avec votre aide apparemment, dis-je en laissant libre cours à ma mauvaise humeur. Pourquoi vous êtes là si ce n'est pour m'aider ? Il faut que je m'entraîne. Je suis à la ramasse physiquement et je...

Oh. Je me tus.

Quelque chose venait de faire clic, et je comprenais enfin.

— Goramesh n'est pas corporel, c'est ça ?

— Pas selon les derniers renseignements de la Forza, non.

— Cela vient quelque peu contrecarrer mon plan, reconnus-je.

Si le démon n'avait pas pris un corps humain, je ne pouvais pas franchement le tuer. Larson fit un petit « mmh » et je grimaçai.

— Et vous suggérez quoi, vous ? demandai-je de façon fruste.

— En la matière, c'est l'intellect et non les muscles qui nous tireront d'affaire. Il faut que nous déterminions ce que Goramseh cherche et que nous y parvenions en premier.

— Super. Dès que vous saurez ce que c'est et où c'est, je serai ravie d'aller le chercher.

En y réfléchissant, le fait que Goramesh flotte dans l'éther, sans corps, était une bonne nouvelle pour moi. Sans forme physique, je n'avais rien à chasser. Et les recherches, c'était le boulot de l'*alimentatore*.

— Montrez-moi le démon et je le tue, dis-je. Mais à part celui qu'on vient d'enterrer, je n'en ai vu aucun dans le coin.

J'eus un grand sourire, soudain de bien meilleure humeur.

— Comme on dit, mission accomplie en ce qui me concerne.

Larson ne semblait pas partager ma joie.

— Et Goramesh ? demanda-t-il. Il faut que nous déterminions ce qu'il veut.

Un zeste de culpabilité m'assaillit, mais je tins bon.

— Nous, il faut que *vous* déterminiez ça.

— Kate...

— Quoi ?

Je croisai les bras devant ma poitrine.

— Allez, Larson. *Tous* les démons veulent quelque chose. Mais à moins qu'il ait quelqu'un à San Diablo pour faire son sale boulot, humain ou démon, alors je dirais qu'on n'est pas vraiment en alerte rouge.

— Ce n'est pas exactement responsable.

— *Responsable* ?

Après vingt-quatre heures particulièrement atroces, la dernière chose que j'avais envie d'entendre était une leçon de morale sur le sens des responsabilités.

— Je me noie dans les *responsabilités*.

Je commençai à compter sur mes doigts.

— Transporter tout le monde, les après-midis jeu, l'association des parents d'élèves. Sans mentionner m'assurer que ma famille a de quoi manger, de quoi s'habiller et – s'ils ont de la chance – pas de boîte de pétri dans la baignoire. *Ça,* ce sont mes responsabilités.

Il ouvrit la bouche mais je n'avais pas terminé.

— Et *votre* responsabilité, c'est de gérer le côté recherches de notre binôme. Ou bien la Forza a-t-elle changé cette règle aussi ?

— D'accord.

Il hocha lentement la tête.

— Je vois ce que vous voulez dire. Mais ma capacité de travail sera diminuée par mon métier. Les archives que j'aimerais examiner se trouvent à la cathédrale et je serai au tribunal presque tous les jours.

Ce zeste de culpabilité revint de plus belle. Je soupirai, sur le point de céder.

— Les recherches, ce n'est pas vraiment mon truc. Je n'ai même pas fini le lycée.

Pour être plus précise, je n'y avais jamais mis les pieds. L'Église fournissait des tuteurs, bien sûr, mais c'était une scolarité nomade, aléatoire. J'avais passé ma jeunesse à ne jamais être sûre que je verrais l'aube suivante.

— Ce n'est pas vraiment mon domaine.

— Je ne vous demande pas de traduire des textes anciens, Kate. Il vous faut juste regarder ce qui existe déjà dans les archives. Et j'ai bien entamé le travail. J'ai quelques pistes. Avec votre aide, je pourrai les remonter jusqu'au bout.

Ça ne devrait pas être bien difficile. Je pouvais dire à Delores que j'aimerais entreprendre quelques missions bénévoles supplémentaires. Tant que je ne reculais pas sur les tâches de secrétariat, elle serait probablement ravie d'avoir de l'aide en plus. L'Église avait embauché de vrais archivistes pour travailler sur les objets rares et précieux. Mais il y avait toujours des tonnes de donations à classer. En étant là, je pourrais sûrement jeter un coup d'œil aux dossiers qui intéressaient Larson.

— D'accord, finis-je par dire.

— Parfait.

Je levai un doigt pour le retenir et m'assurer que nous étions sur la même longueur d'onde.

— Je vous aide avec les recherches, mais tant que nous n'avons pas de preuves solides que Goramesh a des démons sur cette affaire, je ne vais pas réorganiser toute ma vie. Pour tout ce que nous en savons, on vient peut-être bien d'enterrer son seul acolyte corporel. Ça vous va ?

Il fronça les sourcils mais hocha la tête.

— Bien sûr. Vous avez raison. Tant que les circonstances n'indiquent pas que la célérité est de mise, nous n'avons pas à nous précipiter.

Bravo à lui, il était tout à fait sympathique. Moi, par contre, je me faisais l'effet d'une mégère.

— Bien. Super.

Sauf que ce n'était ni bien ni super. Je ne pouvais pas être absolument certaine que j'avais tué le seul démon corporel de San Diablo. Et aucun monstre à l'haleine pestilentielle ne mettrait en danger mes enfants. Pas si j'avais mon mot à dire.

— Ne bougez pas de là, dis-je.

Je trottai jusqu'au placard, y attrapai une serpillière et un balai-brosse et je les ramenai dans le salon avec moi. Je tendis la serpillière à Larson.

Vu son expression, je compris qu'il me pensait au bord du craquage nerveux.

— J'ai deux enfants et un mari qui n'ont pas la moindre idée de ce qu'il se passe. S'il y a d'autres démons à San Diablo, je compte être prête à les recevoir.

Je n'avais jamais fait d'escrime avec des balais jusqu'alors, et je suis certaine que Larson non plus. Mais il ne protesta pas – enfin, pas trop – et je le conduisis dans le jardin. Pour information, je possède du vrai matériel. Malheureusement, je l'avais enfoui il y a des années de cela tout au fond de l'abri de jardin, et je ne comptais pas me replonger là-dedans aujourd'hui. Les manches à balai suffiraient bien, en tout cas pour la petite session rapide que j'avais en tête.

Je passai dans la zone gravillonnée du jardin, me mis en garde et attendis que Larson me rattrape.

— Ne me ménagez pas, dis-je alors qu'il se mettait en position. Et pendant qu'on s'entraînait, vous pourrez me dire tout ce que vous savez déjà sur Goramesh.

Il s'avéra qu'il était sacrément bon et il m'en donna pour mon argent : on se battait avec trop d'entrain pour beaucoup parler. Mes pieds avaient dessiné des chemins géométriques dans le gravier, tout comme le bout des balais quand nous les y laissions traîner après une riposte. Cela faisait dix minutes que nous y étions, quand j'entendis le monospace qui se garait, suivi du bruit révélateur de la porte du garage.

Je regardai ma montre sans comprendre comment ils pouvaient déjà être là. Je croisai le regard de Larson, méchamment agacée de voir qu'il n'avait pas du tout l'air confus.

— Qu'est-ce qu'on va leur dire ? demandai-je.

— Pas la vérité.

— Non, sans blague ?

— Le sarcasme n'est pas nécessaire, Kate.

— Au contraire, vu la situation, je crois que c'est quasi obligatoire.

— On va simplement dire que je suis venu ici pour voir Stuart et parler de sa campagne. Ne vous en faites pas. Ça se passera mieux que vous ne le pensez.

7

À sa décharge, et à mon soulagement, il s'avéra que le juge Larson pouvait faire prendre des vessies pour des lanternes à n'importe qui. Nous étions de retour dans la maison et il était assis à la table de la cuisine quand Allie entra en trombe et faillit me renverser dans son élan.

— Maman ! Maman ! regarde !

Elle agita son sac de courses devant moi alors que je jetai le vieux café du matin pour en refaire du frais, en espérant avoir l'air d'une femme au foyer qui n'avait fait rien d'autre que s'agiter dans la maison toute la journée.

— J'ai pris *cinq* tee-shirts Tommy Hilfiger à Nordstrom. Ils avaient toute une table à moins soixante-quinze pour cent et Stuart a dit que je pouvais en prendre un de chaque, et j'en ai pris deux pour Mindy aussi et...

Elle referma brusquement la bouche en remarquant enfin l'homme assis à table.

— Oh, bonjour.

Je vis qu'elle faisait de son mieux pour essayer d'être polie et ne pas demander de qui il s'agissait. Je voulus faire les présentations, mais Larson fut plus rapide.

— Tu dois être Allie, dit-il en se levant. J'ai beaucoup entendu parler de toi. Je suis Mark Larson.

— Oh.

Allie me regarda et je lui fis un sourire de maman encourageante. Elle hésita avant de lui tendre la main.

— Enchantée.

— Kate ?

La voix de Stuart me parvint du garage et j'entendis la portière du monospace claquer.

— C'est qui qui est garé devant ? Tu as de la compa...

Monsieur le juge ?

Stuart resta figé sur le pas de la porte, Timmy accroché à lui comme un bébé singe. Stuart se reprit rapidement et rentra dans la pièce.

— Juge Larson. Désolé. Je ne m'attendais pas à vous voir.

Il m'embrassa d'un air distrait. Je ne pouvais pas lui en vouloir. De mon côté, je retenais mon souffle. Comment font les gens qui trompent leurs conjoints ? Un petit écart et je transpirais déjà à grosses gouttes. (Bon, peut-être que ce n'était pas un écart de taille moyenne, mais quand même...)

Je tendis les bras pour saisir Timmy et Stuart me le confia avant d'aller serrer la main du juge.

— Quand êtes-vous arrivé ? Ça fait longtemps que vous attendez ? Je suis désolé de ne pas avoir été là. Je n'avais pas compris que vous deviez passer.

Ses phrases dégringolaient les unes après les autres et dans des circonstances différentes, ça m'aurait peut-être amusée. Mais pas aujourd'hui.

Avant que Larson puisse répondre, Stuart fronça les sourcils et me jeta un regard. Je baissai le nez pour embrasser Tim – qui était en train de supplier doucement pour avoir des Teddy Grahams. D'une minute à l'autre, il se mettrait à glapir à pleins poumons.

— En fait, dit Stuart en se tournant à nouveau vers le juge, je suppose que je devrais vous demander ce que vous faites là.

Larson se mit à rire avec jovialité.

— Je m'excuse de m'imposer ainsi. J'étais dans le quartier pour regarder quelques maisons et j'ai vu votre voiture dans l'allée.

Il fit un signe vers moi.

— Kate m'a expliqué que vous aviez échangé vos véhicules

pour la journée, mais elle a eu l'amabilité de me proposer une tasse de café pendant que je vous attendais.

Stuart-mon-mari avait peut-être été surpris de tomber sur Larson dans la cuisine, mais Stuart-le-politicien profita de l'opportunité sans sourciller.

— C'est parfait, quelle excellente idée, dit Stuart-le-politicien en tirant une chaise pour s'asseoir en face de Larson. Je trouvais que nous n'avions vraiment pas eu assez de temps pour parler hier soir, et je comptais vous appeler lundi. Je me disais qu'on pourrait déjeuner ou prendre un verre ensemble.

— Avec plaisir, dit Larson. Clark a très bonne opinion de vous.

Ils enchaînèrent avec leur baratin politique auquel je commençais à m'habituer et je posai Timmy, soulagée de ne plus avoir à porter ses quinze kilos. Il se mit aussitôt à tirer sur les placards de la cuisine pour tester les fermetures renforcées, rituel quotidien. Quand il arriva au seul placard qui n'avait pas de fermeture de sécurité, il sortit deux casseroles et une cuillère en bois et se lança avec jubilation dans un petit concert.

— Chérie ? demanda Stuart par-dessus le vacarme.

— Désolée.

Je me penchai sur Tim.

— Allez, mon grand. On va aller ailleurs.

— Non. À moi. *À moi.*

Il étreignit les casseroles et refusa de les lâcher. La force qu'un enfant de deux ans a dans les mains m'épate à chaque fois. Je jetai un regard de *c'est ton fils à toi aussi* à Stuart et je me tournai vers cette ruse maternelle vieille comme le monde : le chantage.

— On pourra regarder Elmo.

Voilà qui fonctionna. Le petit monstre abandonna sa batterie improvisée et trotta joyeusement jusqu'au salon.

Je cherchai Allie du regard, avec l'espoir de la recruter comme baby-sitter, mais elle avait réussi à s'enfuir. Elle était probablement déjà au téléphone avec Mindy. Pas de souci. Elmo pouvait jouer les baby-sitters à lui tout seul.

Je fourrai la cassette favorite de Tim dans le magnétoscope et attendis jusqu'à ce qu'il soit fasciné. Dès qu'il serait assez calmé, je l'emmènerais à l'étage et j'essaierais de lui faire faire une sieste.

Pour le moment, je le laissai à la charge d'Elmo et revins dans la cuisine avec les deux hommes. Ce n'était pas la technique parentale la plus consciencieuse, je sais, mais j'étais désespérée. Et, pour être franche, je colle le gamin devant la télé pour des raisons moins vitales tout le temps. A priori, ça ne l'a pas encore traumatisé.

Il fallait que je retourne dans la cuisine le plus vite possible. J'y avais laissé Larson et Stuart tout seuls, et ça m'inquiétait. C'était idiot, je sais. Ce n'était pas comme si Larson allait mentionner sans faire exprès qu'il y avait des démons en ville ni annoncer l'air de rien qu'à ma grande époque, je pouvais en dégommer une douzaine sans problème avant le petit déjeuner.

Non, il n'y avait rien de tangible qui explique mon malaise. Mais j'étais néanmoins déterminée à être présente. C'était *ma* situation de crise, après tout. Et si j'avais envie de m'asseoir et écouter leurs ennuyeux bavardages politiques en me convainquant que ma présence évitait je ne sais quelle catastrophe, et bien c'est ce que je ferais.

Cinq minutes plus tard, je regrettais déjà ma décision. Ils parlaient maintenant des sondages Gallup, des circonscriptions et autres charabias politiques. Je décrochai. Je ne savais pas à quoi j'étais en train de penser – même si ça impliquait sûrement des démons – quand Stuart tapota la table devant moi.

— Chérie ?

Je sursautai et portai la main à ma gorge.

— Timmy ?

Je vis immédiatement qu'il allait bien. Je le voyais debout sur le canapé en train de sauter et de chanter, plus ou moins en rythme, la chanson des cookies avec Macaron le glouton.

— Non, désolé. C'est juste la porte de derrière. Ça doit être Mindy.

— Oh. Oui, d'accord.

De la table du petit déjeuner, on peut voir la plus grande part du salon mais pas la porte du jardin. D'où mon drôle de point de vue sur le bambin sauteur qui, maintenant que j'avais toutes les informations, était à l'évidence en train de saluer Mindy à sa manière exubérante. La disposition des pièces est le plus gros inconvénient de cette maison. Il faut que je passe dans le salon si

Timmy joue derrière, sinon je ne le vois pas. Ce qui veut dire qu'utiliser le jardin comme distraction pendant que je vide le lave-vaisselle ne fonctionne pas. À moins d'accepter que mon fils ne retourne à l'état sauvage en mode Tarzan.

Il s'avéra que Stuart avait raison et j'ouvris la porte à Mindy et Laura.

— Bonjour, dis-je. Venez, c'est la fête.

Je remarquai que Mindy avait ramené non seulement trois sacs en papier avec ses achats (Nordstrom, Saks et The Gap), mais aussi qu'elle portait son habituel sac de voyage en bandoulière. Visiblement, elle était là pour rester.

— Ça ne te dérange pas, hein ? demanda Laura en avisant la direction de mon regard.

J'agitai une main.

— Bien sûr que non, mentis-je.

En général, ça ne posait pas problème que Mindy dorme à la maison. Mais ce soir, j'aurais bien voulu un peu de tranquillité et de silence. J'avais le sentiment que c'était quelque chose auquel je n'aurais plus droit avant un bon moment.

— Allie est en haut, ajoutai-je à l'intention de Mindy. Pour tout dire, je pensais qu'elle était au téléphone avec toi.

— Oui, on était au téléphone mais on s'est dit que ce serait plus simple si je venais carrément. Est-ce qu'on pourra regarder un film avec une pizza, une fois qu'on aura comparé nos fringues ?

— Absolument, dis-je en espérant que personne ne remarquerait que j'avais complètement oublié mon projet de pizza et défilé de mode adolescent avec Laura.

Oh, et puis quoi. Le silence, c'est surfait de toute façon.

Alors que Mindy filait dans l'escalier avec une énergie que je lui enviais, Laura me jeta un regard curieux. Par réflexe, je me frottai la lèvre supérieure comme si j'y avais peut-être une petite trace de chocolat.

— Quoi ?

Elle secoua la tête, l'air perturbée, et je commençai à m'inquiéter. De quoi, je n'en savais rien. Mais dernièrement, j'avais appris à faire confiance à mon instinct. Et il y avait un truc bizarre avec mon amie. J'espérais de tout cœur que ça n'avait rien à voir avec les démons.

— Allez, Laura, dis-je. Crache le morceau.

Nous étions toujours à la porte de derrière et je me penchai pour la verrouiller, rituel familier qui était devenu bien plus important ces derniers temps.

— Ce n'est rien. Vraiment. Ou plutôt, ça ne me regarde pas.

— Quoi donc ?

Son commentaire était cryptique, mais il me fit me sentir mieux. La curiosité, je pouvais gérer. Elle s'appuya au mur, face à moi, dos à la cuisine. Derrière moi, j'entendis le grincement des chaises sur le carrelage alors que Larson et Stuart poursuivaient leur conversation.

— Je me sens bête de dire quelque chose.

Je m'appuyai à la poignée de porte comme à une béquille. Maintenant que ma peur avait disparu, j'étais à la fois curieuse et amusée.

— Allez, dis-je. Balance.

— C'est idiot.

Elle fit un geste vague avec sa main, les joues rougies. Je sentis mon front se plisser. C'était bizarre. Elle fit un pas en avant, le visage écarlate.

— Est-ce que tout va bien entre toi et Stuart ? Je veux dire, tu n'as pas, heu... une...

Elle agita doucement la tête au lieu de finir sa phrase, me laissant la compléter pour elle.

Je fis défiler les possibilités dans mon cerveau et mon visage s'embrasa à son tour quand je compris ce qu'elle devait être en train de penser.

— Bien sûr que non ! dis-je. Tout va bien entre Stuart et moi. Très bien !

Mon enthousiasme sonnait faux, même à mes propres oreilles. Tout allait bien. Mais je me sentais quand même coupable. Bien que ça n'ait rien à voir avec ce que Laura imaginait – une liaison ! – je cachais malgré tout des choses à mon mari. Un gros secret bien juteux.

— Pourquoi diable irais-tu imaginer une chose pareille ?

Le soulagement se répandit sur ses traits.

— Dieu merci. Je savais que c'était une question idiote. J'ai juste...

Elle haussa les épaules, secoua la tête et leva les mains vers le ciel. On aurait un peu dit une marionnette contrôlée par quelqu'un ayant des problèmes moteurs.

— Laura...

— Eh bien, je ne savais pas quoi penser. Je t'ai vue dans le jardin te battre avec ce monsieur, et vous aviez l'air de si bien vous connaître, je me suis dit qu'il devait être en train de se passer *quelque chose*.

Effectivement, mais pas ça.

— Si tu m'avais vue en train de ramper dans le vide sanitaire, tu aurais pensé que j'avais le béguin pour le plombier ?

— Non, bien vu.

— Ceci soit dit, ne manque jamais de respect aux plombiers, dis-je. Tu te retrouverais avec un évier bouché le jour de Noël, et tu serais bien embêtée, hein.

— Non, jamais, dit-elle en levant trois doigts dans un salut scout. Mais qu'est-ce que tu faisais, au juste ? Je veux dire, dans le jardin avec ce type ? Je ne savais pas que tu pratiquais l'escrime. Et vous n'aviez même pas d'épées.

— De l'escrime ?

C'était la voix de Stuart. Qui fut rapidement suivie par Stuart en personne, qui venait de passer de la cuisine au salon, le juge Larson à ses côtés.

Je réprimai un juron et affichai un sourire d'épouse modèle en réfléchissant à tous les mensonges possibles. Aucun ne semblait très convaincant.

Laura me faisait toujours face et elle articula silencieusement *désolée* avant de pivoter vers Stuart. Je compris à la façon dont ses épaules se raidirent aussitôt qu'elle ne s'était pas attendue à voir Larson là aussi. Et je ne pus guère lui en vouloir quand les mots :

— Oh, *vous*, échappèrent à ses lèvres.

Je me raclai la gorge.

— Laura Dupont, je te présente le juge Mark Larson.

Comme Laura est bien élevée, elle avança vers lui, la main tendue pour le saluer. Si j'avais espéré que ces politesses suffiraient à distraire Stuart, je fus vite déçue.

— Ça va peut-être avoir l'air naïf, dit-il, mais pourquoi au juste faisiez-vous de l'escrime, tous les deux ? Vous faisiez *vraiment* de l'escrime ?

— Ah, dis-je avant de refermer la bouche en me rendant compte que je n'avais rien à dire.

Je me tournai légèrement sur le côté, à la recherche d'aide de la part de Laura, mais elle avait déjà lâché la main de Larson et était en train de filer vers les escaliers.

— Je vais voir comment vont les filles, dit-elle.

Oui, Laura. Merci pour tout.

Je reportai mon attention vers le problème immédiat et un « heu » assez pitoyable fut la seule réponse que je parvins à faire. En termes de baratin, ce n'était pas le mieux qu'on puisse faire. Larson posa une main sur l'épaule de Stuart et la serra doucement. Il jouait plutôt bien la bonhomie grand-paternelle et je me dis que je lui en devais une.

— Autodéfense, dit Larson.

Je décidai qu'en fait, non, je ne lui devais rien. Une réponse pareille, j'aurais pu la trouver toute seule.

— Autodéfense, répéta Stuart.

— Oui, dis-je puisque maintenant qu'il avait sorti ça, j'étais coincée. Et heu... du sport.

Stuart continua à me fixer d'un air perplexe mais intéressé. Heureusement, je ne vis pas signe sur son visage qu'il envisageait de me faire interner, ou pire, qu'il pensait que j'avais une liaison avec Larson. Où *diable* Laura était-elle allée pêcher une idée pareille ?

Le silence s'étendit et j'attendis que Larson le remplisse. Comme il n'en faisait rien, je me jetai à l'eau.

— Le monde est dangereux. Et heu... il faudrait que je sache me défendre.

Comme Stuart ne disait toujours rien, je poursuivis sur ma lancée.

— Tu travailles de plus en plus tard comme tu restes à deviser avec Clark, et je me retrouve seule à la maison avec les enfants.

Je commençai à compter mes arguments sur mes doigts.

— Allie va avoir des tonnes d'activités extrascolaires cette année. Je devrais aller la chercher tard – avec Tim dans la voiture. Ça me semble juste raisonnable d'être préparée.

— Et du coup, tu faisais de l'escrime avec le juge Larson ?

Il n'était pas sarcastique, juste perplexe. Je ne pouvais pas vraiment lui en vouloir.

— Ah, non. Je vais prendre des cours d'autodéfense. Je vais m'y inscrire avec Allie.

— Oh, super !

C'était la voix d'Allie qui parvenait d'en haut, et quelques instants plus tard, ma petite Britney Spears personnelle émergea, vêtue d'un tee-shirt trop petit pour elle, qui plongeait si bas que j'apercevais la dentelle de son soutien-gorge, et qui montait si haut que je voyais son nombril. S'y ajoutait un pantalon en lycra qui lui moulait les hanches – et le reste, et des Keds blanches avec des socquettes bordées de dentelle. Heureusement, il n'y avait ni tatouage ni piercing en vue.

Je fronçai les sourcils en direction de Stuart alors qu'elle nous rejoignait, Mindy et Laura sur les talons.

— C'est ça, ton idée de vêtements pour l'école ?

Il leva les mains et recula. Il était malin.

— J'ai juste servi de chauffeur et j'ai sorti la carte bleue.

— On va vraiment prendre un cours d'autodéfense ? demanda Allie en s'arrêtant à côté de moi. Sérieux ?

— Sérieux, répondis-je en me demandant quand je pourrais bien trouver le temps d'avoir une conversation avec Allie sur ce qu'était une tenue correcte.

— Je suis trop à fond, dit-elle. Et tu vas vraiment faire des trucs d'autodéfense aussi, Maman ? Avec des coups de pied et tout ?

Je répondis d'abord à la partie offensante de ses questions.

— Oui, je vais vraiment le faire. Pourquoi ? Tu crois que je n'en suis pas capable ?

— Ben, tu sais. Toi et Stuart, vous êtes vieux.

Elle haussa les épaules.

— Je dis pas ça méchamment, hein.

— Je sais, je sais.

Je jetai un coup d'œil à Stuart et fus soulagée de voir que son expression perplexe avait cédé le pas à de l'amusement.

— Apparemment, ta mère n'est pas encore complètement accablée par les ravages de l'âge, dit-il. Elle et le juge Larson se sont livrés à une petite démonstration d'escrime tout à l'heure pour Mme Dupont.

— Très drôle, dis-je alors qu'Allie s'écriait :

— Tu déconnes ?

Elle plaqua une main sur sa bouche.

— Oups. Désolée !

— Allie ! m'écriai-je, davantage parce que cela m'offrait une diversion que parce que j'étais choquée par son langage.

— Tu faisais vraiment de l'escrime ?

Tout remords quant à sa vulgarité avait disparu, noyé par des vagues de curiosité.

— Oui.

Je ne pouvais pas franchement nier, peu importe à quel point je l'aurais voulu.

— C'est trop cool.

J'eus un sourire ravi. Ma fille de quatorze ans pensait que j'étais cool. Vieille et *has been*, mais cool.

— Pourquoi ? demanda-t-elle.

La joie de voir l'adoration de ma descendance disparut, remplacée par la frustration de me faire interroger. Je soupirai.

— Je l'ai déjà expliqué à Stuart. Je suis une femme. Seule avec des enfants. Ça me semble juste…

— Non, non. J'ai déjà entendu tout ça. Je veux dire : pourquoi *l'escrime*. Et pourquoi avec lui ?

Elle évita de le regarder et à sa voix, on aurait cru que Larson était un suppôt de Satan.

— *Allie*.

Et voilà de nouveau : ma Voix de Mère Choquée. Pour la deuxième fois en deux minutes. Je me tournai vers Larson.

— Elle a quatorze ans, dis-je comme si c'était une explication, tout en me demandant si elle avait entendu la suggestion de Laura sur le fait que j'avais une liaison.

— Mam-*man*.

— Alison Elizabeth Crowe, dis-je. As-tu oublié toutes tes manières au centre commercial ?

— Désolée, dit-elle.

— Ce n'est pas à moi qu'il faut dire ça.

Elle prit une longue inspiration souffrante avant d'incliner la tête vers Larson.

— Je suis désolée. Ce n'est pas contre vous, vraiment. C'est juste... je veux dire... ben, pourquoi ma mère fait de l'escrime avec *qui que ce soit ?*

— Une très bonne question, dit Stuart.

Allie fit deux pas dans sa direction, ayant visiblement repéré un allié. Laura et Mindy étaient parties plus loin dans le salon et fixaient l'écran de la télé comme si elles étaient aussi fascinées par Elmo et ses amis que mon fils. Lâcheuses.

— Je ne comprends pas vraiment pourquoi tout le monde est si perturbé par quelques mouvements d'escrime, dis-je.

— Kate a mentionné qu'elle comptait prendre un cours d'autodéfense, dit Larson dont la voix semblait bien posée et raisonnable, comparée à mes cris d'orfraie. Je lui ai dit que j'avais fait de l'escrime de mon temps, et elle m'a demandé si des cours d'escrime fonctionneraient pour ce qu'elle voulait faire. On a commencé à discuter, et une chose en entraînant une autre, voilà qu'on s'est retrouvé à faire de l'escrime avec des produits ménagers.

Stuart fronça les sourcils.

— Des produits ménagers ?

— Des manches à balai, l'informa Laura depuis l'autre bout de la pièce.

Apparemment, elle n'était pas si absorbée que ça par *Sesame Street*.

— Pourquoi...

Je levai la main pour couper Allie.

— Peu importe. L'essentiel, c'est que le juge Larson a eu la gentillesse de bien vouloir me montrer quelques mouvements d'escrime. Ça a l'air d'être un sport agréable, mais dont l'utilité est limitée.

C'était vrai. Cette conversation avait peut-être commencé comme un gros mensonge bien enrubanné, mais elle avait mis en lumière une vérité incontestable : ce monde était empli de gens dangereux, tant humains que démoniaques. Ma petite fille grandissait – beaucoup trop vite, à en juger par cette tenue – et si elle devait se débrouiller par elle-même dans la vie, je voulais qu'elle soit le plus en sécurité possible. Pourquoi ne pas lui apprendre à filer quelques roustes ? Je me disais que c'était le moins qu'on puisse faire, quand on était mère et qu'on tenait à sa progéniture.

Je jetai un regard mesuré à Stuart et Allie.

— Nous commencerons les cours la semaine prochaine, dis-je. Du kick-boxing ou de l'aïkido ou je ne sais quoi. Je vais voir ce qui se fait.

Ce que je voulais vraiment, c'était un *sensei* qui pourrait lui apprendre les bases – et qui travaillerait avec moi à un niveau avancé pendant qu'Allie serait à l'école. C'était peu probable que je trouve, mais on pouvait toujours rêver.

— Tu es vraiment décidée ? demanda Allie. Je vais passer les essais pour être cheerleader, alors il faudra que ça colle au niveau des horaires mais, oh, ouah, c'est trop cool !

— Tu m'en vois ravie.

Qui aurait cru que la perspective de la faire suer déclencherait un tel enthousiasme ?

— Ça fait beaucoup d'activités, dit Stuart.

Ce n'était pas Allie qu'il regardait mais moi. Je refrénai l'envie de lui dire que je m'inquiétais davantage du fait que ma fille reste en vie que de ses notes. Mais il n'avait pas tort, et ma réaction instinctive découlait en partie du fait que je détestais m'éloigner du chemin du Parent Responsable. Et oui, je sais que c'est l'une des raisons qui font que c'est une bonne chose d'avoir deux parents. Mais, petit secret honteux, j'ai beau aimer Stuart de tout mon cœur, Allie, c'est ma fille à moi, et celle d'Eric. C'est comme ça. Alors je me tends toujours un peu quand Stuart prend des décisions parentales pour elle. C'est idiot et injuste, je sais, mais c'est comme ça. Et si Allie se retrouve à tout déballer sur le plateau d'un talk-show un jour, et bien je n'aurai qu'à m'en prendre à moi-même.

— Maman ?

Elle me faisait des yeux de chien battu désormais.

— Stuart a raison, dis-je. Si tes notes ne suivent pas, il faudra laisser tomber quelque chose, et comme je pense que ça, c'est important, ce quelque chose ce sera l'équipe de cheerleaders, ou les majorettes, ou le théâtre, ou je ne sais quelle activité te fascine cette semaine-là. Compris ?

Elle pencha la tête.

— Oh, oui, d'accord.

J'essayai d'avoir l'air sévère.

— Tant que nous sommes d'accord là-dessus, on peut commencer les cours. Mais c'est le lycée maintenant, ma puce. Ce n'est plus comme avant.

— Je sais.

Elle plaqua les mains sur son cœur.

— Vraiment. Je vais être super sérieuse en cours. Tu verras.

Elle inclina la tête vers le salon.

— Est-ce que Mindy peut venir avec nous ?

Mindy était en train de chatouiller Tim. Elle se pencha en avant et mon fils apparemment dépourvu de squelette, tout mou sur ses genoux, se mit à glapir :

— Encore chatouille ! Encore chatouille !

— S'il te plaît, maman ? dit-elle en tournant son propre regard de chien battu vers Laura. Dis *ouiii*.

— Tu pourrais venir aussi, dis-je à Laura.

L'idée que Laura et Mindy se joignent à moi me plaisait. Puisque j'avais décidé que ma fille devait apprendre à se battre, autant que nos amies aient les mêmes compétences.

— Hors de question, dit Laura. Mais si tu veux trimballer deux gamines avec toi, je suis d'accord pour payer ses cours.

— You-hou !

Mindy se remit à chatouiller Tim avant de se décoller de lui pour rejoindre Allie, moitié en courant, moitié en bondissant.

— Tu es sûre ? dis-je à Laura.

— Je peux à peine tenir vingt minutes de Pilates basique. Je crois que le kick-boxing, ce n'est pas pour moi.

J'avais déjà eu affaire à la philosophie de Laura en matière de sport : grosso modo, elle considérait que pousser le caddie de la caisse jusqu'à la voiture était une séance d'aérobic intense. Je n'insistai donc pas.

— D'accord, les filles, dis-je. On dirait que vous allez bientôt pouvoir vous castagner.

Allie et Mindy se mirent à sauter dans la pièce en mimant des mouvements de karaté comme si elles sortaient tout droit de *Charlie et ses drôles de dames*. Je fis une petite moue à Larson. Un sourire minuscule retroussait ses lèvres. Je grimaçai. Ah, ça me faisait bien plaisir que ça l'amuse.

Nous avions commencé quelque chose cet après-midi, lui et moi. Quelque chose que j'allais devoir finir. J'étais ravie d'avoir l'occasion de passer du temps avec Allie et de faire quelque chose de chouette avec elle ; j'aurais juste préféré que l'impulsion ne découle pas d'une peur que les larbins de Goramesh ne viennent lui rendre une petite visite après les cours un jour. Je me forçai à ignorer cette éventualité pour le moment et je me concentrai sur les avantages de la situation. Me rapprocher de ma fille et me remettre en forme. Il n'y avait rien de tel qu'un peu d'activité démoniaque pour garder la ligne, je l'ai toujours dit. Après quelques bonnes séances, je devrais être capable de rentrer à nouveau dans mon 38. Autant voir le bon côté des choses, hein.

Je veux dire, vraiment. Pourquoi s'embêter avec le Pilates quand vous avez une ville pleine de démons ?

Après des sauts extatiques dans tout le salon, les filles finirent enfin par se calmer et l'après-midi reprit le chemin de la normalité. Stuart et Larson se retirèrent dans la cuisine et je réprimai mon envie de les suivre et d'écouter leur conversation. Si les choses se passaient comme je m'y attendais, j'allais devoir remettre ma vie entre les mains de Larson ; le moins que je puisse faire, c'était lui faire confiance pour ne pas aller raconter n'importe quoi à mon mari.

De plus, le but de Laura en proposant cette petite après-midi, c'était de voir comment j'allais après avoir rêvé d'Eric et soi-disant déjeuné avec un de ses « amis ». Je ne pouvais pas franchement l'abandonner pour aller me mêler au blabla politique qui avait lieu dans ma cuisine.

— C'est lui ? demanda-t-elle alors que les filles étaient en haut en train d'enfiler leur première tenue pour le Premier Grand Gala de Couture Crowe-Dupont.

— Lui qui ?

— L'ami d'Eric ? Est-ce que c'est avec le juge Larson que tu as déjeuné ?

— Oh.

Je réfléchis rapidement à quel mensonge était le meilleur, et me rendis compte qu'en l'espace de vingt-quatre heures, ma capacité à raconter n'importe quoi et retomber sur mes pattes s'était drastiquement améliorée.

— Oui, c'est lui.

— Tu ne m'as pas dit qu'il connaissait Stuart.

— Je ne suis toujours pas remise de la coïncidence. C'était un avocat pas très connu à l'époque d'Eric. Et maintenant, c'est un juge fédéral.

— C'est super pour Stuart, dit-elle avec un regard de côté.

— Oh, carrément, acquiesçai-je. En ce moment, Stuart cherche des gens pour soutenir sa candidature.

— Mais pas si génial pour toi, hein ?

Je savais ce qu'elle voulait dire, bien sûr.

— Je vais m'en sortir. Ce n'est pas comme si je ne pensais pas à Eric chaque jour, de toute façon. Je veux dire, je vois son visage à chaque fois que je regarde Allie.

Ça, c'était vrai ; leur ressemblance était remarquable. Ce que je ne pouvais pas dire à Laura c'est que voir Larson – enfin, Larson et tout ce qui concernait le démon Gormaesh et la fin de la vie sur terre telle que nous la connaissons – avait fait revenir plus que de simples souvenirs de mon premier mari : cela avait aussi mis en lumière le vide béant dans ma relation avec Stuart. Eric et moi avions été partenaires dans tous les sens du mot. Il me connaissait sous toutes les coutures, et je le connaissais de même. Avec Stuart, il y avait des ombres entre nous : ma vie passée – et désormais, ma vie présente – et son quotidien au cabinet. Je ne comprenais pas vraiment ce qu'il faisait toute la journée au bureau, et même si j'essayais – vraiment, j'essayais – quand il me parlait de son travail, j'avais tendance à décrocher.

Je n'aurais pas su comment expliquer tout cela à Laura, même si je l'avais voulu. Heureusement, je fus sauvée de devoir répondre par le bruit de tonnerre des filles qui descendaient l'escalier.

Laura et moi échangeâmes un regard amusé alors qu'elles s'arrêtaient juste hors de notre vue. J'avais été coucher Tim pour une sieste tardive et fichtrement nécessaire environ dix minutes plus tôt et je croisai les doigts en espérant que tout ce bruit ne le réveillerait pas.

Le défilé de mode dura trois quarts d'heure. Les filles paradèrent pour nous montrer leurs achats pendant que Laura et moi les applaudissions – en silence, pour ne pas réveiller le petit monstre. Au final, je devais admettre que, à l'exception de la toute première tenue, Allie avait choisi des vêtements qui obtenaient mon approbation.

— Vous allez être les deux élèves de première année les mieux habillées du lycée Coronado, dis-je alors qu'elles terminaient sur une petite révérence.

Elles se regardèrent, l'air pas ultra heureuses.

— Quoi ? demandâmes Laura et moi à l'unisson.

— Première année, dit Allie.

— On se retrouve tout en bas de nouveau.

— On était en haut de la chaîne alimentaire au collège. On était les grandes. Maintenant on est du menu fretin.

Et dire qu'il y a des fois où je regrette de ne pas avoir connu l'école publique. Incroyable. C'était l'un de ces moments dans la vie d'une mère où vous devez retenir l'envie de dire : « Ne te mets pas dans tous tes états. Dans vingt ans, rien de ceci n'aura d'importance. » Mais en cet instant, dans la tête de mon adolescente, c'était important. Très important.

— Vous vous en sortirez très bien, dis-je. Et dans tout juste trois petites années, vous serez les grandes de nouveau.

— Trois ans, répéta Allie d'un air morose.

Elle se tourna vers Mindy.

— Il faut *absolument* qu'on soit prises chez les cheerleaders.

Mindy hocha la tête avec une mine tout aussi sérieuse.

— C'est clair.

Je pris bien garde à ne pas regarder vers Laura, craignant de rire si je le faisais. Mon instinct me criait de bondir sur mes pieds pour serrer ma fille dans mes bras. (Depuis quand elle avait quatorze ans, au juste ? J'aurais pu jurer que la semaine dernière, elle apprenait encore à marcher.) Je réprimai cette envie, bien consciente que je serais accueillie avec un dos tout raide et un « Oh, *mam-man* ».

— Bon, les filles, dis-je. Et si vous rameniez tout ça dans la chambre d'Allie ? Vous vous êtes trop goinfrées au centre commercial, ou vous voulez quand même qu'on commande quelque chose à dîner ?

— Je meurs de faim, dit Allie. On peut en prendre une avec supplément fromage et des gressins.

— D'accord. Ça me va.

Je me tournai vers Laura.

— On commande aussi pour Paul ?

Il me sembla voir une ombre dans son regard, mais elle disparut avant que je puisse en être sûre.

— Papa travaille tard, dit Mindy.

— Alors ça va être une soirée entre filles, dis-je. À moins que Stuart ne me surprenne. Il a passé les derniers soirs à manger devant son ordinateur pour rattraper du travail en retard. Dès que lui et Larson auront fini de se passer la brosse à reluire, il y retournera sûrement.

J'avais le sentiment que c'était un avant-goût de ce qui nous attendait s'il remportait l'élection : Stuart, enfermé dans son bureau, qui n'en émergerait que pour s'approvisionner en café et dire bonne nuit à Timmy. Ça ne me ravissait pas, mais je ne pouvais pas me résoudre à lui présenter un ultimatum. C'était son rêve, après tout.

Il s'avéra que j'avais raison. Dès que Larson partit – avec juste un dernier regard dans ma direction alors qu'il prenait congé – Stuart dit bonne nuit à Allie et disparut à l'arrière de la maison. La dynamique du groupe changea quand Tim se réveilla, mais nous décidâmes que comme il était loin d'avoir atteint la puberté, il n'altérait pas la composition hormonale de notre petite soirée filles. Et puis, Tim savait mettre l'ambiance : il fit la ronde avec les filles encore et encore, jusqu'à ce que Mindy et Allie le supplient toutes les deux d'arrêter et qu'on doive le distraire avec une poignée de Teddy Grahams.

Une fois qu'il fut plus ou moins épuisé, les filles se mirent à débattre des possibilités parmi notre collection de DVD en prenant en compte tous les paramètres que j'avais imposés, le plus important étant que le film convienne à un bébé. Pendant qu'elles délibéraient comme deux critiques de cinéma, je rassemblai les boîtes de pizzas et partis vers la porte de derrière.

— Besoin d'un coup de main ? demanda Laura.

— Pas pour ça. Mais si tu mets la cafetière en route, tu auras mon amour éternel.

J'avais pris deux verres de vin avec ma pizza et ma tête commençait déjà à tourner.

— Est-ce que Stuart sait que tu es un cœur tendre ?

— Pourquoi tu penses qu'il m'a épousée ?

Alors qu'elle partait vers la cuisine, je traversai la terrasse et suivis le chemin le long de la maison, là où nous gardions les poubelles. San Diablo n'a pas cédé aux horribles poubelles à roulettes en plastique qui se sont généralisées dans la plupart des villes. Ici, nous avons des poubelles en métal à l'ancienne, toutes chromées et brillantes dans le magasin si bien que vous avez du mal à vous imaginer y mettre vos épluchures de patates et vos couches sales. Je suis peut-être bizarre, mais je trouve que les poubelles ajoutent au charme de la ville.

Je venais juste de soulever le couvercle quand je la sentis, cette odeur putride qui ne venait pas des poubelles. Je fis volte-face pour me retrouver nez à nez avec un nouveau démon – un ado, cette fois ! – mais il s'attendait à mon mouvement et parvint à bloquer mon coup et me frappa à son tour en haut de la cuisse. Je tombai avec un glapissement et le couvercle de la poubelle se fracassa bruyamment contre le ciment, alors que mes fesses qui n'étaient pas encore taille trente-huit amortissaient ma chute.

Aussitôt, j'appuyai les mains contre le sol pour me redresser, mais il était déjà sur moi, un genou contre ma poitrine et un couteau de chasse contre ma gorge.

Le froid de l'acier n'avait de pair que la glace qui coulait dans mes veines. La veille, cette glace avait été teintée de peur. Mais plus aujourd'hui. Kate Connor, chasseuse de démons Niveau Quatre était de retour sur le ring, et elle était en rogne. Cette glace, c'était de l'adrénaline, de la détermination et des années d'entraînement qui envahissaient mon corps – avec un peu de chance. J'allais démolir cette saleté de bébé démon. Aucun doute là-dessus. C'en était fini de lui. La seule question, c'était de savoir comment.

8

— C'est terminé, chasseuse, dit-il, les lèvres retroussées par un rictus. Mon maître arrive, et cette ville n'est pas assez grande pour vous deux.

Si la situation n'avait pas été si tendue, j'aurais explosé de rire devant ce cliché. Avec ses cheveux roux et son visage constellé de taches de rousseur, le gamin-démon me faisait penser à un jeune Ron Howard et j'avais du mal à faire coïncider mes souvenirs de Richie Cunningham avec cette machine à tuer qui menaçait ma vie.

Je pris une inspiration, puis un risque.

— Qu'est-ce que tu veux ?

— Je veux ce que mon maître veut.

Il eut un grand sourire de jeune adolescent sympathique armé d'un couteau de chasse. Il se pencha davantage et je m'étranglai presque devant la puanteur qu'était son haleine.

— Il le trouvera, tu sais. Si c'est à San Diablo, il le trouvera. Et les os seront à lui.

— Les os ?

Il fit « chut », et le couteau passa de mon cou à mes lèvres, à plat contre ma bouche. J'essayai de réprimer un frisson, en vain. Il le vit, et son regard s'illumina, victorieux.

— C'est ça, chasseuse. Tu as raison d'avoir peur. Parce que quand l'armée de mon maître se lèvera, tu seras parmi les premières à tomber. Et quand il en aura fini, tu souhaiteras être morte bien avant.

— Je commence à souhaiter que tu te dépêches, là, sifflai-je, les lèvres contre la lame froide.

Son visage se tordit et je retins mon souffle, avec la crainte soudaine d'avoir fait une grosse erreur. J'étais à quatre-vingt-dix-neuf pour cent sûre que ses ordres étaient de ne *pas* me tuer ; c'était le un pour cent restant qui me donnait des sueurs froides.

Mais le couteau ne bougea pas et mon cou demeura intact, ce que je pris pour un bon signe. Ce gamin était un messager, son but était de me faire peur, de m'avertir que Goramesh était là, qu'il avait l'intention de s'emparer de ce qu'il était venu chercher, et qu'il n'apprécierait pas que je me mêle de ses affaires.

Bien sûr, tuer et mutiler étaient deux choses différentes, et à la façon dont l'ado-démon était en train de me fixer, je craignais que ses pensées n'aient pris cette direction. Comme j'aime plutôt bien mes différents abattis et que j'avais plutôt envie de les garder là où ils étaient, je commençai à balancer des excuses totalement hypocrites. C'est là que j'entendis la porte de derrière s'ouvrir et la voix d'Allie :

— Maman ? Tu t'es perdue ou quoi ?

Je croisai le regard du démon et il hocha la tête avant de lever la lame de seulement quelques millimètres. Je me raclai la gorge mais ma voix était quand même grinçante quand je parlai :

— Tout va bien, dis-je. Je me suis juste laissée distraire.

— Avec les *poubelles ?*

— Le recyclage. Il y avait du verre mélangé avec le plastique. J'ai tout retrié.

Elle ne répondit pas mais j'entendis la porte se refermer et il me sembla - même si je n'en étais pas certaine – percevoir un *mam-man* exaspéré.

— Elle va revenir, dis-je. Elle est sûrement allée chercher une lampe de poche pour m'aider.

Un mensonge plus gros qu'une maison, mais qui parut marcher. Le démon-ado se releva, le couteau tendu devant lui, prêt à m'empaler si je faisais un geste de trop. Ce que je me gardai bien de faire. Il était resté assis sur mon torse si longtemps que je n'étais même pas sûre que tous mes organes internes fonctionnaient encore. Ce démon-là, je n'allais pas courir à sa poursuite ce soir. Par contre, il était sur ma liste.

Il se tourna et s'élança dans la rue, et je perdis rapidement sa trace parmi les ombres. Je me redressai en me trouvant idiote. Il y avait une raison pour laquelle la plupart des chasseurs prenaient leur retraite assez tôt, et je sentais cette raison dans mes fesses taille quarante-deux. Il y a quelques jours encore, trente-huit ans me paraissait si jeune. Je veux dire, je n'ai même pas de pattes d'oie. « Vieille et rouillée » était peut-être insultant, mais je craignais que ce ne soit vrai.

Je me levai, m'époussetai et remis le couvercle en place sur la poubelle. Ma performance de ce soir ne me vaudrait certainement pas les applaudissements de la Forza Scura, mais au moins, j'étais toujours en vie. Et j'avais un plan. Deux plans, même. Un : bosser comme une malade et retrouver mes réflexes exceptionnels. Et deux : admettre que Larson avait remporté le débat quant aux démons de San Diablo et commencer à bosser à plein temps pour l'aider à découvrir ce que Goramesh cherchait – tant pis pour la lessive, la vaisselle et le nettoyage des toilettes.

En marchant vers la maison, je passai une main sur mes fesses endolories en me rejouant la conversation dans la tête. Des os, avait-il dit. Mais les os *de qui* ?

J'espère que Larson en aurait une idée, parce que c'était le mystère total pour moi.

— Des os, répéta Larson d'une voix rendue métallique par le téléphone.

— Une relique ? m'interrogeai-je. L'un des saints de la cathédrale ?

Parfois, des démons demandent à leurs sbires de voler des reliques de première classe, comme les cheveux ou les ossements d'un saint. Ces reliques sont anathèmes pour les démons, et ils ordonnent à leurs disciples humains de détruire les reliques au cours d'ignobles rituels démoniaques.

— Peut-être, dit Larson. Laissez-moi réfléchir un instant.

Je croisai les jambes sous moi et tirai l'oreiller du lit de la chambre d'amis sur mes genoux pour me mettre un peu plus à l'aise pendant qu'il faisait ses recherches d'*alimentatore*. Avec un peu de chance, ça ne prendrait pas trop longtemps. Il était déjà trois heures du matin et j'étais morte de fatigue.

Stuart avait continué à travailler jusqu'à deux heures et j'avais veillé avec lui, prétendant être prise d'une envie irrépressible de faire le ménage – piètre excuse –, mais en réalité, je voulais juste qu'il aille se coucher le premier. Quand il était enfin parti au lit, j'avais dit qu'il me fallait plier la lessive si on ne voulait pas se retrouver avec des chemises et des jeans froissés. Heureusement, Stuart était trop fatigué pour ne pas s'apercevoir de mon changement de personnalité. En temps normal, les tâches ménagères ne m'empêchent pas davantage de dormir que le déficit national. A priori, l'un comme l'autre seront toujours là le lendemain, alors pas de raison d'en faire une nuit blanche.

Dès que je fus sûre qu'il était hors-jeu, je fermai la porte de la chambre, me faufilai dans la chambre d'amis et en repoussai la porte aussi. Puis je composai le numéro que Larson m'avait donné plus tôt dans la journée. Il décrocha à la première sonnerie, ce qui me surprit. Il était trois heures du matin. Je m'étais attendue à tomber sur le répondeur, pas sur lui, dont la voix était parfaitement éveillée et mesurée.

Après les salutations d'usage, je lui fis un compte-rendu de la soirée en essayant de me rappeler mot pour mot ce que le démon adolescent avait dit.

Maintenant, j'entendais la respiration de Larson à l'autre bout du fil.

— Des os, répéta-t-il. Vous êtes sûre ?

J'en avais été sûre, mais je commençai à perdre rapidement mon assurance.

— Je crois. Il parlait à voix basse mais je pense l'avoir entendu correctement. Je veux dire, je suppose que je pourrais me tromper...

Larson émit un petit son, l'air de dire d'oublier ça.

— Partons du principe que vous avez bien entendu. Pour le moment, c'est notre meilleure piste.

Je me penchai en avant, enfonçant les coudes dans l'oreiller tout en gardant le téléphone collé à mon oreille.

— Quelles pistes avons-nous, au juste ? Le père Corletti ne m'a rien dit et nous avons été interrompus par Stuart et les enfants avant que vous puissiez m'en dire plus.

— Il y a deux ans de cela, l'autel d'une petite église à Larnaca a été profané de plusieurs symboles sataniques, le plus important étant trois 6 qui se croisent.

— Oh.

Je serrai les lèvres, n'ayant pas très envie d'admettre mon ignorance. Mais je n'avais pas le choix, alors je me jetai à l'eau.

— Rafraîchissez-moi la mémoire. C'est où, Larnaca, déjà ?

— En Grèce, Kate.

— D'accord. Je me rappelle, maintenant. Profané, alors ?

— Avec une bombe de peinture. La police est partie du principe que c'était des ados qui s'amusaient.

— Mais le Vatican a vu les choses différemment.

— Pas du tout. Le Vatican est parti du même principe. Mais ensuite, le même symbole a commencé à apparaître ailleurs et les dégâts étaient bien plus graves.

Je secouai la tête.

— Comment ça ?

— Les bureaux d'une cathédrale au Mexique ont été ravagés.

— Les *bureaux* ?

— Tout à fait, dit-il d'une voix grave. L'autel a été tagué, mais c'est les bureaux qui ont vraiment été mis à sac. Les dossiers ont été emmenés ou détruits.

— Quel genre de dossiers ?

— Le pasteur et son personnel ont été assassinés, dit Larson, alors on ne connaît pas les détails. Mais on peut supposer que c'est la même chose que d'habitude.

Je hochai la tête en voyant ce qu'il voulait dire. Les démons – ou leurs acolytes humains – piratent parfois les dossiers d'une paroisse à la recherche de fidèles qui auraient perdu la foi. Il n'y a rien qu'un démon aime mieux que de corrompre une âme qui a été pieuse un jour. Et les âmes qui trébuchent ou doutent de leur foi sont des proies faciles. Ce qui veut dire qu'à chaque fois qu'il y a un scandale dans l'Église, les démons font la java dans les rues. Métaphoriquement, bien sûr.

Je réfléchis à cette information quelques instants.

— Juste les dossiers, demandai-je. Pas de reliques ?

— Pas à notre connaissance.

— Vraiment ?

C'était bizarre. En règle générale, les démons sont plus dans l'action (détruire les reliques) que dans les recherches (lire les dossiers de l'Église).

— Étrange, dis-je.

— En effet, acquiesça Larson. Et ce n'est pas tout. Il y a quatre mois, un petit monastère bénédictin dans les collines en Toscane a été anéanti. Détruit pierre à pierre. Mais juste les chambres des moines. La chapelle a à peine été endommagée.

— Seigneur Dieu, dis-je. Et les moines ?

— Morts. Tous assassinés, sauf un.

J'inclinai la tête de côté.

— Et celui-là ?

— Un suicide.

Je portai la main devant ma bouche.

— Vous n'êtes pas sérieux ?

— J'ai bien peur que si. Il s'est jeté d'une fenêtre.

Je déglutis en essayant de me concentrer. Le suicide était un péché mortel pour l'âme. Qu'est-ce qui aurait bien pu pousser un moine à prendre sa vie ?

— Et on sait que Goramesh est derrière tout ça ?

— Nous n'en savions rien à l'époque, dit Larson. La *polizia* a été appelée, mais c'est une zone très rurale et l'enquête a été bâclée. Le crime a été attribué à un gang de voyons vagabonds, et l'affaire a été close.

— Mais ce n'est pas terminé.

— Une jeune femme s'est présentée une semaine plus tard dans un hôpital de Florence. La police a appris que c'était une randonneuse qui dormait dans les étables du monastère. Elle n'a rien vu de l'attaque, mais aux petites heures du matin, elle s'est rendue à la chapelle avec l'intention d'assister aux matines. C'est là qu'elle a été agressée. Elle est parvenue à se rendre à l'hôpital mais la police n'a obtenu aucune information utile de sa part.

— Mais ?

Je savais qu'il y avait un mais.

— Le Vatican a entendu parler d'elle et a envoyé des inspecteurs lui rendre visite à l'hôpital.

Je serrai l'oreiller, je voyais dans quelle direction partait cette histoire.

— C'était une chasseuse.

— Très bien, dit-il, comme s'il s'adressait à une bonne élève. Quand elle est arrivée, tous les moines étaient déjà morts. Elle a interrompu un démon qui fouillait la chapelle...

— La *chapelle* ?

Les démons peuvent marcher sur un sol consacré mais ça leur cause une douleur, disons... infernale. C'est la première chose qu'on vous apprend quand vous entrez dans la Forza : si un démon entre dans une église, sa vraie nature est révélée ; la douleur est tout simplement insoutenable. C'est pour cela que les lieux consacrés sont un excellent test pour découvrir un démon.

— Apparemment, c'est grâce à elle que la chapelle est restée à peu près intacte. D'après cette femme, le démon était dans un état de fureur totale, probablement due au tourment causé par sa présence dans l'église. Elle pense qu'il cherchait quelque chose. Il ne s'était sans doute pas attendu à tomber sur un humain, encore moins une chasseuse.

— Il l'a attaquée ?

— Oui, ils se sont battus. Il était puissant, mais il était affaibli par le sol consacré, et elle est parvenue à le maîtriser. Elle était maligne, et avant de lui faire quitter le corps dont il s'était emparé, elle l'a forcé à révéler sa mission. Ou du moins, son maître.

— Goramesh.

— En effet. Les dernières paroles du démon sont cryptiques, mais la chasseuse pense qu'il disait que San Diablo serait sa prochaine cible. Elle a, bien sûr, empêché le démon de nuire davantage.

— Bravo à elle, dis-je en envoyant à cette fille qui se trouvait en première ligne mes félicitations par la pensée. Mais est-ce qu'elle a trouvé ce que Goramesh cherchait ?

— Non.

— Oh.

Je raclai ma lèvre inférieure de mes dents.

— Bon, est-ce qu'il y a un lien entre les différents endroits ? À part la nature des attaques, je veux dire ?

— Pour le moment, je n'ai pas réussi à en trouver un, mais je compte continuer à faire des recherches cette nuit. Et quand vous passerez les archives de l'église en revue, vous pourrez peut-être essayer de voir si certaines des reliques viennent d'un de ces lieux.

— D'accord. Pas de souci, je peux faire ça.

Je fronçai les sourcils en espérant que c'était vrai. Ils se rejoignirent alors qu'une autre pensée me venait.

— Et la fille ? La chasseuse ? On dirait qu'elle était déjà sur cette affaire. Pourquoi la Forza ne l'envoie pas ici ? Je veux dire, si elle avait déjà une idée de la situation, pourquoi attendre que des démons commencent à défoncer mes fenêtres ? Et pourquoi la tenir à l'écart ?

— Elle est morte. Elle a vaincu le sbire de Goramesh, mais elle a été mortellement blessée dans la bataille. Elle est morte six heures après avoir tout raconté à son *alimentatore*.

Il parlait sans émotion, mais sa voix était trop bien posée, trop contrôlée, et ça me bouleversa.

— C'était la vôtre, murmurai-je.

— Oui, en effet.

— Quel âge avait-elle ?

— Dix-huit ans.

Je fermai les yeux, la gorge serrée d'angoisse, alors que je portais le deuil de cette fille que je n'avais jamais connue. Cette fille qui, à une époque, aurait pu être moi.

Je pensais à Timmy, Allie et Stuart, et la peur s'empara de moi, froide et gluante. *Ça pourrait toujours être moi.*

À dix-huit ans, je n'avais pas eu peur de la mort. Mais l'idée de laisser mes enfants seuls sur cette terre ? De ne pas être là quand ils auraient le plus besoin de moi ?

J'enfouis mon visage dans l'oreiller et me mis à pleurer.

C'est fou ce que quelques démons peuvent faire pour améliorer la piété de quelqu'un. Je confesse avoir manqué de diligence dernièrement quant à la messe du dimanche. Mais ce matin, je secouai tout mon petit monde et nous arrivâmes pour le service de onze heures.

Allie me surprit en ne protestant pas trop violemment quand je les tirai du lit à neuf heures, elle et Mindy. Notre jeune voisine avait décliné de se joindre à nous et le visage d'Allie s'était fait envieux quand Mindy avait révélé son plan de « ne faire que glander » pour ce dernier jour avant la rentrée, mais au final, ma fille était venue de sa propre volonté – terme relatif, quand on parle d'une adolescente de quatorze ans. Même Stuart n'avait pas trop protesté, bien qu'il ait demandé à ce qu'on prenne les deux voitures pour qu'il puisse aller au bureau tout de suite après le service. Maintenant que la messe était terminée, je l'embrassai pour lui dire au revoir et envoyai Allie récupérer Tim à la nurserie pendant que je restais en arrière pour parler au père Ben.

J'avais appelé Delores plus tôt dans la matinée, et elle avait été si extatique que j'étais sûre à quatre-vingt-dix-neuf pour cent qu'elle aurait déjà alpagué le père Ben pour lui faire part de la bonne nouvelle.

Je traînai devant l'annexe tandis qu'il saluait tous ses paroissiens. Quand la foule commença à s'éclaircir, il m'aperçut et son sourire radieux redoubla d'intensité. Rien ne rend le père Ben aussi heureux qu'une bénévole enthousiaste.

— Kate, j'espérais vous voir. Delores m'a dit que vous alliez commencer à inventorier les dons en nature.

— Tout à fait, dis-je.

Franchement, j'aurais voulu lui dire la vérité, mais j'avais été trop bien formée pour briser les règles strictes de la Forza.

— Je voulais en faire un peu plus que juste la dactylographie. Je veux dire, je sais qu'il y a pas mal de travail.

— Ce n'est rien de le dire.

— Je suis ravie de pouvoir aider.

J'avais l'air bien trop joyeuse pour quelqu'un qui proposait de venir s'asseoir dans une pièce obscure à trier des cartons poussiéreux qui devaient être pleins d'araignées. Mais je semblais incapable de contrôler ma voix.

Heureusement, le père Ben ne remarqua pas ou en tout cas, ne trouva pas mon enthousiasme étrange. De toute façon, même si ça avait été le cas, pourquoi aurait-il fait un commentaire sur la question ? Après tout, il était sur le point d'acquérir une esclave volontaire. Pourquoi l'insulter en lui disant qu'elle était zinzin ?

Nous nous mîmes d'accord sur une heure de rendez-vous pour le lendemain et nous étions juste en train de prendre congé quand Allie et Timmy arrivèrent en rampant. Enfin, Timmy rampait. Allie marchait derrière lui, avec sur le visage une expression familière qui était un mélange d'agacement et d'amusement. Je connaissais bien cette expression ; je l'avais souvent arborée.

— Maman ! Tu veux bien le prendre ?

Je tendis les bras et parvins à saisir mon petit fugueur en me déportant rapidement sur la gauche.

— Je t'ai eu !

Il éclata de rire et se fit tout mou. Il s'écroula par terre en glapissant :

— Pas chatouilles, maman !

Ce qui voulait dire qu'il voulait qu'on le chatouille. Je m'y pliai et parvins à éviter ses pieds qu'il envoyait en tous sens tandis que je le régalais d'une grande séance de chatouilles. Il couina et je l'attrapai dans mes bras, tête en bas, tandis que je disais au revoir au père Ben et lui promettais de revenir le lendemain.

Ce n'est qu'en marchant vers la voiture avec Allie, un bambin tout mou dans les bras, que je me rendis compte que je ne pouvais pas franchement passer la journée du lendemain à examiner les registres de l'église, un tout-petit pendu à ma cuisse. J'avais déjà du mal à m'asseoir assez longtemps pour lire mes emails sans que Timmy fasse une crise. Attendre de lui qu'il soit sage pendant plusieurs heures dans une cave, c'était simplement impossible.

Je fronçai les sourcils en réfléchissant à mes options. Je pouvais demander à Laura de le garder une ou deux fois, mais à moins d'avoir beaucoup de chance – ce qui était peu probable, vu ma chance dernièrement –, je n'aurais pas trouvé ma réponse d'ici mercredi.

Et donc ? J'allais devoir trouver une crèche, et la payer. Ce n'était pas quelque chose que je pouvais cacher à Stuart, et l'idée d'en discuter avec lui me serra le ventre presque aussi douloureusement que la pensée de laisser mon bébé à la charge de quelqu'un d'autre pour la journée.

Allie dut se rendre compte de la tête que je faisais pendant que j'attachais Tim au siège bébé. Elle fronça les sourcils et commença à dire quelque chose avant de se raviser. Et puis, comme elle avait quatorze ans, elle changea de nouveau d'avis.

— Maman ?

— Oui, ma puce ?

— Oh rien. Rien d'important.

Je savais à sa voix que ce n'était pas rien, mais dans un élan de mauvaise parentalité, je fis semblant d'être trop occupée à attacher le bébé pour le voir. Je tirai un coup sur la ceinture de Tim, lui donnai son gobelet et Bounours, et puis je fis le tour du monospace pour passer du côté conducteur. Quand je fus enfin derrière le volant, Allie avait déjà mis sa ceinture. Elle avait l'air bien, mais elle jouait avec ses ongles et en arrachait le vernis violet à paillettes qu'elle et Mindy avaient appliqué avec tant de soin la veille.

Mince.

J'avais peur de devoir répondre à des questions que je n'avais pas envie d'entendre, mais en même temps, je ne pouvais pas partir du principe que tout tournait autour de moi. Pour ce que j'en savais, Allie pouvait bien avoir complètement craqué sur un des enfants de chœur.

J'attendis d'avoir rejoint la route sinueuse qui menait de la cathédrale jusqu'à la Pacific Coast Highway. Puis je pris en direction du nord vers notre quartier, avec à ma gauche le Pacifique et à ma droite, ma fille – sombre et morose.

— Il y a quelque chose dont tu veux me parler ?

Elle haussa les épaules.

— Heuchaipa.

Je mis une seconde pour analyser cela et en déduire les mots « Je ne sais pas ». Ha ha ! On progressait.

— Tu t'inquiètes pour l'école demain ?

Un autre haussement d'épaules, cette fois accompagné d'un :

— J'imagine.

C'était une ouverture, et je m'en saisis. J'étais à peu près sûre que ce n'était pas l'école qu'elle avait en tête à cet instant, mais comme je n'avais pas d'autre piste, j'y sautai à pieds joints.

— Ça va aller. Tu as quoi, trois cours en commun avec Mindy ? Et la plupart de tes amis du collège vont aussi à Coronado. Dans un mois, tu ne te souviendras même pas que ça t'inquiétait.

Derrière nous, Timmy avait une conversation très sérieuse avec Bounours. Je jetai un regard au siège arrière et il me fit un sourire endormi avant de serrer le vieil ours plus fort dans ses bras. Je n'avais pas besoin de ma montre pour savoir que nous approchions de l'heure de la sieste.

— Je sais, dit-elle en continuant à martyriser son vernis. Ce n'est pas ça.

— Les garçons ?

— Mam-*man* !

Elle cambra le dos et rejeta la tête en arrière avec un soupir exaspéré. Voilà, *ça,* c'était l'ado que je connaissais.

— Ce n'est pas comme si je passais *tout mon temps* à penser aux garçons.

— C'est bon à savoir, dis-je.

Je gardai le regard fixé sur la route de peur de me mettre à sourire si je regardai vers ma fille.

— Je suis ravie de l'apprendre.

Du coin de l'œil, je la vis secouer la tête, terriblement agacée d'avoir une mère si pénible.

J'étais à court d'options, alors je gardai le silence pour les quelques kilomètres qui suivirent. Au moins, elle ne boudait plus, et je pris ça pour une petite victoire. Malheureusement, si ce n'était pas l'école ou les garçons qui lui trottaient dans la tête, ça nous laissait la famille. Ou un problème qui n'avait rien à voir et dont je ne savais rien.

Aucune de ces deux possibilités ne me plaisait vraiment.

Les petits ronflements de Timmy nous parvinrent à l'avant du monospace et je compris que j'avais perdu la fenêtre d'action pour une sieste. J'aurais dû rouler à toute allure jusqu'à la maison et le caler dans son berceau juste après la messe. Maintenant qu'il était endormi, c'était fini. Je n'avais jamais réussi, pas une seule fois, à le transférer de la voiture à la maison sans le réveiller, et une fois qu'il est réveillé, c'est reparti jusqu'à la fin de la journée.

J'aime mon petit garçon, mais je l'aime encore plus après une sieste de deux heures. Si, si. Une sieste de quinze minutes, c'est la garantie d'une journée grognonne. Et ça, ça vaut tant pour le petit que pour sa mère.

Je réfléchis à mes options et puis freinai alors que nous approchions de California Avenue, l'artère principale Est-Ouest qui divise San Diablo. Je pris à droite et suivis la route vers l'est, celle qui coupe à travers le canyon avant de ressortir à la hauteur de San Diablo.

— Où est-ce qu'on va ? demanda Allie.

Je comprenais sa confusion. Notre maison se trouve à un croisement après Rialto, la route juste au nord de California Avenue. Les urbanistes auraient dû prévoir quelques intersections supplémentaires, mais ils ne l'ont pas fait, si bien que pour arriver chez nous depuis l'avenue, il faut parcourir la moitié de la ville et puis revenir en arrière par la Highway 101.

— Qu'est-ce que tu dirais de faire un tour au centre commercial ?

Elle me jeta un regard soupçonneux.

— Pourquoi ?

— Tim dort. Si on rentre maintenant, il va être une vraie terreur.

— Alors tu vas me laisser faire du shopping pendant que tu restes dans la voiture avec Tim ?

Vu sa voix, elle s'attendait à ce que je dise non.

— Soit ça, soit on reste ensemble dans la voiture et je te laisse faire des tours sur le parking jusqu'à ce que Tim se réveille.

Ça, ça l'intéressa.

— Sérieux ! Non ? Tu me laisserais vraiment conduire la voiture ?

— Lentement, sur un parking, et avec moi sur le siège passager. Mais oui. Dans ces conditions, oui, tu peux conduire la voiture.

L'âge légal pour conduire en Californie, c'est seize ans accompagné d'un adulte, mais les jeunes peuvent commencer la conduite accompagnée à quinze ans, si bien qu'il nous restait encore onze mois. J'avais déjà dit à Stuart que je voulais qu'Allie ait le permis et soit à l'aise derrière un volant aussi tôt que possible. Même si je ne suis pas folle de l'idée que ma fille manipule plus d'une tonne de métal à cent kilomètres-heure, je me suis résignée au fait que, oui, un jour où l'autre, elle aura son permis. Je me dis que c'est en forgeant qu'on devient forgeron.

Mes projets de faire des tours de parking avec elle n'étaient pas tout à fait légaux, mais je m'en fichais. Ça permettrait à Timmy de finir sa sieste, et Allie s'éclaterait. En plus de quoi, je conduisais dans tout Rome à quatorze ans. Allie avait eu une vie bien différente – Dieu merci – mais elle n'en était pas moins une jeune fille compétente et responsable.

En cet instant, la jeune fille compétente et responsable en question était en train de me dévisager, bouche bée :

— Qui êtes-vous et qu'avez-vous fait de ma mère ?

— Très drôle, dis-je. Très original.

— Tu es vraiment sérieuse.

— Non, je suis en train de te mentir : ça fait partie d'un plan machiavélique pour te torturer toute ton adolescence pour que quand tu sois adulte tu puisses écrire un livre révélant tout ça, en faire un best-seller, gagner un million de dollars et prendre une retraite confortable. Je fais tout ça par amour.

— Tu es bizarre, maman.

— On me l'a déjà dit.

Nous arrivâmes à l'entrée du centre commercial, marquée par des colonnes grecques qui, d'après moi, étaient parfaitement ridicules dans ce paysage de Californie. Mais les promoteurs immobiliers ne s'étaient pas souciés de me demander mon avis, et tout le centre commercial suivait un thème olympien ridicule.

Comme je m'y attendais, le parking à côté des restaurants était plein, mais celui du côté de l'entrée Sud était presque vide – il n'y avait que quelques voitures près des portes, et une poignée un peu plus loin, probablement celles des employés. Je me garai et laissai le moteur tourner avant de sortir. Je fis le tour du monospace pour rejoindre le côté passager alors qu'Allie levait l'accoudoir et se hissait derrière le volant. Je me glissai à l'intérieur alors qu'elle réglait les rétroviseurs.

— Tu es prête ? demandai-je.

— Oui. C'est trop cool. Mindy va être morte de jalousie.

— Alors, on se concentre sur la conduite de ce véhicule motorisé très lourd, et on pensera à jubiler devant sa copine plus tard, d'accord ?

— Oui, maman, répondit-elle, parfaitement heureuse.

Je défis ma ceinture et me tournai vers l'arrière afin de regarder Timmy. Je me penchai en arrière et attrapai une des bandoulières. Je tirai dessus un petit coup, juste pour vérifier. C'était bien serré, et il dormait toujours. Je me remis en place et bouclai à nouveau ma ceinture. Je vis Allie lever les yeux au ciel.

— C'est mon droit de parent, dis-je. Même si tu es la meilleure conductrice de la planète, j'ai quand même le droit de m'inquiéter.

Elle ne se soucia pas de répondre et tourna la clé de contact. Comme la voiture était déjà au point mort, elle n'apprécia guère la manœuvre et l'embrayage émit un grondement sinistre qui fit sursauter ma fille.

— C'est pas grave, dis-je. Je le fais tout le temps.

La deuxième tentative se passa mieux et elle démarra, un peu hésitante au début avant de trouver son allure.

— Pas mal, dis-je. On dirait que ce n'est pas la première fois que tu fais ça.

Elle avait un grand sourire et je savais qu'elle était fière d'elle.

— Pas depuis un moment, dit-elle. Et tu ne m'as jamais laissé conduire le monospace.

C'était vrai. Avant qu'on achète l'Infiniti, Stuart et moi la laissions de temps en temps conduire la vieille Corolla sur le parking du lycée. Mais tant que la voiture de Stuart sentirait le neuf, je doutais qu'Allie ait l'occasion de conduire ce qui était la prunelle de ses yeux.

Je désignai une grande zone vide et elle y fit des cercles pendant un moment, puis des huit, avant de mettre la marche arrière et de reculer en ligne droite.

— Crâneuse, dis-je.

Mais je savais qu'elle était consciente que j'étais fière d'elle. Elle arrêta le monospace avant de le remettre en route et d'accélérer jusqu'à atteindre une vitesse de croisière de trente kilomètres-heure. Le regard fixé sur l'asphalte devant elle, elle parla, si doucement, qu'au début je ne me rendis même pas compte qu'elle disait quelque chose.

— Papa me laissait conduire.

— Quoi ?

J'avais entendu les mots, mais je n'arrivais pas à en tirer du sens.

— Papa me laissait conduire, répéta-t-elle plus fort.

Presque avec insolence, comme si elle me défiait de lui dire que non.

Je tirai sur la ceinture à mon épaule et la détachai de mon cou pour me tourner sur mon siège.

— Quand ça ?

Ma voix était mesurée mais mon cœur battait vite, et pas juste à cause de la mention d'Eric. Je ne savais pas comment je le savais – sa voix, peut-être, ou ses manières – mais nous arrivions à ce qui l'embêtait précédemment. C'était ça. J'étais sur la sellette et il ne fallait pas que je me plante.

— Quand j'étais petite. Six ans, peut-être. Il me faisait montrer sur ses genoux. Il s'occupait des pédales vu que je ne pouvais pas les atteindre, mais il me laissait tourner le volant. Il disait que c'était notre petit secret.

— Eric, murmurai-je en secouant la tête. Espèce d'idiot.

Il aimait avoir ce genre de secrets avec les gens. Des petites choses qu'il ne partageait qu'avec l'autre personne. Ça avait été le cas pour notre mariage : trois mois avant de prendre officiellement notre retraite, nous nous étions mariés dans une petite église à Cluny. Nous ne l'avions dit à personne, mais ces trois mois avant notre « vrai » mariage avaient été précieux.

Il faisait d'autres petites choses. Des messages secrets, des cadeaux anonymes. Ces souvenirs avaient toujours été chers, mais après sa mort, je les avais chéris d'autant plus. Et j'avais toujours été un peu triste de penser qu'il était mort avant de pouvoir partager ce genre de secrets avec sa fille.

Mais ça n'avait pas été le cas. J'aurais dû savoir qu'Eric ne serait pas mort sans laisser ou moins un ou deux souvenirs de ce genre à Allie. Ça ne lui aurait pas ressemblé.

— Maman ?

Elle appuya sur la pédale de frein jusqu'à s'arrêter. Je me rendis compte que je pleurais et j'essuyai une larme.

— Désolée, ma puce. C'est juste que j'ai toujours adoré les petits secrets de ton père. Je suis heureuse qu'il en ait eu un avec toi.

Elle pinça les lèvres et l'espace d'une seconde, je crus qu'elle allait pleurer elle aussi. Ce ne fut pas le cas et je remarquai qu'un coin de sa bouche tremblait légèrement et que ses joues avaient pris une teinte rose pâle. Je sus alors que la conduite n'était pas son seul secret, et je luttai contre un sourire de mon côté aussi, tout en adressant un remerciement silencieux à Eric. Il nous avait quittées de façon inattendue, mais il avait tout de même réussi à laisser quelque chose de lui à sa fille.

Je pris la main d'Allie dans la mienne et la serrai. Elle me rendit ce mouvement avant de me la retirer délicatement. Quand elle se remit à triturer son vernis à ongles, je compris que nous n'étions pas encore arrivées au fond du problème. Je gardai le silence. Tôt ou tard, elle me dirait ce qui la tourmentait.

Quand elle remit le monospace en marche, je compris que ce serait probablement plus tard que tôt. Mais elle lâcha la boîte de vitesse et laissa la voiture au point mort, avec le moteur qui tournait.

— Est-ce qu'il a quelque chose à voir avec tout ça ? Papa, je veux dire ?

Ça, ce n'était pas une question à laquelle je m'étais attendue, et j'étais heureuse qu'elle se soit adressée au volant plutôt qu'à moi.

— Avec tout ça ? Quoi donc ?

— Tu sais. Les cours d'autodéfense. Et la messe. Ça fait longtemps que tu ne m'y as pas traînée, et là, tout d'un coup...

Elle n'était pas idiote, ma fille.

— Qu'est-ce qui te fait penser que ça a quelque chose à voir avec ton père ?

— Je sais pas, répondit-elle alors qu'il était évident qu'elle avait une idée. Je veux dire, le kick-boxing, je suis à fond, mais...

Elle ne finit pas sa phrase et haussa les épaules. J'étrécis les yeux en la regardant, essayant sans succès de lire dans les pensées de ma fille.

— Quoi ?

— Tu faisais tous ces trucs-là avec papa, dit-elle. Mais hier, tu l'as fait avec *lui*.

Mon cœur se serra et je portai ma main à ma gorge.

— Tu te souviens de ça ?

Ma voix n'était qu'un murmure. Eric et moi nous entraînions ensemble quand Allie avait l'âge de Timmy, peut-être un peu plus grande. Mais nous avions perdu cette habitude avec le temps, nous nous étions laissés aller à force de ne plus avoir de démons dans nos vies. Courir derrière un enfant en bas âge, c'était déjà assez de sport comme ça, et nous aimions trop notre vie de parents pour continuer à passer du temps sur l'entraînement.

— Un peu, dit-elle. Je me rappelle que de temps en temps, vous me laissiez jouer aussi. J'avais mon épée à moi et tout.

Je savais que ma voix tremblerait, mais il fallait que je réponde.

— Elle est toujours là.

C'était un sabre en plastique qu'Eric avait trouvé dans un magasin de jouets un après-midi. Je l'avais rangée avec mon matériel.

Elle serra les bras devant sa poitrine, dans un geste d'autoréconfort.

— Pourquoi tu recommences maintenant ? Et pourquoi avec lui ?

— C'est un ami, et il a de l'expérience. C'est tout.

En tout cas, je savais désormais pourquoi Allie avait semblé si froide avec Larson. Je tendis la main et lui caressai le bras.

— Quant aux cours d'autodéfense, je me suis dit que ça serait cool de faire quelque chose comme ça ensemble, toutes les deux. Et ton père serait content de savoir que tu sais te défendre.

J'évitai de répondre à la première question, celle du *pourquoi*. Je ne voulais pas mentir à ma fille davantage que je n'y étais obligée.

— Crois-mon, mon cœur, je ne ferais jamais rien qui porte atteinte à tes souvenirs de ton papa.

— Je sais.

Elle renifla bruyamment.

— C'est juste qu'il me manque.

— Je sais, mon bébé, dis-je. Il me manque aussi.

L'après-midi se déroula comme à peu près n'importe quel autre dimanche, même si Allie et moi fûmes toutes les deux un peu plus attentives à Stuart. La culpabilité a ce genre d'effets.

Après le dîner, Tim joua avec son xylophone et Allie l'accompagna sur un bongo. Stuart et moi faisions du renfort avec les harmonicas un peu baveux de Tim. Je dois avouer que nous avions essayé de nous défiler mais il est difficile de résister au « fais la musique aussi, maman ». Après avoir joué, pris un bain, lu *Tika tika boum boum !* (deux fois), *Comment les dinosaures disent bonne nuit ?* (une fois) et *Bonne nuit la lune* (trois fois), nous finîmes par convaincre Tim qu'il était Super-Pyjama et qu'il était temps pour lui, son pyjama et Bounours d'aller au lit, où il pourrait se battre pour la vérité, la justice et tout ça dans ses rêves.

Les bêtises, ça fonctionne bien chez nous.

Allie resta un moment avec nous avant d'aller se coucher, en divisant son temps entre sa chambre et le salon. À chaque passage, elle m'apportait un nouvel ensemble à commenter.

Elle avait beau avoir des tonnes de vêtements neufs, au final elle se décida pour son jean préféré, un tee-shirt blanc uni, et un joli petit pull rose (Gap, soldé à 75 %) pour compléter la tenue. Les débats intérieurs jusqu'à ce qu'elle parvienne à cette décision clé lui prirent environ deux heures et demie.

Une fois qu'elle fut partie au lit – après avoir promis à contre-cœur de ne pas appeler Mindy dans le noir et de ne pas passer toute la nuit à parler du lendemain – Stuart et moi ouvrîmes une bouteille de Merlot, mîmes *Patton* dans le lecteur DVD et nous blottîmes sur le canapé. C'était lui qui avait choisi le film. J'avais accepté à cause de mon sentiment de culpabilité. Maintenant j'étais coincée.

Il glissa un bras autour de moi et je me lovai contre lui.

— Je suis désolé d'avoir été si occupé ces derniers temps, dit-il. Et ça va encore empirer.

— Je sais. Ce n'est pas grave.

C'était même une bénédiction. Je comptais sur le fait que Stuart soit trop occupé pour ne pas s'apercevoir des nouvelles activités extracurriculaires de sa femme. Je me redressai et tordis le cou pour l'embrasser.

— C'est important pour toi.

Il caressa mes cheveux.

— Tu es la meilleure. Tu le sais, hein ?

Je ris, mais c'était un peu forcé.

— Je ne suis pas la *meilleure*, mais je te promets d'essayer. Je ne serai jamais la Ménagère Parfaite mais en croisant les doigts, je ne coulerai pas complètement tes chances d'être élu.

— Ça n'arrivera pas, dit-il. Un jour après le lancement, et tu as déjà fait craquer Larson.

— Oui, bon, je suppose que le courant est passé entre nous.

— Qui pourrait te résister ?

Je ne répondis pas à cela et fis semblant d'être soudain fascinée par Patton qui sortait un pistolet et ouvrait le feu sur un avion allemand. Stuart suivit mon exemple et nous nous installâmes pour regarder le reste du film.

J'étais à l'aise, confortable, et en fait le film me plut – allez comprendre –, mais je n'arrivais toujours pas à me détendre. Il se passait des choses en ce moment dans le monde, mais tout paraissait hors champ. Juste à l'extérieur de ma vision périphérique. Si seulement j'avais pu tourner la tête et voir l'ensemble...

— Eh, m'interpella Stuart d'une voix douce en caressant mes cheveux. Tu es dans la lune ce soir ?

— Désolée. Je suis distraite. C'est Allie. Le lycée. Mon bébé grandit.

Un autre mensonge. À combien en étais-je ? J'avais perdu le compte, et je ne pouvais m'empêcher de me demander combien de nouveaux suivraient.

Mes mondes entraient en collision et j'avais envie de garder celui qui contenait Stuart bien en sécurité. Rangé dans une petite boîte comme une boule de Noël à laquelle on tient beaucoup. Mais mon ancienne vie n'arrêtait pas de se rappeler à moi et je craignais tellement que Stuart ne me regarde un matin et ne capte un aperçu de mon secret. Ou pire, qu'il ne se réveille un matin et ait un aperçu d'un démon.

Je me tordis dans ses bras et l'embrassai, fort au début, puis avec douceur, jusqu'à ce que je le sente se détendre et ouvrir sa bouche sous la mienne. Ses mains se resserrèrent autour de moi et il me tira contre lui. J'avais envie d'être encore plus près. J'avais envie de me blottir, de me perdre en lui. J'avais envie qu'il s'occupe de moi. Au minimum, j'avais envie d'oublier mes responsabilités et mes promesses et mon passé.

— Que me vaut le plaisir ? demanda-t-il sur un ton qui laissait entendre qu'il était ouvert à continuer.

— Je n'ai pas le droit de séduire mon mari ?

— Où tu veux, quand tu veux.

— Ici, dis-je. Et maintenant.

Une étincelle familière luisit dans son regard, celle commune à tous les hommes quand ils se rendent compte qu'ils sont sur le point de conclure. Et puis il m'attira à lui, *Patton* complètement oublié.

Je ne suis pas stupide. Je savais que cela ne réglerait pas mon problème, que cela ne ferait pas disparaître mes inquiétudes ou le croque-mitaine. Que ça n'effacerait même pas mes pensées d'Eric.

Mais j'en avais envie. J'avais envie de Stuart. De ce mari-*là*. De cette vie-*là*.

J'avais besoin de me sentir bien ancrée dans mon présent, de le sentir autour de moi, doux et chaud comme une couverture. Parce que des petits morceaux de mon passé n'arrêtaient pas de venir tirer sur les fils qui dépassaient et que j'avais tellement peur que, sur une seconde d'inattention, la vie parfaite que Stuart et moi avions construite ensemble se détricote.

Et alors, me demandai-je, où cela me mènerait-il ?

Et d'ailleurs, *qui* cela ferait-il de moi ?

L e sexe de bonne qualité, ça vous retourne la tête. Je m'en suis rendu compte après coup. Mais quand le lendemain matin Stuart m'a demandé si je pouvais organiser une *autre* petite sauterie vite fait, j'étais toujours perdue dans ce contentement bienheureux. Apparemment, une des assistantes juridiques était censée recevoir ce soir-là, mais elle était malade. Je murmurai *d'accord* et enfouis à nouveau ma tête sous les couvertures, heureuse, satisfaite, et pleine d'une assurance conférée par la jouissance.

Ce n'est que lorsque mon réveil se déclencha cinq minutes plus tard que je me rendis compte de mon erreur.

À ce moment-là, Stuart était déjà en train de démarrer, probablement en train de répéter les badinages qu'il servirait à ses invités ce soir-là, tout en roulant vers la salle de sport pour une séance matinale. J'envisageai brièvement de l'appeler sur son portable pour me dédire, mais j'abandonnai cette idée. Ce n'était pas une grosse nouba. Juste cinq couples. Et c'était ce que j'étais censée faire : aider mon mari, rattraper les choses en cas de crise, être une bonne épouse et une bonne mère. Oui, il avait peut-être triché un peu en me posant la question alors que mes nerfs crépitaient encore, mais j'avais dit oui, et maintenant j'étais coincée.

Et étant donné que j'avais deux enfants à lever et habiller, avant de conduire Allie et trois autres gamins à l'école avant la sonnerie de 7 h 45, je n'avais vraiment pas le temps de me morfondre sur cette décision.

J'enfilai un jogging et un tee-shirt et je rassemblai mes cheveux en queue de cheval sans me donner la peine de les brosser. Allie est un ours mal léché avant sept heures, alors je passai d'abord par sa chambre où je tapai à la porte et appelai :

— Debout, debout, debout.

Sa réponse étouffée me parvint à travers la porte, et même si je n'arrivais pas à en comprendre les mots, le ton qu'elle employait disait clairement : *Va-t'en, maman, tu me déranges.*

— C'est la rentrée, Allie, tu te rappelles ? Allez. On va être en retard.

C'était un mensonge, mais je me disais que ça la ferait peut-être bouger plus vite.

Ensuite, je passai par la chambre de Timmy. C'était l'heure à laquelle il se réveillait en général – six heures et quart – et je l'entendais murmurer tout seul. J'ouvris la porte avec un joyeux :

— Bonjour, Monsieur Tim !

— MAMAN, MAMAN, MAMAN !

Ah, ça, c'est un vrai accueil matinal. Je marchai jusqu'à son berceau et me gorgeai de son grand sourire lumineux. Il leva Bounours vers moi.

— Lui il dort, dit-il.

— Moi aussi.

Je pris l'ours en peluche, lui fis un gros bisou, et m'adressai très sérieusement à sa petite tête d'ours.

— Bounours, il faut qu'on lève Timmy. Qu'est-ce que tu en penses ? C'est le moment de mettre une couche propre ?

Je ne laissai pas à l'ours – ou au petit garçon – le temps de répondre. Je les trimballai juste tous les deux jusqu'à la table à langer, pas loin de là. Moins de deux minutes plus tard – j'avais plusieurs années d'entraînement –, Timmy avait une couche neuve, des vêtements propres, et nous descendions vers le salon. Je le calai sur le canapé, mis *JoJo Circus* à la télé, et partis dans la cuisine pour chauffer un gobelet de lait.

Quarante-cinq secondes plus tard, Timmy tenait le gobelet dans ses petites mains potelées, j'avais mon téléphone sans fil collé à l'oreille et je remontai les escaliers pour taper à la porte d'Allie une fois de plus.

— Hôpital psychiatrique Dupont, dit Laura qui avait à l'évidence vérifié l'identité de son interlocutrice.

— Comment ça va chez toi ?

— Les internés sont agités, dit-elle.

— Au moins, la tienne est debout et remue.

Je tapai à nouveau sur la porte d'Allie.

— Bon, Allie. Si tu n'es pas habillée à sept heures vingt, je pars sans toi.

Le premier jour de covoiturage est toujours un challenge, et Karen et Emily était des inconnues dans l'équation. Si elles étaient du genre à être en retard – du genre où vous vous retrouviez en double file dans la rue, avec le moteur qui tournait, à klaxonner désespérément – je préférais avoir un peu de marge.

Je reportai mon attention vers le téléphone.

— Qu'est-ce que tu as à faire ce matin ?

— La lessive, dit-elle avec autant d'enthousiasme qu'elle en aurait montré pour se faire dévitaliser une dent. Carla refuse de gérer ça.

Carla venait toutes les deux semaines faire le gros ménage de Laura. C'était quelque chose que je lui enviais terriblement. Un jour, j'espère qu'on pourra cloner Carla.

— Et les factures. On pourrait me convaincre de procrastiner, ajouta-t-elle. Je veux dire, si tu as mieux à proposer.

— Pas vraiment, dis-je en redescendant. J'espérais te soutirer une faveur.

— Oh, Seigneur.

— Maintenant que Mindy est ado, ça ne te manque pas, les petits petons d'un bambin qui court partout ?

— Tu me tues, dit-elle.

Mais il y avait de l'amusement dans sa voix et j'articulai silencieusement merci.

— Allez, crache le morceau.

— J'ai besoin d'une baby-sitter.

— Oh, vraiment ?

Sa voix s'éleva avec curiosité.

— À quel incroyable batifolage vas-tu te livrer ?

— Rien de si incroyable que ça.

Je lui donnai la version courte mais incomplète de la vérité, que j'allais faire du bénévolat à l'église.

Elle fit des petits sons curieux mais ne posa pas de questions et je ne développai pas davantage. Dès qu'elle accepta de garder mon gnome, je jurai d'obéir à tous ses désirs pour l'éternité.

— Je pense que tu peux juste m'inviter à manger un gâteau à Cheesecake Factory et on sera quittes.

Une pause.

— À moins que la situation ne perdure au-delà d'une journée ?

— Avec de la chance, pas plus d'un ou deux jours, dis-je.

Je faisais la tête de *Je suis incorrigible mais aide-moi quand même*, bien qu'elle ne puisse pas me voir à travers le téléphone.

— J'espère trouver une crèche.

— Vraiment ?

Sa surprise était normale. Je lui avais dit et redit que j'aimais être mère au foyer – et c'est vrai.

— Deux jours, deux desserts, dit-elle.

Elle était dure en affaires comme baby-sitter.

— D'accord. Je le déposerai chez toi après avoir emmené les filles.

Nous raccrochâmes et je restai un instant silencieuse, pour voir si j'entendais Allie. La douche était en route. Bon signe. Au moins, je n'aurais pas à remonter à l'étage et à la traîner dans la salle de bains à son corps défendant.

— Encore du lait, dit Timmy alors que je partais vers la cuisine. Au chocolat, maman. Chocolat.

— Je ne crois pas, mon grand.

Je pris le gobelet et le remplis de lait nature tout bête, puis j'ouvris un paquet de flocons d'avoine, le versai dans un bol avec ce qui semblait être la bonne quantité d'eau, collai ça dans le micro-ondes et mis le minuteur. J'abusais déjà avec Laura ; je ne pouvais pas m'attendre à ce qu'elle fasse prendre le petit déjeuner à mon fils en plus.

Deux minutes plus tard, Tim était installé gentiment dans sa chaise haute et triturait son porridge tiède et visqueux avec la cuillère. Avec un peu de chance, il en avalerait bien une ou deux bouchées.

Allie dévala les escaliers et déboula dans la cuisine quelques minutes plus tard. Elle aperçut le paquet de flocons d'avoine sur le plan de travail et me jeta un regard dédaigneux.

— Je vais juste prendre un café, dit-elle.

— Tu dois manger un petit déjeuner, dis-je en serrant ma propre tasse de café dans ma main.

On avait fait un compromis sur le café pendant l'été – c'était là qu'elle avait déclaré être une vraie lycéenne désormais. Je ne me sentais pas trop coupable, cela dit, surtout que j'avais découvert que ma fille prend un peu de café avec son lait, plutôt qu'un peu de lait avec son café. Mais sur le petit déjeuner, je tenais bon.

— O.K., si tu veux.

Elle attrapa une barre de céréales dans une boîte en haut du frigo et disparut à l'étage pour finir son rituel de préparatifs.

— Maquillage ? appela-t-elle d'en haut.

— Du mascara et du gloss, répondis-je.

— Mam-*man* !

— On ne va pas avoir cette conversation de nouveau, Allie. Je ne veux rien entendre de plus à ce sujet jusqu'à ce que tu aies seize ans.

La vérité ? Je savais qu'elle continuerait à me travailler et que je finirais par céder. Mais je comptais tenir encore un mois.

Pas de réponse, mais j'entendis piétiner à l'étage

— Maquillage, maman ! beugla Timmy. Maquillage, moi !

— Je ne crois pas, mon grand.

J'avais vu les désastres dont cet enfant était capable.

Au lieu de faire la moue, il balança une cuillérée de porridge visqueux à travers la pièce. Je le vis atterrir avec un splash près de la vitre manquante, et je sus qu'il aurait fallu que je nettoie. D'ailleurs, il aurait aussi fallu que j'appelle un vitrier pour remplacer le carreau. Au lieu de cela, je vidai mon café et m'en versai une nouvelle tasse. Procrastination était mon second prénom.

Allie descendit les escaliers juste avant que Mindy vienne frapper à la porte de derrière. Je fis passer tout le monde dans le monospace, les filles avec leurs sacs à dos flambant neufs, moi avec dans les bras un petit garçon, un sac à main, et le paquet de couches.

Coup de chance, Karen et Emily étaient toutes les deux prêtes quand je klaxonnai devant chez elles. Emily était la dernière, et dès qu'elle fut montée, je filai vers le lycée où je me retrouvai à faire la queue derrière une douzaine d'autres monospaces et SUV. J'aperçus un certain nombre d'autres mamans – et quelques papas. De ce que je pouvais en voir, j'étais la seule à jouer les bus scolaires sans avoir pris de douche, avec les cheveux attachés n'importe comment, vêtue du tee-shirt dans lequel j'avais dormi coincé dans un vieux jogging. Je me ratatinai sur le siège conducteur et me dis qu'il faudrait penser à me lever quinze minutes plus tôt les jours où j'emmenai les filles à l'école.

Quand la file de voitures eut suffisamment avancé, Emily ouvrit la porte et les filles commencèrent à sortir. Je leur rappelai que c'était la mère de Karen qui venait les cherchai, et embrayai. J'avais hâte de filer de là.

— Mais pas moi et Mindy, dit Allie, la main sur la porte coulissante. Tu te rappelles ? On doit rester plus tard pour parler à Mlle Carlson de rentrer dans l'équipe des cheerleaders.

— Ah oui, dis-je. Je m'en souviens.

Évidemment, j'avais oublié. (Et qu'est-ce qu'elles fichaient à prévoir une réunion pour les cheerleaders le jour de la rentrée, hein ?) Je réarrangeai mon emploi du temps dans ma tête, me rendis compte que c'était complètement impossible, et décidai que je trouverais une solution quand même.

— Appelle-moi sur mon portable quand la réunion commence et dis-moi à quelle heure c'est censé se terminer. On reçoit des collègues en politique de Stuart pour boire un verre à la maison ce soir, alors ce sera peut-être Mme Dupont qui viendra vous chercher.

— Peu importe, dit Allie.

C'était vraiment injuste. Je me faisais un ulcère à essayer de trouver qui allait venir chercher qui et quand, et tout ce qu'elle trouvait à me répondre, c'était *peu importe.*

Je soupirai. Peu importe.

Dix minutes plus tard, j'étais assise à la table de la cuisine chez Laura, une tasse de café à la main. Je fis un signe de tête vers mon petit monstre, installé en face de moi, le nez à la hauteur de la table vu que Laura s'était débarrassée de sa chaise haute depuis longtemps.

— Tu es sûre que ça ne te dérange pas ?

— Vraiment. C'est pas un souci.

Elle était tirée à quatre épingles, ce qui me fit me sentir encore plus souillon. Je désignai sa tenue de la tête.

— On dirait que tu avais quelque chose de prévu.

Elle fit un geste de la main, l'air de dire que ce n'était rien.

— Oh, non. Pas vraiment. Paul travaille juste tard de nouveau ce soir et je me disais que ça serait sympa de, tu sais, me faire belle pour lui.

Je repensais à ce à quoi je ressemblais ce matin quand Stuart était parti – à ce à quoi je ressemblais en ce moment, d'ailleurs – et je haussai les épaules.

— Je suis sûr qu'il appréciera, dis-je.

Je m'attendais à ce qu'elle me sorte un truc sarcastique. Au lieu de quoi, elle eut juste l'air gênée et commença à vider le lave-vaisselle. Je décidai de changer de sujet.

— S'il te fait des misères, appelle sur mon portable. Et pour la sieste, cale-le juste au milieu du lit avec des oreillers autour. Il ne tombera pas.

J'essayai de me rappeler ce qu'il fallait que je lui dise d'autre.

— Il y a des gobelets et des couches dans le sac, mais il faut que tu...

Elle leva la main en riant.

— Kate, tu ne pars pas en Australie. Et j'ai la clé de chez toi. Ça va aller.

Je regardai Tim qui était en train de joyeusement déchirer une serviette en papier en morceaux de plus en plus petits.

— Ça va aller avec Tata Laura ? Maman a des choses à faire dehors aujourd'hui.

Il ne ralentit même pas son déchiquetage.

— Au revoir, maman. Au revoir.

Laura et moi échangeâmes un regard, et je vis qu'elle se retenait très fort de ne pas rire. Et moi qui me sentais coupable de le laisser.

Mais quand j'atteignis la porte, il changea de ton. Ce ne fut pas une vraie crise, mais il y eut suffisamment de pleurnichage pour apaiser mon ego de maman. Je lui fis de gros câlins, quelques bisous baveux, et une promesse de rentrer vite.

J'avais laissé le monospace dans l'allée de Laura, et alors qu'elle faisait rentrer Tim chez elle, je m'installai derrière le volant et fis défiler dans ma tête la liste de choses que je devais faire aujourd'-hui. Me doucher, trouver une nourrice, faire des courses, trouver une solution pour ramener les filles du lycée, mettre de l'essence : les trucs habituels. En fait, à part deux choses : m'inscrire dans un cours de kick-boxing et fouiller dans les archives de la cathédrale pour déterminer quel objet était convoité par un ignoble démon, la liste n'était pas bien différente de celles que j'avais en temps ordinaire. J'avais toujours réussi à faire le tour de mes tâches, et aujourd'hui ne ferait pas exception. Juste une liste de tâches et moi, Super Maman. No problemo. Je jetai un coup d'œil à ma montre. Huit heures cinquante. Il me restait tout juste neuf heures et demie avant qu'une horde de politicards assoiffés de cocktails ne fonde sur ma maison.

J'enclenchai le moteur. C'en était fini de traînasser. Il était temps de se bouger. Goramesh avait peut-être envahi San Diablo, mais il allait le regretter. J'étais Kate, la super maman chasseuse de démons. Et j'allais lui faire sa fête.

Deux heures plus tard, j'étais Kate Connor, mère d'enfant en bas âge découragée. Apparemment, inscrire un enfant à la crèche nécessite une décision du Congrès. Les trois établissements que j'avais remarqués dans le quartier étaient déjà au max. KidSpace – malheureusement situé à l'opposé de notre quartier – avait une place à temps plein dans la catégorie deux ans, et le tarif demandé me glaça le sang. Je ne voulais l'y mettre qu'à temps partiel et je déclinai la proposition. La femme à l'autre bout du fil fit claquer sa langue en me demandant si j'étais sûre, et me proposa de me garder la place vingt-quatre heures en échange d'une caution de cinquante dollars qu'elle pouvait fort commodément prélever sur ma carte de crédit par téléphone.

Je dis non.

Une douzaine de coups de fil plus tard, je me rendis compte que c'était une erreur magistrale. J'aurais eu moins de mal à inscrire ce gosse à Harvard. Et je savais que la seule façon pour moi de trouver une place en crèche à Timmy, c'était si je me jetais sur la première disponible, peu importait à quel point elle serait chère ou peu pratique. Pour l'instant, un seul endroit avait correspondu à cette description : à la fois cher et peu pratique. Je me brûlai quasiment les doigts en composant à toute vitesse le numéro de KidSpace.

La place était-elle toujours disponible ? Oui, mais ils avaient reçu trois autres demandes entre-temps. Les mamans devaient venir pour visiter. Mais elles n'avaient pas payé de caution et mon interlocutrice pouvait toujours me la réserver si je le souhaitais.

Je le souhaitais. Je dégainai ma carte de crédit à une vitesse qui aurait donné le tournis à Stuart. Je n'avais pas visité ? Pas grave. C'était complet et très demandé, non ? Ça devait bien vouloir dire quelque chose. Et puis, si c'était glauque, ils n'auraient qu'à garder les cinquante dollars. C'était un petit prix pour être sur ce que j'appelais désormais La Liste.

Je dis à Nadine – la directrice adjointe de KidSpace, avec qui je me sentais soudain liée d'une amitié profonde – que Timmy et moi viendrions le lendemain pour visiter et rencontrer sa maîtresse, et que Timmy commencerait mercredi. Elle nous dit de passer quand nous le voudrions, ce que je pris à nouveau pour un bon signe – si ça avait été un taudis, ils n'auraient pas voulu avoir de visiteurs n'importe quand.

Il était presque l'heure de déjeuner et la moitié de ma journée était déjà passée. Malgré la liste de tâches qui m'attendait, j'avais quand même l'impression d'avoir bien travaillé. Ce qui était absurde, vraiment, alors que tout ce que j'avais fait c'était passer quelques coups de fil et cracher cinquante dollars en échange d'une promesse d'en lâcher huit cent vingt-cinq de plus chaque mois.

Stuart allait me tuer.

Je décidai de ne pas m'appesantir là-dessus et au lieu de cela, je passai à la tâche suivante et basique : m'habiller. Je n'avais pas encore mangé alors je fouillai au fond du congélo jusqu'à ce que je trouve une boîte de biscuits choco-menthe. Comme j'avais sauté le petit déjeuner en plus du déjeuner, je pris tout le paquet et le trimballai dans ma chambre avec une cannette de Coca Zéro.

Les biscuits commencèrent à dégeler pendant que j'étais sous la douche et j'en engloutis six et fis descendre le tout avec une rasade de soda. Je ne m'embêtai pas trop avec mes cheveux, je me contentai d'un coup de peigne et d'une noisette de gel pour éviter les frisottis une fois secs. À part une queue de cheval de temps en temps, je ne m'embête jamais beaucoup avec mes cheveux. Ça ne sert à rien. Ils sont châtain clair et pendent à la hauteur de mes épaules. Je peux utiliser un fer à friser, leur mettre de la laque, les coiffer de toutes les manières possibles et imaginables, et deux heures plus tard, ils sont de nouveau châtain clair, raides, et ils pendent à la hauteur de mes épaules. Pour les soirées chics, je les entasse sur le dessus de mon crâne avec une pince à strass. Ce n'est pas grand-chose, mais ça me convient.

J'enfilai un jean, un pull sans manches et un cardigan assorti, et je fourrai mes pieds dans des mocassins. Après un instant d'hésitation, j'échangeai les mocassins contre une vieille paire de Reeboks. Les chances que je tombe sur un démon aujourd'hui étaient minces étant donné que je comptais passer l'essentiel de mon temps dans les archives de la cathédrale, mais mieux valait être préparée. Si je croisai à nouveau un des larbins de Goramesh, il me fallait des chaussures anti-dérapantes.

En redescendant, je me souvins de la fenêtre – le trou béant dans la cuisine me rafraîchit la mémoire. Je jetai un coup d'œil à ma montre, émis un petit bruit de dépit et me rassis à la table de la cuisine, là où les pages jaunes étaient toujours ouvertes sur la liste des crèches.

Je passai aux V et parcourus la page en faisant courir mon doigt sur le fin papier jaune jusqu'à ce que je trouve un encart publicitaire bien fait et pas trop neuneu. Ce n'est pas la façon la plus responsable de trouver un artisan, je sais, mais j'étais pressée. La secrétaire décrocha à la première sonnerie ; elle avait une voix agréable et semblait savoir de quoi je parlais quand je lui décrivis la vitre gigantesque dans la cuisine. Impressionnée par son professionnalisme, je lui demandais si quelqu'un pouvait faire la réparation aujourd'hui.

Je l'entendis tapoter sur son clavier. Au bout de quelques instants, elle revint avec le verdict : c'était faisable aujourd'hui, mais seulement si je pouvais être là à quatre heures et si j'acceptais de payer le supplément pour les urgences. Bien sûr, dis-je, pas de problème. Nous mîmes tout ça au point et c'est seulement après que je pensais à demander un devis approximatif.

Elle nuança sa réponse avec l'avertissement que le coût final serait déterminé sur place avant de me citer un chiffre qui me fit porter la main à mon cœur. Pendant deux secondes, j'envisageai de raccrocher et de chercher plus loin dans l'annuaire. Mais je rejetai rapidement cette idée. Je n'avais pas le temps de jongler d'un devis à l'autre et Stuart voulait que la vitre soit remplacée avant le cocktail – qui était prévu pour dix-huit heures trente d'après le petit mot qu'il avait laissé à côté de la cafetière. S'il disait quoi que ce soit pour le prix, je ferais mon mea-culpa à ce moment-là. Au moins, la fenêtre serait réparée.

Je donnai toutes les informations nécessaires, promis d'être chez moi à quatre heures et raccrochai en me félicitant d'avoir accompli une tâche de plus.

À ce rythme, j'aurais compris ce que Goramesh voulait et je lui aurais réglé son compte avant que notre premier invité n'arrive. Tant que j'étais sur ma lancée.

J'arrivai à la cathédrale revigorée, optimiste, au taquet. Je trouvai le père Ben dans son bureau en train de relire ses notes pour l'homélie du soir, et après les banalités habituelles – la météo, ma famille, l'avancement des restaurations – nous partîmes vers la cathédrale.

Après une brève pause dont je profitai pour remplir à nouveau mon flacon d'eau bénite, je le suivis à travers le sanctuaire jusque dans la sacristie et aux escaliers qui menaient au sous-sol avec les archives. De l'extérieur, la cathédrale a l'air ancienne mais bien préservée. De cette perspective nouvelle, je voyais les ravages que le temps lui avait fait souffrir.

Le père tourna un gros passe-partout qui fit craquer le verrou en laiton défraîchi. Il n'y avait pas de poignée et une fois le verrou défait, il poussa le bois lissé par des siècles de mains pressées à cet endroit précis. La porte bascula vers l'avant et les charnières ornées grincèrent sous l'effort.

— Faites attention où vous mettez les pieds, dit le père en franchissant le seuil.

Je le suivis et il appuya sur un interrupteur sur le côté. Cinq ampoules de faible intensité illuminèrent soudain notre chemin. Elles pendaient à un vieux fil électrique plaqué au mur de pierre, le long de l'escalier. Je relevai les yeux et aperçus une bande noire diffuse sur les dalles au-dessus de ma tête. Le père s'était tourné pour s'assurer que je le suivais et il vit la direction de mon regard.

— C'est de la suie, dit-il. Avant l'électricité, les prêtres descendaient ici avec des torches.

— Cool, dis-je avant de me rendre compte que je parlais comme ma fille.

Mais j'aimais bien être là. Cela me rappelait les églises et les cryptes où Eric et moi rôdions du temps de notre gloire.

Les escaliers tournèrent brusquement vers la droite et la température sembla baisser d'au moins cinq degrés. Je commençai à penser aux tremblements de terre et j'espérais sincèrement que la Californie allait se tenir tranquille pour le moment.

— Je ne peux vous exprimer à quel point l'Église apprécie le travail de nos bénévoles. Nous payons un archiviste pour cataloguer les éléments d'importance, bien sûr, mais avoir des volontaires qui nous aident à organiser tout cela nous permet de tenir notre budget.

— La cathédrale est bien connue pour ses saintes reliques, dis-je. Je suppose que la plupart sont déjà archivées et cataloguées.

— Tout à fait, confirma le père Ben. Même si tant que la restauration ne sera pas complète, la plupart des reliques sont emballées et conservées dans la salle des coffres au sous-sol pendant les travaux.

— Vraiment ? C'est dommage qu'elles soient cachées comme ça.

Mon intérêt était piqué et je me sentais assez contente de moi. Je n'avais plus qu'à trouver une liste des reliques et chercher tout ce qui contenait le mot « os » ou qui venait des endroits qui avaient été profanés. Les doigts dans le nez.

— C'est dommage, acquiesça le père Ben sans me regarder.

L'étroit escalier de pierre que nous empruntions n'était pas vraiment aux normes et lui et moi choisissions les marches où nous posions les pieds avec précaution, en faisant attention à ne pas trébucher au risque de nous briser la nuque.

— Bien sûr, certaines sont toujours dans leurs vitrines et il est possible de les voir à certains horaires. On a simplement déplacé les vitrines au sous-sol pour qu'elles soient en sécurité pendant les rénovations.

Il secoua la tête.

— La collection a été exposée pendant des années au sein de la cathédrale. Je ne suis là que depuis un temps relativement court, mais même à moi, il m'a semblé que c'était la fin d'une époque quand nous avons descendu ces pièces.

Mon contentement commença à se craqueler.

— Combien de temps les pièces ont-elles été exposées ?

S'il était bien connu que les os que Goramesh voulait se trouvaient à San Diablo, il n'y avait pas vraiment de raison de ravager des lieux de culte en Italie, Grèce et au Mexique pour les trouver.

— Cela dépend des reliques, dit le père. Certaines sont arrivées avec le père Aceveda quand il a fondé la cathédrale il y a des siècles. D'autres nous ont été offertes au cours des derniers siècles. L'évêque a effectué un travail formidable pour s'assurer que le retrait temporaire des reliques ne pèse pas trop. Dès que la restauration sera complète, la collection sera à nouveau exposée à l'étage. En attendant, quelques éléments sont disposés chaque semaine dans la salle de l'Évêché et on peut voir l'ensemble sur Internet.

J'étais à présent à peu près sûre que je ne trouverais rien qui intéresserait Goramesh parmi les éléments déjà catalogués, mais autant vérifier. Pour être honnête, je partais du principe que les os étaient une acquisition récente. Cela expliquerait le soudain intérêt de Goramesh pour San Diablo. Quelque chose qui avait été récemment donné à la cathédrale et qui avait un lien avec le Mexique, la Grèce ou l'Italie. Ou les trois à la fois.

Le père avait atteint le bas des escaliers et il passa sur un parquet en mauvais état. Il s'arrêta pour m'attendre alors que je finissais de descendre. Dès que je l'eus rejoint, je vis les vitrines mal éclairées qui bordaient deux murs de la vaste pièce. Je marchai jusqu'à l'une d'elles et observai à travers la vitre une rangée de six sacs en tissu dont chacun faisait environ la taille d'un paquet de deux cent cinquante grammes de café, étiquetés d'une écriture si calligraphiée que j'avais du mal à la lire. Dans la vitrine suivante, deux crucifix en or et une Bible qui semblait sur le point de tomber en miettes si quiconque avait osé souffler dessus. D'autres reliques et artefacts divers emplissaient la vitrine et je me tournai vers le père Ben, fascinée.

— Impressionnant, n'est-ce pas ? demanda-t-il.

J'acquiesçai.

— Même ce sous-sol est impressionnant.

C'était des murs en pierre brute dont dépassaient des supports en métal. À une époque, ils avaient tenu des torches ; désormais, une ampoule pendait à chaque, emplissant la pièce d'une lueur incandescente qui ne faisait pas vraiment disparaître les ombres. Le père Ben se mit à rire.

— Il y a une atmosphère.

Il fit un signe vers une autre porte en bois, agrémentée d'un cadenas à l'air solide.

— Toutes les reliques sont intéressantes, bien sûr, mais les pièces réellement inestimables sont enfermées dans le coffre.

Je fronçai les sourcils en pensant qu'une vieille porte et un cadenas rouillé n'arrêteraient pas un voleur déterminé. Le père interpréta correctement mon expression car il rit à nouveau.

— Nous avons essayé de maintenir l'ambiance des lieux. Il y a un coffre en acier inoxydable et une alarme derrière cette porte. Je peux vous assurer que les trésors sont en sécurité.

— C'est bon à savoir, dis-je.

Et potentiellement mauvais pour moi. Je priais avec ferveur pour que les os ne soient pas enfermés là. Je savais crocheter un cadenas – en tout cas, je l'avais su à une époque – mais m'introduire dans un coffre sécurisé ? Ce n'était pas mon domaine.

Une autre question me vint et je levai la tête vers le père.

— Pourquoi garder cette collection ici et pas au Vatican ?

Le père Ben sourit et toute sa jeunesse sembla se refléter dans ce sourire.

— Vous voulez que je vous répète ce qu'on m'a dit quand je suis arrivé à Sainte-Mary ? Ou vous préférez entendre ma théorie ?

— La vôtre, bien sûr.

J'appréciai de plus en plus le père Ben.

— Les relations publiques, dit-il.

Et puis il attendit comme pour voir si j'étais époustouflée par cette révélation brillante. Je me contentai de hausser les épaules ce qui dut beaucoup le décevoir. Il soupira.

— Malheureusement, l'argent est le nerf de la guerre. Même pour une église. Et cela veut dire qu'il nous faut des dons, des legs…

— Ce qui rentre plus facilement quand l'église possède des trésors, achevai-je, comprenant où il voulait en venir.

— Exactement. Et même si la plupart des paroisses possèdent quelques reliques, la collection de Sainte-Mary est vraiment extra-ordinaire.

— Ça a fonctionné ? Les relations publiques, je veux dire.

— On dirait, répondit-il. C'est en grande partie pour cela que vous êtes là.

La lumière se fit.

— Les objets non répertoriés.

— Des cartons de reliques, trésors familiaux, de vieux registres baptismaux. Des correspondances entre les prêtres qui ont fondé les missions de Californie. Des correspondances entre amants mariés dans l'Église. Un peu de tout et n'importe quoi. Tout est intéressant. Seule une partie vaut la peine d'être gardée. Et très peu est organisé.

Je me sentais déjà sous l'eau.

— Combien, au juste ?

— Environ trois cents boîtes à archives pleines de documents et presque deux cents cartons emplis d'objets variés.

Je déglutis.

Il me sembla qu'une expression amusée se peignait l'espace d'une seconde sur le visage du prêtre, mais je me trompais peut-être. La pièce était très mal éclairée.

— Combien de temps avez-vous ? demanda-t-il.

—Aujourd'hui ?

Je regardai ma montre.

— Jusqu'à quatorze heures. Ensuite, il faut que je parte sauver la baby-sitter de mon enfant.

J'avais bien plus que ça de prévu, mais je doutais que le père Ben soit intéressé par la liste de mes tâches.

— Ce qui vous donne une heure et demie pour prendre la température et vous lancer, dit-il.

Je remarquai qu'il n'avait pas eu besoin de vérifier sa montre pour faire le calcul.

— C'est probablement pile ce qu'il faut pour votre première session.

Il me jeta un coup d'œil et cette fois je fus certaine de voir un sourire.

— Ce n'est vraiment pas aussi terrible que ça en a l'air. Il y a peut-être trois cents boîtes de papiers, mais cela ne représente les dons que de trente-cinq bienfaiteurs. Et là-dessus, seuls une dizaine ont fait des dons majeurs.

— D'accord...

Je laissai traîner la syllabe, sans trop voir où il voulait en venir. Dix était un nombre bien plus raisonnable, oui, mais ces trois cents boîtes étaient toujours empilées quelque part dans le sous-sol, à attendre que je les passe au peigne fin en espérant y trouver une vague référence qui nous aiderait à mieux comprendre le mystère entourant Goramesh.

Le père prit pitié de moi et expliqua :

— Les bienfaiteurs majeurs veulent leur réduction d'impôt, alors chaque donation a été accompagnée d'une brève description des éléments.

Il leva la main comme pour interrompre mes protestations – non existantes.

— Ce sont des personnes pieuses, n'allez pas vous méprendre. Les dons ont été faits car ils souhaitaient servir l'Église. Mais même quand notre regard est tourné vers les Cieux, nos pieds sont toujours sur terre.

— Rendons à César, dis-je.

— Exactement.

Ça me paraissait tout à fait logique. En cet instant, je me sentais plutôt charitable envers le trésor public, mais je changerais certainement d'avis d'ici le 15 avril, quand il faudrait que je fasse ma déclaration d'impôt. En attendant, je n'avais aucun problème à me poser pour examiner les déclarations de chacun des bienfaiteurs pour voir si je pouvais y discerner une quelconque relique qui serait liée, même de loin, à mon enquête. Qui sait, peut-être que le premier élément sur la liste serait une grosse caisse d'ossements.

Le père Ben m'expliqua que certaines boîtes étaient déjà plus ou moins organisées. Tout ce qui avait à l'évidence de la valeur – y compris les reliques de première classe comme les os – avait été mis de côté et enfermé dans le coffre pour que l'archiviste les classe. Les cartons restants – emplis de papiers divers qui, avec un peu de chance inclurait une référence à toutes les reliques mises de côté – étaient empilés dans ce sous-sol et attendaient d'être examinés, classés, et qu'on transfère les éléments les plus délicats dans un endroit davantage approprié à la conservation du papier. Je ressentis une pointe de culpabilité. C'était vraiment un projet important et j'avais pleinement l'intention de le laisser tomber dès que j'aurais trouvé ce que je cherchais.

Les cartons étaient alignés le long du mur opposé à l'entrée. Les autres murs étaient bordés de vitrines et de ce qui semblait être des catalogues sur fiches relativement modernes, alternant avec des étagères en bois sur lesquelles étaient posés d'énormes volumes en cuir qui auraient pu dater du Moyen Âge – enfin, je ne suis pas historienne alors, j'étais peut-être complètement à côté de la plaque avec cette estimation. La pièce était couverte d'un parquet grossier sur lequel étaient disposées cinq longues tables en bois. Je m'imaginai des moines assis ici, vêtus de bures brunes, en train de boire leur soupe dans des bols en bois. Aujourd'hui, ce serait moi qui serais assise là, avec mon jean, en train de fouiller dans les paperasses en espérant y trouver une référence à des os qui seraient liés d'une façon ou d'une autre à la Grèce, le Mexique ou l'Italie.

Les boîtes étaient numérotées et portaient des lettres, chacune de ces lettres représentant un bienfaiteur, et le numéro une boîte dans la collection de celui-ci. Les papiers pour chaque donation devaient – et le père Ben insista bien sur le mot *devaient* – se trouver dans la première boîte de chaque set.

Il vint poser la boîte A-1 sur la table du milieu pour moi, s'assura que j'étais bien installée et remonta les escaliers. Sans le père, la pièce semblait encore plus sombre et mystérieuse. Si ça n'avait pas été une partie de l'église et que je n'avais pas été une chasseuse de démons, j'aurais probablement été un peu flippée. En l'occurrence, je fis un effort conscient pour ignorer ma chair de poule et retirai le couvercle du carton. Je gémis de frustration en constatant que le carton était bourré de chemises en papier kraft qui étaient elles-mêmes bourrées de papiers.

Je sortis la première, la posai sur la table et l'ouvris avant de glapir quand une douzaine d'insectes pleins de pattes s'en échappèrent. Je fus sur mes pieds en un instant et me frottai vigoureusement tout le corps. Berk, berk, berk ! Les démons, les couches sales, même les dîners à l'improviste, je pouvais gérer. Mais ces bestioles-là ? Oh que non.

Je tapai sur la chemise plusieurs fois avec le bord du carnet que le père Ben m'avait donné. Comme rien d'autre de vivant n'en sortait, je décidai que je pouvais me remettre au travail sans risque. Je me rassis et parcourus des yeux la première page. « Testament et dernières volontés de Cecil Curtis ». Je tournai les pages avec précaution en faisant voler la poussière, mais je ne trouvai aucune liste d'objets légués à l'Église.

Mes yeux se mirent à piquer et une série d'éternuements violents m'échappa. Wow, ça allait être marrant.

Je remis la chemise dans le carton, éternuai à nouveau, et sortis la suivante, pleine de papiers poussiéreux elle aussi. Je tins la pochette à bout de bras et la secouai. Pas d'insectes. Je décidai que c'était sans risques et la laissai tomber sur la table. Je regardai ma montre. Sept minutes exactement s'étaient écoulées depuis que le père Ben était parti.

Avec un soupir résigné, j'ouvris le dossier. Il était empli de papier pelure couvert d'une typographie à l'air fragile, comme si chaque page était le troisième exemplaire d'une copie carbone produite sur une ancienne machine à écrire. Chaque page était couverte de texte sans sauts de ligne et, puisque Larson ne me le pardonnerait jamais si je manquais un indice, je me forçai à étrécir les yeux pour lire chaque mot.

Au bout d'environ dix pages, mes yeux me brûlaient, j'avais

mal à la tête, et pour la première fois de ma vie je regrettais de ne pas porter de lunettes de lecture.

Ce n'était pas fun. Important, oui, mais pas fun.

Il y avait une raison pour laquelle j'étais une chasseuse et pas une *alimentatore*. Je n'ai pas la patience pour ces conneries. Je ne suis pas une détective, je n'ai pas envie d'en être une, et j'étais méchamment énervée contre Larson qui se trouvait dans un tribunal dépourvu de poussière pendant que j'étais enfermée dans les cachots de l'église avec un tas de papiers infestés de cafards.

Je n'avais pas envie de faire de recherches ; j'avais juste envie de frapper quelque chose.

Malheureusement, il n'y a jamais de démons dans le coin quand vous en avez vraiment besoin.

10

Après avoir poliment pris congé du père Ben, je passai directement de la cathédrale à la station-service, les doigts croisés tout du long alors que j'espérais que l'Odyssey voudrait bien rouler avec les quelques gouttes qui restaient dans le réservoir.

Je venais à peine de commencer à faire le plein quand mon téléphone sonna.

— Allô ?

— Maman ! On a fini, on a fini ! Tu peux venir nous chercher ?

— Vous avez fini ?

Je regardai ma montre. Il n'était même pas deux heures quarante-cinq.

— Comment ça se fait que vous ayez fini ?

— Mam-*man*. C'est une demi-journée, tu te souviens ?

Je ne m'en souvenais pas mais je ne comptais pas avouer à Allie que sa mère était une tête de linotte. Je me contentai d'émettre un son qui n'engageait à rien. Allie ne sembla pas s'en rendre compte.

— Et on a eu la réunion pour les cheerleaders et j'ai environ un milliard de papiers que toi et Stuart devez signer et on a déjà des *devoirs*. Sérieux, c'est juste le premier jour. Et c'était même pas une journée complète, c'est quoi ce délire ?

— Les monstres, dis-je.

— Oui. Exactement. Alors, genre, tu peux venir nous chercher ?

— Bien sûr. Je serai là dans dix minutes. Tu devras finir certaines des courses avec moi.

Je l'entendis quasiment grimacer.

— On attendra dans la voiture, dit-elle.

Je souris.

— Comme tu voudras.

Je trouvai les filles en train d'attendre sur les marches qui conduisaient à l'entrée principale du lycée. Elles étaient assises avec trois autres gamines et un groupe de quatre garçons campait de l'autre côté des marches. De là où je me trouvais, je voyais les filles faire des messes basses et jeter des regards subreptices vers les garçons, qui ne semblaient pas s'en rendre compte.

— Alors, c'est qui ces garçons ? demandai-je alors que Mindy et Allie s'entassaient dans le monospace.

— Hein ? demanda Allie.

— Vos compagnons sur les escaliers, dis-je en désignant cette direction.

— Oh, eux, dit Allie, l'air juste un peu trop blasée. Des Term.

— Et des joueurs de foot, ajouta Mindy.

— Ils ne se rendent même pas compte que vous existez, hein ? dis-je.

Je jetai un coup d'œil dans le rétroviseur et vis les deux filles échanger un regard.

— Non, finit par dire Allie. Ils ne parlent pas aux filles de première année.

Intérieurement, je poussai un cri de joie. Ma petite fille n'avait pas besoin de faire ami-ami avec les joueurs de foot. Extérieurement, je me montrai pleine de compassion.

— Vous ne serez pas éternellement en première année.

Les filles grognèrent. J'essayai de réprimer un sourire en ramenant le monospace dans notre quartier.

— Alors où est-ce qu'on va ?

— Le cours de kick-boking et puis acheter à manger.

— Oh, cool, dit Mindy.

— On a un cours aujourd'hui ? demanda Allie.

— Non, pas aujourd'hui. Je vais juste trouver un cours et nous inscrire.

Sans la possibilité de pouvoir commencer à se battre immédiatement, les filles perdirent leur intérêt et m'ignorèrent pour s'intéresser à l'exemplaire de *Entertainment Weekly*[1] qu'Allie avait sorti de son sac à dos.

Il y a probablement une méthode plus scientifique pour choisir un cours d'arts martiaux, mais je me contentai du bon vieux P&P : Proximité et Présentation. Grosso modo, ce que je voulais, c'était quelque chose de près de chez moi qui n'avait pas l'air d'être – et ne sentait pas comme – un gourbi.

Quand Eric et moi avions emménagé à San Diablo au début, il y avait un vrai côté petite ville. La rue principale était bordée de commerces locaux, et il s'y tenait – c'est toujours le cas aujourd'-hui – un marché le premier vendredi de chaque mois. Autour du centre-ville, les quartiers sont pleins de grands arbres et de rues larges et ombreuses. Au fil des ans, les maisons délabrées ont été rénovées pour devenir de véritables petits bijoux. Pas grandes, mais superbes.

Eric et moi vivions dans une de ces gemmes quand nous étions arrivés à San Diablo. Le manque d'espace dans la maison pour les jouets d'Allie – sans mentionner l'absence d'autres enfants dans le voisinage avec qui elle aurait pu jouer – avait commencé à nous faire regarder les autres zones de la ville avec envie. À peu près à l'époque où Eric avait été tué, nous commencions à penser sérieusement à déménager. Avec Stuart, j'étais officiellement devenue une banlieusarde.

Même si le centre-ville de San Diablo possède toujours ce charme d'un autre temps, le reste de la ville s'est vraiment californisé avec des centres commerciaux et des Starbucks à tous les coins. (C'est peut-être hyperbolique, mais comme j'en suis une cliente régulière et heureuse, je ne peux pas vraiment me plaindre.)

Pour autant que je puisse en juger, le Code Universel de Création des Centres Commerciaux requiert qu'ils aient chacun un pressing, un assureur, un livreur de pizzas et un dojo. J'avais compté six centres commerciaux entre le lycée et l'entrée de mon lotissement.

J'y jetai des coups d'œil rapides en passant et chaque dojo semblait être un clone du précédent. Rien de repoussant, mais rien qui ne semblait indiquer une qualité exceptionnelle non plus. Au final, le seul critère qui m'importait vraiment c'était la proximité, et je me garai devant le dojo Victor Leung qui partageait un mur avec l'épicerie 7-Eleven de mon quartier. (Ils me connaissent ; c'est là que je viens chercher du lait quand je suis à court pour Tim, ou quand je me rends compte que ce que j'ai prévu pour le dîner nécessite du beurre, de la crème, ou un autre ingrédient absent de mon garde-manger.)

— Qu'est-ce que vous en pensez ? demandai-je aux filles.

Allie haussa les épaules. Mindy marmonna quelque chose que je ne compris pas. Sur ce soutien probant, nous sortîmes de voiture et nous dirigeâmes vers l'entrée.

De l'extérieur, ça avait l'air plutôt propre et à travers la vitre – sur laquelle étaient listés à la peinture rouge tous les sports qu'on pouvait imaginer, du karaté au kick-boxing – je vis un groupe de gamins aux visages ravis qui récupéraient leurs affaires au sein d'une pile de chaussures et de sacs à dos contre le mur du fond. Je considérais que la présence d'enfants était une bonne chose : je ne m'étais peut-être pas renseignée, mais je pouvais supposer que certaines des autres mères l'avaient fait. Pour aujourd'hui, je me glisserais joyeusement dans leur sillage.

J'ouvris la porte, ce qui déclencha une petite clochette et nous entrâmes toutes les trois. Les gamins et quelques adultes se tournèrent pour regarder dans ma direction mais personne ne vint me saluer. Mindy et Allie partirent vers le fond du dojo où étaient accrochée une collection de photos en noir et blanc prises durant divers tournois. Je n'entendais pas tout ce qu'elles disaient mais je surpris un « oh, regarde *celui-là* » et « tu crois qu'on pourra apprendre à faire *ça ?* »

Je souris. Elles pouvaient bien feindre la nonchalance, mais je savais la vérité. Les filles avaient envie de faire ça. Et pour tout dire, moi aussi.

En cet instant, pourtant, ce n'était pas de la joie que je ressentais, c'était de l'agacement. Le dojo était peut-être proche de chez moi, si personne ne venait m'assister bientôt, j'allais devoir repartir et trouver un cours ailleurs. J'étais sur le point d'appeler les filles pour partir quand les portes battantes au fond s'ouvrirent et un homme d'une trentaine d'années en émergea, vêtu d'un uniforme fermé par une ceinture noire. Ses cheveux, presque aussi sombres que la ceinture, étaient attachés en catogan. Il avait une barbe d'un jour et une aura de danger contrôlé. Pour être franche, il me faisait penser à Steven Seagal dans *Piège en haute mer*, un des films préférés de Stuart. L'envie de lui demander s'il savait cuisiner était presque trop forte pour la réprimer.

— Victor Leung ? commençai-je alors qu'il s'approchait, la main tendue pour me saluer.

— Sean Tyler, répondit-il. Cutter, pour mes amis, ajouta-t-il avec un sourire en me regardant de haut en bas.

Ses doigts étaient chauds contre les miens et je me rendis compte trop tard que j'étais en train de rougir. *Merde*. C'était quoi mon problème ?

Je retirai ma main.

— Ravie de vous rencontrer, M. Tyler. J'aurais voulu parler au propriétaire.

— C'est moi.

Je dus avoir l'air confuse car il enchaîna en baissant la voix pour que les élèves qui s'attardaient ne puissent l'entendre :

— Il n'y a pas de Victor Leung. C'est juste une question de…

— Relations publiques. Oui, j'ai déjà entendu ça.

Il se balança en arrière sur ses talons, les yeux sombres et les lèvres retroussées en un sourire infime, comme si je l'amusais.

— Alors, comment puis-je vous aider, Mademoiselle… ?

— Madame, corrigeai-je, sans doute un peu trop vite. Kate Connor.

Je me redressai de toute ma taille.

— J'ai besoin d'un prof.

Je rentrai dans le détail en lui expliquant que je voulais m'entraîner en cours particulier, en plus d'une classe qu'Allie et moi – et Mindy – pourrions prendre ensemble. Je lui désignai les filles et elles se mirent aussitôt à rougir et à s'agiter avant de se tourner à nouveau vers le mur, comme si les photos étaient la chose la plus fascinante qu'elles aient jamais vue. Apparemment, j'avais raison : Cutter était canon.

Je m'attendais à ce qu'il me donne une liste d'horaires de cours. Au lieu de ça il dit :

— Il y a quelqu'un qui vous harcèle ?

Ce n'était pas une question à laquelle je m'attendais et je cherchais une réponse sans en trouver une adéquate car je lâchai :

— Pas exactement.

Ça le fit rire.

— C'est comme être un peu enceinte ?

Je le regardai fixement en essayant de décider si c'était un connard pénible ou un rebelle charismatique.

— Ne vous inquiétez pas, dit-il, comme s'il lisait dans mes pensées.

Il sourit, tout en dents blanches et en charme.

— On s'habitue à moi.

Ça, je voulais bien le croire. Cutter semblait être le genre de mec que vous appréciez de plus en plus au fur et à mesure que vous le connaissiez. Je le suivis alors qu'il traversait la pièce jusqu'à un bureau en chêne massif couvert de papiers. Les autres parents et les élèves étaient partis, et il n'y avait plus que nous quatre dans le dojo.

— Alors, vous me racontez ? demanda-t-il en marchant. Ou vous préférez le rôle de mystérieuse beauté des banlieues ?

Je tiens à dire que je ne suis pas naïve. C'était un beau mec – correction, un mec *canon* – qui tenait un dojo à moins de deux kilomètres de l'entrée d'un des quartiers les plus chics de San Diablo. Évidemment qu'il flattait les mères de famille du coin. S'il ne le faisait pas, ce serait un autre prof qui apprendrait aux gosses du quartier à donner des crochets, des directs et à feindre. Je le savais, et pourtant je me redressai un peu quand il me qualifia de « beauté ». Je suis sûre qu'il y a une morale à en tirer, mais en cet instant, je n'avais pas envie de me casser la tête à la chercher.

Il se tourna et me regarda, m'incitant silencieusement à répondre à sa question.

— Il y a quelques années, j'étais plutôt douée là-dedans, dis-je comme si ce n'était pas grand-chose. Je me suis rendu compte que j'avais beaucoup perdu, et j'ai eu envie de m'y remettre. Il me faut quelqu'un avec qui m'entraîner.

— Et vos filles ?

— Ma fille, corrigeai-je. Et sa meilleure amie.

Je haussai les épaules.

— Je ne peux pas toujours être là pour les aider.

Je ne pus contenir quelques aigus dans ma voix. S'il s'en aperçut, il ne le montra pas.

— D'accord, je vois. Je n'ai pas d'autres cours aujourd'hui, dit-il. Et si vous me montriez ce que vous savez faire ?

— Oh, dis-je d'un air idiot.

J'avais juste pensé m'occuper de la partie administrative aujourd'hui. Je n'avais pas très envie de montrer à Cutter ce que je savais faire devant Allie.

— Je ne crois pas que ce soit une très bonne...

— Mettez juste vos affaires par là, dit-il en désignant l'autre mur. Eh, les filles, appela-t-il. Venez par ici une minute. Votre mère et moi on va vous faire une petite démonstration.

— *Cutter*, sifflai-je.

— Quoi ? Vous allez prendre des cours avec elle. Ne me dites pas que vous êtes gênée de vous battre devant elle. Ça risquerait de rendre ce cours un peu pénible.

— Très bien.

Je le fusillai du regard avec l'impression d'une querelle de vieux couple. Mes disputes avec Stuart n'étaient pas vraiment des disputes.

— D'accord, faisons quelques mouvements.

Il n'y avait pas vraiment de raison de ne pas le faire. Je verrais ce qu'il savait faire, et je supposais que je pouvais moucher un peu mes capacités devant Allie. Cutter avait raison, de toute façon. Elle finirait bien par voir ce que maman savait faire.

Alors que les filles s'asseyaient en tailleur sur le bord du tapis, je me dirigeai vers le mur pour y laisser mon sac et mes chaussures comme Cutter l'avait suggéré. Il y avait des miroirs le long des murs, si bien que je n'avais pas l'excuse de ne pas l'avoir vu venir. Tout ce que je sus, c'est qu'une fraction de seconde après être passée devant lui, il m'attrapa par la taille et plaqua une main sur ma bouche pour m'empêcher de crier.

C'était quoi ce délire ?

J'entendis Allie crier en arrière-plan, mais je ne pouvais me concentrer sur elle. Toutes mes pensées étaient floues, remplacées par un profond désir de botter les fesses de ce type. Je ne réfléchis pas, j'*agis* – et je devais reconnaître que ça faisait du bien.

Je plaçai mes deux mains par-dessus la sienne sur ma bouche et tirai vers le bas. Je parvins à enfoncer les dents dans la chair molle sous son pouce. Tout en faisant ça, je me tordis, mais son bras autour de ma taille tenait bon, malgré son grognement de protestation. Je balançai mon bras gauche en arrière, coude en premier, et je le cognai juste sous la cage thoracique. Il souffla avec un *whouf* et son bras se détendit juste assez pour que je puisse pivoter, passer une jambe sous la sienne, et l'envoyer voler en arrière sur le tapis.

— Maman ! Maman ! Ouah, maman, c'était *génial !*

Une fraction de seconde plus tard, j'étais installée à califourchon sur lui, mes mains autour de son cou, les pouces sur sa trachée.

— Qu'est-ce que c'était, ça ? demandai-je alors que Mindy et Allie couraient vers nous.

Le sang battait à mes oreilles et même si j'avais envie de me tourner et d'adresser un sourire rassurant à ma fille, je n'en étais pas tout à fait capable. Toute mon attention était encore concentrée sur Cutter.

— Pourquoi vous m'avez agressée par surprise ? demandai-je.

— Vous avez dit que vous étiez bonne avant, dit-il.

Je sentais la vibration de ses cordes vocales sous mes mains.

— Je voulais juste voir à quel point. Désolé, j'aurais dû demander avant.

— Oui, vous auriez dû.

On m'avait beaucoup testée ces derniers temps et je n'appréciais pas vraiment ça. Pour l'instant, je me défendais beaucoup mieux que je l'aurais imaginé. J'avais bien droit à quelques bons points virtuels.

— Vous allez le lâcher, Mme Connor ?

— Pourquoi elle devrait ? répondit Allie. Elle l'a complètement défoncé. C'était trop cool.

— Plutôt cool, répondit Cutter agréablement. Ce n'est pas

que ce ne soit pas confortable, mais si elle descendait, peut-être qu'on pourrait vous montrer quelques autres mouvements.

— Tu veux faire ça, maman ?

— Pas aujourd'hui, ma puce, dis-je.

Mon élan d'adrénaline était en train de disparaître, remplacé par la conscience aiguë du fait que je me trouvais assise à califourchon sur le torse d'un très bel homme. Enfin, j'espérais que c'était un homme. En ce moment, je ne voulais prendre aucun risque.

— Oh, allez, maman !

— Désolée, ma grande. Il faut qu'on aille faire des courses.

— Oh, ouf, dit Cutter. Un répit.

Je fis la grimace alors que Mindy se penchait au-dessus de nous.

— Vous pouvez nous apprendre à faire ça ? Renverser des mecs, je veux dire.

— Bien sûr. C'est pour ça qu'on prend des cours, non ?

Allie nous contourna, moi et Cutter, un doigt appuyé contre sa bouche, l'air très sérieuse.

— Je sais pas, maman. Est-ce qu'on devrait prendre des cours avec *lui* ? Peut-être qu'on devrait trouver un meilleur prof.

— Oh pour l'amour de… commença Cutter. Votre mère sait à l'évidence se défendre. Je vous promets que je peux vous apprendre à faire la même chose à toutes les deux.

— Mmh, dit Allie.

J'essayai de cacher mon amusement alors qu'elle se tournait vers Mindy.

— Qu'est-ce que tu en penses ?

Mindy haussa les épaules.

— Il a plein de récompenses et de trucs, là, sur le mur du fond. Il doit pas être si mauvais.

— Des clientes exigeantes, dit Cutter. Bon, non pas que ce ne soit pas fun – vous sur moi, je veux dire, mais vous pensez que vous pourriez vous lever, maintenant ?

Il croisa mon regard et ses yeux étaient assombris par l'amusement et quelque chose d'autre que je n'avais pas envie d'examiner de trop près.

— Sinon, on peut aussi rester comme ça indéfiniment.

— Très drôle.

Je m'ôtai de lui mais restai en position, juste au-dessus de lui, tandis qu'il regardait vers moi, perplexe, prostré au sol. La vérité, c'est que j'avais besoin d'être seule avec lui. Juste pas pour cette raison-*là*. Tester si une personne n'était pas un démon requérait d'avoir le cœur bien accroché. Et ce n'était pas quelque chose que je voulais faire devant ma fille.

— Les filles, allez donc faire un tour à 7-Eleven m'acheter un soda, vous voulez bien ?

— Un soda ? répéta Mindy.

— Elle veut juste se débarrasser de nous, dit Allie. Elle va le réduire en bouillie.

— Bien vu. Je vous retrouve dehors dans une minute.

— Enfin seuls, dit Cutter dès que la porte se fut refermée derrière les filles.

Je le fusillai du regard.

— Eh, une jolie femme vient de me mettre K.O. Tout ce qu'il me reste, c'est mon sens de l'humour.

Je devais admettre que, dans l'ensemble, il se montrait plutôt beau joueur.

— Vous m'avez fait flipper, dis-je simplement.

— J'imagine. Alors, combien de temps il va falloir pour que vous ne soyez plus flippée et que vous arrêtiez de me regarder comme ça ?

Une très bonne question. Je suppose que ça aurait pu être un démon, placé là au cas où je décide de venir m'entraîner au dojo de Victor-slash-Cutter... mais je dois admettre que les chances étaient minces. Bien sûr, trois jours auparavant, j'aurais dit que les chances qu'un démon se catapulte à travers ma fenêtre étaient proches du néant.

Je n'avais pas l'intention de prendre le risque.

Mon sac à main était toujours en bandoulière autour de mon épaule, et j'y plongeai une main pour fouiller à l'intérieur. Je trouvai le flacon d'eau bénite et je parvins à l'ouvrir d'une seule main. Toujours à l'intérieur du sac à main, je renversai l'eau dans ma paume – ainsi que sur mon chéquier, mes stylos, mon maquillage et mon portefeuille.

— Venez par ici, dis-je.

Il étrécit les yeux mais obtempéra, et dès qu'il fut à portée de main, je lui tapotai la joue de mes doigts humides. Rien ne se passa.

Enfin, ce n'est pas tout à fait exact. Cutter marmonna quelques obscénités et demanda sans s'adresser à quiconque en particulier si j'étais une psychopathe.

Je reculai.

— Désolée.

Je m'attendais à ce qu'il me dise de dégager de son dojo. Au lieu de cela, il se contenta d'essuyer l'eau sur son visage et me regarda fixement.

— Il y a une chance que vous m'expliquiez à quoi ça rime, ça ?

— Il y a une chance que vous acceptiez de m'entraîner ? rétorquai-je. Ou que vous fassiez cours à ma fille ?

J'espérais que oui. Maintenant que je savais que ce n'était pas un démon, je devais reconnaître que je l'aimais bien. Il avait du cran et ça ne le dérangeait pas – trop – de s'être fait envoyer au tapis par une femme. Son dojo était proche de chez moi et, petit bonus, il était agréable à regarder.

— Miss, on ne dirait pas que vous ayez besoin d'entraînement.

— Si, insistai-je. Mes réflexes sont meilleurs que je ne le pensais, mais mon instinct est à la ramasse. J'aurais dû me rendre compte que vous alliez attaquer. Vous n'auriez jamais dû pouvoir couvrir ma bouche de votre main. Cela m'a pris bien trop de temps de vous mettre à terre. Et pour couronner le tout, je me sens toute froissée et cabossée.

— De m'avoir mis par terre ?

J'émis un bruit qui n'engageait à rien. Je n'allais pas lui raconter que je m'étais battue trois fois en trois jours. Allie était peut-être impressionnée par mes capacités à mettre K.O. un prof d'arts martiaux, mais vaincre un démon, c'était une autre histoire. Il fallait que je sois au mieux de ma forme, et ce n'était pas le cas. Pas encore.

— Je ne suis pas aussi en forme que je devrais l'être, dis-je avec un haussement d'épaules.

Tout simplement.

— Devrais, répéta-t-il. Pour quoi ?

— Pour moi.

Se battre avec des démons, ce n'est qu'en partie de la force et des compétences ; le reste, c'est de la confiance en soi. Mes réflexes étaient peut-être toujours là, juste sous la surface, mais jusqu'à ce que j'y crois moi-même, j'étais vulnérable.

— J'ai besoin de savoir que je peux le faire.

Au final, je ne sais pas trop si Cutter accepta parce que je l'avais démonté, parce qu'il pensait que j'étais sincère dans ma volonté de vouloir retrouver ma forme d'antan ou parce qu'il pensait que j'étais zinzin – et potentiellement dangereuse – et qu'il ne fallait pas me contrarier. Franchement, je m'en fichais un peu. Je le découvrirais en temps et en heure. En attendant, je ressortais de là avec un créneau horaire pour moi – neuf heures trente tous les matins, jusqu'à ce que je crie grâce – et un cours les mercredis/vendredis après-midi pour Allie, Mindy et moi.

Mission accomplie. Un truc de plus à rayer sur ma liste.

Bien sûr, j'avais passé bien trop de temps à parler avec Cutter. Je mettais cela sur le compte de son insécurité masculine. Pendant que nous remplissions les formulaires d'inscription, il me fit son CV complet, me parla de son service militaire et de la myriade de médailles et récompenses qu'il avait reçues au fil des ans à toutes sortes de tournois d'arts martiaux. Je devais reconnaître qu'il avait l'air tout à fait qualifié.

Je retrouvai les filles devant le 7-Eleven en train de sucer des Mr Freeze (« ceux aux fruits ont, genre, zéro calories ») et de se décrire l'une à l'autre avec luxe de détails comment j'avais réussi à envoyer Cutter au tapis.

— C'était complétement déjanté, Mme Connor, dit Mindy. Je ne crois pas que ma mère pourrait faire un truc aussi cool.

— Ma mère, elle défonce tout le monde, dit Allie.

— *Allie,* dis-je de ma voix de Génitrice Choquée.

Mais je dois avouer avoir ressenti une jubilation secrète : ma fille pensait que j'étais cool !

— Bon, tout le monde en voiture.

L'horloge du monospace indiquait trois heures trente-cinq. Je vérifiai cela d'un coup d'œil à ma montre – comme si j'avais caché une demi-heure supplémentaire quelque part –, mais visiblement, mes différents appareils étaient synchrones.

Dommage pour ma routine de Super Maman. Il n'y avait pas moyen que je puisse faire les emplettes pour les cocktails et rentrer à temps pour le vitrier. *Mince.*

Je réfléchis à mes options tout en bifurquant sur Rialto, sans savoir encore si je me dirigeais vers chez Laura, chez moi, ou le magasin. Je sortis mon téléphone, composai son numéro grâce à la touche de raccourci, et m'arrêtai à un feu rouge.

Son répondeur se déclencha et je jurai à voix haute. J'attendis jusqu'au bip.

— Laura ? Décroche. C'est moi.

J'entendis le bruit du téléphone qu'on prenait en main, et puis Laura, hors d'haleine :

— Salut. Désolée. J'étais en train de changer une couche.

— J'ai récupéré Mindy et Allie, dis-je. Mais est-ce que je pourrais te devoir un dessert de plus ?

Je jure que je l'entendis sourire.

— Qu'est-ce qu'il te faut ?

Je lui expliquai pour la vitre et lui demandai si elle et Timmy pourraient finir leur session de jeux chez moi.

— Notre session de jeux, hein ?

Je me raclai la gorge et elle rit.

— Bien sûr. Pas de souci.

— Tu me sauves, dis-je.

— Ça, c'est net, dit-elle avec bonne humeur.

Cette tâche accomplie, je fis demi-tour sur un parking et revins sur la Rialto dans la direction opposée, vers Gelson. C'est le genre de magasin d'alimentation où, après avoir laissé votre véhicule à un voiturier, vous avez une chance d'apercevoir une célébrité – ou, de façon plus probable, le majordome de la célébrité en question.

Ce n'est pas là où je fais mes courses d'habitude.

Une fois à l'intérieur, je regrettai de ne pas rouler sur l'or. Si un compte en banque extra garni signifiait faire ses courses ici, peut-être que j'aurais appris à cuisiner quelques plats en dehors des vieux standards comme le pain de viande et le poulet avec du riz.

Les filles s'éclipsèrent, soi-disant pour aller voir les fruits et légumes, mais je m'attendais à les retrouver devant les desserts. Je continuai jusqu'au fond du magasin où une femme autour de la cinquantaine avec un filet à cheveux me demanda ce qu'elle pouvait faire pour moi. Je ne fus pas timorée et lui fit aussitôt le récit tragique de mes aventures : j'étais très mauvaise cuisinière et j'étais censée recevoir des gens pour un cocktail dans environ trois heures.

Lorraine – j'aperçus l'étiquette avec son nom – releva le défi avec brio et moins de vingt minutes plus tard, je me trouvais à la caisse à faire un chèque pour un bocal de caviar – ainsi que la crème fraîche pour aller avec, et les petits blinis aux pommes de terre sur lesquels le mettre –, du foie gras, des crackers de luxe à côté desquels mes habituels Saltine avaient l'air miteux, des gougères au fromage, un dip aux épinards dans un bol en pain, du raisin blanc, et mon fidèle brie. Un faux pas social, vu que j'en avais servi le vendredi précédent, mais je me dis que j'allais survivre à la honte. J'avais aussi quelques bouteilles de vin, recommandées par le sommelier du magasin, les ingrédients de base pour plusieurs parfums de martini, et deux énormes parts de gâteaux au chocolat que les filles avaient réclamées en récompense pour avoir survécu à leur premier jour d'école.

Après avoir écrit un chèque qui faisait quasi le même montant que le crédit de la maison, je suivis le vendeur jusqu'au monospace et le regardai charger nos achats en me disant que j'aurais pu m'habituer à ça. Quelques minutes plus tard, nous tournions dans l'allée de Laura et je me sentais plutôt contente de moi.

— Ta mère sera bientôt là, dis-je à Mindy qui n'avait pas l'air de beaucoup s'en soucier. Et toi, déclarai-je à Allie, tu ne dors pas ici. Je veux que tu sois à la maison pour dix heures.

— D'accord, maman.

J'attendis pour m'assurer que les filles rentrent à l'intérieur sans problème, puis je fis le tour du pâté de maisons pour retourner chez moi. Je mis la voiture au garage et attrapai un sac avant de sortir. Je revins dans l'allée pour récupérer le journal du matin avant de rentrer dans la maison. Laura me retrouva à la porte, mon téléphone collé à son oreille.

Elle leva un doigt alors que je me frayais un chemin à l'intérieur pour me faire signe d'attendre.

— C'est Stuart, dit-elle.

Je lui pris le téléphone et le calai entre mon épaule et mon oreille tout en laissant tomber mon sac à côté du frigo. Timmy m'avait entendu arriver et il courait vers moi en criant « maman ! » ce qui couvrait à peu près tous les autres sons.

— Qu'est-ce qu'il y a, chéri ? hurlai-je. Répète ?

Je me penchai pour serrer mon fils dans mes bras et il attrapa aussitôt le téléphone.

— C'est Timmy ! C'est Timmy !

— Kate ?

— Vas-y.

Je luttai et récupérai le téléphone des mains de Tim avec un ferme :

— Non, c'est maman qui parle.

J'annonçai à mon mari :

— Je t'écoute.

— J'appelais juste pour voir où tu en étais. Tu as vu mon petit mot ? Six heures trente ?

— Tout est au point. Je viens de rentrer des courses.

Derrière moi, j'entendis une porte s'ouvrir et se fermer et je me retournai pour voir Laura traîner mes derniers sacs à l'intérieur. Je lui adressai un *merci* silencieux.

— Tu es la meilleure, dit-il. Je serai là à six heures pour t'aider.

— D'accord...

Je regardai ma montre en faisant passer le poids de Timmy d'un bras sur l'autre. J'étais en train de réfléchir à tout ce que j'avais besoin de mettre en place pour nous préparer, moi et la maison, et je me demandais si je n'aurais pas dû dire à Stuart de rentrer pour cinq heures. Trop tard. Avant que je puisse commencer ma phrase, il prit congé sur un « je t'aime » obligatoire et raccrocha.

— Super.

— Madame, vous avez de la pourriture cubique.

Et la journée ne faisait qu'aller en s'améliorant.

J'étais passée dans la cuisine et je levai la tête pour voir un épouvantail en bleu de travail et casquette qui donnait des petits coups dans la bordure de la fenêtre avec ce qui ressemblait à un couteau à mastic.

— Oh, dis-je.

Il continuait à me regarder, et je dis la seule autre chose qui me vint à l'esprit :

— Désolée ?

Il soupira – bruyamment.

— Oui, bon, qu'est-ce que vous voulez que je fasse à ce propos ?

— Tu parles, maman ? dit Timmy. Tu parles au téléphone ?

— Non, mon cœur. Maman a terminé avec le téléphone.

— Madame ?

— Juste une seconde.

Je passai dans le salon et donnai Timmy à Laura qui était en train de ramasser ce qui semblait être l'intégralité des jouets de mon gnome.

— Les filles ?

— Chez toi.

— Je m'en doutais. Tu veux que je garde Allie jusqu'à ce que ton cocktail soit terminé ?

Étant donné que j'avais déjà donné cette consigne à Allie, la proposition de Laura tombait à pic.

— Tu es une sainte. Tu le sais, ça ?

Elle trouva Bounours sous un coussin de travers sur le canapé et le donna à Timmy qui s'en empara avec avidité.

— La flatterie, ça marche, dit-elle.

— Je m'en souviendrai. Et je pense qu'on doit être à quatre desserts maintenant. À la prochaine faveur, je te paierai un abonnement au club de sport en plus.

Elle grimaça.

— Et moi qui pensais que tu *appréciais* mon aide.

Je la remerciai encore et elle partit par-derrière pour aller superviser les filles. Je posai Timmy par terre. Il fila droit vers le panier à linge où Laura avait rassemblé ses jouets et se mit en demeure de les éparpiller à nouveau dans tout le salon. Prochain élément sur ma liste : ranger la maison.

Je retournai dans la cuisine, et dix minutes plus tard, j'en savais davantage que je n'avais jamais voulu en savoir sur la pourriture cubique et autres champignons. Après un tas de jargon, nous en vînmes au fait : il pouvait effectuer une réparation temporaire, mais il faudrait que quelqu'un remplace le cadre, et à ce moment-là, nous pourrions replacer la nouvelle vitre et mieux la sceller. Il était disponible pour réaliser l'entièreté des travaux, bien sûr, et m'assura que ses tarifs étaient compétitifs.

Je calculai les probabilités que Stuart parvienne à dégager assez de temps pour s'occuper de cela lui-même contre celles qu'il me refile le boulot en s'attendant à ce que je lui transmette simplement le montant des différents devis une fois que nous les aurions tous reçus. Comme l'Option Numéro Deux était la plus probable – et que je ne voyais pas quand je pourrais caser la demande de devis pour les réparations dans mon planning déjà surbooké – je dis à l'artisan que le job était pour lui. Ce que Stuart ignorait ne pouvait le blesser. Et pour m'assurer que Stuart *ignore* vraiment cela, je me notai de payer les factures les deux prochains mois, même si techniquement c'était censé être son tour de gérer les finances.

L'artisan promit d'insérer la vitre temporaire dans l'heure, et je repartis dans le salon en courant pour essayer de ranger la maison. Heureusement, Timmy m'aida et cela permit d'accélérer le processus. (Pour ceux qui ne suivent pas, cela s'appelle du sarcasme.)

Une fois les jouets débarrassés, je déposai Tim sur le canapé avec Bounours, son harmonica, un livre de coloriage et des craies grasses – lavables – avant de monter me changer. Comme Stuart ne m'avait pas prévenue à l'avance, choisir une tenue se révéla facile. Je sélectionnai la seule chose dans mon placard qui n'était pas froissée : un tailleur pantalon bleu marine que j'avais acheté sur un coup de tête, en soldes à soixante-quinze pour cent, qui avait toujours son étiquette de chez Kohl.

Je me maquillai rapidement, attachai mes cheveux sur le dessus de ma tête avec une pince, les aspergeai de laque, inondait le reste de mon corps avec une brume senteur pomme – pour cacher l'odeur de laque –, et descendis juste à temps pour signer la facture et faire un chèque en blanc à Atlas Vitres et Fenêtres. (Note à moi-même : transférer de l'argent du compte épargne.)

Après cela, je pus me consacrer à ce qui comptait vraiment : disposer mes divers achats dans des plats, et réchauffer les quiches et les gougères au fromage afin de faire en sorte que a) elles soient chaudes, b) la cuisine sente comme si c'était moi qui les avais faites. Histoire de dire, je jetai quelques poêles, saladiers et autres ustensiles dans le lave-vaisselle et le mis en route. Les premiers invités supposeraient que j'avais passé la journée à cuisiner et que je venais de terminer.

Tordu, oui. Mais cela me permettait de calmer mon angoisse que le monde politique pense que Stuart était marié à une incompétente. (« Elle reste à la maison toute la journée avec son fils, mais sa maison est toujours en désordre et elle ne sait même pas faire une omelette. Je veux dire, franchement : qu'est-ce qu'il lui trouve ? ») Parano, peut-être. Mais j'aimais autant jouer un peu la comédie, juste au cas où.

À six heures dix, je revins à la maison après être allée déposer Timmy chez Laura le temps du cocktail (c'est vraiment une sainte). Je m'attendais à voir Stuart traîner par là et goûter aux plats auxquels il n'était pas censé toucher.

Pas de Stuart. Je fronçai les sourcils, plus que vaguement agacée. C'était sa fête à lui, après tout. Le moins qu'il puisse faire, c'était arriver à l'heure convenue.

Je m'affairai encore quelques minutes, redressai les plats de service, fis pivoter les bouteilles de vin pour aligner les étiquettes. Je fis même des éventails avec les serviettes en papier (il en restait dans le buffet, là où Stuart m'avait indiqué qu'elles se trouvaient le vendredi précédent). Le four sonna et je retirai le plateau de gougères au fromage et les disposai de façon artistique sur une assiette Fiesta jaune vif.

Toujours pas de Stuart.

Je battis les oreillers du canapé pour leur donner une allure plus gonflée et j'étais sur le point de retirer une bouloche du tapis – quelle horreur ! – quand j'entendis le bruit de la porte d'entrée. *Enfin !*

Je passai dans l'entrée et ouvris la porte.

Personne. Juste un flyer pour un livreur de pizza. *D'accord, très bien.* Je contrôlai ma colère en me rappelant qu'avoir le teint rouge et marbré gâcherait mon joli maquillage. Il y avait encore quinze minutes avant que le cocktail ne doive commencer ; Stuart arriverait sûrement d'ici peu.

Dans une tentative pour avoir l'air calme et composée, je me saisis du *Herald* dans le panier dans l'entrée et le dépliai en retournant vers la cuisine. Je me servis un verre de vin – une grande aide pour le calme – et posai le journal sur la table pour le feuilleter machinalement.

Quand j'arrivais à la rubrique Faits Divers, je me figeai, le regard rivé sur la page. Là, en grand au milieu, s'étalait une photo de mon démon aux allures de Richie Cunningham qui souriait et posait avec une mine parfaitement innocente. Sous la photo, un court article :

Todd Stanton Greer, étudiant en anglais, a survécu de peu à l'attaque d'un chien dangereux samedi soir. « C'était horrible, raconte sa camarade de cours, Sarah Black, qui a assisté à l'attaque. Le chien est arrivé de nulle part. » Les responsables sanitaires n'ont pu fournir d'éclaircissements quant à l'origine de ce chien. Les citoyens qui seraient détenteurs d'informations à ce propos sont appelés à contacter les autorités au 555-3698. Greer a été hospitalisé au Centre Médical du Comté de Diablo dans un état grave, mais il en est ressorti le soir même. « Il n'y avait pas de raison de le garder, commente le Dr Louis Sachs. Sa guérison est remarquable. »

L'article se poursuivait, mais j'étais incapable de lire plus loin. Mes mains tremblaient trop. Chien enragé, mes fesses. La SPA le pensait peut-être, mais moi je savais la vérité. Ce chien était une manifestation démoniaque, ignoble et déterminée. Et la seule raison qu'elle avait de parcourir les rues de San Diablo, c'était d'attaquer et tuer afin de fournir des corps humains au démon qui le contrôlait.

Todd Greer n'était pas un miraculé. Il était mort dans la nuit de samedi. Et dimanche soir, un démon était sorti de cet hôpital, était venu jusqu'à chez moi, et m'avait attaquée à côté des poubelles. Et dire que j'habitais un beau quartier, un quartier sûr.

San Diablo n'était plus une ville dépourvue de démons. Et pire, tout ce que j'avais vu ces derniers temps indiquait une invasion démoniaque virulente. Il fallait que la Forza investisse les lieux pour livrer son combat. Mais pour l'instant, j'étais la seule chasseuse sur le pont.

Et j'étais plongée jusqu'au cou dans les gougères au fromage et le brie.

11

Mis à part l'absence de Stuart, le cocktail fut un succès. La liste d'invités de départ s'était étendue, et désormais, le salon et la pièce à vivre étaient bondés, emplis de politicards qui se tenaient là à parler de financements et de candidats, avec de temps en temps un compliment sur mes gougères pour faire bonne figure.

Je souriais, hochais la tête, et essayais de ne pas regarder vers l'horloge toutes les trois minutes. Pas facile. Je vis Clark marcher jusqu'au bar et je le suivis. J'attendis patiemment qu'il ait fini une conversation avec une femme à l'air sévère en tailleur noir.

— Le droit de préemption n'est pas quelque chose que l'on peut utiliser comme ça, en s'en souciant comme de colin-tampon, dit-elle. Attention, M. Curtis, ou nous nous retrouverons au tribunal.

Si le sujet n'avait pas eu l'air grave, j'aurais souri devant l'usage de l'expression « colin-tampon » venant d'une femme à l'allure si stricte. Mais là, je ne riais pas.

— Qu'est-ce qui se passe ? demandai-je dès qu'elle fut partie.

— Le comté cherche à acquérir des terrains pour agrandir le campus. Malheureusement, le terrain que nous voulons est déjà occupé par de jolies petites maisons à bardeaux.

Il alluma une cigarette et il avait l'air tellement en détresse que je ne lui rappelai même pas que c'était une maison non-fumeurs.

— Des fois je déteste mon travail, dit-il.

— Des fois, je déteste votre travail aussi, dis-je. Est-ce la raison pour laquelle Stuart est en retard ? Vous l'avez envoyé travailler sur un contrat quelconque ?

— Stuart est mon candidat, Kate. Vous croyez vraiment que je l'aurais tenu à l'écart de sa propre fête ?

Pas vraiment, mais je l'avais espéré en secret. Parce que sinon, je ne savais pas quoi penser.

Je me mêlai encore un peu aux invités, avec mon sourire d'épouse d'homme politique bien en place, mais je n'écoutais les conversations que d'une oreille. Quand j'entendis la porte d'entrée s'ouvrir et se fermer, je me hâtai dans cette direction, m'attendant à voir Stuart, mais ce fut le juge Larson que je trouvai à la place.

— Dieu merci, vous êtes là, dis-je en le conduisant vers la relative tranquillité de la cuisine. Je suis en train de devenir dingue.

— Qu'est-ce qui ne va pas ?

— Tout.

— À ce point ?

— Stuart n'est pas là. Il a une demi-heure de retard à sa propre réception. Et il y a des hordes de démons qui rôdent autour du campus.

— Oh, ma pauvre, dit Larson.

Il se servit à boire.

— Prenons les choses dans l'ordre. Vous l'avez appelé ?

— Deux fois. Je tombe sur son répondeur.

— Il y a eu un accident sur la 101. Il est probablement coincé dans les embouteillages.

— Il a intérêt.

Tenir ce genre de réception était déjà suffisamment pénible comme ça. Le faire sans Stuart, c'était de la torture.

— Et les hordes de démons ? reprit Larson.

— Ah oui, dis-je en parlant plus bas. Regardez ça.

Je sortis l'article de journal et laissai Larson le lire tranquillement tandis que je m'affairais pour mettre au four un autre plateau de gougères au fromage et de quiches miniatures.

Je fis un tour rapide dans le salon et la salle à manger avec une bouteille de vin rouge que je venais d'ouvrir. Tout le monde semblait passer un bon moment et je ne vis personne regarder sa montre avec impatience. Tout le monde était suffisamment poli pour ne pas mentionner l'absence de Stuart. Quand je revins à Larson, il était penché sur la table, une main de chaque côté du journal et il tremblait littéralement de rage.

— Larson.

Ma voix était à peine un murmure mais il m'entendit. Il tourna la tête pour me faire face et la colère que je vis sur son visage me fit reculer d'un pas.

— Juge Larson ? Qu'est-ce qu'il y a ? Vous le connaissiez ?

Il secoua la tête. Quand il parla, il semblait nettement plus calme.

— Non. Non, je ne connaissais pas ce garçon. C'est juste…

Il s'interrompit et je le vis serrer les poings, son attention à nouveau accaparée par le journal.

— Cela ne devrait pas arriver.

— Je sais, dis-je en soupirant.

J'avais déjà eu ma dose de colère et de peur. Désormais, j'étais en proie à un sentiment de froideur devant une inévitabilité. Je me disais que Larson finirait par y venir lui aussi.

— San Diablo a toujours été dépourvu de démons. Du moins, j'ai toujours pensé que c'était le cas. Peut-être que j'étais juste aveugle.

Larson agita une main.

— Le passé n'importe pas. Vous avez trouvé quelque chose dans les archives ?

Je secouai la tête.

— Il y a beaucoup d'informations là-bas. Cela va me prendre un moment d'en faire le tour.

Il hocha la tête mais ça n'avait pas l'air de lui faire plaisir. Pareil pour moi. C'était moi qui devais gérer les cafards.

— Nous devons travailler vite, dit-il. Il est impératif que nous apprenions ce que cherche Goramesh.

Nous parlions à voix basse, mais apparemment pas assez. Quelqu'un que je ne reconnus pas entra dans la cuisine, un verre de martini vide à la main.

— Je ne connais pas ce Goramesh. Il veut la place de procureur du comté ? Stuart va nous chier une pendule s'il a un concurrent dont il n'a pas entendu parler.

Je le fixai sans savoir par quoi j'étais le plus ébahie : par le fait qu'il nous ait entendus, ou qu'il se balade à ce cocktail en utilisant un vocabulaire qui aurait valu un mois de punition à Allie.

— Non, ça n'a rien à voir, dis-je de ma meilleure voix d'hôtesse en le prenant par le coude pour le ramener vers le salon.

— Attendez, attendez, protesta-t-il en levant son verre. Du gin ?

— Bien sûr. Pas de problème.

Je sortis une nouvelle bouteille du placard avant de m'assurer que mon nouvel ami retourne vers la fête. J'étais en train de faire du calcul mental pour voir combien ça coûterait d'appeler des taxis pour tous les invités qui se laissaient trop aller tout en conduisant Larson dans le garage. Là, enfin, nous devrions être tranquilles.

— Il faut que je patrouille, dis-je. Ou il faut que la Forza se bouge et envoie davantage de chasseurs. Je ne peux pas tout faire. Je ne peux pas passer les archives de la cathédrale au peigne fin et rester debout toute la nuit pour me battre avec des hordes de chiens démoniaques d'un côté et faire ma lessive, emmener mes enfants à l'école et nourrir ma famille de l'autre.

Je m'interrompis, non parce que j'avais terminé, mais parce qu'il fallait que je respire.

— C'est grave, Larson. C'est vraiment, vraiment grave.

— Prenez de grandes inspirations, Kate.

Je levai la main.

— Je sais. Ça va. Je suis juste énervée. Ce garçon ne devait pas avoir plus de dix-huit ans. Dans quelques années, Allie aurait pu sortir avec lui. Il n'était pas censé se faire déchiqueter par des démons. Il était censé lutter contre l'acné et réviser ses partiels.

Je me passai les mains dans les cheveux, une mauvaise idée car je parvins à complètement déloger ma pince, ce qui n'était pas vraiment un look idéal pour la réception.

Je pris une autre grande inspiration et fermai les yeux. À une époque, je n'aurais pas bronché à l'idée que des ados se fassent cueillir par des démons qui semaient le chaos dans les rues de la ville.

C'était mon quotidien. Mais c'était il y a longtemps, avant que j'aie moi-même une fille adolescente. Désormais, l'idée que quelqu'un – n'importe qui – puisse faire du mal à mes enfants me terrifiait.

— Je ferai un tour rapide en ville une fois que tout le monde sera au lit, dis-je. Ce n'est pas idéal, mais c'est mieux que rien, non ? Et vous parlerez à la Forza et peut-être que le père Corletti pourra envoyer quelqu'un d'autre. On peut toujours le supplier non ? Même un nouveau avec peu d'expérience. Je m'en fiche. Dites-lui juste que nous avons besoin d'aide ici.

— Kate, dit-il en posant les mains sur mes épaules. La concentration est clé. Goramesh. Trouvons ce qu'il cherche. C'est là que votre attention doit se porter.

Je le regardai fixement.

— Vous plaisantez, n'est-ce pas ?

— Non.

— Mais...

J'agitai une main en direction de ma cuisine, voulant désigner par là l'article de journal.

— Les chiens démoniaques ! Des démons dans ma cuisine ! Des démons devant ma poubelle ! C'est moche, Larson. Et ça ne va pas disparaître. Je ne peux pas passer mes journées terrées dans le sous-sol d'une église, avec des vieux papiers moisis jusqu'aux genoux. Il faut que je patrouille. Que je fasse quelque chose.

— Kate, écoutez-moi.

Sa voix était vive et autoritaire. Cela fonctionna. Je l'écoutai.

— Vous êtes une chasseuse, oui, et une bonne. Mais est-ce que vous avez vraiment envie de complètement sortir de votre retraite ? En ce moment, alors que vous avez des enfants et un mari ? La Forza vous a appelée afin de nous aider quant à une menace précise : Goramesh. Voulez-vous vraiment tourner le dos à votre famille et reprendre la vie d'une chasseuse ? Une vie dont ils ne pourront jamais rien savoir ?

— Je... mais... non.

Non, je ne voulais pas. Rien que d'y penser, ça me rendait nauséeuse. Mais il y a des années de cela, j'avais accepté l'obligation. Pouvais-je tourner le dos à cela simplement parce que j'avais pris ma retraite ?

— Je ne veux pas, dis-je. Mais qui d'autre...

— Katherine, je vous en prie. Vous savez mieux que quiconque qu'il y aura toujours des démons. La vérité, c'est que les démons occupent notre monde. Ils l'ont toujours fait, et ils le feront toujours.

Je le dévisageai.

— Alors quoi ? Vous me dites d'abandonner ? De laisser tomber ? Je ne crois pas, non.

— Je vous dis de faire le travail pour lequel on vous a rappelée.

— On ne m'a pas « rappelée », si vous vous souvenez bien. Un démon a dégringolé à travers ma fenêtre.

— Katherine...

— D'accord. Je vous écoute.

— Arrêtez Goramesh. Le reste suivra de lui-même. Il faut que vous vous concentriez sur cette tâche.

— Mais ces gamins ? demandai-je en agitant la main dans la direction générale du campus.

— Peut-être que c'était un événement isolé pour servir le but de Goramesh.

— Et peut-être que les poules ont des dents.

Oui, j'étais de mauvaise humeur. J'avais des raisons.

Larson répondit du tac au tac.

— Et même si ce n'était pas un événement isolé, d'autres mourront si vous n'arrêtez pas Goramesh. Êtes-vous prête à faire tout ça ? En êtes-vous capable ?

Ma réponse désinvolte aurait été que je faisais déjà tout – bien plus que je n'avais prévu, et certainement plus que je ne voulais. Mais je ne dis rien. Je me contentai de prendre quelques inspirations et de hocher la tête. Il n'avait pas tort. Ça ne me plaisait pas, mais je comprenais. Il faut choisir ses batailles. Et nous choisissons celles qui rapporteront la plus grande victoire. Mais tout de même, ces gamins étaient vulnérables.

J'ouvris la bouche mais il me coupa en agitant la main.

— Kate, dit-il. Vous avez de bonnes intentions. Mais la Forza a besoin que vous soyez au top. *J'ai* besoin que vous le soyez.

Nous n'eûmes pas le loisir de débattre davantage car un *dong* soudain retentit au niveau de la porte du garage et elle commença à se soulever. Stuart !

Je courus à l'autre bout du garage – ce qui n'est pas évident avec des talons de six centimètres – et j'attendis impatiemment alors que la porte se soulevait peu à peu. Dès qu'elle fut à un mètre du sol, je me courbai en dessous, contournai la voiture et ouvris la portière passager. J'étais sur le point de réduire mon mari en bouillie quand je vis son visage.

— Mon Dieu, Stuart. Est-ce que ça va ?

Je me penchai et posai une main contre son torse qui était couvert de sang séché.

— Qu'est-ce qui s'est passé, bon sang ? Tu as vu un médecin ? Pourquoi tu n'as pas appelé ?

— Ce n'est pas si grave que cela, dit-il.

La porte finit son long cheminement jusqu'en haut et Stuart entra. La lumière du garage illumina l'intérieur de la voiture.

— Ça a l'air affreux, dis-je en abandonnant toute subtilité.

Les traits serrés, il tendit le bras pour ouvrir la portière conducteur mais je réagis aussitôt et attrapai son autre bras.

— Attends un peu, mon ami. Où est-ce que tu crois aller ?

— Le cogktail, dit-il.

Et même si sa voix n'avait pas réellement l'air groggy, dans ma tête, je l'imaginais en train de bafouiller et de trébucher dans la cuisine, tout sanglant, désastreux pour sa carrière politique.

— Attends un peu, on va vérifier comment tu vas d'abord.

Je jetai un coup d'œil par le pare-brise et remarquai que Larson avait disparu. Il avait dû repartir à l'intérieur. J'espérais qu'il n'avait pas annoncé l'arrivée de Stuart. Je n'avais vraiment pas envie que tout le gratin voie mon mari couvert d'un quart de son sang.

Du sang.

J'essayai à nouveau d'obtenir quelques réponses.

— Encore une fois. Qu'est-ce qui s'est passé ?

Je le parcourus du regard, de haut en bas, et grimaçai ce faisant.

— Ta tête, mon cœur. Il va te falloir des points de suture.

Il toucha son front et tapota l'endroit où il était ouvert.

— Ce n'est pas profond. C'est juste que la tête, ça saigne beaucoup.

— Ça, je vois.

Je serrai sa main.

— Parle-moi. Tu vas devoir me convaincre que tu vas bien, sinon on peut oublier cette réception, on repart dans l'autre sens et je t'emmène à l'hôpital.

— Les secouristes m'ont déjà examiné. Je vais bien. Vraiment, ça a l'air pire que ça ne l'est. Une coupure au front et le nez qui saigne.

Je n'étais pas convaincue mais je connaissais suffisamment Stuart pour savoir que je ne parviendrais pas à l'emmener à l'hôpital.

— D'accord. Comment tu t'es retrouvé avec une coupure au front et un nez qui saigne ?

— Je me suis fait emboutir sur California Street. Le côté conducteur est enfoncé. Je ne sais pas si c'est réparable.

— Quoi ?

Je regardai autour de moi et m'aperçus soudain que les airbags latéraux et avant pendaient, dégonflés, comme un étrange rideau. Apparemment, j'avais été trop énervée – puis trop inquiète – pour m'en rendre compte.

— Mon Dieu, Stuart. À quelle vitesse il allait ? Tu as sa plaque d'immatriculation ? Son assurance ? Tu es sûr que ça va ?

Stuart prit ma main et la porta à sa bouche pour embrasser ma paume. En temps normal, j'adore quand il fait ça. Sacrée zone érogène. Ce soir, ça ne marchait pas. J'étais trop engourdie.

— Stuart.

— Chut, chérie. Ça va, je vais bien. Promis. J'ai une méchante bosse, un nez cabossé et un poignet douloureux, mais dans l'ensemble, je m'en sors bien. J'étais un peu dans les vapes au début, mais ça va maintenant.

Je lui touchai la joue.

— Tu es sûr ? Pourquoi tu n'as pas appelé ?

Il se pencha et récupéra un Motorola à clapet sur le sol devant moi.

— Fichu.

— Je vois.

Il se frotta la tempe.

— Je n'ai pas pensé à demander aux secouristes d'appeler.

Il me fit un petit sourire.

— Tu me pardonnes ?

J'avais envie de le bouffer pour m'avoir fichu une trouille pareille, mais comme il avait commencé par s'excuser, je n'aurais pas le beau rôle. J'évitai de répondre.

— Tu es sûr que ça va ? Ça a dû être un sacré accident.

— Les secouristes ont dit que tout était nickel. Pas de traumatisme crânien. Rien. Je t'ai dit : j'ai eu de la chance. Je vais bien.

Je fronçai les sourcils, pas tout à fait prête à redescendre de mon moment d'angoisse marital.

— Toi peut-être, mais pas tes vêtements.

Ça le fit rire.

— Non, en effet. J'ai une chemise propre dans mon attaché-case. Tu me la prends ?

J'envisageai de refuser, j'avais envie de le garder ici, en sécurité avec moi dans le garage. Mais je voyais bien que ça le démangeait d'aller jouer les politiciens. Je poussai un soupir, intérieurement. En tout cas, on ne pouvait pas douter que mon mari appréciait de se trouver sous les feux de la rampe.

Je passai à l'arrière, récupérai sa serviette avant de partir au monospace pour revenir avec ma réserve de lingettes pour bébé. Stuart sortit de voiture et retira sa chemise. Je tamponnai son visage et grimaçai en nettoyant l'entaille à son front, même si mes bons soins ne semblèrent pas l'embêter du tout. Il enfila la chemise propre et commença à la boutonner.

— J'ai l'air convenable ?

J'envisageai de protester à nouveau, d'essayer de le convaincre de renoncer à se présenter au cocktail. Mais je ne le fis pas. Au lieu de cela, je souris et l'aidai à ajuster sa cravate.

— Oui, dis-je. Ça ira.

Sur cet encouragement, il rentra dans la maison. J'attendis un moment avant de le suivre en méditant sur cette dure et triste vérité : même si je détruisais tous les démons du monde, je ne serais toujours pas capable d'empêcher qu'il arrive quelque chose à ma famille.

Au final, le cocktail de Stuart se déroula comme sur des roulettes, si on faisait exception de son crâne fendu. Et, oui, je sais que c'était juste une égratignure. J'ai le droit d'exagérer. En déférence à ma tendance à me faire du mouron, Stuart s'abstint de boire et une fois que tous les invités furent partis, il s'assit et me laissa éclairer ses pupilles avec une lampe de poche. Elles se dilatèrent et se rétractèrent comme elles étaient censées le faire, et je me sentis infinitésimalement mieux. De son côté, Stuart se pavanait comme le maître du château, ses blessures complètement oubliées ; au moins trois personnes, dont un restaurateur de renom, s'étaient engagées à soutenir sa campagne. Stuart mettait ça sur le compte de son charisme politique et de sa jugeote. Moi, je pensais que c'était entièrement les gougères au fromage.

Allie revint à dix heures, avec un Timmy endormi dans sa poussette. Pendant que je le mettais au lit – il se réveilla brièvement, demanda Bounours et se rendormit –, Allie et Stuart rassemblèrent ce qui restait de nourriture et mirent ce qu'on pouvait garder dans ces contenants jetables qui coûtent une petite fortune mais le valent bien.

Enfin, en tout cas, c'était le plan. Quand je redescendis, les contenants étaient vides et les deux complices étaient assis à table avec une débauche de nourriture apéritive étalée devant eux.

— Vous étiez censés ranger, dis-je.

— Si on le mange, il n'y a plus besoin de le ranger, dit Allie.

J'y réfléchis, décidai qu'elle n'avait pas tort, et engloutis une autre gougère de mon côté. On fit la famille pour une petite demi-heure : Allie nous raconta sa journée au lycée – les détails sont un concept vague pour les ados de quatorze ans –, Stuart décrivit son accident de voiture pendant qu'Allie se récriait, et moi je restai assise là à me demander s'il y avait des chiens démoniaques en train de parcourir la ville en ce moment, et ce que je pouvais faire si c'était le cas.

— Maman ?

Je relevai brusquement la tête.

— Mmh ?

Allie se mit à rire.

— Tu t'endors ?

— Il se fait tard, répondis-je. Et la journée a été longue.

Je posai un regard maternel sur elle.

— Pour toi aussi. Tu ne crois pas qu'il serait temps d'aller se coucher ?

— Non, dit-elle.

Mais elle bâilla juste derrière, ce qui ne plaidait pas en sa faveur.

— D'accord, peut-être.

Elle nous dit bonsoir à tous les deux avant de monter à l'étage tandis que je criais « tu n'appelles pas Mindy », dans son dos. Je me tournai ensuite vers Stuart.

— Tu devrais aller te coucher aussi. Si quelqu'un a eu une grosse journée, c'est bien toi, et je parie que tu ne prendras pas d'arrêt maladie demain, peu importe à quel point je te supplie.

— Tu as raison, dit-il. On a un gros projet d'aménagement du territoire en cours. Si je n'y allais pas, je mettrais Clark dans le pétrin et je ne pense pas que ce soit la façon de conserver son affection et son admiration.

— Tu as eu un accident de voiture.

— Après lequel j'ai passé deux heures à un cocktail.

— Alors va au lit, au moins. Pas d'infos. Pas de talk show avec Letterman. Va dormir.

L'espace d'un instant, je crus qu'il allait protester, mais il finit par hocher la tête et m'embrassa pour me dire bonsoir.

— En fait, ce n'est pas une mauvaise idée.

— Enfin, dis-je, la voix de la raison.

Je l'accompagnai en haut, et mon mari accepta gracieusement de me laisser vérifier ses pupilles une fois de plus, étaler de la pommade antibiotique sur son front – que je recouvris ensuite d'un pansement Big Bird –, lui apporter un verre d'eau et le border. Sa bouche frémit alors que je me penchai pour l'embrasser.

— Ne dis rien, le coupai-je. Fais-moi plaisir.

Il fit le signe de fermer ses lèvres avec un zip, et puis il m'attira à lui pour m'embrasser et murmurer un merci.

— Ne te couche pas trop tard non plus, dit-il.

— Oh, non, ne t'inquiète pas, répondis-je avec désinvolture. Je veux juste nettoyer un peu.

Je me consolai en me disant que ce n'était pas un mensonge.

Je voulais effectivement nettoyer : mon salon, et la population démoniaque de la ville. Comme je ne pouvais pas vraiment accomplir le second point ce soir, je me concentrai sur le salon et m'agitai dans la maison jusqu'à ce que je sois à peu près sûre que Stuart et Allie dorment tous les deux. Alors je partis dans la chambre d'amis et me saisis du téléphone.

Je le gardai en main une bonne minute avant de composer le numéro, en me demandant ce que je comptais faire au juste. Larson avait raison, bien sûr. Je ne pouvais pas juste sortir de ma retraite pour aller chercher des démons dans les coins sombres. Il fallait que je pense à ma famille. Une famille qui avait besoin de moi, saine et sauve.

S'il y avait une menace spécifique – comme, oh, par exemple, un démon qui jaillissait par la fenêtre – alors je mettrais joyeusement fin à ses souffrances. Mais je ne pouvais pas me permettre d'aller chercher les ennuis.

En dépit de tout cela, je me retrouvai quand même à composer le numéro du commissariat.

— Police de San Diablo. Comment puis-je vous aider ?

Je me raclai la gorge en me sentant un peu bête.

— Bonjour. J'essaie de savoir si on vous a reporté des chiens errants ce soir.

J'avais juste besoin d'être rassurée. S'il n'y avait pas de chien, ça pouvait vouloir dire que cette histoire avec Todd Greer était un cas isolé. C'était pas cool – surtout pour Todd – mais au moins j'aurais le réconfort de savoir qu'il n'y avait probablement pas de hordes de démons dans les rues.

— Un instant, s'il vous plaît. Je transfère votre appel.

Je l'imaginai me transférer à la division chien-démon avant de me rendre compte que je manquais vraiment de sommeil. Un officier décrocha avec un bref :

— Département des services urbains. Sergent Daley.

Je lui expliquai pourquoi j'appelais et j'attendis qu'il me rassure. Il ne le fit pas.

— Normalement, je vous dirais d'appeler la SPA demain matin, mais il s'avère que je viens de recevoir un rapport il y a dix minutes.

— Ah bon ?

La colère jaillit en moi à l'idée que le démon était toujours en chasse, mais elle était teintée d'une vague d'excitation. C'est ça, ton truc, dit une petite voix, et je ne m'embêtai pas à la corriger : c'était effectivement ça mon truc, ce pour quoi j'étais douée. Je pris une inspiration et posai la question suivante :

— Vous pouvez me dire où ça ?

— Madame, pourquoi cela vous intéresse-t-il ?

Je sortis un autre mensonge de ma poche et lui dis que ma sœur possédait un chien agressif qui s'était échappé et que j'essayais de le retrouver.

Il grogna à mon oreille.

— Si c'est votre chien, il sera euthanasié. Nous pensons qu'il a attaqué un étudiant il y a quelques jours.

— Je vous rassure, le faire euthanasier est exactement ce que nous avons en tête.

Il dut décider que j'étais inoffensive car il me donna l'adresse et me dit qu'un prof s'était défendu contre un chien méchant en jetant des cailloux. Je me demandais si ce professeur se rendait compte de la chance qu'il avait eue.

Je remerciai l'officier, raccrochai, et tirai l'oreiller sur mes genoux en un geste qui me devenait familier. Dix minutes auparavant, un chien qui correspondait à la description du démon canin de Todd Greer avait attaqué près du campus. L'attaque avait été évitée. Pour moi, cela voulait dire qu'il essayerait à nouveau.

Que faire ?

Selon toute probabilité, il n'y avait rien que je puisse faire. Le chien avait probablement déjà trouvé une autre victime. Pour l'instant, il devait être blotti quelque part, en train de dormir, repu, tandis qu'un nouveau démon à l'apparence humaine déambulait dans le campus.

Mais si ce n'était pas le cas ?

S'il était toujours en maraude ?

Et si j'avais pu l'arrêter ?

Merde.

Je serrai l'oreiller plus fort et laissai mon regard dériver vers la porte. Je pensai à ce qui se trouvait derrière : mon mari, ma fille, mon bébé. J'avais l'impression qu'un poing s'était refermé autour de mon cœur et le compressait. Je savais ce que j'aurais dû faire.

J'aurais dû aller à la fac. Chercher ce chien. Voir si je pouvais sauver une victime innocente. J'étais une chasseuse, après tout. J'avais des responsabilités.

J'étais aussi une mère et une épouse. Et ces responsabilités-là comptaient énormément. Ne pas me faire tuer était plutôt vers le haut de ma liste des priorités.

Mais ce chien était en liberté. Et personne à part moi n'avait la moindre idée de ce dont il s'agissait.

Je fermai les yeux et comptai jusqu'à dix, alors que la certitude de ce que j'allais faire s'abattait sur moi. Le truc, c'est que je ne pourrais plus jamais me regarder dans un miroir si un gosse mourait alors que j'aurais pu le sauver.

Lentement, je me faufilai dans la chambre de Tim. Il dormait à poings fermés et je déposai un doux baiser sur sa joue. Il remua sous sa couverture et je retins mon souffle en me demandant s'il allait se réveiller. Ce ne fut pas le cas et je lui fis une promesse silencieuse de revenir bientôt avant de sortir de la chambre sur la pointe des pieds.

Allie et Stuart avaient le sommeil beaucoup plus léger, alors je ne pris pas le risque d'aller les embrasser. Au lieu de cela, je laissai mes doigts effleurer chacune de leurs portes fermées en passant. Une fois en bas, j'appuyai sur le bouton de la porte du garage. Cette chose fait un tel boucan que je restai figée dans la cuisine tout du long qu'elle se relevait, en attendant de voir si quelqu'un se réveillait.

Personne n'émergea, alors j'écrivis un petit mot pour Stuart, lui disant que j'étais partie acheter du lait – après avoir vidé ce qui restait de lait dans l'évier. Je grimpai dans le monospace et démarrai le moteur. J'hésitai un instant, mais au final, je sortis mon téléphone et composai le numéro de Larson. Je savais qu'il n'était pas d'accord, mais c'était mon *alimentatore* et il fallait quand même qu'il soit au courant de ce que je faisais.

Je laissai le moteur au point mort tandis que le téléphone sonnait : une fois, deux fois, trois fois. Pas de répondeur. Je fronçai les sourcils. C'était agaçant. Je réessayai, cette fois sur son portable. Là encore, pas de Larson, mais au moins je tombai sur le répondeur.

— Allô, dis-je. C'est moi. Kate. Je… heu… je voulais juste vous prévenir que je vais faire un tour en voiture autour du campus. J'ai une piste, il y a probablement un démon canin qui y traîne ce soir. Donc voilà. C'est pour ça que j'appelais. Au revoir.

Je raccrochai en me sentant un peu comme une ado qui dépasse le couvre-feu. Je m'agitai sur mon siège en retournant mon téléphone dans ma main comme une balle anti-stress. Comme toute catholique qui se respecte, j'ai une relation de proximité avec la culpabilité. Et je détestais l'idée d'y aller sans le feu vert de Larson. Mais je détestais encore plus l'idée de ne rien faire. Si un autre gamin se faisait dégommer... eh bien, là aussi il y aurait de la culpabilité.

Comme Larson n'était pas disponible, je fis ce qu'il y avait de mieux après. J'appelai le Vatican. Je dois reconnaître que c'est l'un des trucs cools quand vous êtes une chasseuse. Combien de boulots existe-t-il où appeler le Vatican à l'aide est une option ? Je n'avais pas réfléchi à l'heure qu'il était en Italie, mais l'opérateur me transféra immédiatement et je m'effondrai presque de soulagement en entendant la voix du père Corletti.

— Katherine, *mia cara. Com'é bello sentire la tua voce !*

— Je suis heureuse d'entendre votre voix aussi, mon père.

— Que me vaut cet appel ? Il s'est passé quelque chose ?

— Non... oui... je veux dire, non, nous n'en savons pas davantage à propos de Goramesh, mais oui, il s'est passé quelque chose.

Je lui fis un résumé rapide.

— Je sais que je romps le protocole en vous appelant maintenant que j'ai un *alimentatore*, mais Larson n'est pas disponible et il faut que je me mette en route maintenant si je veux explorer cette piste, poursuivis-je. C'est ce que je veux faire, mais j'ai peur que Larson pense que c'est une mauvaise idée. Ou en tout cas, une idée futile.

— Je vois...

Il n'alla pas plus loin mais je restai silencieuse. Je connaissais suffisamment le père pour savoir qu'il réfléchissait à toutes les possibilités.

— Tu ne peux pas ignorer ton instinct, mon enfant. Ton *alimentatore* est ton mentor, ton conseiller, mais il n'est pas ton supérieur. Au final, tu dois suivre ton propre chemin.

Je relâchai ma respiration, et me rendis compte que je l'avais retenue jusqu'à maintenant. C'est merveilleux de se sentir justifiée.

— Merci. C'est ce que Wilson me disait tout le temps.

J'entendis le grondement bas de son rire.

— Et c'est ce que dirait également ton *alimentatore* actuel.

— Larson a dit qu'ils se connaissaient.

— En effet. Leur relation professionnelle était solide, mais leur amitié l'était plus encore.

— Merci de me l'avoir dit.

Savoir que Larson était proche de Wilson me faisait me sentir plus proche de lui. C'était bête, mais on ne maîtrise pas ses émotions.

— Et puisque je t'ai au téléphone, est-ce que Edward a pu t'aider ?

Edward ?

— Heu... c'est qui Edward ?

— Un chasseur à la retraite, dit le père, de la surprise dans la voix. Un esprit brillant, et un combattant doué. Il est bien sûr indisponible depuis longtemps maintenant. J'avais l'espoir, cependant, qu'il ait des idées quant à cette affaire avec Goramesh.

— Un chasseur ? Je croyais qu'il n'y en avait aucun.

— Larson n'a appris que récemment qu'Edward avait emménagé dans cette zone. Il m'en a aussitôt averti, bien sûr. J'ai supposé que tu le connaissais. J'en déduis que ce n'est pas le cas.

— Non, dis-je, une boule dans le ventre. Edward ne m'a pas été présenté officiellement.

Mais en cet instant, j'avais très – très – envie de le rencontrer.

12

Vu à quel point j'étais agitée, ce fut un miracle que je n'aie pas d'accident de voiture en passant de la maison à la fac. *Un autre chasseur ? Pourquoi Larson ne m'avait-il rien dit ?*

Je n'arrivais pas à imaginer de réponses alors les mêmes questions n'arrêtaient pas de rebondir dans ma tête, distrayantes, et qui ne faisaient guère de bien à ma tension artérielle. Je composai le numéro du portable de Larson et celui de son fixe, deux fois chaque, mais je n'eus aucune réponse. Cette fois, pas même le répondeur. J'avais l'impression d'être *persona non grata* et ma capacité de concentration était réduite. Je savais qu'il fallait que je me recentre, mais j'avais du mal à oublier mon agacement. Il le fallait cependant. Si ce satané – et satanique – chien m'échappait, j'aurais aussi bien pu rester à la maison.

Allez, Kate. Arrête de psychoter.

Bon conseil. Après tout, il y avait des tas de raisons qui pouvaient expliquer pourquoi Larson ne m'avait pas mise en contact avec ce Edward. Peut-être qu'Edward avait déménagé à L.A. ou San Franciso ou un autre endroit aussi peu pratique géographiquement. Ou peut-être qu'Edward, à la différence de moi, n'était pas prêt à accepter de sortir de sa retraite et qu'il avait dit à Larson d'aller voir ailleurs s'il y était.

Pour tout ce que j'en savais, le fameux Edward était peut-être mort.

J'étais en train de tourner dans les rues sombres qui composaient le petit campus de la ville. Construite dans le quartier des entrepôts, la fac faisait très désaffectée la nuit. Je ralentis en regardant d'un côté et de l'autre de la ville tout en me forçant à ne penser qu'à ce qui m'entourait et non pas au mystère d'Edward.

J'abaissai ma vitre pour voir si j'entendais des cris, des hurlements, des bruits de pas, quoi que ce soit. Mais il n'y avait rien. Si ça avait été le week-end, j'aurais entendu le bourdonnement des basses, souligné par une cacophonie de voix alors que les étudiants passaient d'un entrepôt vide à l'autre à la recherche de la prochaine rave party. San Diablo est peut-être une ville calme, mais pas morte – en dépit des des récentes arrivées de créatures démoniaques.

Mais ce soir, je n'entendais même pas les rats qui décampaient dans les allées. Il était fort probable que le chien-démon soit parti plus loin. Beaucoup de temps s'était écoulé depuis que la police avait été prévenue. Pour autant que je sache, le chien aurait aussi bien pu se trouver tout au nord de la ville à l'heure qu'il était.

J'étais en partie soulagée et en partie agacée. J'étais venue jusqu'ici et je détestais l'idée qu'un gosse d'un autre quartier se retrouve à faire partie des victimes. Mais je ne pouvais pas être à deux endroits à la fois et, pour être franche, je n'aurais probablement même pas dû me trouver là. J'aurais dû être chez moi, avec mon mari et mes enfants.

J'étais sur le point de faire demi-tour quand je l'entendis : un léger frottement de métal contre du métal. Et puis, un peu plus loin, le brouhaha de voix. Des étudiants, peut-être ? Qui travaillaient tard dans les labos et rentraient ensemble chez eux ?

Il n'y avait rien de particulièrement menaçant dans aucun de ces sons. Pourtant, il y avait dans l'air quelque chose qui clochait. Comme s'il était souillé. *Mauvais.* D'accord, d'accord, j'étais peut-être un tantinet mélo. Mais j'avais un sale pressentiment. Je n'avais pas de raison spécifique de penser que le chien-démon soit toujours dans les parages, mais je ne comptais pas partir sans prévenir ces gosses et leur dire de rentrer à l'intérieur.

Je mis l'interrupteur de la lumière de l'habitacle sur off avant de sortir les clés du contact. Je n'avais pas envie que le monospace s'illumine comme un sapin de Noël, ni qu'il émette sa sonnerie pénible pour annoncer au monde que Kate Connor s'apprêtait à se balader dans une allée sombre.

Je glissai mon sac sous le siège, mais seulement après y avoir récupéré mon petit flacon d'eau bénite et le pic à brochettes que j'avais été chercher sur le barbecue du jardin.

J'ouvris la porte et me glissai hors du van. J'avais mis un jean et des baskets, et je rebondis légèrement sur mes Reeboks. S'il y avait un démon dans le coin, cette fois, ce serait lui la proie. Cela faisait bien, bien longtemps que je n'avais pas ressenti l'excitation de la chasse.

Deux longues rangées d'entrepôts barricadés se tenaient perpendiculairement à la rue, avec une étroite allée entre les deux. Je pris cette direction, attirée par le bourdonnement des voix au loin. Il était juste après minuit et les étudiants étaient en train de faire la fête, ce qui est exactement ce que des jeunes de leur âge devraient être capables de faire. Des nuits blanches à s'éclater, boire, bachoter pour les exams et faire un peu n'importe quoi, tout cela sans avoir à s'inquiéter qu'une bande de chiens errants démoniaques n'ait soudain envie de les dévorer tout cru.

Je me hâtai vers eux avec l'intention de leur dire de ma plus belle voix maternelle d'arrêter de traîner dehors dans le noir et d'aller faire la fête à l'intérieur. Il me sembla entendre des bruits de pas derrière moi – j'étais sur le point de faire volte-face pour jeter un coup d'œil – quand un nouveau son surgit. Un hurlement bas et guttural, comme celui d'un loup blessé. Des cris s'ensuivirent, et je m'élançai en avant en ignorant ce qui me suivait peut-être. Je trouvai la source des cris sur le parking, blottis derrière une benne. Trois gamins, probablement des étudiants, étaient acculés dans un coin par un énorme mastiff noir, dont les dents dévoilées luisaient de bave.

— Oh, Seigneur, Madame, dit un des gars dont la voix était rauque de peur. Faites quelque chose. Faites-le reculer.

À la façon dont le chien le fixait, je supposai qu'il était sa cible première. Un regard à la fille pétrifiée de peur m'apprit pourquoi : elle portait une croix en or autour du cou. C'était peut-être juste un accessoire de mode, mais le démon préférerait ne pas prendre de risque : si elle était pieuse, elle ne lui servirait à rien. Son âme quitterait son corps, mais le démon ne pourrait pas s'en emparer. L'autre type était si planqué dans les ombres que je le voyais à peine. Je me demandais s'il portait une croix lui aussi.

— Viens là, toutou, appelai-je d'une voix sirupeuse. Allez. Tu ne sais pas qui je suis ? Un morceau de choix…

Je ne parlais pas vraiment au chien, bien sûr. Quelque part non loin de là, son maître démoniaque était en train de planer dans l'éther. Dès que le chien aurait tué, le démon se précipiterait et s'emparerait du corps comme si de rien n'était.

Le chien inclina la tête, juste assez pour que je rentre dans son champ de vision sans laisser aux gamins assez de place pour s'enfuir. Il gronda et quand je vis ses yeux, mon cœur se mit à battre dans ma poitrine, l'adrénaline à fond, dans une volonté primale de fuir, de courir, de me sortir de cet endroit une fois pour toutes.

Regarder dans ses yeux, c'était comme voir l'Enfer. Rouge sur noir, et derrière ça, une tornade de mal, si épaisse qu'elle semblait coaguler comme du sang. J'adressai une excuse silencieuse à tous les chiens du monde. Ce n'était pas un chien. C'était juste… *mauvais*. Pas un démon en soi, mais une manifestation du mal à l'état pur, conjurée par un démon pour qu'elle fasse ses désirs.

La chose grogna, un bruit bas dans sa gorge, et je vis ses muscles se tendre sous la fourrure lisse et noire. Je tins la fiole d'eau bénite devant moi en essayant d'avoir l'air courageuse. Mais je ne l'étais pas. J'avais la trouille comme jamais.

Alors que la bête plongeait vers moi, je compris avec une lucidité soudaine que Larson avait raison. Je n'avais pas la forme nécessaire pour me battre et je n'aurais pas dû faire comme si j'avais dix-sept ans de nouveau.

Trop tard maintenant.

Je m'élançai en avant, en faisant un pschit avec l'eau d'une main et en projetant la broche de barbecue de l'autre. Le chien hurla alors que la brume tombait sur sa fourrure, mais il continua à avancer. La distance entre nous se referma et mon esprit se libéra des reproches que je m'adressais pour s'emplir du simple désir de rester en vie et de tuer cette créature.

— *Courez !* criai-je aux gamins. Sortez de là, *maintenant !*

Je ne perdis pas de temps à regarder s'ils m'obéissaient, j'étais trop occupée à me faire envoyer au sol par un chien de cent kilos. L'eau bénite jaillit et je parvins à grand-peine à maintenir le chien hors de mes chairs vulnérables.

Ses mâchoires se refermèrent et je roulai à droite, juste à temps pour sentir ses dents s'enfoncer dans mon jean plutôt que dans ma cheville. J'assénai un grand coup avec l'autre jambe, mais cela ne sembla pas avoir d'autre effet que l'énerver davantage. Il gronda et donna un coup de dents en direction de mon visage alors que je rampai en arrière sur l'asphalte, en sentant des petits cailloux s'enfoncer dans mon dos et mes épaules.

Le ventre de la bête était appuyé contre mon pied et son poids poussa ma jambe et mon genou contre ma poitrine, permettant à l'animal de se rapprocher en dépit de mes efforts pour le garder à distance. J'essayai de tendre la jambe et de le faire dégager mais j'en étais incapable. Pas avec cet angle. Et, malheureusement, pas dans ma forme physique actuelle.

Merde.

J'avais toujours la broche et je donnai un coup à la bête, suffisant pour le garder à distance pour l'instant. Mais ça ne durerait probablement pas longtemps. Il fallait que je puisse me rapprocher assez pour enfoncer la broche dans sa tête, son cou, *n'importe où*. Je n'étais pas vraiment difficile. À la différence d'un démon, je n'avais pas besoin de lui crever un œil ou de le décapiter. Il fallait juste que je le tue.

Derrière moi, j'entendis un froissement là où je n'aurais rien dû entendre du tout : les gamins auraient dû avoir décampé depuis longtemps désormais. Je projetai ma broche vers l'avant tout en prenant de l'élan et en donnant un grand coup de ma jambe libre en même temps. La bête recula à nouveau et cela me laissa une fraction de seconde pour regarder vers la droite. La fille avait disparu, mais les deux garçons étaient toujours là... et l'un d'eux avait un couteau plaqué contre le torse de l'autre.

Merde, merde, merde !

— La partie est terminée, mon pote, dis-je à la bête d'un air bravache.

Il me restait un dernier coup à porter avant que mes forces – sans mentionner ma chance – m'abandonnent. Et il fallait que ça marche si je voulais aider ce gamin.

Cette fois, quand la bête bondit, je me soulevai à sa rencontre, et roulai en avant comme si nous nous livrions à une drôle de danse perverse. J'enfonçai la broche profondément dans le seul endroit que je parvins à atteindre : la truffe. La créature glapit et secoua la tête avec violence pour se débarrasser de la broche. Je roulai en arrière, ramenai les deux genoux à ma poitrine avant de les projeter à nouveau vers l'avant de toutes mes forces.

Je frappai la bête au niveau du poitrail et elle roula en arrière, toujours chancelante à cause de la tige en métal dans sa truffe. Je me redressai sans perdre un instant et attrapai la broche que je retirai avant de l'enfoncer à nouveau, fort, cette fois dans le cœur de la créature.

Il n'y eut pas de sang. Une huile épaisse s'échappa du chien et s'embrasa en flammes noir et orange qui semblèrent consumer la bête jusqu'à ce qu'il ne reste plus que l'écho de ses hurlements.

Je rampai hors de là, la respiration haletante, et puis je roulai sur le côté et me redressai sur mes pieds, prête à courir vers les deux hommes.

Trop tard.

Je vis l'agresseur retirer son bras, pour prendre assez d'élan et l'enfoncer dans la cage thoracique de sa victime. Je criai – une réaction totalement inutile. Bien plus efficace fut la lame d'argent qui tourbillonna dans l'air, semblant sortir de nulle part. Une fraction de seconde plus tard, le métal perça l'œil de l'agresseur. Le corps s'affaissa et je vis un miroitement familier dans l'air alors que le démon s'échappait dans l'éther.

Le couteau qu'il tenait se fracassa au sol. L'étudiant terrifié resta planté là, à respirer fort. Il me regarda, regarda le cadavre par terre, et s'enfuit dans la nuit.

— Un démon, dis-je sans m'adresser à quiconque. Le garçon était un démon.

— Vous auriez fini par vous en rendre compte, dit Larson qui émergea d'entre les ombres.

Il se pencha en m'offrant une main pour m'aider à me redresser.

— Mais d'ici là, l'autre garçon aurait été mort et son corps serait devenu un réceptacle pour le démon qui contrôlait la bête.

J'ignorai sa main, préférant rester par terre à cajoler mes cuisses douloureuses et mon assurance mal en point.

— Je n'ai pas eu l'occasion de le voir. Le chien les avait coincés dans un coin. Je n'ai même pas eu l'idée d'y penser. J'ai merdé. Complètement merdé.

Et j'allais continuer à me flageller pour ça un petit moment. Si Larson n'avait pas été là, ce garçon aurait été fichu. Et pour tout dire, moi aussi. J'étais déjà fatiguée de m'être battue contre le meilleur ami du démon, je ne sais pas si j'aurais pu maîtriser le démon armé d'un couteau, encore moins si j'aurais pu survivre une fois que démon numéro deux aurait occupé le corps du garçon poignardé.

— Vous étiez prise par ailleurs, dit Larson en déballant calmement une Nicorette qu'il mit dans sa bouche.

Je grimaçai avec empathie. Je ne fumais pas, mais après cet épisode, même moi je n'aurais pas dit non à une clope.

Avec un grondement sonore, je me relevai et époussetai mes fesses.

— À vrai dire, je ne peux me valoir d'aucun crédit pour avoir identifié le démon, dit-il.

Je dois reconnaître qu'un sourire m'échappa. Il s'exprimait de façon bien trop formelle.

— Eh bien, vous en avez tout de même davantage que moi.

— Le démon s'est révélé.

Ça, ça retint mon attention.

— Quoi ?

Une fois qu'ils ont pris une forme humaine, les démons dévoilent rarement tout le tralala qui fait d'eux des créatures infernales : les trucs pittoresques comme les cornes, les yeux orange lumineux ou le groin de cochon. Cela nécessite un effort extrême de la part du démon pour apparaître ainsi à moins que le lieu ne soit particulièrement maléfique, genre un manoir flippant construit sur une porte de l'Enfer, par exemple. Et une fois dans cette forme, si on tue le démon, il meurt pour de bon.

— Pourquoi se serait-il révélé ? demandai-je.

— Désolé, dit Larson d'un air amusé. Je n'ai pas pensé à le lui demander avant de le tuer. Peut-être qu'il venait juste de prendre possession du corps et l'excitation de tuer pour la première fois l'a submergé et sa vraie forme est apparue malgré lui. Ou peut-être qu'il contrôlait le mastiff et qu'il n'avait pas encore appris à lui parler sous son apparence humaine. La prochaine fois que nous serons dans une telle situation, je me souviendrai de poser la question pour que nous puissions satisfaire votre curiosité.

— Merci. Je vous en serais reconnaissante.

— Mais nous ne nous trouverons pas dans ce genre de situation à nouveau, n'est-ce pas ?

Ma fierté blessée se remettait rapidement, surtout maintenant qu'il me rappelait pourquoi je me trouvais là à la base.

— Non, dis-je. En effet. La prochaine fois, je vous tiendrai mieux informé, et vous me tiendrez mieux informée. N'est-ce pas ?

Il haussa les sourcils et me regarda de haut.

— Vous faites référence à M. Lohmann, je suppose ?

— *Edward* Lohmann ? Chasseur à la retraite ? Domicilié à San Diablo ? Oui, dis-je avec humeur. C'est de lui que je parle.

— Rentrez chez vous, Kate, dit-il.

Ce n'était pas vraiment la réponse que j'attendais.

— Je vous assure que je ne vous cache aucune information utile.

— Larson...

Il leva une main et je me tus, mais je continuai à le fusiller du regard. Je me faisais un peu l'effet d'une gamine capricieuse.

— Je vous dirai tout ce que je sais sur Eddie Lohmann demain. Pour ce soir, il est tard. J'ai un procès qui commence à neuf heures et j'aimerais faire quelques recherches avant d'y aller. Et vous avez une famille dont vous occuper demain matin. Je suppose que vous aimeriez dormir un peu.

Je croisai les bras sur ma poitrine. Il avait raison, mais je ne comptais pas le dire à voix haute.

— Faites-moi confiance, Kate, dit-il. Edward Lohmann a au moins quarante ans de plus que vous, il est frêle et ne peut être utile à quiconque, et encore moins lui-même. Je vous donnerai tous les détails demain, mais pour le moment, je pense que nous devrions partir.

Je hochai la tête, avec une relative mauvaise grâce.

— Bien. Et je suppose que ce n'est pas la peine que je vous

dise que vous n'auriez pas dû venir ce soir. Que vos capacités ne sont pas à la hauteur et que vous auriez pu être blessée.

— Non, répondis-je. Vous n'avez pas besoin de le dire.

En dépit des ombres, il me sembla bien le voir sourire.

J'inclinai la tête vers la carcasse du démon.

— Qu'est-ce qu'on fait de ça ?

Il agita une main.

— Je m'en occupe. Allez-y. Rentrez chez vous, Kate.

Je déglutis avec l'envie de protester, mais je ne trouvais pas les mots. Je le laissai se débrouiller avec le corps et repartis dans le noir jusqu'au monospace. Je conduisis jusqu'à chez moi en mode autopilote, sans même réfléchir aux directions, et quand je rentrai dans le garage vingt minutes plus tard, ses mots résonnaient toujours dans ma tête.

Il avait raison, bien sûr. Mes compétences étaient pourries – même si je trouve que je ne m'en étais pas si mal sortie. Mais je n'avais pas eu le choix. En sachant que le chien était en maraude, je n'aurais pas pu m'empêcher de partir à sa recherche.

Je garai le monospace pour attraper mon sac à main et me figeai au milieu de mon geste en me rendant compte que j'avais oublié de prendre du lait pour remplacer le litre que j'avais balancé dans l'évier. *Mince.* J'étais juste sur le point de redémarrer le monospace pour partir au 7-Eleven quand on tapa à la fenêtre passager. Je glapis en me demandant ce que j'allais bien pouvoir dire à Stuart.

Il s'avéra que ce n'était pas un problème. C'était Laura, et non Stuart qui se tenait à côté de la voiture. Je me tournai automatiquement pour regarder derrière moi et c'est seulement alors que je remarquai sa voiture garée de l'autre côté de la rue. Combien de temps avait-elle attendu là ?

Je déverrouillai la portière et attendis qu'elle monte, inquiète de l'expression que je voyais sur son visage. Ce n'était pas de la colère ou de la peur. Un sentiment de trahison, peut-être ?

— Laura ? Qu'est-ce qui se passe ?

Elle leva les yeux vers les miens et mon cœur manqua un battement.

— Ce garçon, murmura-t-elle et je compris qu'elle m'avait suivie. Oh mon

Dieu, Kate. Le juge Larson a tué ce garçon.

Dès que j'eus fait asseoir Laura sur le canapé dans le bureau de Stuart, je nous versai un verre de vin rouge à chacune, et puis je fermai la porte en tendant une dernière fois l'oreille vers le reste de la maison. Tout était silencieux. Bien.

Je me tournai vers elle et lui passai le verre. Elle en vida la moitié d'un coup et ferma les yeux. L'espace d'un instant, je crus qu'elle s'était endormie comme ça – il était presque deux heures du matin, après tout – mais elle releva la tête et pris une inspiration.

— Qu'est-ce qui se passe, Kate ?

— C'est un peu compliqué.

J'étrécis les yeux en la regardant.

— Qu'est-ce que tu faisais là ?

— Kate ! J'ai vu un garçon se faire assassiner. *Qu'est-ce qui se passe, bon sang ?*

— D'accord, dis-je. Tu as raison.

Je passai mes doigts dans mes cheveux, sans savoir par où commencer.

— Et si tu me disais ce que tu as vu ?

Elle secoua la tête, à peine.

— Oh, non. Je veux toute l'histoire. Je ne peux pas juste rester là et...

— Tu vas l'avoir, dis-je. Promis.

C'était sincère. Maintenant que le choc était passé, je me rendais compte que j'avais envie de lui dire. Plus, même, je crois que j'avais *besoin* de lui dire. Il me fallait une confidente, une amie. Larson ne pouvait pas vraiment tenir ce rôle, et pour tout un tas de raisons, je ne pouvais pas me tourner vers Stuart. Je ne voulais pas qu'en me regardant, il voie une femme qui se battait avec des démons ; je voulais juste qu'il voie sa femme.

Laura n'avait pas l'air convaincue. Je m'assis à côté d'elle et lui pris la main.

— Promis, répétai-je de cette voix calme et rassurante que

j'avais utilisée pour avoir la fameuse discussion sur la sexualité avec Allie. J'ai juste besoin de savoir par où commencer. Qu'est-ce que tu faisais là, déjà ?

— Je t'ai suivie, répondit-elle après une brève hésitation.

— J'avais compris. Mais pourquoi ?

Elle se détourna, comme si elle était soudain fascinée par la collection de jouets mécaniques sur la console de Stuart.

— Je ne sais pas au juste. Tu agissais bizarrement, tu vois. L'escrime avec le juge. Le fait que tu penses davantage à Eric. Et…

Elle s'interrompit et haussa les épaules.

— Je ne sais pas. Ça n'a pas d'importance.

Je me dis que ça en avait certainement beaucoup, mais je ne l'interrompis pas.

— Mais quand je suis passée par là tout à l'heure, je t'ai vue sortir…

— Attends, dis-je en levant une main pour l'interrompre. Tu es passée par là ? Au milieu de la nuit ? Pourquoi ?

Ses joues s'embrasèrent.

— J'allais au 7-Eleven pour acheter de la glace.

Elle évita mon regard et rougit de plus belle.

— J'ai décidé de passer devant chez toi pour voir s'il y avait encore de la lumière, et pile au moment où j'arrivais, tu es sortie. Je me suis dit que tu devais aller au 7-Eleven toi aussi, alors je t'ai suivie, et quand tu as continué à rouler, j'ai fait pareil. Mindy et Paul dormaient déjà, alors je me suis dit « pourquoi pas ».

Je réprimai une grimace. Si je n'avais pas été si absorbée par Eddie Lohmann, j'aurais sûrement remarqué la filature. C'était probablement les pas de Laura que j'avais entendus – puis oubliés à la seconde où j'avais entendu les cris.

— D'accord, dis-je. Je comprends comment tu es arrivée jusqu'à l'allée, mais je ne comprends toujours pas pourquoi tu m'as suivie à la base.

Elle répondit d'une voix si basse que je ne l'entendis pas.

— Allez, Laura. Tu sais que tu peux tout me dire. Crache le morceau.

— Je-croyais-que-tu-avais-un-amant, dit-elle si vite que la phrase ressemblait presque à une langue étrangère.

— Un amant ?

Je retournai ce mot dans ma tête.

— Qu'est-ce qui te prend ? Ça fait *deux* fois que tu me dis ça et *non*. Qu'est-ce qui t'a mis ça dans le crâne ?

Elle tritura une zone élimée sur son jean.

— Des sorties tard le soir. Des changements dans ton comportement. Tu vois...

— Tu m'as vue me battre *une fois*. J'ai quitté la maison tard le soir *une fois*.

Ma voix partait dans les aigus mais je semblais incapable de revenir à une octave plus normale.

— Ce n'est pas franchement un comportement régulier. Pourquoi c'est le mot « amant » qui t'est venu comme ça ? Ce n'est pas comme si...

Et c'est là que je compris. Je me renfonçai en arrière.

— Oh non, ne me dis pas... Est-ce que Paul...

Je m'interrompis. Je ne supportais pas de formuler la question.

— Je crois, murmura-t-elle.

Elle prit une inspiration et se frotta le dessous des yeux du dos de la main. Un instant plus tard, elle m'adressa un sourire tremblant.

— Bien sûr, je n'ai pas réussi à prendre cet enfoiré sur le fait, pour le moment. Il est bien trop malin pour ça. Mais une femme sait ces choses.

— Tu pourrais te tromper, dis-je. Tu te trompais bien pour moi.

— Oui, mais je ne couche pas avec toi.

Ça la fit rire, un rire dur, avant qu'elle reprenne :

— Cela dit, je ne couche pas avec Paul non plus. Et en ce qui te concerne, tu n'as peut-être pas d'amant, mais tu manigances quelque chose. Quoi ?

— Bon, Laura.

Je repliai une jambe sous moi et me tournai sur le canapé pour lui faire face.

— Je t'ai dit que je te raconterais tout, et je vais le faire. Mais si tu as besoin de parler...

— Non.

Elle secoua la tête, comme si elle avait besoin d'appuyer cette idée, affirmant :

— Non, je ne crois pas. Je passe déjà tout mon temps à en parler avec moi-même, *ad nauseam*. Tout ce que je veux, là, c'est quelque chose qui me changera les idées de ça. Franchement, je crois que le pourquoi du comment un juge fédéral assassine un gamin dans une ruelle sombre pourrait marcher. Ajoute à ça le fait que ma meilleure amie était là en train de se battre avec un chien monstrueux, et je suis persuadée que je n'en aurais rien à foutre de Paul et sa petite pute pour au moins douze bonnes heures.

— Eh bien, dis-je, le juge n'a pas assassiné un garçon. Ce n'est pas ça du tout. Pour tout dire, je pense que mon histoire te vaudra peut-être vingt-quatre heures complètes à ne pas penser à Paul. Peut-être même plus.

— Enfin une bonne nouvelle, dit-elle. Je t'écoute.

Et pour la première fois de cette soirée, Laura sourit.

Quand j'eus fini de lui raconter mon histoire, Laura ne souriait plus. Pour tout dire, elle avait l'air un peu traumatisée. Mais aussi intriguée.

— Tu blagues, hein ?

Je secouai la tête.

— Désolée.

Elle ferma les yeux, prit une inspiration et la relâcha lentement.

— Laura ?

— Ça va. C'est juste...

Elle secoua la tête à son tour.

— Alors ce miroitement que j'ai vu au-dessus du garçon ? C'était le démon qui partait ?

Je hochai la tête.

— Ouah.

Elle se lécha les lèvres.

— Quand le chien... cette chose... est morte... je crois que j'ai compris à ce moment-là qu'il se passait un truc vraiment pas normal.

Je ne savais pas trop quoi dire. J'avais vécu toute ma vie en connaissant la vérité, et je n'en avais jamais parlé à quiconque auparavant. Pour moi, c'était le statu quo, et même si j'essayais d'imaginer à quoi ressemblait cette nouvelle réalité du point de vue de Laura, je craignais bien d'échouer misérablement.

Elle posa les pieds sur le canapé et serra ses genoux contre elle.

— Alors le juge Larson est un chasseur de démons lui aussi ?

— Pas tout à fait. C'est plutôt un mentor. Il fait les recherches pendant que je fais le sale boulot.

Je grimaçai en repensant aux cafards dans le sous-sol de la cathédrale. Tant que Larson avait un emploi officiel, j'allais devoir étendre ma définition de « sale boulot ».

Elle haussa les sourcils.

— Il avait l'air de ne pas avoir peur de se salir les mains dans l'allée.

Elle n'avait pas tort.

— Certains *alimentatore* savent se défendre dans la rue et pas juste dans les livres. Je suppose que Larson est de cet acabit.

— Tu supposes ? Tu ne travaillais pas avec lui avant ?

Je secouai la tête.

— Je l'ai rencontré après que le démon est passé par ma fenêtre.

Je grimaçai.

— J'ai menti quand je t'ai dit que j'avais rendez-vous avec un ami d'Eric. Pour ce que j'en sais, Eric n'a jamais rencontré Larson.

Elle ne semblait pas trop perturbée par ce mensonge.

— D'accord, alors le type que Larson a tué était un démon qui vivait dans le corps de quelqu'un qui était mort.

— Voilà.

Je lui avais fait un topo rapide sur la façon dont ça fonctionnait et maintenant elle me le recrachait comme une première de la classe.

— Et tu te battais contre quoi ?

— Dans la mythologie, ils sont appelés « chiens de l'enfer ». De gros mastiffs qui suivent la volonté d'un démon. De sales bêtes. Ils puent, en plus.

— Quand tu l'as poignardé…

Elle s'interrompit avec un frisson.

— Laura ?

— Ça va.

Elle finit son vin. Je remplis à nouveau son verre.

— Ça fait un peu beaucoup.

— Pour moi aussi, dis-je. Je pensais que les trucs les plus compliqués que j'aurais à gérer cette année, ce serait apprendre à Timmy à aller sur le pot, et les petits amis d'Allie.

— Seigneur, je ne sais pas ce qui est le pire. Les démons, ou essayer de faire arrêter les couches à un gosse de deux ans sans devenir folle.

Elle rit à moitié mais se tut rapidement.

— Ce chien… heu… où est-ce qu'il est allé au juste quand il… quand…

Elle agita une main.

— Tu sais. Quand il est parti ?

Je savais ce qu'elle voulait dire. Le chien avait disparu dans un tourbillon de flammes. Pas de cendres. Pas d'os carbonisés. Il avait simplement disparu.

— Je ne sais pas trop. En enfer, je suppose. J'ai la chance de ne pas connaître personnellement.

Elle eut un rire un peu nerveux.

— Oui. Tant mieux.

— Laura.

Je pris une gorgée de vin puis une grande inspiration.

— Est-ce qu'on est O.K. ? Je veux dire, Stuart n'est pas au courant parce que… eh bien, parce que la règle c'est que je ne suis censée rien dire à personne. Mais bon, à l'évidence, là, je ne l'ai pas trop suivie. C'est juste que je ne veux pas qu'il me voie comme une espèce de maman ninja, tu vois ? Et je ne veux pas que tu me voies comme ça non plus. Tu es ma meilleure amie. Sans toi, je n'aurais personne à qui parler de toute la journée à part un bébé de deux ans et mes seules références culturelles proviendraient de Disney ou Dora l'Exploratrice.

— Ça fait plaisir de savoir où tu me places, dit-elle.

Mais elle souriait.

— Tu sais ce que je veux dire.

— On est O.K.

Elle prit ma main et la serra.

— Il va falloir que je m'habitue, mais tu es toujours Kate. Même si...

— Quoi ? demandai-je, aussitôt en alerte.

Son sourire était taquin.

— Tu n'es plus une femme au foyer. Kate Connor, tu travailles toute la journée.

Elle fronça les sourcils.

— Ou toute la nuit. Je ne sais pas vraiment.

— Les deux, dis-je. Les démons sortent le jour aussi. C'est juste qu'ils aiment mieux l'obscurité. Et puis le jour, il faut que je fasse des recherches.

— Ah oui. Pour découvrir ce que cherche Gildamish.

— Goramesh.

— Oui, celui-là. Tu as des pistes ?

— Rien de concret. On connaît les autres lieux qu'il a profanés. Et on pense que ça a quelque chose à voir avec des os. On ne sait juste pas ce que c'est au juste.

— Je pourrais vous aider.

Je haussai les sourcils.

— Quoi ? Comment ? Et même, pourquoi ?

— J'en ai envie, dit-elle. J'ai besoin de travailler aussi. Sinon, qu'est-ce que je vais faire de mes journées à part imaginer des manières créatives de castrer Paul ?

Elle n'avait pas tort.

— Je ne sais pas ce que tu pourrais faire, dis-je. Bien sûr, je ne dirais pas non à un coup de main avec les recherches, mais si tu viens avec moi aux archives, j'ai peur que...

Je haussai les épaules. Je n'avais pas envie d'énoncer mes craintes à voix haute.

— Quoi ?

Je marquai une pause avant de tout lâcher d'un coup :

— J'ai peur qu'il se rende compte que tu m'aides. Et qu'il essaie de te faire du mal.

Elle hocha lentement la tête.

— Je peux quand même t'aider, dit-elle. De la maison, même. Personne n'a besoin de savoir que je suis sur le coup. Je peux être comme le gosse qui reste derrière son ordinateur et envoie Kim Possible sur toutes ses missions.

Je ne savais pas trop si je devais rire ou pleurer parce qu'elle venait de comparer ma vie avec celle d'un personnage de dessin animé.

— Heu...

— Je suis sérieuse. Je peux passer des coups de fil. Je peux aller à la bibliothèque. Encore mieux, je peux faire des recherches sur Internet. Trouver des infos sur les cathédrales qu'il a saccagées. Peut-être obtenir un indice.

Je devais admettre que ce n'était pas une mauvaise idée. Mais je me sentais toujours mal de l'entraîner là-dedans.

— Je ne sais pas, temporisai-je. Je ne voudrais pas qu'il t'arrive quelque chose.

— Moi non plus, dit-elle. Mais d'après ce que tu me racontes, si ce Goramesh obtient ce qu'il veut, ma gamine pourrait devenir un Happy Meal taille démon. Non merci. Je veux participer, Kate. Laisse-moi t'aider à l'arrêter. Je peux presque tout faire de chez moi et je n'éveillerai pas les soupçons en allant à la bibliothèque.

Je dois avouer que je ne fus pas difficile à convaincre. Je me racontais que ça lui ferait du bien, que ça l'aiderait à penser à autre chose que Paul. En vérité, je crois que j'étais bien plus égoïste que cela. Je n'étais pas inclinée à examiner mes motivations, cependant. Pas alors que sa proposition était pile-poil ce qu'il me fallait.

— Tu es sûre que tu es prête à faire ça ?

Elle agita une main.

— Bon sang, oui. Je passe des heures et des heures sur eBay. Je suis une pro de l'Internet.

J'étrécis les yeux.

— Je blague. Ne t'inquiète pas. J'ai aidé Paul à faire des recherches sur des emplacements, ce genre de choses. Je sais me servir de Google et de tous les autres moteurs de recherche. Allez. Je peux au moins regarder ce qu'on trouve sur les villes où les attaques ont eu lieu. Larnaca, tu as dit ?

Je hochai la tête.

— Je ne connais pas le nom de la ville au Mexique et en Toscane, mais je peux me renseigner.

— Alors je peux t'aider.

Comme elle m'avait perdu après Google, je décidai qu'elle était qualifiée.

— D'accord, dis-je. Je crois.

Je fronçai les sourcils.

— Laisse-moi y réfléchir jusqu'à demain. Il est tard et j'ai le cerveau en compote.

Mais je savais que je dirais oui. Et je crois qu'elle le savait aussi.

Je la raccompagnai jusqu'à la porte et la serrai dans mes bras.

— Est-ce que ça va ?

Je parlais de Paul, mais la question englobait à peu près tout.

— Oui. Merci. C'est pas évident, mais on va s'en sortir. Je me sens surtout mal pour Mindy. S'il baise à droite à gauche… Enfin, je m'en inquiéterai quand ça arrivera. Il faut que tu dormes.

Elle avait raison. J'avais rendez-vous pour m'entraîner avec Cutter le lendemain, et il fallait que je dépose Timmy à la crèche avant ça. Il n'était pas censé commencer avant le mercredi mais j'espérais qu'en suppliant, il le prendrait un jour plus tôt. J'étais optimiste. Ramper était un outil très efficace, m'étais-je rendu compte. Et je comptais ramper aussi bas que nécessaire.

J'ouvris la porte à Laura, mais elle s'interrompit sur le seuil.

— Alors comme ça, il y a des démons en liberté, hein ?

Je me tins derrière elle et regardai le jardinet et la rue si familière en essayant de voir le monde depuis la perspective nouvelle qu'elle venait d'acquérir.

— Je vais prendre ma voiture, dis-je.

— Oh non. C'est bon. Tu n'es pas obligée de faire ça. Vraiment.

Il n'y avait pas moyen que je la laisse faire ce trajet toute seule. Pas ce soir alors que je savais qu'il lui semblerait voir un démon tapi derrière chaque angle.

— Eh bien pour tout dire, si.

Elle se tourna vers moi et je haussai les épaules.

— Figure-toi qu'il faut que je te vole un peu de lait.

13

Aussi bizarre qu'ait été le lundi, c'était presque déconcertant de se réveiller d'une façon aussi normale le mardi. Enfin normale... à part le fait que je n'avais eu que trois heures de sommeil et que j'avais l'impression de m'être fait passer dessus par une équipe de football américain – et pas de façon agréable.

Le réveil sonna à six heures. Je roulai sur le côté en insultant ses ancêtres avant d'appuyer sur le bouton « Répéter plus tard ». *Voilà*. Qu'il se le tienne pour dit.

À côté de moi, Stuart grommela quelque chose qui ressemblait à « picore quelques hobbits » que je traduisis mentalement par « encore quelques minutes ». Je marmonnai un acquiescement, tirai les couvertures sous mon menton, et me blottis contre lui. Trois fractions de seconde plus tard, le réveil sonna encore. Les chiffres lumineux m'assurèrent que sept minutes complètes s'étaient écoulées. Je n'étais pas convaincue.

Je tapai sur le réveil pour le faire taire à nouveau et puis je roulai sur le côté pour secouer l'épaule de Stuart.

— Debout, dis-je. Va. Gagner de l'argent.

C'est ainsi que je contribue à ce qu'il y ait toujours des liquidités sur le compte courant familial.

Stuart grogna une fois de plus et se tourna pour me faire face. Lentement, il ouvrit les yeux. Encore plus lentement, il sourit.

— Eh, beauté.

Comme je suis particulièrement peu jolie le matin, ce genre de petit mot affectueux ne fait que me gêner. Je me dégageai en marmonnant :

— Stuart...

Il se rapprocha, passa un bras autour de mes hanches et vint frotter son nez contre mon cou. Même à moitié dans les vapes, je n'étais pas du genre à refuser un câlin.

— Tu es de bonne humeur ce matin, dis-je.

— Bien sûr.

Il me fit me retourner si bien qu'appuyé au-dessus de moi, il suivit du bout d'un doigt l'encolure du tee-shirt uni blanc dans lequel j'avais dormi.

— J'ai survécu à un accident de voiture, j'ai trouvé de nouveaux soutiens pour ma campagne et je me réveille aux côtés d'une superbe femme.

Il mordilla à nouveau mon cou et je me mis à rire.

— Tu es vraiment un politicien.

— Un serviteur du bien public, rétorqua-t-il.

Il sourit, amusé par sa propre blague.

— Quoi ? dis-je, enjouée.

— Rien.

Son sourire s'élargit.

— Disons juste que j'ai eu un petit booster niveau confiance en moi hier soir.

— La réception ? Ça s'est plutôt bien passé, tout compte fait.

— La réception, confirma-t-il, et...

— Quoi ?

Il bougea et haussa légèrement une épaule en faisant courir le bout d'un doigt sur mon bras.

— Rien d'important. Disons juste que j'ai acquis une nouvelle perspective. Je pense de façon positive, et je suis certain que cette élection est acquise.

Il poussa une mèche de cheveux derrière mon oreille.

— Tu es en train de regarder le futur procureur du comté, ma chérie. J'en suis certain.

— Eh bien, je n'ai jamais douté de toi. Je veux dire, pourquoi les électeurs iraient-il voter pour quelqu'un d'autre ? Tu es le candidat parfait.

— L'homme de tout le peuple, dit-il.

Il me parcourut des yeux et son expression passa d'amusée à passionnée.

— L'homme d'une seule femme...

Il m'embrassa, lentement, longuement, et j'essayai de me faire à l'idée que mon mari il-faut-que-je-file-au-boulot avait envie de faire l'amour le matin. (Il avait aussi la mauvaise haleine du matin, ce qui était rare chez lui, mais je mis ça sur le compte de l'apéritif.)

Le potentiel d'un moment matinal amoureux fut vite réduit à néant quand les cris de Timmy « maman, maman, maman. T'es où maman ? » jaillirent du babyphone perché sur la commode.

— Il aura oublié d'ici quelques minutes, murmura Stuart, l'invitation claire dans sa voix.

— MAMAN !

— Il a l'air plutôt déterminé, dis-je.

Et – moment confession –, j'en étais secrètement heureuse. Non seulement, j'étais courbaturée de partout, mais j'avais déjà le cerveau qui tournait à cent à l'heure avec tout ce que j'avais à faire, tous les petits détails que je devais gérer afin que ma double vie continue à tourner – plus ou moins – correctement.

— Je ferais probablement mieux d'aller le chercher.

Stuart marmonna quelque chose d'incohérent mais roula sur le côté pour que je puisse m'asseoir. Je balançai mes jambes par-dessus le bord du lit et attrapai un jogging avant de me traîner dans le couloir vers ma descendance glapissante.

Il me fallut une bonne vingtaine de minutes pour lever et habiller le petit monstre, et me vêtir de mon côté d'un jean et d'un tee-shirt de l'association des parents d'élèves du collège de San Diablo. Quand j'arrivai dans la cuisine, Stuart était déjà habillé, les cheveux humides de la douche. L'odeur de son after-shave était à la fois familière et légèrement érotique. Je repoussai un éclair de regret de ne pas avoir profité de sa suggestion de câlin express.

Allie arriva en trombe dans la pièce, autant que l'on peut arriver en trombe avec des mules à talons et un jean ultra-moulant. Je jetai un regard aigu à ses chaussures puis à son visage.

— Oh, maman, dit-elle. Jenny Marston met des talons au lycée.

Il y avait des tas de choses que Jenny Marston faisait et que je n'avais pas envie de voir Allie émuler. Je pointai l'escalier de mon index.

— Va. Te. Changer.

Elle soupira si fort que Timmy releva la tête, la montra du doigt, et commença à gonfler ses joues et à souffler de l'air avec de grands bruits.

— Allie, dis-je, un avertissement dans la voix.

— Écoute ta mère, ajouta Stuart de derrière son journal.

— D'accord. Tant pis, dit-elle en remontant les escaliers.

Je regardai Timmy.

— Au moins celui-ci ne nous fait pas d'histoires pour ses chaussures.

— Pas encore. Mais attends qu'il nous réclame les mêmes baskets que je ne sais quelle célébrité.

Je grimaçai en imaginant un futur où j'avais triomphé des démons mais où j'avais été envoyée au tapis par les demandes insidieuses de mes enfants en matière de chaussures. Ça faisait peine à voir.

Après deux tasses de café supplémentaires, Stuart nous embrassa Timmy et moi, cria au revoir à Allie du bas des escaliers, et partit dans le garage. Quelques instants plus tard, j'entendis la porte qui commençait à remonter en grinçant. Je criai à Allie de se dépêcher si elle ne voulait pas manquer le covoiturage pour l'école. Elle descendit à toute allure et s'arrêta net devant le frigo, cette fois avec des baskets rose fluo et un tee-shirt assorti. Comme ma fille l'aurait dit, « peu importe ».

— Tu as un repas pour moi ou du fric ?

Comme la veille j'étais partie chasser le démon plutôt que de rester à la maison m'occuper de ma famille comme je l'aurais dû – culpabilité, culpabilité, culpabilité –, je ne lui avais pas préparé de déjeuner. Je trouvai mon sac à main et y fouillai jusqu'à ce que j'en extirpe un billet de vingt dollars que je lui tendis. Elle écarquilla les yeux mais fut assez maligne pour ne rien dire.

Elle planta un baiser rapide sur ma joue et courut jusqu'à la porte d'entrée pile au moment où la mère d'Emily klaxonnait. La porte claqua et je me rappelai ce que j'avais oublié, mais le temps que j'arrive au bout du trottoir, la voiture avait déjà disparu. Et mince.

J'avais complètement oublié de dire à Allie que nous avions notre premier cours avec Cutter mercredi après-midi et qu'il ne fallait pas qu'elle s'inscrive à une autre activité sur ce créneau. Maintenant, j'allais devoir appeler l'école et laisser un message pour elle. Le processus était effroyablement compliqué quand elle était au collège et je ne m'attendais pas à ce que cela devienne plus simple au lycée. La voix d'Allie sembla murmurer à mon oreille : *mam-man... achète-moi juste un portable !*

D'accord, rétorquai-je à la voix. *Je vais en prendre un aujourd'hui.*

Normalement, je n'ai pas pour habitude de succomber à la volonté de voix dans ma tête, mais le téléphone portable était l'un des combats les plus acharnés d'Allie, elle était catégorique quant au fait qu'il lui en fallait un, et j'étais tout aussi catégorique pour dire que non. Mais maintenant que je savais qu'il y avait des démons qui se baladaient en ville, j'avais fait cent quatre-vingts degrés dans ma tête. J'aurais fait n'importe quoi pour garder mon bébé davantage en sécurité, et si ça voulait dire coller un téléphone dans ses petites pattes pour qu'elle puisse appeler les secours en moins de deux, eh bien, soit.

— Allie va au travail ? demanda Timmy quand je rentrai et m'assis à table à côté de lui.

Il tenait une cuillère dans son poing potelé et la faisait rentrer de façon répétée dans un pot de yaourt à la pêche.

— Allie va à l'école. Papa va au travail.

— Maman va au travail ?

— Eh bien figure-toi que oui.

Je pris la cuillère – épatée que cela ne déclenche pas une grosse crise de colère – et visai sa bouche avec le yaourt.

— Est-ce que Timmy veut aller à l'école comme Allie ?

— Non, dit-il en me faisant des yeux de chien battu et en secouant la tête si bien qu'il n'y avait aucun moyen que je lui fasse avaler le yaourt.

— Pas école.

Un pleurnichement de petit garçon perdu se faisait entendre

dans sa voix et mon cœur se tordit dans ma poitrine. Reste ferme, m'ordonnai-je. Ce n'était que temporaire. Il y a des milliers d'enfants qui vont à la crèche et ni eux ni leurs parents ne s'en portent plus mal.

Quand même...

Je gardai un sourire enjoué plaqué sur mon visage.

— Pas d'école ? demandai-je en feignant la stupéfaction. Mais c'est super l'école ! On peut y jouer avec des trucs qui tachent comme de la peinture, et se faire plein d'amis. Et il y a des chansons. Je parie qu'ils chantent *Tu es heureux et tu le sais* tout le temps à l'école.

— Non, maman, dit-il.

Il secoua la tête une fois de plus.

— Toi, tu vas à l'école.

— J'aimerais bien, mon grand.

Je lui donnai la dernière cuillérée de yaourt et puis je pris un essuie-tout pour ramasser ce qui avait atterri sur son menton, la table et le sol.

— Tu veux bien essayer ? lui demandai-je. Pour maman ? Moi je pense que l'école, c'est chouette. On s'amuse beaucoup et on peut jouer à des jeux.

Comme c'était moi qui avais la cuillère, il enfonça son doigt dans le yaourt et se mit en demeure de tracer une ligne gluante sur la table. *Allez, Tim*, l'encourageai-je dans ma tête. *Dis oui pour que maman se sente moins coupable.*

— Mon cœur ? demandai-je. Qu'est-ce que tu en dis ?

— D'accord, maman.

Il semblait bien plus vif que quelques instants auparavant et je me demandai si dans son petit cerveau de bambin de deux ans, il était déjà parti sur un autre sujet. Mais je ne comptais pas lui poser la question. Sa bénédiction – pour ce qu'elle valait – apaisait ma culpabilité. Je partis dans le salon pour faire nos paquets.

Tim fut parfaitement joyeux tout du long du trajet jusqu'à la crèche. Je pris mon plus beau sourire heureux, lui dis que c'était son école à lui, et commençai à faire la liste de toutes les choses super rigolotes et merveilleuses qu'il allait pouvoir faire aujourd'-hui. Il me jeta un coup d'œil circonspect, et mon seul indice qu'il n'était peut-être pas à fond en faveur de ce plan fut le pouce qu'il colla machinalement dans sa bouche.

Je sortis et contournai la voiture pour le faire descendre. Il était assis là, à sucer son pouce en silence, quand j'ouvris sa portière.

— Tu vas tellement t'amuser à l'école, dis-je. N'est-ce pas, mon grand ?

Le pouce ressortit, suivi d'un bref hochement de tête et d'un :
— D'accord, maman.

C'était une victoire. Je le détachai du siège auto, l'aidai à descendre, et puis lui tins la main alors que nous rentrions. Pour l'instant, tout allait bien.

Je trouvai Nadine derrière le comptoir de la réception. Je l'avais appelée sur la route et l'avait suppliée pour que Timmy puisse commencer aujourd'hui plutôt que demain. Elle avait promis d'arranger ça et effectivement, dès que j'arrivai, elle me passa un tas de paperasses à signer et demanda de compléter le chèque pour ce mois-ci. Timmy fut sage tout du long. Mais au moment où je donnai le chèque, il commença à hurler. Ça lui avait peut-être pris un moment de comprendre ce qui se passait exactement, mais maintenant qu'il avait capté, il refusait catégoriquement de coopérer.

— *Non*, glapit-il. Pas école. Non, pas école. Maison. *Maison*.

De grosses larmes coulèrent sur ses joues et j'essayai de me ressaisir, de me rappeler que c'était pour son bien – sans la crèche, les démons risquaient de prendre possession de la ville et qu'adviendrait-il de nous ?

Je sentis mes joues s'enflammer et mon embarras rivaliser avec un besoin presque viscéral de prendre mon fils dans mes bras et de lui faire un câlin. Bien sûr, Nadine avait l'habitude et elle donna un petit camion qui se trouvait sur son bureau à Tim, tout en me faisant un sourire rassurant.

— Il sera dans la classe Explorateurs avec Mlle Sally. Ils sont dans la cour en ce moment. Je suis sûre que ça aidera Tim à surmonter sa frousse du premier jour.

Il s'avéra qu'elle avait raison. Après encore quelques minutes à s'accrocher à moi et à crier à pleins poumons « non, maman, non ! », Tim découvrit le bac à sable et bientôt il se retrouva en train de pelleter l'équivalent d'une plage de sable à côté d'un petit garçon dans une salopette Bob le Bricoleur.

Nadine me tapota le bras.

— On devrait retourner à l'intérieur pendant qu'il est occupé.

Je hochai la tête mais ne bougeai pas. Mon cœur semblait avoir été essoré, et j'avais mal au ventre. Comment pouvais-je partir ? Quel genre de mère étais-je ?

Le genre de mère qui a besoin d'empêcher un Haut Démon de lever une armée et de tuer tout San Diablo, répondis-je moi-même.

En cet instant, toutefois, alors que je laissais mon bébé à la garde d'inconnus, cela ne semblait pas vraiment une raison suffisante.

Je travaillai sur ma culpabilité en luttant contre Cutter. On commença par quelques étirements de base mais nous passâmes rapidement au gros du menu, en nous concentrant sur les directs et les crochets, les parades, les trois quarts et mon préféré, les coups de pied rotatifs.

Cette fois, Cutter était prêt et je dus me dépenser comme une dingue juste pour éviter de me faire défoncer. J'avais toujours pleinement l'intention de le mettre au tapis. J'avais juste besoin de trouver le bon moment pour cela.

— Vous êtes bon, dis-je en parant un crochet de côté parfaitement exécuté. Je suis venue au bon endroit.

— Je suis motivé, dit-il. Je ne peux pas me laisser laminer par un jupon deux fois de suite.

— Un jupon ? Vous êtes qui, Phillip Marlowe ?

— Pensez à moi comme à votre pire cauchemar, ma belle, dit-il avec la voix d'Humphrey Bogart.

Ça me fit rire et il en profita pour se jeter sur moi et m'envoyer voler.

— On reste alerte, Connor. Il va falloir travailler la concentration.

Je le fusillai du regard depuis ma position honteuse sur le tapis.

— Je vais garder ça à l'esprit, dis-je.

Je tendis la main et il la prit, ravi de m'aider à me relever. *Idiot.* Je le tirai à terre et bondis alors qu'il me remplaçait sur le matelas.

— Pas mal, dit-il depuis son nouveau point de vue.

— J'ai encore quelques bottes secrètes.

Il se remit sur ses pieds et me contempla de haut en bas.

— Oui, je veux bien le croire.

J'essayai de soutenir son regard scrutateur sans grimacer. Pas facile. Je pense bien qu'il n'y avait pas une seule zone de mon corps qui n'était pas couverte de bleus – une raison de plus pour éviter les moments passionnés avec mon mari, en tout cas à la lumière du jour – et je détestais me sentir en expo.

— On a encore trois bons quarts d'heure, dis-je. Vous ne m'abandonnez pas déjà, si ?

Il eut un sourire lent et assuré.

— Vous n'allez pas vous en sortir si facilement, Connor.

Il tendit le bras, le poignet plié et agita les doigts, à la *Matrix.*

— Prête ?

— Toujours, dis-je.

Nous continuâmes sur des exercices basiques pour l'heure qui restait, et il me donna l'occasion de m'entraîner sur une variété de mouvements tant offensifs que défensifs. Quand nous eûmes terminé, j'aurais voulu avoir laissé Stuart me convaincre d'installer un jacuzzi dans le jardin. Mais aussi endolorie que je sois, je me sentais plutôt fière de moi. Même après toutes ces années, je gardais de bons réflexes.

Hors d'haleine, je tirai une serviette de mon sac de sport et l'enroulai autour de ma nuque.

— Vous vous en êtes bien sortie, dit Cutter. À demain, avec votre gamine, je suppose.

Il prit une gorgée de Gatorade et s'essuya la bouche.

— Ça va être fun de montrer à la classe ce que vous savez faire.

Je secouai la tête.

— Demain, la Kate que vous aurez en face de vous sera significativement moins douée. Faites sauter ma couverture, et je vous promets que vous le paierez cher le lendemain.

— Me voilà prévenu.

Il me fixa un instant et je vis dans ses yeux un reste de l'officier de marine qu'il avait été.

— Vous comptez me raconter votre histoire ? demanda-t-il.

— N'y rêvez pas trop.

Quand il sourit, je sus que Cutter ne m'en voulait pas de faire des secrets. Je savais aussi qu'il continuerait à essayer de les percer.

L'idée de me poser dans le sous-sol de la cathédrale avec des centaines de pages à lire n'était guère attrayante, mais je savais qu'il fallait que je le fasse. Par ailleurs, j'étais curieuse quant à Edward même si Larson m'avait assuré que le chasseur à la retraite ne nous aiderait pas. Au final, la procrastination et la curiosité l'emportèrent sur les cafards et les responsabilités, et j'appelai le cabinet de Larson depuis la voiture pour le prévenir que je venais. Comme son clerc me dit qu'il serait à la barre pour au moins encore une heure, je décidai d'utiliser ce temps pour faire quelques courses en faisant comme si ma vie était normale, comme avant. Je passai au pressing, à la banque, à la poste et finis par aller acheter un téléphone portable pour Allie avant de prendre la direction du bâtiment gouvernemental.

Quand je me garai, je me sentais bien. À ma place. Mon passé de chasseuse m'était revenu de façon soudaine, c'est vrai, mais cela ne voulait pas dire que ma famille serait privée d'argent, de timbres, ou de vêtements repassés.

J'étais venue là des douzaines de fois pour retrouver Stuart pour déjeuner, mais il travaillait dans le bureau du procureur du comté, et le juge Larson était au palais de justice. Je me perdis un peu et me retrouvai dans la partie où travaillait Stuart.

J'étais juste sur le point de passer la tête dans un bureau et de demander mon chemin quand j'entendis la voix de Stuart. Je me figeai.

— J'ai les changements proposés pour les zones sur mon bureau, était-il en train de dire.

Sa voix se faisait de plus en plus forte alors qu'il approchait de l'angle. Je filai dans le premier bureau que je vis, le cœur battant la chamade. Je n'avais pas de raison d'être là. Qu'est-ce que je lui dirais s'il me voyait ? Je ne lui avais même pas encore dit que j'avais trouvé une crèche pour Timmy. Je ne pouvais pas franchement lui expliquer que je venais déjeuner avec le juge Larson.

J'appuyai mon oreille contre la porte fermée et écoutai les bruits de pas approcher puis s'éloigner. Ce n'est que quand je n'entendis plus rien que je m'autorisai à respirer à nouveau.

— Pardon ? fit une voix derrière moi. Je peux vous aider ?

Je fis volte-face en me sentant parfaitement idiote, encore plus quand je vis la femme derrière la réception qui me fixait, l'air inquiète pour moi.

— Est-ce que ça va ?

À sa voix, elle semblait penser que je cherchais à échapper à un tueur en série. Soit ça, soit que c'était moi la tueuse en série, qui tentait d'échapper aux flics.

— Désolée, dis-je. Mon patron. Je n'étais pas censée prendre de pause. Je ne voulais pas qu'il me voie.

Vu que je n'avais pas vraiment la tenue pour venir travailler ici, je fus surprise que ça fonctionne. Mais la femme ne remit pas en question ce que je disais – elle voulait peut-être simplement se débarrasser de moi – et je me faufilai à nouveau dans le couloir. Ce ne fut que quelques mètres plus tard que je me rendis compte que je n'avais toujours aucune idée de comment dénicher Larson.

Après quelques autres fausses alertes, je trouvai quelqu'un à qui poser la question et j'arrivai dans le tribunal de Larson alors qu'il finissait d'asséner son charabia d'audience préliminaire. Je m'assis sur un des bancs en bois dans la galerie et l'observai prononcer ses décisions au fil des différentes motions et objections. Il était difficile de croire que c'était le même homme que celui qui me servait d'*alimentatore*. Que la veille il avait détruit un démon.

Les deux derniers avocats finirent leur duel – métaphoriquement parlant – et l'huissier fit son « levez-vous ». Je croisai le regard de Larson quand il se leva pour partir et il me fit un signe de tête presque imperceptible. Dès qu'il eut disparu derrière, je m'approchai de l'huissier. Moins d'une minute plus tard, on m'escortait dans le couloir.

Comparée à la cour fédérale, immaculée et impressionnante, l'arrière-chambre était très banale. Le bureau de Larson était un peu plus classe : un grand bureau en acajou, une crédence assortie, et une coupe en cristal Waterford emplie de bonbons. Mais il y avait des papiers et des dossiers partout si bien qu'il dut débarrasser une chaise juste pour que j'aie un endroit où m'asseoir. Au moins maintenant je savais pourquoi il n'avait pas le temps de fouiner dans les cartons pleins de cafards avec moi.

— Vous voulez en savoir plus sur Eddie, dit-il avec un petit sourire sur le visage.

Je haussai les épaules.

— Que voulez-vous que je vous dise ? Je suis têtue.

— Une de vous plus grandes qualités. Je vous ai dit qu'il était impotent, mais plus j'y pense, plus je me dis que vous feriez aussi bien de lui parler directement. Ça ne peut pas faire de mal et le fait de voir une chasseuse pourrait le tirer de son marasme.

Il étendit les mains.

— Peut-être qu'Eddie aura des conseils pour vous, peut-être qu'il n'en aura pas. Mais ça ne coûte rien d'essayer, n'est-ce pas ?

— Bien sûr, dis-je.

À la façon dont il décrivait le vieil homme, je n'avais guère d'espoir.

Larson fit le tour de son bureau pour venir s'y appuyer, devant moi, le front plissé.

— Au fait, comment va Stuart ?

— Bien. Il n'a pas trop apprécié que je le couve, mais il survivra. Une fois tout le sang séché lavé, il n'y avait vraiment pas grand-chose à part quelques griffures et égratignures.

— Quand il est arrivé, vous étiez sur le point de me dire ce que vous avez découvert dans les archives.

Je réprimai un rire de dérision.

— Vous voulez dire ce que je n'ai pas trouvé. Il doit y avoir quatre-vingts millions de cartons là-bas, et ils sont tous remplis à ras bord de papiers et de dons non catalogués. Il y a une vague organisation, mais il va me falloir un moment pour trouver mes repères.

Je lui fis le compte-rendu de ce que j'avais fait pour le moment, même si ce n'était pas énorme. Je faillis lui dire que j'avais accepté que Laura m'aide, mais au final, je tins ma langue. J'avais brisé les règles en l'entraînant là-dedans et je n'avais pas très envie de reconnaître ma culpabilité. Si Laura découvrait quelque chose d'extraordinaire, je lui dirais. D'ici là, je me disais que moins il en saurait, mieux il se porterait.

Il se frotta le menton, à l'évidence en train d'analyser ce que je venais de lui dire.

— Je vois votre problème. La liste du service des impôts vous aide un peu, mais votre champ d'action reste large.

— Et plein de cafards, ajoutai-je.

— Je ne peux rien faire pour les insectes, mais j'ai fait quelques recherches de mon côté et je crois que j'ai quelque chose qui peut vous permettre de rétrécir le cadre.

— Super, dis-je. Comment ?

— Apparemment, le moine dont la cellule a été la plus saccagée était le frère Michael.

— C'est censé m'évoquer quelque chose ?

— Non, mais le frère Michael est celui qui s'est suicidé.

— Ça, c'est intéressant, dis-je. Je ne vois toujours pas pourquoi un moine irait se suicider.

Je me parlais à moi-même davantage qu'à Larson, et je me répondis à moi-même aussi :

— Il ne le ferait pas. Pas à moins d'avoir perdu la foi ou de croire que c'était pour la gloire de Dieu. Ou si la mort était une conséquence indirecte et qu'il ne cherchait pas vraiment à se tuer. Comme quelqu'un qui se précipite dans un bâtiment en flammes pour sauver un bébé, même en sachant qu'il n'en ressortira probablement pas.

Je croisai le regard de Larson.

— Ou quelqu'un qui saute par la fenêtre pour échapper à des démons, peut-être ?

— Assez probablement, acquiesça-t-il.

— Ou peut-être qu'il était plus proactif que cela. Et si ce que

Goramesh cherchait ne se trouvait pas dans sa cellule ? Et si le moine avait peur d'en révéler l'emplacement si on le torturait ?

— Et c'est pour cela qu'il se serait tué plutôt que de parler ?

Larson fronça les sourcils d'un air pensif.

— C'est possible. Tout à fait possible.

— Oui, dis-je, en me laissant gagner par cette idée. Le démon l'a torturé et le frère Michael a craqué et a parlé de San Diablo. Mais plutôt que de livrer le reste, il s'est jeté par la fenêtre.

— Bien vu, dit Larson en hochant lentement la tête. Oui, oui, je crois que vous tenez quelque chose.

Je soupirai, fière et frustrée tout à la fois.

— Ce n'est pas assez. Nous savions déjà que c'était à San Diablo et nous ne sommes pas plus près de savoir ce que c'est.

— Patience, Kate. Quand vous retournerez aux archives, gardez l'œil ouvert quant aux donations en provenance d'Italie. Ou quoi que ce soit qui puisse avoir un lien avec le frère Michael.

— D'accord, dis-je en notant ça dans ma tête.

Les bénédictins, Florence, les monastères. J'essaierai de trouver le nom de famille du moine et Laura pourrait tenter d'établir s'il avait de la famille en Californie, ou de voir si le frère Michael avait un quelconque lien avec Larnaca ou cette cathédrale au Mexique. Sait-on jamais.

— Au moins, nous avons un plan un peu plus précis.

Le côté détective du travail ne me plaisait toujours pas, mais au moins je voyais que nous progressions un peu.

Larson jeta un coup d'œil à sa montre.

— On devrait conclure tout ça. J'ai une conférence de mise en état sur une affaire criminelle prévue dans quinze minutes.

— D'accord. Pas de problème. Mais vous ne m'avez toujours pas dit où se trouve Eddie.

— Bien sûr, bien sûr. Il séjourne dans la maison de retraite Brumes Littorales.

Quelque chose passa sur son visage. De l'inquiétude, peut-être ?

— J'espère qu'il pourra nous aider, mais nous ne devrions pas nous faire trop d'espoir. De ce qu'on m'en a dit, les mauvais jours, il est impossible à comprendre, et les bons jours, il radote sur les démons qu'il décapitait dans sa jeunesse. Le personnel médical pense qu'il est fou.

Larson croisa mon regard.

— Je penserais plutôt qu'il a Alzheimer et qu'il revit ses jours de gloire.

Je ne dis rien mais je me sentais étrangement abattue. Larson m'avait déjà dit qu'Eddie n'était pas en bonne santé si bien que rien n'avait changé de ce côté-là, mais désormais, un autre souci m'assaillait : est-ce que ce serait moi un jour ? Seule, sur la fin de mes jours, sénile, en train de chouiner sur mes aventures avec Eric ?

Non. J'avais une famille. J'avais des enfants. J'avais un mari qui m'aimait. À la différence d'Eddie Lohmann, je n'étais pas seule. Je fermai les yeux et déclamai une prière silencieuse pour Eddie. Je ne l'avais jamais rencontré mais nous partagions tout de même quelque chose.

Je lui rendrais visite. Après tout, c'était le moins que je puisse faire.

14

Je m'arrêtai chez Laura avant d'aller à Brumes Littorales. Je la trouvai perchée sur sa table de cuisine, devant son ordinateur portable, en train de taper sur le clavier. Je vins me placer derrière elle et vis qu'elle était sur le site de l'office de tourisme de Larnaca.

— J'essaie de t'impressionner avec mon ingéniosité, dit-elle. Comment je m'en sors ?

— Pas mal.

— Super. Parce que le seul endroit que tu m'as donné, c'était Larnaca, alors après ça, je suis coincée. Même si j'ai fait quelques recherches sur la cathédrale ce matin.

J'avais commencé à lire par-dessus son épaule. Le site vantait l'ambiance décontractée de Larnaca ainsi que son histoire fascinante. Je relevai la tête à ces mots :

— La cathédrale Sainte-Mary ?

— Oui. Puisque tu as dit que c'est là que Goramesh cherche maintenant, je me suis dit que je ferais bien de commencer par là.

— Elle a une histoire plutôt intéressante, tu ne trouves pas ? demandai-je. Tu as vu qu'ils ont utilisé les cendres de saints dans le mortier ?

Je vis son visage se défaire.

— Tu savais déjà ça ? J'espérais t'apprendre quelque chose de nouveau.

— Désolée. C'est du réchauffé. Eric et moi pensions que c'était pour ça qu'il y avait si peu de démons dans cette ville. Cette théorie est tombée à l'eau, ajoutai-je avec un reniflement de dérision.

— Eh bien, dépourvue de démons ou pas, cette cathédrale a vu son lot de tragédies.

— Comment ça ?

— Cinq des missionnaires qui l'ont fondée ont été assassinés. Je crois que le bon mot c'est *martyrisés*. Ils ont été brûlés sur des bûchers individuels. C'est juste horrible.

— Ouah, dis-je. Je n'en savais rien.

— Vraiment ?

Elle se rengorgea visiblement.

— Tu ne savais vraiment pas ?

— Non, vraiment pas. Dis-moi tout.

— Eh bien, la partie glauque c'est qu'ils ont été brûlés vifs, mais la partie fascinante, c'est que la cathédrale détient toujours leurs restes. L'Église a conservé les cendres dans des sacs, et les a gardés au cas où les martyrs soient sanctifiés.

— Je les ai vus, dis-je en me souvenant des sacs en toile qui ressemblaient à des sacs de café dans la vitrine. Alors, est-ce qu'ils ont été canonisés ?

Elle secoua la tête.

— Non, mais l'un d'eux a été béatifié. C'est la première étape, non ?

Je hochai la tête.

— Je doute que ça nous aide, cela dit. Les martyrs font partie de la collection officielle de la cathédrale, alors ils sont sur le site web depuis toujours. Goramesh n'aurait pas besoin de fouiner pour les trouver.

— Oh.

Elle se renfonça en arrière et son enthousiasme décrut.

— Ça fait au moins une bonne histoire.

— Allez, Laura. Je ne t'ai même pas encore demandé d'aide et tu fais déjà des trucs super, dis-je sur la voix que j'utilisais pour convaincre Allie que son devoir de maths était super.

J'avais peut-être été mal à l'aise à l'idée que Laura m'aide à la base, mais maintenant l'idée me plaisait vraiment. Je ne voulais pas qu'elle se décourage et passe à autre chose, comme refaire l'organisation de ses placards ou partir à la chasse à la poussière.

— Oui, je suppose.

— Alors, parle-moi de ça, dis-je en revenant sur le site web de Larnaca, d'une voix plus enjouée que je ne l'étais.

— Je viens d'arriver dessus, dis-je. Je ne l'ai même pas encore lu.

— Regarde, dis-je en remarquant un paragraphe au milieu de la page. Ça dit que Larnaca, c'est là où Lazare vivait.

— Lazare, revenu d'entre les morts ?

— Je pense.

Je me penchai par-dessus son épaule et pointai un lien intitulé Endroits à voir.

— Clique là-dessus.

Elle obtempéra et une liste d'attractions touristiques apparut.

— Là, dis-je. Lazare est allé à Larnaca après sa résurrection et une église a été construire sur l'emplacement où son corps était censé reposer.

— Une église, répéta Laura. Tu penses que c'est là que se trouvait le sanctuaire ? Celui qui a été recouvert de graffitis ?

— Ça pourrait, oui.

— Mais quel est le lien avec le Mexique ou l'Italie ? Ou avec San Diablo, tant qu'à y être ?

— Je ne sais pas.

Je mâchonnai le côté de ma lèvre et me mis à faire les cent pas dans la cuisine alors qu'une idée se formait dans mon cerveau.

— Les deux démons qui m'ont attaquée ont parlé de la levée d'une armée. Alors peut-être que la profanation du sanctuaire et des cathédrales est symbolique. Jésus et Lazare se sont levés par la grâce de Dieu et les démons vont se lever par le pouvoir de Satan ?

On aurait dit le résumé d'un film de série B, mais c'était la seule idée que j'avais.

— Peut-être, dit Laura.

Elle avait l'air aussi peu convaincue que moi.

— Tout ça est tellement frustrant, dis-je. Et qu'est-ce que ça a à voir avec des os ?

— Ça pourrait aussi être symbolique. Tu sais, comme dans « *Dem bones gonna rise again* », chantonna-t-elle.

Je me contentai de la fixer. Elle soupira.

— Tu sais. La chanson.

Je ne savais pas et le lui dis.

— Tu n'es pas allée en colo avec l'église ?

Apparemment Laura n'avait pas tout retenu de ce que je lui avais dit de mon enfance.

— J'ai vécu au Vatican, Laura, dis-je. On ne chantait pas des masses autour de feux de camp.

— Ah oui. D'accord. Bien sûr.

Elle eut un rire nerveux. Il allait lui falloir un moment pour s'habituer à l'idée.

— Alors, je suppose que vous ne vous réunissiez pas avec les autres chasseurs pour vous raconter des histoires de fantômes, hein ?

— Si bien sûr, dis-je, sauf que ce n'était pas des histoires. C'était des leçons destinées à nous aider à survivre.

Je me rappelais encore vivement comment Eric, Katrina, Devin et moi nous blottissions ensemble dans l'alcôve entre le dortoir des filles et celui des garçons. Nous racontions nos propres aventures ainsi que de récits que nous tenions d'autres chasseurs plus expérimentés. Comme Allie le faisait désormais lors de ses soirées pyjama, nous veillions jusqu'aux petites heures du matin, en parlant. Mais ce n'était pas pour nous amuser. C'était du travail. De la survie. La connaissance, c'est du pouvoir, après tout.

— Tu as eu une enfance pourrie, dit-elle.

— En gros.

Mais même si je le dis avec sincérité, une part de moi savait que, si j'avais eu le choix, je n'aurais pas voulu vivre une vie différente.

— Je comprends pourquoi tu as pris ta retraite tôt, dit-elle. Ça a probablement rallongé ton espérance de vie de quelques décennies.

Je ne répondis pas. Des images d'Eric envahirent mon esprit. Se retirer ne l'avait pas sauvé. La mort l'avait voulu et elle l'avait pris. Et même avec toute l'étendue de ses talents en combat, quand était venu le temps, il avait malgré tout perdu la bataille.

— Ça va ?

Je secouai la tête pour déloger ces pensées.

— Quoi ?

— Je te demandais si ça allait.

— Oui, dis-je.

Je rejoignis la table et récupérai mon sac à main.

— J'ai d'autres infos que tu peux faire passer sur Google, dis-je. Tu veux venir avec moi voir Eddie Lohmann ? Je te ferai le topo sur la route.

Elle haussa les sourcils.

— Venir avec toi ? Comme une vraie assistante ? Oh, carrément.

— Ne t'y habitue pas, déclarai-je avec un regard sévère.

Mais je suis à peu près sûr que mon sourire en anéantit l'effet.

Dès que nous fûmes sur la route, je lui répétai ma conversation avec Larson et lui donnai tous les mots clés à vérifier lors de sa prochaine recherche Internet, en particulier ce qui concernait le frère Michael. Je lui parlai aussi de ce que Larson avait dit de l'état de santé d'Eddie.

— C'est dommage, dit-elle. J'espérais que tu aurais un peu d'aide.

— Je t'ai toi.

— Je pensais davantage à une aide qui ne glapirait pas comme une fillette en courant à l'autre bout de la maison en voyant une araignée, alors je ne te parle pas d'un démon.

Mais son sourire me révéla que mon commentaire lui avait fait plaisir.

— Alors, c'est où qu'on tourne ?

Nous passâmes les dix minutes suivantes à essayer de trouver le chemin mal indiqué qui conduisait à la maison de retraite Brumes Littorales et à Eddie Lohmann. Je fis le vide dans mon esprit et ne pensai plus à Laura, à la cathédrale et à Lazare, et je me concentrai entièrement sur mon tout récent programme « Adoptez un chasseur âgé ».

— Alors, qu'est-ce qu'on vient faire ici, au juste ? demanda Laura quand je me garai sur l'une des nombreuses places vides.

J'avais dans l'idée que Brumes Littorales n'était pas débordée par les visiteurs.

— Je ne sais pas trop.

S'il avait toute sa tête, je voulais lui faire un résumé de la situation et avoir son opinion. Mais en dehors de l'affaire Goramesh, je voulais juste rencontrer Eddie. Je ne le connaissais pas et pourtant je me sentais déjà liée à lui. Un mélange de mélancolie et de nostalgie, certainement. Je n'avais plus d'autres chasseurs dans ma vie. Eddie était un chasseur. CQFD : j'avais envie de le voir

C'était de la psychologie de comptoir, mais des fois, les réponses les plus simples sont les plus vraies.

Le devant du bâtiment était décoré de plantes locales le long de l'allée, ce qui donnait aux lieux l'apparence d'un bel hôtel. Mais dès que nous rentrâmes, l'illusion disparut, remplacée par l'odeur d'antiseptique et de vide, comme si les administrateurs de la maison de retraite essayaient un peu trop de masquer le fait que la mort régnait ici.

Je me rendis compte que je m'étais arrêtée au milieu du hall et que je me serrais dans mes propres bras. À côté de moi, Laura n'avait pas l'air perturbée du tout. Je me morigénai intérieurement. J'avais vu toutes sortes de morts et lutté contre toutes sortes de démons. Si l'odeur d'une maison de retraite ne dérangeait pas Laura, ça n'allait certainement pas me déranger moi.

Le couloir débouchait sur un grand vestibule dont un bureau d'infirmières rond occupait le centre. Il servait aussi visiblement de réception. Une femme dans un uniforme d'infirmière à l'ancienne, avec le petit chapeau blanc amidonné, nous accueillit avec un sourire mince.

— Je peux vous aider ? demanda-t-elle abruptement, avant même que nous ne nous trouvions devant le bureau.

Son ton me prit par surprise et je sursautai. Je croisai le regard de Laura et elle écarquilla légèrement les yeux, me confirmant que ce n'était pas juste mon imagination. Je mis son humeur sur le compte de son syndrome prémenstruel et attaquai :

— Nous sommes là pour voir Eddie Lohmann. Pouvez-vous me dire dans quelle chambre il se trouve ?

Elle me fixa si longuement que je commençai à me demander s'il y avait un truc dégueulasse sur mon visage. J'étais sur le point de reposer la question – je suis une grande optimiste – quand elle me regarda par-dessus le bord de ses lunettes en demi-lune et renifla.

— Votre nom, je vous prie ?

Elle poussa un registre vers moi.

— Kate Connor, dis-je. Et voilà Laura Dupont.

Je commençai à remplir le registre.

— Vous êtes de la famille ?

— Par alliance, répondis-je du tac au tac alors que j'inscrivais mon nom et celui de Laura dans la bonne colonne.

Je jetai un coup d'œil à Laura assez longtemps pour voir ses sourcils se soulever de façon presque imperceptible. Je rendis le registre à l'infirmière Ratched. Elle pinça les lèvres en lisant nos noms avant de redresser le menton et de m'examiner à nouveau à travers ses yeux étrécis. Je commençai à me sentir limite parano et je dois dire que je n'appréciais pas particulièrement la sensation.

— Par alliance, répéta-t-elle.

— Il est de la famille de mon mari, dis-je.

Le mensonge me venait naturellement.

— Pourquoi ? Il y a un problème ?

— Les horaires pour les visiteurs hors famille se terminent dans cinq minutes. *Si* vous faites partie de la famille...

— C'est le cas, dis-je avec fermeté.

Je m'attendais à ce qu'elle proteste mais au lieu de cela elle leva une main et une fille d'une vingtaine d'années dans un uniforme de bénévole trotta jusqu'à nous. L'étiquette avec son nom indiquait qu'elle s'appelait Jenny.

— Emmène ces dames dans la salle télé. Elles sont là pour voir M. Lohmann.

À notre adresse, elle reprit :

— Je suis surprise de ne jamais vous avoir vues auparavant.

— C'est une longue histoire, dis-je. Nous avons juste appris qu'Eddie se trouvait ici.

— Mmh. Eh bien, j'espère que vous serez plus chanceuses avec lui que nous.

Sur cette remarque cryptique, elle reporta son attention vers les papiers sur son bureau et laissa Laura et moi suivre la bénévole dans un long couloir mal éclairé.

La plupart des portes étaient ouvertes et en jetant un coup d'œil dans les chambres, je vis des lits jumeaux, divers petits meubles et des affaires personnelles. Les chambres me rappelaient la cellule monacale qui m'avait servi de dortoir dans ma jeunesse et je me fis la réflexion que d'une certaine façon, Eddie était de retour à la case départ.

Je remarquai que la plupart des chambres étaient vides et quand je posai la question à notre guide elle nous expliqua que la plupart des résidents se trouvaient dans la salle télé, qui était là où nous allions.

— Je suis tellement heureuse que vous veniez le voir, dit Jenny. Il n'a jamais de visites, c'est vraiment triste.

— Ça fait longtemps qu'il est là ?

— Environ trois mois. Au début il était vraiment désorienté mais je crois qu'il commence à s'habituer aux lieux. Il a les idées un peu plus nettes, vous voyez.

— C'est super, dis-je, mais j'avais la tête ailleurs.

C'était étrange que le Vatican vienne juste d'apprendre qu'il se trouvait là. J'étais surprise que le diocèse n'ait pas au moins envoyé un bénévole pour venir discuter avec lui et un prêtre pour le faire communier.

Je n'eus pas le temps d'y réfléchir davantage car nous étions arrivées. Le couloir s'ouvrit sur une autre grande salle et je supposai qu'il s'était agi d'une seconde entrée à une époque. Désormais, c'était la fameuse salle télé. Deux canapés élimés étaient disposés devant une petite télévision où passait *Jerry Springer*, en noir et blanc avec du grain. C'était quoi, ça ? Le Moyen Âge ?

Les résidents s'étalaient sur les deux canapés et le vieil homme au bout n'arrêtait pas de crier :

— Vas-y, montre-leur, Jerry !

Les autres ne bronchaient pas et j'en déduisis que c'était donc vu comme un comportement normal par ici. Il y avait par ailleurs dans la pièce deux tables de jeu où quatre vieux messieurs jouaient aux cartes. L'un d'eux était relié à un portique de perfusion. À côté d'un rocking-chair, une dame bossue aux cheveux bleus marmonnait des choses inintelligibles et tapait méthodiquement du bout de sa canne contre la cuisse du monsieur qui y était assis. Alors que je faisais le tour, je compris pourquoi elle marmonnait : elle avait retiré son dentier. Le vieil homme l'ignorait, les yeux rivés à la télé.

Je me penchai vers Jenny.

— C'est lequel, Eddie ?

— DÉMON !

Je sursautai et réalisai que la personne qui avait crié était l'homme qui encourageait Jerry. Désormais, il était en train d'agiter le poing en direction de l'écran de télévision. Je regardai dans cette direction et dus admettre que son diagnostic n'était pas sans fondement. Le gamin que Jerry interviewait avait tellement de piercings et de tatouages qu'il semblait tout droit sorti du film *Hellraiser*.

— ILS SONT PARTOUT. DANS NOS TÉLÉS. SOUS NOS LITS. DANS MES RICES KRISPIES. CRIC CRAC CROC, ILS DISENT. CRIC CRAC !

Il sortit un pulvérisateur et visa en envoyant un nuage de gouttelettes vers la télé, mais il parvint surtout à mouiller Jenny qui avançait lentement vers lui.

Laura fit un pas en arrière. Je l'attrapai par le bras. Elle s'était portée volontaire, après tout. Et je n'avais pas plus que ça envie de faire face à Eddie toute seule. Et, oui, l'espace d'une seconde, j'envisageai de prendre la fuite moi aussi. Mais j'étais venue ici pour voir Eddie, et c'est ce que je ferais.

— Chut, chut, M. Lohmann. On vous entend, pas la peine de crier.

Jenny s'accroupit en face de lui et je me déplaçai de côté pour détailler son visage. Il faisait bien dans les quatre-vingt-cinq ans, avec un visage à la barbe grisonnante assortie à ses cheveux mal coiffés. Ses lèvres avaient disparu avec l'âge et sa moustache non taillée semblait flotter par elle-même au milieu de son visage. Sa peau était parcheminée par le passage du temps et maintenant que je le voyais, je savais que je l'aurais reconnu sans l'aide de Jenny. C'était un homme qui s'était battu, qui avait mené des combats et les avait remportés. Je me demandais s'il n'était pas en train de perdre pour la première fois de sa vie.

Il redressa soudain le menton et me regarda de sous ses paupières tombantes. Mais je voyais suffisamment de ses yeux pour y repérer de l'intelligence. Eddie Lohmann était peut-être étrange mais j'aurais parié qu'il n'était pas sénile. Pas encore.

— C'est qui, celle-là ? demanda-t-il.

Il parlait à Jenny mais c'est moi qu'il désignait de la tête.

— Elle est venue vous rendre visite, dit Jenny. Vous ne pouvez pas vous montrer plus gentil ?

Le nez du vieil homme frémit.

— C'est un démon ?

Les autres résidents levèrent le nez de leurs activités diverses pour m'observer. Je me tins un peu plus droite et résistai à l'envie de rajuster mon chemisier.

Jenny soupira et leva les yeux au ciel en me regardant, ce qui me fit comprendre ce qu'elle pensait du délire démons. Cela me rassura que ses diatribes ne soient pas prises au sérieux. Mais ça m'embêtait tout de même qu'Eddie raconte tout ça aux autres résidents et au personnel.

Jenny était toujours concentrée sur Edward, calme et patiente.

— Ce n'est pas un démon. Il n'y a pas de démons, vous vous rappelez ? On a mis de l'eau bénite dans le seau pour la serpillière. Ils ne peuvent pas marcher sur le sol ici.

Cette fois, elle me fit un clin d'œil.

— Ces saletés de démons, marmonna Edward.

Il me jeta un regard vif comme celui d'un aigle et replia son index noueux.

— Vous, là. Venez par ici.

Derrière moi, j'entendis Laura reculer de quelques pas. Son envie de sortir d'ici était si forte qu'elle était presque palpable. Je m'avançai lentement et puis accélérai quand l'un des autres hommes, qui avait gardé le silence pendant toute la tirade d'Eddie, me cria d'arrêter de me mettre devant la télé si je ne voulais pas goûter de sa canne. Sympa. Le grand-père dont on rêve tous.

Je m'arrêtai devant Eddie et le laissai m'examiner. Il sortit maladroitement une paire de lunettes de la poche de sa chemise et les enfila. Jenny recula et je me tins immobile comme une statue, à attendre un signal de la part du vieil homme.

— Je ne te connais pas, finit-il par dire.

Il me pointa de son doigt maigre.

— *Vade retro*, catin de Satan !

Je réprimai l'envie de me rebiffer et de défendre ma réputation. Je jetai un coup d'œil à Laura et elle haussa les épaules. Eddie avait reporté son attention sur la télé. J'attendis la pub avant de recommencer.

— M. Lohmann ?

Il me regarda sans me reconnaître.

— Vous êtes une nouvelle qu'ils essaient ?

Il étrécit les yeux et fit claquer ses lèvres.

— Vous n'obtiendrez rien de moi.

— Je m'appelle Kate, dis-je d'une voix douce et rassurante.

Je fis un geste vers l'autre bout de la pièce où Laura s'était cachée dans un coin.

— Et ça, c'est Laura. Nous sommes venues vous rendre visite.

Il continua à me fixer, sans même prendre la peine de regarder dans la direction de Laura.

— Tu es l'une d'eux ?

Il avait l'air d'un grand-père inoffensif, mais il y avait quelque chose de glacial dans ses yeux et je remarquai que ses muscles s'étaient contractés alors que j'approchais, comme s'il avait encore la capacité de se défendre si je l'attaquais.

Il plia le doigt à nouveau pour me faire signe de me rapprocher encore davantage. Je me penchai et ne fus pas surprise en voyant ses narines frémir.

— Mon haleine, ça va ? demandai-je.

Il renifla.

— Tu pourrais feindre, dit-il.

Il plongea la main dans sa poche, en sortit son flacon et vaporisa l'eau en plein dans mon visage. Je crachotais et m'essuyai les yeux en faisant probablement baver mon mascara partout.

Il se rassit en arrière, visiblement satisfait.

— Ça ira, dit-il. À moins que tu ne travailles pour eux.

Il se pencha en avant en m'observant.

— Non, répondis-je en luttant contre une autre vague d'indignation.

Il me fixa si longtemps que je craignis qu'il n'eût oublié à nouveau et que nous ne dussions tout reprendre du début. Enfin, il parla :

— Qu'est-ce que tu veux ?

Je jetai un coup d'œil autour de nous, vers les autres résidents.

Ce n'était pas franchement le meilleur endroit pour avoir cette conversation.

— J'aurais voulu vous parler. Vous pensez qu'on pourrait aller ailleurs ?

Il désigna la télévision avec une moue revêche.

— *Jerry Springer*. Cinq minutes.

Mon premier réflexe fut de protester mais je me rendis compte que ça ne servirait à rien et je me perchai sur l'accoudoir du canapé juste à côté de lui. Je passai les cinq minutes suivantes à regarder la conclusion et les derniers mots de Jerry : « il faut tous que nous essayions de vraiment nous écouter », si vous voulez savoir. Fidèle à sa parole, dès que l'émission fut terminée, Eddie se hissa sur ses pieds avec l'aide d'une canne gravée et commença à partir vers le fond de la pièce. Je le suivis en faisant un signe silencieux à Laura pour qu'elle en fasse de même et ignorai les instructions d'Eddie qui nous disait :

— Bougez-vous, là, les filles.

Comme nous avancions à pas de tortue, il nous fallut encore cinq minutes pour arriver à sa chambre. Une fois que nous y fûmes, je refermai la porte et Eddie se laissa sombrer sur un fauteuil gris miteux qui avait dû commencer sa vie en étant d'une autre couleur.

— On s'est déjà rencontrés ? demanda-t-il, les yeux dans le vague. D'où est-ce que vous venez ?

— On vient juste de se rencontrer, dis-je avec patience. Je travaille pour la Forza.

Je ne sais pas trop à quelle réaction je m'attendais, mais je n'eus rien du tout. Pas un clignement d'œil, pas un frémissement, pas même un tic nerveux. Il se contenta de me fixer avant de se tourner calmement vers Laura.

— Et elle ?

— C'est une amie. Pas une chasseuse. Mais elle sait.

Les doigts d'Eddie se portèrent vers le vaporisateur qui dépassait de la poche de sa chemise, mais il s'arrêta. Il étrécit les yeux en me regardant.

— Tu te portes garante d'elle ?

— Sur ma vie, répondis-je.

Ses doigts repartirent et il serra les mains sur ses genoux.

— Elle peut rester.

Je ne savais plus trop quoi dire. J'étais venue pour rencontrer ce chasseur à la retraite, mais que voulais-je réellement obtenir de lui ? Maintenant que j'étais là, rien ne me venait et je me tins là, immobile, en me sentant un peu comme dans un de ces rêves où vous vous retrouvez à poil, sur une scène, alors que tout le monde attend que vous vous mettiez à chanter une aria ou à faire des acrobaties incroyables.

— Tu es venue les tuer ? demanda-t-il. Je le ferais bien. Mais je suis trop rouillé pour ça.

— Les tuer ? répétai-je. Qui ça ?

— Les démons, dit-il alors que la porte s'ouvrait pour révéler une infirmière vêtue d'une blouse avec des ours en peluche.

— Allons, M. Lohmann, dit-elle, vous n'allez pas recommencer.

Elle portait un plateau déjeuner avec adresse et alors que je la regardais, elle le déposa sur la table et fit glisser le plateau.

— C'est un chasseur de démons, vous savez, me dit-elle sur le ton de la conversation mais avec une certaine condescendance.

— Oh, dis-je comme une idiote. C'est super.

L'infirmière releva la tête de son plateau et me fit un clin d'œil.

— C'est ce qu'on pense, oui. Une sacrée carrière. Et les histoires qu'il raconte. Je veux dire, vraiment. Il a eu des aventures, ça c'est sûr.

Elle marcha jusqu'à Eddie et alluma la lampe à côté de sa chaise. Sous cet éclairage cru il sembla plus petit soudain, les traits tassés, comme si les rayons lumineux avaient volé son énergie.

— Vous avez vu des démons aujourd'hui, Eddie ?

— Ils sont partout, dit-il, mais sa voix n'avait plus la même conviction qu'auparavant.

— Eh bien alors, je ferais bien de remplir votre eau bénite, dit-elle. On ne voudrait pas qu'ils se faufilent ici quand vous tournez le dos, hein.

Sous mes yeux, elle attrapa son petit vaporisateur, me fit un clin d'œil et partit dans la salle de bain. J'entendis l'eau couler et elle revint caler le flacon dans la poche d'Eddie.

— Voilà. Cela devrait garder ces méchants démons à distance.

— C'est bien, Melinda, dit-il. Vous êtes la seule à être bonne avec moi.

— Vous faites ça pour lui tous les jours ? demandai-je.

— Oh, bien sûr, dit-elle. Autrement, les démons pourraient l'avoir.

— Elle comprend, dit Eddie. Melinda me croit.

— Mais là, c'est l'heure de votre médicament.

Elle se tourna vers moi.

— Vous comptiez rester encore longtemps ? Je peux attendre si vous voulez. Le produit le met un peu de travers.

— Ce n'est pas grave, dis-je. On allait partir.

Ce n'était pas tout à fait vrai, mais j'avais des choses à faire.

Elle sortit une poignée de pilules multicolores d'un petit gobelet en carton et les donna à Eddie qui les prit sans protestations. Il les goba sans eau d'une main et tendit l'autre bras pour l'injection que Melinda lui faisait. Dès qu'elle retira l'aiguille, sa tête partit en arrière. Presque aussitôt, je vis la tension quitter son corps.

— Eddie ?

Il me regarda, mais le Eddie Lohmann que j'avais rencontré dans la salle télé avait disparu.

— J'vous-connais-pas, dit-il d'une voix chuintante, les mots collés les uns aux autres. J'vous-connais ?

— On vient de se rencontrer, dis-je gentiment. Mais on reviendra plus tard.

Peu importait ce que je disais. Il était déjà en train de s'endormir.

Laura et moi suivîmes Melinda hors de la chambre.

— C'est quoi cette armoire à pharmacie ? demandai-je.

Les joues de Melinda s'embrasèrent.

— Oh, mince, vous l'avez entendu. C'est « démons par-ci, vampires par-là » en permanence, si on ne le shoote pas. Il est resté trop longtemps sans aujourd'hui, en fait, parce qu'il a recraché ses cachets. C'est pour ça que le Dr Parker a prescrit l'injection.

Elle se rapprocha.

— C'est assez flippant. C'est comme s'il croyait vraiment à toutes ces histoires.

— Pas moyen, dis-je en essayant d'avoir l'air neutre.

— Non, vraiment. Je ne pense pas qu'il soit dangereux ou quoi mais...

Elle s'interrompit et plissa le front.

— Mais quoi ?

— Eh bien, peut-être qu'il l'est. Une fois, il a carrément sauté sur un autre résident. Et le pauvre type venait de faire un gros infarctus la veille. Vous n'imaginez pas. Voilà Eddie qui bondit sur Sam et qui essaie de lui enfoncer son abaisse-langue dans l'œil. Il a fallu deux aides-soignants et Mme Tabor pour l'enlever.

— Ouah, dis-je, et vous avez été témoin de ça ?

— Oui. Ça fout la frousse.

— Comment va Sam ? demanda Laura.

— Très bien. C'est incroyable. Deux jours après une crise cardiaque il a signé son bon de sortie. Il a dit qu'il allait prendre un appartement à Sun City.

Je réprimai une grimace. Soit je me trompais fort, soit Sam était le vieillard qui avait défoncé ma vitre et qui prenait désormais l'air dans la décharge municipale.

— Sam a signé son bon de sortie ? demandai-je. C'est possible de faire ça ?

— Oh, bien sûr, dit-elle. Tous nos résidents sont ici de leur propre volonté. Ce n'est pas comme s'ils étaient forcés de rester ou quoi que ce soit. La plupart d'entre eux n'ont simplement pas d'autre endroit où aller, ou bien leur famille ne peut pas prendre soin d'eux. Ils ont des besoins médicaux spécifiques, ce genre de choses. Je veux dire, comme Eddie. Imaginez que vous le rameniez chez vous et qu'il décide que vous êtes un démon ou je ne sais quoi ?

Elle pencha la tête de côté et me regarda.

— Vous avez dit que vous êtes de la famille, hein ?

— Tout à fait, dis-je.

— C'est difficile de voir un proche partir comme ça, dit-elle. Vraiment, vous avez toute ma sympathie.

Elle secoua la tête.

— Des démons, dit-elle en reniflant. Franchement.

Je déposai Laura chez elle avant de partir pour la cathédrale. Nous restâmes silencieuses. Je crois que nous étions toutes les deux en train de penser à Eddie, coincé dans cette maison de retraite, en train de surveiller les démons cachés dans son bol de Rice Krispies.

Le truc, c'est que je le croyais. Enfin, pas pour les céréales. Surtout après l'histoire avec Sam, j'aurais été idiote de ne pas y croire. Mais qu'est-ce que je pouvais faire ? S'il y avait des sbires de Goramesh qui occupaient le corps d'une des vieilles personnes que j'avais vues, alors nous n'avions probablement pas trop à nous en faire pour le sort de l'humanité : aucun d'eux n'avait semblé très intéressé par la présence d'une chasseuse chez eux. Pour tout dire, ils semblaient nettement plus fascinés par leur poker fermé ou *Jerry Springer*. Ce n'était pas mon émission préférée, mais ce n'était pas non plus démoniaque.

J'étais toujours préoccupée par Eddie quand j'ouvris les lourdes portes de bois de la cathédrale. Je m'attendais au silence, mais un grincement retentit dans la pièce et, attentive, je reconnus le son d'une porte aux charnières rouillées. Je ne voyais personne mais ça devait être le père Ben qui sortait de la sacristie. J'accélérai l'allure pour le croiser. Je voulais savoir ce qu'il penserait si j'étrécissais le champ de mes recherches. J'aurais fait n'importe quoi pour réduire le temps qu'il me faudrait passer dans le sous-sol aux archives. Mais alors que mon compagnon silencieux sortait de derrière la cloison, je m'arrêtai net. Ce n'était pas le père Ben. C'était *Stuart*.

Je me figeai, pleine de culpabilité. Il devait me chercher. Et quand il me trouverait ici sans Timmy… eh bien, j'allais devoir passer aux aveux ou dégoter une explication alambiquée.

Je n'avais envie de faire ni l'un ni l'autre et je me laissai tomber sur un genou, la tête baissée. Je me glissai derrière un banc d'église et me mis en position de prière, la tête dans les mains, l'image parfaite de la femme pieuse. Avec un peu de chance, il ne me remarquerait pas.

Le bruit de ses pas augmenta, son rythme accéléra, et il

descendit les marches du sanctuaire et prit l'allée centrale. Au bout d'un moment, j'entendis le claquement sonore de la porte qui se refermait derrière lui.

Je restai en position. Au début, je n'arrivais à penser à rien, mais ensuite, je dus basculer dans la prière, remerciant Dieu de ne pas avoir laissé Stuart me remarquer, d'avoir gardé mon secret jusqu'à ce que je sois prête à en faire part à ma famille, pour m'avoir gardée en vie en dépit de mon…

Une main se referma sur mon épaule et je hurlai. Ma voix emplit la cathédrale avec la même puissance que celle du chantre du dimanche matin.

— Oh, Kate, je suis vraiment désolé !

Je me détendis et ma main se porta à ma poitrine par réflexe. *Le père Ben.*

— Mon père. Désolée. Vous m'avez fait peur.

— Je vous en prie, c'est à moi de m'excuser. Mais je voulais vous dire que nous fermons la cathédrale plus tôt aujourd'hui et demain pour décaper les sols. Je me disais qu'il valait mieux vous prévenir pour que vous ne soyez pas obligée de raccourcir votre temps aux archives.

— Merci, dis-je. C'est très aimable à vous.

Je me levai et il m'imita.

— J'ai vu que Stuart était là, dis-je en espérant que ma voix semblerait naturelle. Il me cherchait ?

— Je ne crois pas. J'ai cru comprendre qu'il travaillait sur un projet de son côté.

— Oh.

Ce n'était pas la réponse à laquelle je m'attendais. Et je ne voyais pas ce que mon mari pas franchement pieux pouvait bien avoir à faire avec de vieux dossiers paroissiaux.

— Vous savez de quoi il s'agit ?

— J'ai peur que non. Il s'est arrangé avec l'évêque.

Je clignai des yeux, de plus en plus curieuse, mais je me contentai d'agiter la main.

— Ce n'est rien. Je lui demanderai ce soir.

Nous étions arrivés à la porte de la sacristie et je l'ouvris.

— Comme les travaux vont réduire votre temps ici

aujourd'hui et demain, est-ce que vous voulez que je vous garantisse un accès vendredi soir après la foire ?

— La foire ? répétai-je avec l'impression soudaine que nous ne parlions plus le même langage.

— Je croyais que vous vous étiez inscrite pour donner un coup de main à la foire paroissiale de vendredi.

— Oh, ah oui. Bien sûr.

Oups. J'avais complètement oublié.

— Oui, si vous pouvez garder les archives ouvertes un peu plus longtemps, je vous en serais très reconnaissante.

Je souris en espérant que j'avais l'air charmante et enthousiaste tout en notant en moi-même qu'il fallait que je découvre ce à quoi je m'étais engagée pour cette foire.

Je retins le père Ben encore quelques minutes pour lui poser toutes mes questions sur l'organisation des donations. La réponse, malheureusement, c'est qu'il n'y avait pas vraiment d'organisation. Ce que je voyais, c'est ce qu'on avait. Ce qui voulait dire que j'étais de retour à mon point de départ. Cette fois, au moins, je pourrais essayer de trouver un lien géographique.

Je m'installai à table et ouvris la première boîte – avec prudence, au cas où il y aurait d'autres cafards – et me remis au travail. Une heure plus tard, tout ce que j'en avais retiré c'était un mal de dos. Bon, d'accord, ce n'était pas tout à fait exact. J'avais appris des choses. Par exemple, que Cecil Curtis était le père de Clark Curtis, ce qui voulait dire que je lisais des documents qui concernaient la famille du patron de Stuart. Ce qui rendait ce boulot légèrement plus intéressant. Curiosité de base, je suppose. Comme je l'avais découvert la veille, il avait laissé toutes ses terres – et ça faisait *beaucoup* de terres – et ses possessions matérielles à l'Église, en en excluant spécifiquement ses « épouse et héritiers », un petit truc qui avait dû quelque peu énerver Clark, sans parler de sa mère et ses frères et sœurs.

J'appris que Thomas Petrie avait bénéficié d'une bourse sponsorisée par l'église et était allé à l'école Saint Thomas d'Aquin. Il était devenu célèbre pour avoir écrit une série de livres qui parlaient d'un prêtre enquêteur et une fois qu'il avait commencé à apparaître régulièrement sur la liste des best-sellers du *New York Times*, il avait fait des dons fréquents à l'Église. Comme ce n'était pas en cash – une année, il avait donné une Vierge à l'enfant en bois –, je supposai qu'il donnait des objets qu'il avait acquis au fil de ses recherches pour ses livres.

Je parcourus la liste des autres bienfaiteurs sans y trouver rien de bien intéressant. Mike Florence retint mon attention juste à cause du nom qui était celui de la ville italienne, mais pour autant que je puisse en juger, il n'avait rien livré de mieux qu'une boîte dorée de quinze centimètres avec un beau crucifix sculpté fixé sur le couvercle. Il y avait un reçu avec le don, et à moins que Goramesh ne soit à la recherche d'une boîte vendue en soldes à Macy's dans les années cinquante, je doutai que ce soit la bonne piste. Je devais reconnaître un peu de curiosité et j'aurais bien voulu voir la chose, mais elle était dans un conteneur tout en bas de la pile, au fond. C'est ce qu'on appelle, dans le jargon des archivistes, « un emplacement indésirable ».

Avec un soupir de résignation, je mis de côté la dernière liste à puces. Désormais, j'avais le choix entre examiner chaque feuille dans chaque dossier de donateurs, ou commencer par les trucs funs dans les cartons. Comme je doutais que je serais capable de reconnaître ce que je cherchais si je le voyais, le choix intelligent aurait été de m'occuper des lettres et de la correspondance. Mais je n'avais plus qu'une demi-heure avant la fermeture, mes yeux étaient douloureux et je m'ennuyais.

Par ailleurs, mon instinct me disait que nous étions à court de temps, et pour le moment, tout ce que je pouvais faire, c'était m'en remettre à Dieu – puis à Larson et Laura. J'étais dans une cathédrale, après tout. Si l'inspiration divine devait me frapper, j'étais au bon endroit pour ça.

Je sortis la première boîte mais je ne la posai pas sur la table. Elle pesait une tonne. Je la gardai à mes pieds et retirai le couvercle avec mon pied, à une distance sûre au cas où un troupeau de bestioles en émerge.

Rien ne bougea et je baissai les yeux, consternée, en m'avisant que la boîte était remplie de Bibles de cuir en déliquescence. Des milliers de pages, avec des notes qui auraient pu être inscrites sur n'importe laquelle. Et chaque Bible commençait par des pages et des pages d'histoires familiales dans une terrible écriture manuscrite que j'allais devoir déchiffrer.

Ô joie.

Je sortis la première Bible en réprimant un éternuement et je me rappelai pourquoi je n'avais jamais commencé une Bible familiale de mon côté : ça prend la poussière, ça moisit, et qu'est-ce que vous êtes censés en faire ? Apparemment, si vous vous appeliez Olivera, vous en faisiez don à l'Église pour qu'une sagouine comme moi vienne faire mumuse avec des années plus tard. Pourquoi pas, après tout. Ce n'est pas comme si vous pouviez balancer ça à la poubelle. Ce n'est pas un Interdit sacré, mais j'avais l'impression que jeter une Bible valait un certain nombre de points de karma négatifs.

Je parvins à déchiffrer l'écriture sur les portions avec l'arbre généalogique – rien d'intéressant – avant de feuilleter lentement le volume. Il n'y avait pas de notes dans les marges ou de versets soulignés. Je prêtai une attention particulière à Jean 11:17, le chapitre et le verset à propos de Lazare, mais il ne semblait pas y avoir de notes ou de message inscrits avec une encre invisible. J'examinai même chaque centimètre de la reliure en cuir à la recherche d'une carte au trésor dissimulée là. Rien. Pour autant que je puisse en juger, c'était une Bible familiale et rien de plus.

Il était presque quatre heures quand je mis la Bible de côté. La cathédrale fermait et il fallait que j'aille chercher Timmy. Bien sûr, dès que je revins dans le monde réel, tous les problèmes du monde réel me revinrent aussitôt. J'avais plus ou moins oublié Eddie et Stuart pendant que j'étais dans le sous-sol. Maintenant, ils étaient à nouveau au centre de mes préoccupations.

Je supposais que Stuart avait une raison pour venir à la cathédrale et si je ne m'étais pas fait passer pour la catholique la plus pieuse du monde, peut-être qu'il m'aurait remarquée et me l'aurait expliqué. Comme il ne servait à rien de spéculer, je me forçai à passer à autre chose. Il m'en parlerait sûrement ce soir. Et s'il ne le faisait pas... eh bien, je n'aurais qu'à poser la question.

C'était plus compliqué avec Eddie. Et quand je bifurquai vers le parking de l'école de Timmy, je ne savais toujours pas quoi faire à ce propos. Et surtout, je ne savais pas pourquoi j'étais soudain obsédée par l'idée de faire quoi que ce soit.

Mais en cet instant, Eddie était le cadet de mes soucis. Juste derrière ces portes se trouvait un enfant de deux ans qui, je l'espérais, n'avait pas été traumatisé à vie par sa première expérience de garde hors du cercle de proches.

Je garai la voiture et sortis, et c'est seulement à ce moment-là que je me rendis compte que mon ventre grondait. J'avais gardé mon téléphone allumé toute la journée et n'avais pas reçu d'appels paniqués de Nadine ou de Mlle Sally. Si bien que je savais – j'espérais – qu'aucun accident tragique n'était arrivé à mon enfant.

Mais ce n'était pas les accidents tragiques qui m'inquiétaient. C'était l'expression terrifiée que je verrais dans ses yeux quand je le récupérerais. Une expression qui dirait « où étais-tu, maman, et pourquoi m'as-tu abandonné avec des inconnus ? » En tant que chasseuse de démons, j'avais une super réponse à cette question. En tant que maman, je ne voyais pas quoi dire.

— Il s'en est très bien sorti, dit Nadine alors que je passais devant la réception.

Je m'arrêtai presque pour l'examiner sous toutes les coutures. Ça veut dire quoi « très bien sorti » ? Est-ce que vous dites ça juste pour m'apaiser ? Est-ce que mon fils me pardonnera un jour de l'avoir largué avec vous ? Mais je luttai contre cette envie et poursuivis mon chemin vers la classe Explorateurs.

Un truc chouette avec KidSpace, c'est qu'il y a des fenêtres sur les portes de toutes les classes. Pour les mamans, c'est super, et j'en profitai pour observer mon gnome. Il était là, mon petit homme, en train de jouer par terre avec un camion-poubelle en plastique avec un autre bambin qui poussait un dinosaure dans une brouette.

Il souriait. Il était heureux. Et de mon point de vue, c'était un petit miracle. J'avais pris une bonne décision. Mon adorable petit garçon n'était pas traumatisé. Il n'aurait pas besoin de voir un psy. Il n'irait pas chez Oprah dans vingt ans pour me dénoncer. Pour tout dire, il semblait passer un super moment.

La vie était belle.

J'ouvris la porte, lui tendis les bras… et fus prise de désespoir en le voyant aussitôt éclater en sanglots.

— Mamamamamaman !

Le camion oublié, il courut jusqu'à moi. Je l'attrapai au vol et le soulevai dans mes bras en lui tapotant le dos. Voilà ce que valaient mes congratulations intérieures quant à mes décisions parentales : c'était là un petit garçon bien stressé.

— Il s'en est vraiment bien sorti aujourd'hui, dit Mlle Sally alors que je le frictionnais doucement entre les épaules en murmurant des paroles rassurantes. C'est tout à fait normal, là.

Je la croyais – plus ou moins –, mais cela ne diminua pas mon sentiment de culpabilité. Je fis bouger Timmy de façon à voir son visage.

— Eh, mon grand. Tu es prêt à rentrer ?

Il hocha la tête, un pouce coincé de façon définitive dans sa bouche.

— Tu t'es bien amusé aujourd'hui ?

Un autre hochement de tête à contrecœur, mais cela apaisa tout de même ma culpabilité.

— Par contre, avant que vous partiez, il faut que vous signiez cela.

Elle me tendit un porte-bloc et je fis se décaler Timmy sur ma hanche pour regarder le polycopié. « Rapport d'accident ».

— Qu'est-ce qui s'est passé ? Il est blessé ?

Je baissai les yeux vers Timmy.

— Tu es blessé ?

— Non, maman, dit-il. Pas mordre Cody. Pas. Mordre.

Mes joues se mirent à chauffer.

— Il a *mordu* quelqu'un ?

— Juste une petite morsure, m'assura Mlle Sally. La marque des dents a déjà disparu et Cody et lui ont joué ensemble tout l'après-midi.

— Il a mordu assez fort pour laisser une marque ?

Ma voix partit dans les aigus mais j'avais du mal à saisir. Mon fils était un mordeur ? Mon petit garçon était un enfant à problèmes ?

— Mais Nadine a dit que ça s'était bien passé.

— Oh, oui, c'est le cas. Vraiment. Ce n'est pas inhabituel pour les nouveaux élèves. Et ça ne sera pas un problème à moins que ça se reproduise. Ou que les parents de Cody se plaignent.

Elle leva une main.

— Mais ils ne le feront pas. Cody était un mordeur aussi.

Et voilà. L'étiquette. *Mordeur.* J'avais un mordeur.

Au bout de quelques minutes de culpabilité pour moi et de paroles rassurantes pour Sally, je commençai à croire que cette journée n'avait pas été un désastre complet. En plus d'avoir boulotté son camarade, Timmy s'était fait des amis, avait chanté des chansons et avait passé une heure entière à peindre avec les doigts. Le rêve pour n'importe quel jeune enfant, non ?

On se retrouva à traverser le couloir main dans la main et alors que nous atteignions la porte, il leva son petit visage vers moi et me contempla de ses grands yeux bruns.

— Je t'aime, maman, dit-il.

Je fondis sur place. C'était peut-être un mordeur, mais c'était mon bébé.

— Maison, maman ? On va à maison ?

— Bientôt, mon cœur, dis-je. J'ai encore une course rapide à faire.

Je ne m'étais même pas rendu compte que j'avais pris ma décision avant de prononcer ces mots, mais quelque chose dans le fait de voir Timmy gardé par d'autres gens avait accéléré le processus. Je ne pouvais pas laisser Eddie tout seul. Dans son état, il risquait de balancer accidentellement tout ce qu'il savait sur la Forza et c'était quelque chose que je ne pouvais pas laisser arriver.

Et puis, j'avais peur qu'il n'ait raison : il y avait des démons qui rôdaient dans les couloirs de Brumes Littorales. Et n'importe laquelle de ces créatures aurait été très intéressée d'entendre toutes les informations sur la Forza qu'Eddie gardait en tête. Des informations qui auraient pu causer sa mort, ou la mienne et celle de ma famille. Et puis les chasseurs protégeaient les autres chasseurs. J'avais toujours vécu en respectant ce code et même aujourd'hui, alors que j'avais pris ma retraite, je ne pouvais m'y soustraire.

Alors Timmy et moi retournions chercher le vieil homme. Ce que j'en ferais une fois qu'il serait là... eh bien, on verrait.

15

— C'est *qui* ?

Même en murmurant, la voix de Stuart semblait emplir la cuisine. Je fis un mouvement frénétique, comme pour éteindre des flammes, en espérant qu'Eddie n'avait pas entendu.

— Je suis ton grand-père, gamin, déclara Eddie depuis le salon.

Raté.

Au moins, il n'était pas sourd.

— Surveille un peu tes manières.

Stuart écarquilla les yeux et je fermai les miens en comptant jusqu'à dix avant de les rouvrir en faisant le vœu que tout soit calme et merveilleux, que tous mes problèmes soient résolus et que ma famille – la vraie et la fausse – vive en parfaite harmonie.

Mais non.

— Kate...

La voix de Stuart était calme mais pragmatique. Je soupirai, résignée à lui donner une version de la vérité.

— Il était dans une maison de retraite, dis-je.

La vérité.

— Et ils le droguaient en permanence.

Toujours la vérité.

— Et puis je crois qu'il a Alzheimer.

Plus ou moins la vérité. Je ne savais pas au juste ce qui n'allait pas chez Eddie. Tout ce que j'avais pu apprendre lors du bref moment que j'avais passé avec lui, c'est que la vérité et la fiction se mélangeaient dans sa tête et que n'importe laquelle des deux pouvait jaillir sans prévenir.

— C'est malheureux, dit Stuart, mais qu'est-ce qu'il fait dans notre salon ? Mes deux grands-pères sont morts depuis des années. Et le type qui fait tomber des miettes de chips dans notre salon n'est pas du tout mort. Pour le moment.

— En effet, dis-je. Il ne l'est pas. Pas mort, je veux dire.

Un silence significatif.

— Kate...

Un autre soupir de ma part. J'aurais vraiment dû mieux préparer ça. Quand j'étais retournée à Brumes Littorales, c'était le moment où Eddie devait recevoir une nouvelle dose de médicaments. Il était cohérent – plus ou moins – et quand j'avais expliqué que je le ramenais chez moi, je m'étais attendue à un cauchemar administratif. En fin de compte, ça s'était passé comme sur des roulettes, comme si j'étais vaccinée contre les paperasseries qui sont de mise dans les hôpitaux et assimilés.

Je l'avais aidé à faire ses valises – vu que j'avais Tim avec moi, mon aide se limita surtout à sauver ses affaires des doigts avides de mon bambin. Puis nous étions partis vers la réception.

Melinda nous avait arrêtés en chemin.

— Monsieur Lohmann ! Vous nous quittez ?

Il avait étréci les yeux en la regardant avant de pointer un doigt ratatiné vers moi.

— Elle apprend au petit à chasser les démons. Je vais l'aider.

Cela m'avait évidemment fait lever les yeux au ciel et puis, parce que je suis une idiote, j'avais dit :

— Il va venir vivre avec nous.

— Votre fils doit être super content, avait dit Melinda à Eddie.

— Mon quoi ?

Melinda m'avait regardée, perplexe, ce qui était logique vu que je lui avais fait tout un baratin sur le fait qu'Eddie était de la famille de mon mari. Avec le recul, j'aurais probablement dû laisser couler, mais comme Stuart a un père et qu'il est tout à fait vivant et maître de lui et que je ne savais pas si Desmond Connor était ou non un ami proche du directeur de Brumes Littorales, j'annonçai qu'Eddie était le grand-père de mon premier mari. Aucun lien avec Stuart.

— Bien sûr, il faut que je le ramène chez moi. Ma fille doit connaître son arrière-grand-père et je ne pourrais plus me regarder dans la glace en sachant que je n'ai pas fait tout ce qui était en mon pouvoir pour prendre soin du grand-père d'Eric.

Melinda avait fait des oh et des ah, s'était exclamée que j'étais adorable et pendant que je baissai la tête en essayant d'avoir l'air modeste et de ne pas jouer les martyrs, Eddie s'était accroupi au niveau de Timmy.

— Tu peux m'appeler Papy, dit-il.

C'est là que Tim avait tendu la main et tiré sur le sourcil d'Eddie.

— Chenille. Chenille poilue.

N'étant pas tout à fait idiote, j'avais décidé que c'était le signal du départ. Nous avions rassemblé les affaires d'Eddie, signé les papiers nécessaires et étions partis vers la porte.

À mon grand soulagement, Ratched n'était nulle part en vue. Je l'imaginais en train de nous poursuivre, ne pas nous laisser partir alors que des hordes de démons descendaient sur nous avec l'intention de nous massacrer avant de nous enterrer dans le sous-sol. Je me dis que j'étais parano mais je savais que je ne l'étais pas vraiment. J'étais persuadée que mon démon gériatrique avait été un résident de Brumes Littorales et je comptais bien faire part de ce problème à Larson pour qu'il puisse le relayer à la Forza. Mais ce n'était pas *mon* problème. Mon problème faisait environ un mètre soixante-dix, quatre-vingts kilos, et il avait une barbe grise drue et des sourcils qui ressemblaient vaguement à des chenilles.

J'avais mis mes deux problèmes dans la voiture. Pour ceux qui suivent, Eddie était le problème numéro un. Timmy, en tant que jeune enfant, est automatiquement rangé dans la case problème dans n'importe quelle situation qui implique de passer d'un point A à un point B.

J'avais inventé l'histoire d'Eddie le grand-père juste pour faciliter notre départ de Brumes Littorales et, franchement, il ne m'était pas venu à l'esprit qu'Eddie adopterait cette histoire et y croirait. D'ailleurs, je ne savais pas s'il y croyait vraiment. Tout ce que je savais, c'est que dès que nous avions été à la maison, il s'était mis à l'aise – en témoignent les chips –, avait calé Timmy sur ses genoux – le petit s'était aussitôt remis à examiner ses sourcils-chenilles avec fascination, et avait dit à Allie qu'elle ressemblait à sa mère et lui demanda si je l'entraînais comme il fallait.

Elle s'était montrée moins choquée en découvrant le vieil homme dans le salon que je ne l'aurais cru, et j'avais évité ses questions en l'envoyant à l'étage faire ses devoirs avant le dîner. Il fallait qu'Eddie et moi ayons une petite conversation.

Malheureusement, Stuart était arrivé à la maison avant ça. Si vous vous posiez la question, sortir de votre chapeau un beau-parent âgé issu d'un premier mariage sans en parler à votre époux, notamment quand l'idée est qu'il vienne vivre à la maison pour une durée indéterminée, ce n'est pas le secret d'une soirée détendue.

Comme d'habitude, Stuart arriva par la cuisine, la cravate de travers, une lourde mallette à la main. Je voyais sur son visage que tout ce qu'il voulait faire, c'était laisser ses affaires dans le bureau et mettre un jean et un tee-shirt. Dommage pour lui, je ne comptais pas le laisser passer.

Je le coinçai près du frigo. Il me jeta un regard qui disait « plus tard, chérie » et avança. Je comptai jusqu'à cinq. Et bien sûr, dès qu'il tourna l'angle et vit Eddie sur le canapé avec Tim, mon mari fit marche arrière.

— D'accord, dit-il. C'est qui ?

Et bien sûr, c'est là que je commençai à lui faire le récit du grand-père de mon premier mari, longtemps perdu de vue. Je ne m'attendais pas à ce qu'Eddie annonce qu'il était le grand-père de Stuart et que je doive le corriger gentiment avec : « Non, Papy, c'est *Eric* votre petit-fils, vous savez ? Stuart est mon second mari. »

Tout cela aurait été parfait – plus ou moins – si Allie n'avait pas tout entendu.

— Le grand-père de papa ?

Son murmure timide venait de derrière moi et je pris une grande inspiration. Je me retournai alors qu'elle avançait vers lui et prenait sa main osseuse dans la sienne.

— Vous êtes le grand-père de mon papa ?

Des larmes emplirent mes yeux et quand je regardai Stuart, j'y vis ma propre douleur s'y refléter. Ses parents avaient été adorables avec Allie et je savais qu'elle les aimait beaucoup, mais ça, c'était son sang. Un lien avec un passé dont elle n'avait jamais imaginé l'existence – en partie, bien sûr, parce qu'il n'existait pas.

Mais il fallait que je lui dise la vérité. Eric et moi étions tous les deux orphelins. Nous ne connaissions pas nos parents, encore moins nos grands-parents. Mais je fis un pas vers elle avant d'hésiter. Les yeux d'Allie étaient brillants, ses joues roses, et quand Eddie – qui avait dû être un sacré charmeur de son temps – lui dit qu'elle avait les yeux de son père, franchement, je me sentis un peu fondre.

Oui, c'était un mensonge. Mais était-ce vraiment si grave ? Allie avait tellement envie d'avoir un héritage, et ce n'était pas quelque chose que j'avais pensé pouvoir jamais lui offrir. Mais j'y étais parvenue, malgré moi. J'avais ramené à la maison une partie de son histoire familiale. Était-ce vraiment si grave si c'était une illusion ?

Et puis, comment je pouvais être sûre qu'Eddie n'était pas réellement le grand-père d'Eric ? Ça n'aurait pas été la première drôle de coïncidence. J'en avais vécu plus d'une.

Allie et Eddie étant installés au salon, Stuart décida qu'il était temps de recommencer son interrogation.

— On reprend, dit-il. Combien de temps Papy va-t-il rester ici ? Et pourquoi ne pouvait-il pas prendre une chambre d'hôtel ?

— C'est une longue histoire, dis-je avant de faire *chut*. Tu veux qu'Allie nous entende ?

C'est ce qu'on appelle une tactique de diversion.

— Ne change pas de sujet.

En tant qu'avocat, Stuart est assez doué pour repérer les divers degrés de diversion. Dommage. Je poussai un soupir visible.

— J'ai essayé de t'appeler, dis-je. Juste après déjeuner. Ta secrétaire a dit que tu étais sorti.

Là, je m'attendais à ce qu'il se saisisse de l'occasion et m'explique ce qu'il faisait à la cathédrale.

— Tu as essayé mon portable ?

— Heu, non.

Ce n'était pas la réponse à laquelle je m'étais attendue, même si ça me rappelait que j'avais un téléphone portable dans un joli paquet cadeau à destination d'Allie dans le coffre. Mais une chose après l'autre : je commençai par produire un petit bobard crédible.

— Ma batterie était à plat.

Je savais que Stuart comprendrait. Je ne m'embêtais pas à apprendre les numéros par cœur, je les avais juste dans le répertoire de mon téléphone. Si je n'avais plus de jus, je ne pouvais appeler ni Stuart ni quiconque d'autre. Je pense que je fais déjà du bon boulot chaque jour en me rappelant des divers rendez-vous de mes enfants. Y ajouter la mémorisation des numéros de téléphone serait cruel et étrange.

— Un déjeuner tardif, dit-il. J'avais rendez-vous avec quelques membres de la commission pour le plan d'urbanisme par rapport à un projet et certains semblaient partants pour parler politique…

— Et c'est ce que vous avez fait, dis-je.

Je me dressai sur la pointe des pieds et l'embrassai sur la joue.

— Mon Stuart chéri. Toujours en campagne.

Ma voix était peut-être joyeuse, mais mes entrailles se rebellaient. Non seulement, mon mari ne s'était pas porté volontaire pour faire du bénévolat à l'église, mais il m'avait carrément *menti* sur ce qu'il avait fait de sa journée.

Je ne savais pas ce que ça voulait dire, mais ce dont j'étais sûre, c'est que ça ne me plaisait pas.

Je passai les deux heures suivantes à nourrir ma famille récemment agrandie en m'interrogeant sur ma propre hypocrisie. Quand le pain de viande eut disparu et que les haricots verts eurent été dévorés – ou, dans le cas de Timmy, réduits en petits morceaux et consciencieusement balancés par terre –, je décidai que si moi j'avais droit à un passe pour mes mensonges, ce n'était pas le cas de mon mari.

Bien sûr, cette conclusion ne fit que me frustrer davantage.

Stuart ne livrait aucune information et mes tentatives très subtiles pour lui en arracher (« Et si tu venais avec nous à la messe dimanche, mon chéri ? Tu devrais vraiment aller à la cathédrale une fois par semaine. ») avaient échoué misérablement. J'aurais dû lui poser la question franchement, mais d'instinct, je savais que je n'aimerais pas la réponse.

Eddie ne mangea que la purée de pommes de terre tandis qu'Allie engloutit son assiette en moins de deux et passa le reste du repas à fixer son tout nouvel aïeul. À un moment donné, Eddie se pencha et lui pinça le haut du bras. Elle glapit et Eddie grogna de satisfaction.

— Celle-là, elle peut rétamer un démon. Croyez-moi. C'est une dure à cuire.

Il fit claquer ses lèvres l'une contre l'autre, le regard perdu sur un point au-delà de mon épaule.

— J'ai connu une dure à cuire. Notre Allie me fait penser à elle. De longs cheveux bruns. Des mains létales. Et des jambes qui auraient pu pousser un homme à...

— *Eddie.*

Il renifla mais se tut. Bien sûr, Allie avait l'air à la fois flattée et curieuse.

— Super.

— Des démons ? dit Stuart. De quoi est-ce qu'il parle ?

— Eddie était dans la police, dis-je.

Les mensonges me venaient presque naturellement désormais.

— Lui et ses amis appelaient les méchants des démons.

— Les démons sont les méchants, dit Eddie. Et vous pouvez me croire, j'en ai connu de sacrés de mon temps.

J'ouvris la bouche pour essayer d'en placer une, mais Eddie poursuivit.

— Dégoûtant, ces trucs. Et la puanteur. *Oh la vache...*

Il agita la main comme pour faire disparaître une odeur.

Stuart se tourna vers moi et articula en silence – mais sans grande subtilité – *combien de temps ?*

Je louvoyai en me concentrant sur Eddie.

— Vous ne faites plus partie des *forces* de police, Papy, dis-je. Et Allie n'en fait certainement pas partie non plus.

Eddie me contempla, les yeux étrécis, une ligne de pommes de terre écrasée sur le côté de la bouche.

— Qui êtes-vous ? Où suis-je ? OÙ EST MON EAU BÉNITE ?

Allie écarquilla les yeux et je lui fis un grand sourire.

— Papy se fait vieux, ma puce. Des fois il est un peu perdu.

— Flic, hein ? dit Stuart qui essayait visiblement de détendre l'atmosphère.

Le regard d'Allie passa d'Eddie à moi avant de revenir. Son inquiétude était nette. Enfin, elle prit une inspiration.

— Je pourrais être flic, dit-elle d'une petite voix. C'est cool. Et demain, Cutter va m'apprendre à balancer un type par-dessus mon épaule.

Elle était en train de s'échauffer et son appréhension initiale disparaissait.

— Pas vrai, maman ?

— Absolument, dis-je.

Et juste au cas où ça relancerait Eddie, j'ajoutai pour que ce soit clair :

— C'est pour son cours d'autodéfense.

Eddie prit la main d'Allie dans la sienne et la tapota.

— Tu vas les laisser raides morts, ma grande.

Et quand il lui adressa un grand sourire de ses dents tachées par le tabac, je ne pus m'empêcher de frémir intérieurement. Si tout se passait comme je le voulais, Allie ne laisserait jamais qui que ce soit raide mort. Et rien de raide mort ne s'en prendrait à elle non plus.

Mais le commentaire d'Eddie était quand même une bonne chose, car je vis la gêne abandonner Allie. Elle rapprocha même un peu sa chaise.

— Tu as déjà balancé quelqu'un par-dessus ton épaule, Papy ?

Il agita une main, qui malheureusement, tenait une fourchette de purée.

— Je faisais ça tout le temps, dit-il. Tous les jours.

Je faillis mettre fin à la conversation mais au final, je décidai que c'était plutôt inoffensif. Je me concentrai sur le fait de nourrir Timmy et écoutai d'une oreille Allie et Eddie se rapprocher rapidement. Ils étaient dans leur petit monde, ils nous avaient oubliés, Stuart, Timmy et moi, et Eddie donnait à Allie toutes sortes de conseils pour balancer ses satanés méchants par-dessus son épaule.

Stuart me jeta un regard qui signifiait *c'est toi qui nous as mis dans ce pétrin* mais je me contentai de lui sourire et de faire comme si c'était la chose la plus normale au monde. Après dîner, pendant qu'Eddie supervisait Allie qui débarrassait la table, Stuart me prit par le coude et me conduisit jusqu'à son bureau.

— Tu ne m'as toujours pas répondu. Pourquoi ? demanda-t-il. Et combien de temps ?

Je ne pouvais pas lui dire la vérité – *je pense qu'il sait quelque chose sur Goramesh et je ne peux pas prendre le risque que les démons décident de le tuer* – alors je lui dis une autre vérité.

— Parce qu'il le fallait. Ils le droguaient. Je ne pouvais pas le laisser vivre comme ça.

Quant à l'autre question – *combien de temps* – je n'avais pas de réponse.

Stuart observa mon visage un moment et puis il posa ses deux mains à plat sur chacune de mes joues et me fit délicatement tourner la tête jusqu'à ce que je le regarde dans les yeux.

— C'est si important que cela pour toi ?

Je hochai la tête et clignai des yeux, des larmes me brûlant les paupières.

— D'accord, alors. On va essayer de lui trouver un endroit plus approprié. En attendant, il peut rester ici.

Il se tourna et jeta un coup d'œil en direction de la cuisine. Je savais qu'il pensait à Allie et mon cœur fondit un peu. Je ne savais peut-être pas ce que Stuart faisait à la cathédrale tout à l'heure, mais je savais qu'il aimait sa famille.

— Merci, murmurai-je.

— Tu n'as pas à me remercier, dit-il. On est une équipe. J'ai confiance en tes décisions. J'aurais juste voulu être prévenu avant d'arriver à la maison et de le trouver étalé sur le canapé.

— Oui, dis-je. Bien sûr. Désolée.

Et là, on aurait pu penser que j'allais lui parler de Timmy. Tout le baratin sur « on est une équipe » et tout ça. Mais est-ce que c'est ce que je fis ? Non. Apprendre que j'avais inscrit son fils dans une crèche susciterait une réponse bien plus vigoureuse que le fait de traîner de vieux chasseurs de démons à la maison. Et franchement, je n'étais pas prête à y faire face. Pas tout de suite. Mais je pris la résolution de lui dire le lendemain. Ou peut-être le surlendemain. Et peut-être que quand je serais enfin prête à avouer, l'affaire Goramesh serait terminée et je n'aurais plus besoin de KidSpace. On pouvait toujours rêver, non ?

On repartit vers la cuisine, et je me dépêchai pour passer devant Stuart. Je ne m'attendais pas à ce qu'il dise quoi que ce soit de trop révélateur, et même s'il le faisait, je savais qu'Allie ne le croirait pas. Mais je préférais être là, juste au cas où. Mon mari ouvrit la porte et me fit un grand sourire.

— Je suis content que tu aies inscrit Allie à ce cours d'autodéfense, dit-il. J'aime bien savoir qu'elle sera capable de se protéger contre les démons.

Je me figeai, bouche bée.

Mais Stuart me fit un clin d'œil et secoua la tête.

— Des démons, dit-il, la voix teintée d'hilarité. On peut lui accorder ça : il a une sacrée imagination.

— Alors il a vraiment dit qu'Eddie pouvait rester ? demanda Laura.

Elle était appuyée au lavabo et j'étais assise sur le couvercle des toilettes, en train de masser la tête de Timmy avec du shampoing.

— Les bulles, maman. Plus de bulles.

— Une seconde, mon grand, dis-je à Timmy.

À l'adresse de Laura, je répondis :

— C'est ce qu'il a dit. Pour le moment, au moins.

— Et la crèche. Ça lui va aussi ?

Je me concentrai sur la crête d'iroquois que je formai avec les cheveux pleins de mousse de Timmy. Laura n'était pas idiote : elle s'appuya en arrière et poussa un sifflement bas.

— Tu vis dangereusement.

Je lui jetai un regard rapide par-dessus mon épaule.

— De plus d'une façon.

— Oui. Tu m'étonnes. Tu as vu des démons dernièrement ?

— L'infirmière Ratched m'a un peu laissée perplexe à la maison de retraite, mais si tu demandes si j'en ai vu se catapulter par mes fenêtres aujourd'hui, non.

— Qu'est-ce que tu vas faire ? Y retourner pour nettoyer les démons ?

Je secouai la tête en me concentrant sur Tim qui chantait *Petit canard de mon cœur* à pleins poumons.

— Non, dis-je. Je me suis laissé entraîner là-dedans pour une raison bien précise. Je ferai tout mon possible pour arrêter Gora-mesh, et j'informerai Larson pour qu'il puisse faire passer le message à la hiérarchie, mais après ça, je laisse tomber les démons.

Je pris un gant et commençai à laver mon fils.

— Ils se trouveront une autre chasseuse, dis-je. Il le faut. J'ai déjà une vie, et je ne compte pas l'abandonner.

J'entendis Laura se déplacer derrière moi et remettre en place des choses sur l'étagère.

— Tu as trouvé quelque chose dans les archives aujourd'hui ?

Je lui fis la version abrégée et terminai par :

— Pas grand-chose à en tirer, hein ?

— Pas du côté des démons, mais niveau potins, c'est pas mal.

J'étais désormais en train de sécher Timmy avec une serviette, et je soulevai son petit corps humide dans mes bras pour le porter dans sa chambre.

— À propos de Clark Curtis, tu veux dire ?

Je déposai Timmy sur la table à langer et m'accroupis pour récupérer une couche-culotte dans le tiroir du bas.

— Oui. C'est fou, hein ? Il y avait toutes ces rumeurs à une époque comme quoi il comptait démissionner pour se présenter comme sénateur. Mais au final, il ne l'a jamais fait et il s'est contenté de rester dans les élections locales.

Je haussai les épaules.

— Et c'est fou, ça ?

Je m'étais attendu à quelque chose d'un peu plus juteux. À mon avis, pour un bon potin, il faut un peu plus de « waouh ».

— Carrément. Son père n'arrêtait pas de dire que Clark hériterait de toute sa fortune, et puis, *bam*, il laisse tout à l'Église ? C'est digne des *Feux de l'amour*.

— C'est vrai.

J'avais pensé la même chose.

— Mais il a l'air parfaitement satisfait désormais, ajoutai-je.

Après tout, il était quand même en politique et ça semblait être un succès pour lui.

— Mmh.

Laura s'appuya contre la commode tandis que je m'occupais des fesses de ma progéniture. La maison était calme. Stuart était dans son bureau, et Allie et Mindy étaient installées à la table de la cuisine où elles faisaient leurs devoirs. Mais ce n'était pas ma famille qui m'inquiétait. J'avais des choses à faire le lendemain, et je ne pouvais pas les faire avec un vieux monsieur de quatre-vingt-cinq ans qui me collait comme son ombre.

— Laura, commençai-je, une note plaintive dans la voix.

— Oh Seigneur, dit-elle. Nous y voilà.

— Tu te rappelles quand tu as accepté de garder Timmy pour deux jours ? Et tu te rappelles que je l'ai emmené à KidSpace aujourd'hui, si bien que tu ne l'as gardé qu'un seul jour ?

Elle croisa les bras devant sa poitrine et haussa un sourcil.

— Oui ?

— Eh bien, je pourrais peut-être te demander une faveur en échange ?

— Je suppose qu'on n'est pas en train de parler d'un gamin de deux ans ?

— Multiplie ça par quarante, dis-je.

— Eddie.

— Eddie, confirmai-je en essayant de convaincre Timmy de passer ses pieds dans les jambes du pyjama. Je ne peux pas le laisser tout seul ici.

Laura eut pitié de moi et agita un jouet au-dessus de la tête de Tim. Il arrêta de se débattre pour l'attraper.

— Alors tu veux que je fasse quoi ?

— Tu comptais passer ta journée sur Internet, non ? Tu ne pourrais pas faire ça d'ici ? On peut mettre mon ordi sur la table de la cuisine.

— Je *pourrais* faire ça d'ici, dit-elle. Mais qu'est-ce que ça me rapporte ?

Je collai Timmy dans un haut de pyjama Bob le Bricoleur et le passai au-dessus de sa tête avant qu'il ait le temps de se mettre à glapir.

— Mon amour et mon admiration, répondis-je à Laura. Et des desserts gratuits à vie.

— Marché conclu, dit-elle. Mais s'il m'asperge d'eau bénite, tu n'as pas fini d'en entendre parler.

Je posai Timmy par terre et lui tapotai les fesses. Il partit vers le salon pour qu'on lui lise une histoire sur le canapé. Laura et moi lui emboîtâmes le pas.

— Le pauvre, il pensait qu'il avait de l'eau bénite et tout du long les infirmières ne faisaient que lui donner de l'eau du robinet.

Elle fronça les sourcils.

— Tu penses que les infirmières ne faisaient qu'apaiser un vieil homme ? Ou tu penses que c'était des démons aussi ?

Ses paroles me firent l'effet d'une gifle et je réprimai l'envie de me taper le front avec la main. Je l'attrapai par le bras et la ramenai dans la chambre de Timmy tout en hurlant à Allie de s'occuper de son frère jusqu'à ce que j'arrive.

Une fois dans la pièce, je fermai la porte. Je sautillais presque d'excitation et je vis ma propre énergie se refléter sur le visage de Laura.

— Quoi ? dit-elle. À quoi tu as pensé ?

— Les infirmières ne sont pas des démons, dis-je. Ce sont des toutous. En tout cas, certaines le sont.

— Des toutous, répéta-t-elle. Du genre Médor et Fido ?

— Un peu, dis-je. Mais pas tout à fait.

— Kate. Tu vas m'expliquer ?

— Ah oui. Désolée.

Je me passai les mains dans les cheveux et commençai à faire les cent pas dans la chambre de Timmy.

— J'aurais dû m'en rendre compte avant. Ce n'est pas juste l'objet mystérieux que veut Goramesh qu'il nous faut chercher. C'est aussi les gens qui essaient de l'obtenir pour lui.

Laura cligna des yeux et je me rendis compte que j'allais trop vite pour elle.

— D'accord, dis-je. Voilà le truc. Les démons utilisent les humains. Ils peuvent occuper notre corps quand nous mourrons, ou bien ils peuvent nous posséder alors que nous sommes vivants, et ils peuvent même emménager et partager l'espace avec nous alors que nous sommes toujours vivants.

— Berk !

— Je sais. Avoir un démon en coloc dans son corps. C'est très berk.

J'agitai la main pour lui faire signe de ne pas s'attarder sur la leçon du jour.

— Ce n'est pas la question. Le truc, c'est que les démons ne prennent pas toujours le dessus sur les humains. Des fois, ils se contentent d'en recruter pour faire le sale boulot à leur place.

— Pourquoi ? demanda-t-elle.

— Il y a des tas de raisons possibles. Peut-être qu'ils veulent obtenir une relique d'une église pour l'utiliser dans un rituel démoniaque dégueulasse.

— Alors ils envoient un humain pour le voler.

— Exactement, dis-je. Et je parie que les gens de la maison de retraite, pour la plupart, sont juste humains. La plupart n'a probablement même pas conscience qu'il se passe un truc bizarre. Mais les autres...

— Comme Ratched...

J'acquiesçai et poursuivis :

— Les autres sont les acolytes des démons.

Laura avait l'air absolument dégoûtée.

— Pourquoi ?

Je haussai les épaules.

— Va savoir ? L'attrait du pouvoir ? De l'immortalité ? Les démons mentent. L'appât pourrait être n'importe quoi. L'important, c'est que ces gens font des choses pour les démons. Des choses que les démons ne peuvent ou ne veulent pas faire.

— Mais...

Je vis sur son visage le moment où elle fit le lien.

— Oh ! Tu es en train de dire que Goramesh doit avoir quelqu'un qui va se faufiler dans la cathédrale pour lui ramener la chose que nous cherchons.

— Exactement.

— Des idées ?

— Non.

Je fronçai les sourcils.

— Pas une idée fondée en tout cas.

— Je suis partante pour une idée infondée, répliqua-t-elle.

Et en cet instant, franchement, moi aussi. Je n'avais rien de concret sur quoi m'appuyer, alors les conjectures feraient l'affaire pour le moment. Mais je détestais donner voix à ce soupçon. Je pris une grande inspiration.

— J'étais en train de penser à Clark. S'il comptait hériter et que son père a tout donné à l'Église à la place...

Je m'interrompis, certaine que Laura verrait où je voulais en venir. Elle ne me déçut pas.

— Et tu sais ce qu'on dit des politiciens : ils seraient prêts à vendre leur âme pour un vote.

À peine les mots eurent-ils franchi ses lèvres qu'elle poussa un hoquet et ferma les yeux, à l'évidence mortifiée.

— Oh merde, Kate. Je ne voulais pas...

Je secouai la tête et levai une main pour la faire taire. La maman toujours prête à consoler en moi avait envie de lui tapoter l'épaule et de lui dire que ce n'était pas grave. Mais je ne le fis pas. Je restai plantée là alors que son commentaire sur les politiciens mettait ma cervelle en branle.

Stuart. L'accident de voiture auquel il avait survécu. Sa certitude soudaine et absolue qu'il allait remporter l'élection. Et son détour mystérieux par les archives de la cathédrale.

Je réprimai un frisson et fermai les yeux. Ce n'était pas possible. Mon mari ne pouvait pas être de mèche avec un démon.

N'est-ce pas ?

16

— C’est possible, Kate, dit Larson. Ça ne me fait pas plaisir, mais c’est très possible.

J’étais arrivé au bureau de Larson quelques minutes avant huit heures pour le coincer avant qu’il monte à la barre. J’avais appelé Cutter pour annuler mon rendez-vous et lui dire que je le verrai ce soir avec les filles. Et maintenant, je regrettais presque d’être venue. Même si Larson ne faisait que dire ce à quoi je m’étais attendue, c’était tout de même des mots que je n’avais pas envie d’entendre.

— Mais Stuart ? Il n’est même pas vraiment croyant. Il ne va à la messe que quand je le houspille.

— Est-ce que c’est censé être un argument *contre* le fait qu’il soit associé à des démons ?

Je fronçai les sourcils mais Larson poursuivit :

— C’est vous qui avez fait remarquer qu’il s’était vite remis après son accident de voiture.

— Non. Pas moyen.

Je secouai la tête si fort que je me fis presque un torticolis.

— Je racontais n’importe quoi, je n’avais pas les idées en place.

Je me frottai la tête pour essayer de garder à distance l’énorme migraine qui menaçait.

— Et puis, je l’ai vu à l’église *après* l’accident. Il n’est pas mort. Il était à peine blessé.

— Peut-être que ce n'était qu'une blessure minime, mais dont l'impact a été plus important que vous ne vous en êtes rendu compte. Certaines personnes changent lorsqu'elles font face à leur mortalité.

— Un pacte avec le Diable ? *Stuart* ? Non, je ne crois pas.

— Votre mari est un homme ambitieux, Kate. S'il pense que Goramesh peut l'aider...

Il s'interrompit et me laissa tirer mes propres conclusions. Je n'appréciais pas celles qui se glissaient dans mes pensées malgré mes efforts pour les en empêcher.

— Surveillez-le, Kate. Mais quand le temps sera venu, il faudra que vous l'arrêtiez. Il est capital que nous découvrions ce que Goramesh cherche et que nous le mettions en sécurité au Vatican. Si Stuart s'en emparait le premier...

Mon cœur se contracta dans ma poitrine.

— Vous parlez comme si nous étions sûrs qu'il trempait là-dedans.

— Jusqu'à ce que nous ayons la preuve que ce n'est pas le cas, nous devons faire comme si.

L'huissier passa la tête à l'intérieur à ce moment-là pour vérifier si Larson était prêt à prendre la barre. Il partit travailler et je partis... quoi ? Broyer du noir ? Me ronger les sangs ?

Non, j'avais très envie de faire ça, mais j'avais des responsabilités.

Je montai en voiture et partis vers la cathédrale.

Mon portable sonna alors que je me garai et quand je regardai le numéro appelant, je vis que ça venait de chez moi. Est-ce qu'Allie avait manqué son covoiturage ? Est-ce qu'Eddie était sorti de son marasme ? Est-ce que Stuart était rentré à la maison ? Est-ce qu'il me cherchait ? Savait-il que je l'avais percé à jour ? Et d'ailleurs, y avait-il quoi que ce soit à percer à jour, ou bien était-ce juste Larson et moi qui étions paranos ?

J'attendis une sonnerie supplémentaire avant d'appuyer sur le bouton décrocher.

— Allô ?

— Salut c'est moi.

La voix de Laura. C'était la suivante sur ma liste.

— Quelles sont les nouvelles ?

— Tu-sais-qui me rend *dingue*.

Sa voix était juste au-dessus d'un murmure. Je grimaçai.

— Désolée. Qu'est-ce qu'il fait ?

— Il traîne dans mes pattes. Là, il regarde la télé. Il n'arrête pas de faire des cercles autour de moi et de regarder par-dessus mon épaule, et puis il murmure un truc sur les démons et va changer de chaîne. Ça me fout les boules, Kate.

— Désolée, répétai-je à nouveau, sans rien pouvoir faire de plus. Tu veux que je rentre ?

— Non, non. Ça va aller. Est-ce que tu lui as parlé avant de partir ce matin ?

— Non, il dormait. Comment il va ?

— Mieux, pour tout dire. Il me rend dingue, mais il raconte un peu moins n'importe quoi. Je n'arrive pas à mettre le doigt dessus, mais je dirais qu'il a les idées plus claires.

— Tant mieux.

C'était plus que ça, en fait. J'avais besoin qu'Eddie ne soit pas fou. Surtout si les soupçons de Larson – bon, d'accord, les *miens* – sur Stuart s'avéraient, je ne pouvais me permettre qu'Eddie ait des secrets révélateurs. Penser ainsi réveilla ma culpabilité dormante. Comment pouvais-je penser ça de Stuart ? Mon mari. Le père de Timmy. L'homme que j'avais fait vœu d'aimer, honorer et chérir. Il n'était pas si ambitieux que ça. N'est-ce pas ? *N'est-ce pas ?*

Je pris une grande inspiration et essayai de faire taire ces pensées.

— C'est pour ça que tu appelais ? Pour me faire un compte-rendu sur Eddie ?

— Non. Il y a deux choses. Tu veux la bonne ou la mauvaise nouvelle ?

— Oh, je t'en prie. La bonne.

— J'ai appris que frère Michael a vécu dans un monastère juste à côté de Mexico. Et devine quoi ?

— C'est celui qui a été récemment mis à sac par des démons ? C'était une bonne nouvelle.

— Oui.

J'entendais l'excitation dans sa voix.

— Donc il y a un lien, pas vrai ?

— C'est super.

Je mis de l'enthousiasme dans ma voix mais en réalité, je ne savais pas quoi faire de cette nouvelle information. Nous savions déjà qu'il y avait un lien. Cela le confirmait mais ne nous apportait rien de réellement nouveau. Mais je ne voulais pas faire déchanter Laura.

— Alors c'est quoi la mauvaise ?

— Tu organises un goûter. Ici. À trois heures...

— *Merde.*

J'avais complètement oublié. Je regarde *toujours* mon calendrier. Toujours, toujours, *toujours*. Sauf aujourd'hui.

Bon sang, à quoi est-ce que je pensais ? En fait, je savais à quoi. Je pensais aux démons, et à la possibilité que mon mari, que je pensais si bien connaître, fraye avec l'un d'eux. Avec du recul, je supposais que j'avais une excuse pour avoir oublié un goûter avec quatre enfants pour lequel j'étais censée fournir les gâteaux, mais ça ne me faisait pas me sentir vraiment mieux.

— Est-ce que j'ai merdé ? J'aurais dû annuler pour toi ?

— Non, non. C'est ma faute. J'aurais dû annuler il y a des jours de ça. J'ai juste complètement oublié.

Je me demandais vaguement ce que j'avais oublié d'autre mais décidai que ça n'avait pas d'importance. À l'évidence, mes diverses obligations finiraient toutes par venir se rappeler à moi.

Nous discutâmes encore quelques minutes et je décidai que je passerais quelques heures aux archives avant de passer à l'épicerie prendre des cupcakes, des Teddy Grahams, des fruits, et des briquettes de jus de fruit. Après ça, j'irais chercher Timmy et je rentrerais à la maison. Laura promit de rester dans les parages juste au cas où Eddie retombe dans sa paranoïa sur les démons et foute la trouille de leur vie aux enfants – ou aux parents.

Dès que j'eus appuyé sur le bouton raccrocher, le téléphone sonna à nouveau. Je rappuyai en m'attendant à parler à Laura.

— Tu as oublié un truc ?

— Non, dit Allie. C'est tellement trop cool, maman !

Je pouffai de rire. Quand je lui avais donné le portable, je lui avais dit que ce n'était que pour les urgences. Mais j'aurais dû savoir qu'elle ne pourrait résister à la tentation de passer un ou deux coups de fil.

— Je suis heureuse d'avoir ton approbation, dis-je. C'est quoi l'urgence ?

— Hein ?

— Tu n'es pas censée n'utiliser ce téléphone qu'en cas de danger de mort ou mutilation ?

— Oups.

J'aurais dû dire quelque chose mais j'étais trop occupée à essayer de ne pas rire.

— Eh bien, j'ai un genre d'urgence.

Vu la façon dont se passait cette semaine, ça aurait pu m'inquiéter. Mais je connaissais bien ma fille. Cette urgence n'en était pas une. C'était une excuse pour avoir le droit d'utiliser le réseau.

— D'accord, dis-je. Je t'écoute. Qu'est-ce qui se passe ?

— Est-ce que je peux aller au centre commercial avec Mindy après les cours ? S'il te plaît, oh s'il te plaît, s'il te plaît ?

— Tu blagues, hein ?

— Non, maman. *S'il te plaît !*

— Alison Crowe, tu te rappelles notre accord, j'espère ?

Un long silence.

— Allie...

— Heu... Quel accord ?

Si ça n'avait pas été si douloureux, je me serais tapé la tête contre le volant.

— Notre accord comme quoi les cours d'autodéfense passent en premier et que tes autres plans doivent être annulés ou décalés.

— Oh. Cet accord-*là*.

— Mmh.

— On pourrait y aller après... dit-elle d'une petite voix hésitante.

Je me sentis sur le point de craquer et luttai pour rester forte.

— Qu'est-ce qu'il y a de si important au centre commercial ce soir ?

Un autre long silence. Cette fois, j'avais le sentiment que j'en connaissais la raison. Les garçons.

— Allie... ?

— Stan travaille ce soir. On voulait juste passer dire bonjour. Peut-être prendre un coca pendant sa pause.

— On ?

— Mindy et moi.

Je secouai la tête avec lassitude. Elle n'avait que quatorze ans, et elle s'arrangeait déjà avec une copine pour ses plans dragues. Oh, et puis quoi ? Au moins, elle ne faisait pas ça toute seule en cachette. (Et tant qu'on y était, au moins, elle n'était pas enceinte. Ça, c'était une réalité des rapports garçons-filles à l'adolescence à laquelle je n'avais vraiment pas envie de réfléchir.)

— Est-ce que c'est le vendeur de pop-corn ?

Si c'était le cas, j'allais être obligée de dire non. Il était peut-être charmant mais il avait mauvaise haleine et ça voulait dire qu'Allie devait s'en tenir éloignée jusqu'à ce que je sois certaine que c'était juste de l'halitose et pas la puanteur propre aux démons.

— Oh, *maman*. Ça, c'est Billy, et il est vraiment pas foufou.

Je supposai que ça voulait dire qu'il n'était pas son genre.

— Alors c'est qui ce type ?

— Il travaille à Gap et il est *tellement* canon. S'il te plaît, maman. *S'il te plaît ?* Il m'a demandé exprès si je comptais passer. Je lui *plais*, maman.

— Il est en première année aussi ?

Une autre de ces fameuses pauses.

— Allie, figure-toi que j'ai des choses à faire aujourd'hui. Il est dans ta classe ?

— Je crois qu'il est en Terminale, dit-elle.

— Tu crois ?

— Eh bien, je ne l'ai vu qu'après le lycée, mais il traîne avec des Term et si je lui plais, alors je pourrais traîner avec eux aussi et, oh, maman, tu ne vas pas dire non, quand même ?

Elle parlait si vite que j'étais obligée de ralentir ses paroles dans ma tête et de me les repasser. Ce qu'elle racontait ne me plaisait pas mais je ne voyais pas comment m'en tirer. Être parent, c'est un peu marcher sur la corde raide. Pas assez de contrôle, vous vous cassez la gueule. Trop, vous vous retrouvez à surcompenser et vous êtes incapable de bouger.

— Très bien, finis-je par dire. Tu peux y aller. Mais je viens aussi.

Je m'attendais à un *mam-man* suivi d'une autre protestation. Elle se contenta de soupirer et dit :

— D'accord. Comme tu voudras. Merci.

J'eus un sourire victorieux.

— Je t'aime, ma puce. Et tu ne devrais pas être en cours, là ?

— Je suis en perm, la première heure.

— Alors va faire tes devoirs. Et tu n'utilises plus le téléphone à moins qu'il y ait du sang ou une blessure grave.

— C'est ça, maman, dit-elle avant de raccrocher.

Je regardai le téléphone et me rendis compte de ce que je venais de faire. J'avais accepté de passer la soirée au centre commercial.

Les démons auraient été plus faciles à gérer.

Comme je n'avais pas beaucoup de temps à passer aux archives – j'avais oublié le goûter –, je décidai de tester une approche différente. Je partis du principe que Goramesh ne cherchait – probablement – pas des papiers. Et, pour être franche, j'en avais marre de les lire.

À la place, je pris les cartons un par un, je retirai le couvercle et passai au suivant s'il n'y avait que des papiers dedans. J'aurais peut-être dû faire cela dès le départ, mais je m'étais dit que l'objet que Goramesh voulait aurait été remis à l'archiviste et qu'il valait mieux que je passe la paperasse au peigne fin à la recherche d'un indice. Je n'avais pas changé d'avis à ce propos, mais l'idée de continuer à fouiner dans les papiers qui sentaient le moisi ne me donnait vraiment pas envie. Je justifiai mon changement de stratégie en me disant que j'aurais peut-être de la chance.

Il s'avéra que je trouvai des choses chouettes mais rien qui ne m'apparut digne de l'intérêt d'un démon. Je trouvai même le carton avec la petite boîte dorée dont Mike Florence avait fait don à l'Église. Quand j'en avais lu la description sur la liste des impôts, j'avais été curieuse de la voir, mais maintenant que je l'avais dans les mains, je n'étais guère impressionnée. Quand je l'ouvris, je le fus encore moins. Tout ce que je trouvais à l'intérieur fut quelque chose qui ressemblait à des cendres. Une drôle d'urne, peut-être ?

Je poursuivis cette tâche exaltante pendant encore une heure.

Ce week-end, je supplierais le père Ben de m'accorder l'accès et j'obligerais Larson à venir avec moi. Ce ne serait que justice.

Découragée, je rassemblai mes affaires. Je m'arrêtai une minute devant les étagères des archives en me demandant à quel point ça serait plus facile si tout avait été bien propre et rangé dans des vitrines éclairées. Mais ce n'était pas le cas. Il fallait que je m'y fasse. Mon sort était quand même préférable à celui de ces martyrs qui reposaient désormais dans des sacs en tissu.

Penser aux martyrs raffermit ma résolution. Je ne serais pas vaincue. Goramesh ne l'emporterait pas. Je l'arrêterais. D'une façon ou d'une autre, je mettrais fin à tout ceci.

Revigorée, je passai au presbytère pour y dénicher le père Ben. J'espérais qu'il me dirait que Clark aussi été venu fouiner aux archives. Mais non, apparemment, les seuls à être intéressés par le sous-sol ces derniers temps, c'était Stuart et moi.

Cela ne présageait rien de bon en ce qui concernait mes plans pour vaincre Goramesh.

Et, plus important, ce n'était pas bon signe pour mon mariage.

En tant que chasseuse de démons, je me suis retrouvée exposée à des situations épuisantes. Des jours sans sommeil alors que je traquais un nid de démons. Courir derrière des vampires dans des ruelles tortueuses à Budapest. La routine. Mais je peux vous dire que rien de tout cela ne vaut l'épuisement et le chaos d'un goûter avec quatre gamins de deux ans en pleine forme.

Au bout d'une heure, alors que les enfants commençaient enfin à se poser – « se poser » signifiant « être parqués dans le salon avec suffisamment de jouets pour remplir un supermar-ché » –, les autres mamans et moi nous retrouvâmes à la table de la cuisine avec du café et les quelques cupcakes qui n'avaient pas été réduits en bouillie par des gamins aux mains collantes.

Je venais de prendre ma première gorgée de café et je savourais la normalité de tout cela quand le hurlement familier de Timmy résonna dans le salon. Je fus sur mes pieds en l'espace de quelques secondes, mais l'idée qu'il y avait des démons fut aussitôt dissipée dès que j'entrai dans la pièce.

Mon petit garçon était là, les bras écartés, la tête renversée en arrière, la bouche grande ouverte. Et juste à côté de lui, la petite Danielle Cartright tenait Bounours et souriait comme une psychopathe.

Je n'aime pas trop critiquer les enfants, mais Danielle est plus que pénible et j'ai de la peine pour l'homme qu'elle épousera un jour. C'est sa mère la responsable, bien sûr, et je me sens triste pour son père. Mais en cet instant, j'avais juste de la peine pour Timmy.

— Danielle, dis-je puisque sa mère semblait décidée à garder le silence. Tu veux bien rendre son ours à Timmy s'il te plaît ?

— NON !

Non seulement elle cria la réponse, mais elle partit en courant à l'autre bout de la pièce, grimpa sur une chaise, et s'assit sur l'ours. Une gamine charmante.

Sa mère, Marissa, arriva derrière moi.

— Elle est au stade où elle veut tout attraper, dit-elle comme si ça allait résoudre le problème et sécher les larmes de mon petit.

— Peut-être que tu pourrais la faire *désattraper*, dis-je en faisant de mon mieux pour ne pas crier moi aussi.

Bien sûr, je fus obligée de crier un peu quand même car les beuglements de Timmy étaient passés à un niveau de décibels capables de vous rompre les tympans et il s'était précipité vers moi. Je le soulevai dans mes bras, mais même la présence de maman ne pouvait calmer ce gros chagrin.

— Il ne devrait pas autant s'attacher à un jouet, dit Marissa.

Je me hérissai et je m'imaginai son tailleur en lin avec une grosse empreinte de chaussure au niveau de la poitrine. Une main se referma sur mon épaule et j'entendis une voix douce suggérer :

— Eh, Timmy. Calme-toi, d'accord ?

Laura. Elle et Eddie étaient sur l'ordinateur dans le bureau de Stuart et elle avait dû entendre le boucan. N'étant pas idiote, je savais que le « calme-toi » s'adressait autant à moi qu'à Timmy.

— On est calmes, dis-je en adressant à Marissa un sourire qui signifiait *rends-l'ours-ou-prépare-toi-à-mourir-salope.*

— Voyons voir si je peux convaincre Danielle qu'elle devrait rendre l'ours, dit Marissa qui avait dû sentir le danger.

— Très bonne idée, approuvai-je.

Je la regardai ensuite avec une horreur fascinée passer *quinze minutes* à essayer de négocier avec sa fille de deux ans. Et résultat ? Pas d'ours.

Le goûter était désormais officiellement terminé et les autres mamans qui avaient dû sentir le vent tourner dirent au revoir et se précipitèrent vers la sortie avec leur progéniture. Marissa ne sembla s'apercevoir ni de la gêne ni de mon agacement. Elle était toujours accroupie devant sa gamine à essayer vaillamment de récupérer Bounours. Timmy avait tellement pleuré qu'il s'était épuisé et je l'avais installé sur le canapé en lui promettant que Bounours ne faisait que rendre visite à Danielle et qu'il reviendrait bientôt.

J'avais envie de pousser Marissa hors de mon chemin et d'arracher l'ours aux petites mains gluantes de Danielle, mais je savais que ce n'était pas une solution qu'Emily Post[1] aurait approuvée. Alors j'attendis, et ma fureur envers Marissa ne fit qu'augmenter alors qu'elle flattait et asticotait sa fille, lui apprenant à se conduire comme une petite peste égoïste (pauvre gamine). Enfin, après une période équivalente à un âge glaciaire, Marissa promit à sa fille une glace *et* un nouveau jouet *et* un tour en poney. Là-dessus, Danielle descendit de la chaise et marcha jusqu'à Timmy en se pavanant et lui colla Bounours sous le nez.

— Merci, dit Timmy.

Et cela, sans qu'on lui demande de le faire. Elle ne méritait pas qu'on lui dise merci, de toute façon.

Je jouai mon rôle d'hôtesse polie jusqu'à la porte mais à la seconde où elle fut refermée et le verrou tiré, je me tournai vers Laura :

— Cette femme est un...

— Tu ne peux pas la tuer.

— Si c'était un démon, je pourrais.

Et bon sang, j'aurais voulu qu'elle en soit un.

— Ce n'est pas un démon.

Je jetai un regard là où Timmy était assis, blotti sur le canapé, un pouce dans la bouche, une expression mélancolique sur le visage. Mon cœur se tordit dans ma poitrine.

— Pour moi, si, dis-je. Je t'assure que pour moi, c'en est un.

Les filles étaient peut-être montées à l'étage ensemble, mais seule Allie en descendit en tenue de sport. Mindy portait toujours ses vêtements d'école et Laura et moi la contemplâmes avec circonspection.

— Tu pars sur une approche réaliste ? demandai-je. Tu as plus de chances de te faire attaquer dans tes vêtements de tous les jours, mais je pense que tu apprendras mieux en short et tee-shirt.

Mindy se trouva soudain fascinée par mon tapis.

— Je sais pas si j'ai envie d'y aller.

— Ah bon ? demanda Laura. Comment ça, tu n'as pas envie d'y aller ?

Mindy haussa les épaules, les yeux écarquillés. À l'évidence, elle ne comprenait pas la fascination soudaine de sa mère pour le monde merveilleux du kick-boxing.

Allie s'était rapprochée de moi et je haussai un sourcil inquisiteur.

— Elle a peur d'avoir l'air idiote devant Cutter, murmura Allie. Elle le trouve mignon.

— Mindy Jo Dupont, insista Laura. Kate a fait beaucoup d'efforts pour t'inscrire à ce cours. Pourquoi est-ce que tu ne veux pas y aller ?

— C'est juste que j'ai tellement de devoirs.

Elle fourra ses mains dans ses poches.

— Tu sais.

— Ce que je sais, jeune fille, c'est qu'il y a toutes sortes de tordus et de tarés dans ce monde.

Laura parlait avec une intensité que je ne lui connaissais pas, mais je savais bien quelle en était la source. J'avais entaché la sécurité de son petit monde. Et c'était quelque chose que je ne pourrais jamais effacer.

— Tu vas aller à ce cours et tu vas apprendre à te défendre.

Elle se tourna pour me regarder, le visage brillant de cet abus de pouvoir maternel.

— Pour tout dire, s'il y a de la place dans le cours, je crois que je vais venir aussi.

Mindy et Allie n'essayèrent même pas de cacher leur stupéfaction. Pour ma part je n'étais pas stupéfaite, juste ébahie. J'avais été fermement convaincue que rien au monde, pas même les flammes de l'enfer, ne pourrait forcer Laura à faire quoi que ce soit qui ressemblerait à du sport. Apparemment, je m'étais plantée sur la partie « flammes de l'enfer ».

— Je suis impressionnée, lui murmurai-je plus tard alors que les filles grimpaient dans le monospace. Toi. Du sport. En public.

Elle fit la grimace.

— Tu peux bien rire, mais je connais la musique. C'est toujours le faire-valoir rigolo qui se fait descendre. J'ai vu assez de films pour le savoir.

Elle ajusta son sac à main sur son épaule.

— Et je peux te dire que ce faire-valoir-ci est décidé à ne pas se laisser faire sans se battre.

— Bien joué, ma grande !

Sur le banc de touche, Eddie encourageait Allie. À côté de lui, Timmy faisait des pirouettes sur un tapis que Cutter avait déplié pour lui.

Après l'échauffement, Cutter était passé aux choses sérieuses et avait montré à ses élèves comment se dégager si quelqu'un attrapait votre poignet. Allie réussit la manœuvre qui consistait à lever le bras et à l'écarter afin d'appuyer sur le pouce de l'agresseur, la partie la plus faible. J'applaudissais à tout rompre, moi aussi.

— Maintenant, essayons avec ta mère, dit Cutter.

Je secouai la tête. Il me provoquait mais je n'allais pas me laisser avoir. J'avais beau mourir d'envie de frapper quelqu'un – merci Marissa –, pour Allie, j'étais une débutante moi aussi.

Cutter m'attaqua par-derrière et je le repoussai avec un mouvement qui, si je l'avais exécuté correctement, l'aurait envoyé voler par-dessus mon épaule et fait atterrir sur le tapis. Mais pas aujourd'hui.

— Allez, maman ! Tu l'as défoncé la dernière fois.

— La chance du débutant, dis-je alors que Cutter me mettait au tapis.

— La chance du débutant, tu parles, dit Cutter. Je compte bien percer le mystère.

Il parlait en murmurant et je répondis de la même manière.

— Non, pas à moins que je ne le veuille bien.

À sa grimace, je sus qu'il me crut.

— Concentrez-vous sur les filles et Laura, dis-je. Je peux me débrouiller.

Il faut reconnaître que c'est ce qu'il fit – sous les encouragements d'Eddie qui incluaient de temps en temps un « Oh, oui, ce gars ferait un sacré chasseur ». Heureusement, Allie était trop occupée à se dépenser pour se concentrer sur les drôles de remarques d'Eddie. Soit ça, soit elle avait appris à laisser couler.

À la fin de l'heure, je trouvais que les filles s'en sortaient plutôt bien. En tout cas, elles avaient appris à maîtriser le cri. Ce qui est un élément-clé de tout mouvement d'autodéfense. Le cri renforce vos abdominaux et donne plus de force à votre coup. Tout est dans les abdos, hein.

Après le cours, les filles étaient toutes folles et lumineuses – les garçons transpirent, les filles sont lumineuses –, et elles disaient que Cutter était trop cool, qu'elles étaient trop cool, et qu'elles casseraient la gueule à quiconque essaierait de leur chercher des noises. Une autre maman aurait pu penser que c'était une mauvaise chose. Moi j'étais satisfaite.

Comme ce qui les rendait lumineuses était en réalité de la sueur, il nous fallut partir à la maison avant d'aller au centre commercial pour qu'elles puissent prendre une douche et se préparer. Normalement, s'habiller pour voir un garçon est un processus qui peut durer jusqu'à deux heures, mais nous avions une deadline – le centre commercial ferme à neuf heures en semaine – si bien que les filles furent prêtes en une demi-heure. Un record.

Laura et Mindy traversèrent le jardin jusqu'à chez elles et pendant que Timmy regardait une vidéo de Blue et ses amis, j'attendis dans la cuisine avec Eddie qu'Allie redescende. Les éclats d'Eddie se faisaient plus rares et il semblait moins dans le flou. J'avais envie de lui poser des questions : qu'est-ce qui se passait au juste à Brumes Littorales ? Est-ce qu'il avait la moindre expertise quant à Goramesh ? Est-ce qu'il avait un indice sur ce que Goramesh cherchait ? Mais c'était la première fois que nous étions vraiment tranquilles tous les deux.

Je m'agitai dans la cuisine en préparant le thé, tout en essayant de décider comment lancer la conversation.

— De l'Earl Grey, dit Eddie. Les tisanes, c'est pour les mauviettes.

— Bien sûr.

— Je comprends pas comment on peut boire ça, marmonna-t-il à l'intention de la table. Une boisson de lopette.

Il me regarda.

— Qu'est-ce que tu bois ?

— Pas un truc de lopette, ça c'est sûr.

— Mmh.

Il étrécit les yeux et ses sourcils broussailleux dessinèrent un V sur son nez.

— Pas de boisson de lopette, mais tu mènes une vie de lopette.

Je sursautai.

— Pardon ?

— Tu m'as dit que tu étais une chasseuse. Ce n'est pas vrai. La famille. La maison. Ce sont des attaches.

Il disait ça comme si c'était une mauvaise chose.

— Je pensais que c'était peut-être une façade. Je me disais que tu entraînais peut-être la fille. Mais non. Tu as raccroché.

— J'ai pris ma retraite, merci bien.

Il renifla.

— C'est ce que je disais. Lopette.

— Faites gaffe, Lohmann, dis-je. Je pourrais vous ramener à Brumes Littorales aussi vite que je vous en ai sorti.

Il renifla.

— Vous ne feriez jamais ça.

— Ne me tentez pas, rétorquai-je, mais il n'y avait guère de conviction dans ma voix.

— Alors, pourquoi une chasseuse à la retraite est-elle venue me chercher ?

Il agita les sourcils d'un air lubrique.

— Une petite partie de jambes en l'air ?

Je ris et mon agacement à son encontre reflua.

— On peut dire un tas de choses de vous, Eddie, mais ce qu'il y a de sûr, c'est qu'on ne s'ennuie pas.

Il ajusta ses lunettes sur son nez et se renfonça contre son dossier.

— C'est le moment de tout me raconter, ma grande. Pourquoi tu es revenue dans le jeu ?

Je n'aurais pu espérer mieux en guise d'ouverture, et je lui fis mon récit en commençant par Walmart et en progressant de façon plus ou moins chronologique jusqu'à arriver au présent.

— Des idées ? lui demandai-je quand j'eus fini.

Au-dessus de nous, la douche s'était arrêtée. J'avais parlé vite, mais pas si vite que ça. Allie pouvait émerger d'une minute à l'autre. J'espérais qu'il aurait des réponses. Et surtout, j'espérais qu'elles seraient rapides.

— Des idées...

Il s'interrompit et fit claquer ses lèvres.

— Non. Pas une seule idée.

Je sentis que je m'effondrais un peu. J'avais eu tellement d'espoirs. Mais au moins, la réponse avait été rapide.

— Ce n'est pas grave. Ça valait le coup d'essayer.

Il renifla à nouveau.

— Il y a le feu au lac ? Je n'ai pas fini. J'ai dit que je n'ai pas d'idée, mais je n'en ai pas besoin. Non. Je n'ai pas besoin d'avoir d'idées, parce que j'ai une certitude. Je sais déjà exactement ce que ce satané démon veut.

Là-dessus, il se tut et prit une gorgée de thé.

J'avais envie de faire voler sa tasse en porcelaine.

— Quoi ? sifflai-je avec frénésie. Si vous le savez, pour l'amour de Dieu, dites-le-moi.

— Les os de Lazare, dit-il comme si la réponse était évidente.

Je me contentai de le regarder en clignant des yeux.

Comment ça, les os de Lazare ?

Évidemment, je n'eus pas le temps de lui poser la question avant que Laura et Mindy reviennent. J'envisageai de pousser Eddie dans le bureau de Stuart, fermer la porte et exiger des réponses. Mais je risquais de me faire déglinguer par les filles qui vivaient dans l'angoisse de manquer la pause de Stan.

D'accord. Très bien.

Je laissai un petit mot à Stuart qui travaillait tard – je ne partais plus automatiquement du principe que c'était quelque chose qui concernait forcément la politique ou le droit –, et nous nous entassâmes tous dans le monospace. Comme Allie insistait, je me garai du côté des restaurants, et c'est là que nous passâmes en premier. Comme je n'avais rien mangé de la journée à part un cupcake avec trop de glaçage, je n'avais rien contre les restaurants.

Mais ce n'était pas pour autant que j'allais pouvoir manger. J'appris bientôt que Timmy, Eddie, Laura et moi étions censés nous asseoir à une table lointaine et faire de notre mieux pour ne pas regarder vers celle des filles au cas où Stan se rende compte que nous étions là pour le surveiller.

— Ayez l'air naturels, dit Allie. Juste des acheteurs qui n'ont rien à voir avec nous.

— Voilà, ajouta Mindy. On n'a pas envie qu'il se rende compte qu'on est venues avec nos *mères*.

— Loin de nous cette idée, dit Laura, pince-sans-rire.

— Exactement, répondit Mindy, complètement sérieuse.

Alors nous attendîmes. Et attendîmes. Et attendîmes encore. J'avais envie de me lever pour aller chercher des frites, mais j'avais des instructions strictes de la part de ma fille de rester là où je pouvais les garder en visu, Mindy et elle, pour quand Stan viendrait. Je n'étais peut-être pas assez cool pour qu'elle admette ma présence, mais elle voulait quand même me montrer le garçon en question.

Cela me laissait à la fois perplexe et flattée. Mais surtout, cela me laissait affamée.

Cela dit, ma curiosité était encore plus forte que ma faim et comme Mindy et Allie étaient à bien cinq tables de nous, cela semblait la parfaite opportunité pour obtenir quelques réponses de la part d'Eddie. Jusqu'ici, bien sûr, il n'avait pas pipé mot. Correction : il avait pipé des tonnes de mots, à commenter tout et n'importe quoi sur le chemin entre chez moi et le centre commercial. Mais il n'avait rien dit d'autre sur les os de Lazare.

Et désormais, il était juste assis là, sa canne appuyée à sa cuisse, son pulvérisateur d'eau bénite sur la table devant lui. Comme je n'étais pas du genre à tourner autour du pot, je lui demandais de but en blanc :

— C'est quoi les os de Lazare ?

Laura me regarda avec curiosité mais ne m'interrompit pas.

— Des os. Ceux de Lazare, dit Eddie.

Il avait une mine impassible mais il me sembla voir un pétillement dans ses yeux. Ça l'amusait peut-être, mais moi pas. J'avais passé depuis longtemps le moment où j'aurais pu trouver quelque chose de drôle à la situation. Je voulais juste que ça soit terminé. Et vite. Et sans qu'il n'arrive de mal à quiconque d'autre. Enfin, quiconque d'humain.

— Ça, je m'en doutais, dis-je. Pourquoi Goramesh les veut ?

— Il te l'a dit, dit Eddie.

Il posa la paume sur la poignée de sa canne et s'appuya en avant.

— La vraie question, c'est pour toi, ma fille. Pourquoi *toi*, tu les cherches ?

Je me rencognai contre mon dossier, surprise par la question.

— Eh bien, pour les trouver avant Goramesh, évidemment. Et ensuite, on les ramènera au Vatican. Ils seront en sécurité là-bas.

Il hocha la tête, de bas en haut, si longtemps que je me demandai s'il allait s'arrêter à un moment donné. Et puis il fit claquer ses lèvres.

— Je dirais qu'ils sont déjà pas mal en sécurité là où ils sont.

— Peut-être pour l'instant, mais pas pour longtemps. Regardez ce que Goramesh a fait à ce monastère et à cette cathédrale mexicaine.

— Eh, dit-il en haussant les épaules, l'air de dire que ce n'était pas son problème.

— Eh que dalle, dis-je. C'est ma ville. Mon église. Je ne vais pas me tourner les pouces et attendre que...

— Il ne peut pas, dit Eddie.

— Quoi ?

— S'il pouvait le faire, il l'aurait déjà fait.

— Goramesh ne peut pas attaquer la cathédrale, dit Laura.

Il y avait une certaine admiration dans sa voix et elle regardait Eddie avec un respect nouveau.

— C'est logique, dit-elle en s'adressant à moi, cette fois. Les saints dans le mortier. Ce doit être un gros problème pour les démons.

C'était un bon point.

— Mais ça ne veut pas dire que Goramesh ne trouvera pas ces trucs, là, les os de Lazare.

C'était étrange de donner un nom à cet objet. Jusque-là, ça avait été simplement « ça » ou « les os ».

— Il a des acolytes humains. On en est sûres.

Je ne lui dis pas que je craignais que mon mari soit l'un d'entre eux.

— S'ils étaient cachés, ils resteront cachés, dit-il avec entêtement. Ne va pas te mêler de choses auxquelles tu ne comprends rien.

Je changeai d'angle d'attaque.

— Dites-moi au moins pourquoi un Haut Démon veut les os.

— Je te l'ai déjà dit, répliqua Eddie. Quoi ? Il faut que tu te nettoies les oreilles ?

— D'accord, d'accord. Lever une armée. Qu'est-ce que ça a à voir avec Lazare ? Outre le fait qu'il s'est relevé d'entre les morts ?

Eddie mit la main dans sa bouche et retira son dentier qu'il posa sur la table à côté du flacon d'eau bénite.

— Ces saloperies me coupent les gencives, dit-il en zézéyant.

— *Eddie*, insistai-je. Dites-moi.

— C'est ce que je fais. Ne te fous pas en boule.

Je levai les mains et les fis tourner dans un geste qui signifiait, « accouche, veux-tu ».

— Ramener les morts, dit-il. Les os de Lazare peuvent ramener les morts.

C'était logique et j'aurais probablement dû deviner, mais l'entendre exprimé à haute voix...

Je pris une grande inspiration.

— Ce n'est pas tout, ajouta Eddie. Les os régénèrent la chair également.

— *L'armée de mon maître...*

Je m'interrompis en pensant au premier démon.

— Vous voulez dire, genre, les morts *morts* ?

C'était Laura qui avait posé la question.

— Qui sont six pieds sous terre depuis Dieu sait quand ? Avec des mouches et des vers ? Pleins de méthanal ?

— Oui, dit Eddie. Ça les rend tout nickel. L'âme a disparu depuis longtemps, alors les corps ne se rebellent pas. Et une fois que le corps est régénéré, qui va s'en rendre compte ?

— Putain de *merde*, dit Laura, ce qui résumait à peu près ce que j'en pensais.

— Mais... mais...

Je cherchais mes mots. Ce n'était pas bon pour nous. Bel euphémisme. Si Goramesh mettait la main sur les os, il pourrait s'incarner. Ses sous-fifres démoniaques pourraient s'incarner. Et voilà qu'ils pourraient le faire sans avoir besoin d'attendre que des humains meurent. Sans devoir lutter avec l'âme qui s'échappe. Ils n'auraient qu'à se glisser à l'intérieur.

Pas bon. Pas bon du tout.

— Mais... essayai-je à nouveau. Comment pouvez-vous en être si certain ? Larson n'a jamais parlé des os de Lazare. Et le père Corletti non plus. Et je suis absolument certaine de n'en avoir jamais entendu parler.

— C'est normal, dit Eddie.

Quelque chose se modifia sur son visage, une tristesse soudaine, et il parut soudain dix ans de plus.

— Je suis la seule personne encore vivante à être au courant.

Laura se pencha en avant.

— Comment c'est possible ?

Eddie regarda vers les filles. Je dois avouer que j'avais à peu près oublié l'existence de Stan.

— Le garçon n'est toujours pas là. On dirait que j'ai le temps de vous raconter ça. Dans les années cinquante, commença-t-il, la

Forza m'a envoyé rassembler des reliques dans une cathédrale du Nouveau-Mexique avant que le gouvernement ne commence à faire ses tests nucléaires. Juste au cas où. Une mission typique.

Il hocha la tête vers moi.

— Tu vois.

— Bien sûr.

Les chasseurs effectuent souvent ce genre de travail. Parce que les démons aiment s'emparer de reliques pour les utiliser dans des rituels impies, l'Église envoie un chasseur dès qu'une collection est déplacée.

— Je travaillais depuis une cathédrale au Mexique quand on m'a assigné cette mission. Le reste de l'équipe est venu au Mexique pour être briefé. Il y avait un prêtre, un historien de l'art, un archiviste et moi. On a quitté le Mexique pour les USA, et on est restés sur le site du Nouveau-Mexique un peu plus d'un mois. On est tombés sur le jackpot dès la première semaine. Caché derrière une pierre mobile dans la sacristie, on a trouvé un caisson en bois et un papyrus. Il a fallu une éternité à Zachary pour le traduire, mais il y est parvenu.

— Les os de Lazare, dis-je.

Eddie hocha la tête.

— Les os des Lazare, tout à fait. J'ai fait des recherches plus tard et j'ai appris que Lazare avait été enterré à Larnaca, puis déplacé à Constantinople. Après ça, on perd sa trace. D'une façon ou d'une autre, les os sont parvenus dans le Nouveau Monde.

Laura faisait de grands yeux.

— Qu'est-ce qui s'est passé ?

— On a été trahis, dit Eddie.

Il ferma les yeux et je vis sa poitrine se soulever et retomber alors qu'il cherchait à maîtriser sa contenance.

— Je ne sais toujours pas par qui ou pourquoi. Tout ce que je sais, c'est qu'on a été attaqués. Le papyrus a été détruit. Notre historien et notre archiviste ont été tués. Sacrée bataille. Satanés démons...

— Mais vous et le prêtre ? Vous avez survécu.

— Et nous avions le caisson.

Il secoua la tête comme pour repousser certains souvenirs.

— Nous étions blessés, presque mourants, mais je savais où il fallait que nous allions. Loin, dans un endroit sûr. Un endroit qu'ils ne pourraient atteindre.

— San Diablo, dis-je. Le mortier saint.

Il hocha la tête.

— Mais je n'ai pas pu y arriver. C'est le frèère Michael qui les a transportés.

— Frère Michael, murmurai-je. Il a révélé le nom de San Diablo, mais il est mort plutôt que de leur dire exactement où se trouvait l'urne.

— Alors où est-elle ? demanda Laura, posant la question qui me brûlait les lèvres. Allons la chercher et demandons à Larson de la sortir de cette ville.

— Je ne sais pas, répondit Eddie. Je n'ai jamais revu ou parlé à Michael après ça. Il est arrivé jusqu'ici. Mais c'est tout ce que je sais.

Je fronçai les sourcils. J'avais envie de protester, de lui dire qu'il *fallait* qu'il sache, parce que je n'avais pas d'autres indices.

— Laisse tomber, Kate. Il ne faut pas déranger les os. Et tu as d'autres responsabilités.

Tout en parlant, il pointa du menton vers l'autre bout du hall et je m'aperçus que le fameux Stan avait enfin rejoint Allie et Mindy.

Je me tournai pour voir correctement le mystérieux beau gosse. Ma respiration se bloqua dans ma gorge et une peur brûlante s'empara de moi.

Là, à table avec ma fille et sa meilleure amie, se trouvait mon démon aux allures de Richie Cunningham. Todd Stanton Greer, décédé depuis peu mais qui, pour autant, semblait se porter comme un charme.

17

Merde, merde, MERDE !

Je sautai sur mes pieds, prête à tabasser cette saleté, avant de me rasseoir immédiatement. Ils étaient à l'autre bout de l'espace restauration et si Greer me voyait arriver, il pouvait tout aussi bien tuer ma fille. Il me fallait un meilleur plan, un plan dans lequel Greer ne me reconnaissait pas.

Merde.

Je fis pivoter ma chaise pour tourner le dos au démon. Je tremblais au tréfonds de moi-même et j'étais sûre de transpirer.

— Kate ?

Laura me dévisageait, de l'inquiétude dans le regard.

— Est-ce que ça va ?

— C'est lui. C'est le démon qui m'a attaquée à côté des poubelles, dis-je dans un murmure.

Laura regarda à nouveau vers eux et je jetai un coup d'œil de ce côté moi aussi – au moment où Stan se mettait un coup de spray haleine fraîche.

— Putain de sa mère, dit Laura.

— Sans blague.

— Plus teint de sa mère ! dit Timmy en tapant la table son petit poing. T'as plus de fond de teint, maman ?

— Un truc du genre, mon grand, répondis-je avant de

m'adresser à Laura et Eddie. Il faut que je l'éloigne d'elle. Mais il ne faut pas qu'il me voie. Mince, mince, *mince*.

— Mince, m'imita Timmy, mais cette fois, je m'en rendis à peine compte.

— Tu veux que j'y aille ? demanda Laura. Je peux peut-être lui dire qu'il y a des soldes express chez Gap ? Que Tim est malade et qu'il faut qu'on rentre ? Dis-moi. Qu'est-ce que je dois faire ?

Je secouai la tête.

— Je ne sais pas.

Je regardai vers Eddie mais il avait gardé le silence durant tout cet échange. Pour ce que j'en savais, il était reparti dans son monde. Je réprimai un soupir et me concentrai à nouveau sur Laura.

— Qu'est-ce qu'il fait maintenant ?

Elle se décala légèrement et regarda par-dessus mon épaule pour mieux voir.

— Il parle toujours à Allie. Mais Mindy est en train de venir par ici.

Ça me décida. Je posai Timmy par terre et me levai. Il n'y avait pas moyen que je laisse ma petite fille seule avec cette chose. On tira délicatement sur mon bras pour m'arrêter.

C'était Eddie.

— Attends, dit-il avant de retomber dans le mutisme.

— *Attends* ? Attendre quoi ?

Je commençai à me lever à nouveau et me dressai sur mes pieds alors que Mindy arrivait.

— Je crois qu'elle lui plaît vraiment, dit-elle avec enthousiasme. Il est mignon, hein ?

Je me retins de commenter.

— Pourquoi tu n'es pas là-bas aussi ? demanda Laura.

Mindy haussa les épaules.

— Tu sais. Il y avait une certaine vibe. Je ne voulais pas tenir la chandelle.

Mon sang bouillonnait et j'étais certaine d'être écarlate. Une vibe ? Comment ça, une *vibe* ?

Mindy parlait toujours.

— Alors, heu... je peux vous attendre à la librairie ?

Laura croisa mon regard et je hochai la tête.

— Bien sûr, dit-elle.

— Surveille Timmy, dis-je dès que Mindy fut hors de portée d'oreille.

Je tournai les talons et me trouvai face à face avec Eddie.

— Je vais la chercher, dis-je, même s'il était évident qu'il avait déjà compris ça.

Il enfonça sa canne dans mon pied avec suffisamment de force pour me laisser une marque.

— Réfléchis, ma fille.

— *Aïe.*

Je réprimai l'envie de rendre les coups.

— Qu'est-ce que vous foutez ?

— Je gère cette situation, répondit-il.

Il fit un signe vers la table.

— Maintenant, tu t'assois. Et quand la gamine arrive, tu la sors d'ici en vitesse.

— Qu'est-ce que vous allez...

— Assise.

Je m'assis.

Et même si je devais cacher mon visage au démon, il fallait que je voie ce qui se passe. Je posai mon sac à main sur la table, tournai ma chaise, et posai le menton dans mes paumes de façon à ce que mes doigts couvrent la plus grande part de ma tête.

En face, Timmy m'imita, mais je ne faisais pas trop attention à lui. En cet instant, Timmy avait Laura pour s'occuper de lui, mais ma petite fille n'avait qu'un vieil homme en partie sénile pour la protéger des méchants.

Je commençai à me lever, mais cette fois ce fut Laura qui me fit me rasseoir.

— Si le démon commence à s'éloigner avec Allie, vas-y. Sinon, laisse le vieux faire son truc.

Elle avait raison. Je savais qu'elle avait raison. Et Eddie aussi. Alors je m'abandonnai à mon sentiment d'impuissance et me contentai d'être témoin alors que quelqu'un d'autre avait le sort de mon bébé entre ses mains.

— Qu'est-ce qu'il fait ? demandai-je.

Eddie avait passé leur table sans s'arrêter, et se dirigeait vers un kiosque à cookies. Il parla au vendeur, lui donna de l'argent, et prit deux gobelets de soda.

Je le contemplai, bouche bée, en sentant ma pression sanguine augmenter. Qu'est-ce qu'il fichait, bon sang ?

Eddie passa la poignée de sa canne sur son bras et marcha à petits pas jusqu'à la table d'Allie. Elle leva les yeux vers lui avec un sourire. Je n'entendais pas ce qu'elle disait, mais il était évident à ses gestes qu'elle était en train de présenter Eddie comme étant son arrière-grand-père.

Comme c'était mignon. *Bon, maintenant bouge-toi et occupe-toi du démon !*

Eddie n'avait pas l'air de recevoir mes ordres télépathiques. Il resta là un peu plus longtemps, en vacillant légèrement sur ses pieds, avant de leur tendre les sodas. Il en posa un devant le démon, l'autre devant Allie. Il tapota l'épaule d'Allie avant de se tourner vers le démon. Vu sa contenance et son expression, j'avais la certitude qu'il était en train de leur dire des banalités du style « ravi de t'avoir rencontré ».

Et puis il fit un pas en arrière, quitta la table des enfants, et commença à avancer vers moi. Je me dressai sur mes pieds.

Laura attrapa mon bras et me força à me rasseoir.

— Attends, dit-elle. Attends, d'accord ?

Je grinçai des dents et réprimai mon envie de lui foutre une droite.

Pour l'instant, les deux jeunes ne bougeaient pas, alors je pouvais au moins garder un œil sur Allie.

Eddie revint à cet instant et je le fusillai du regard.

— Eh *bien* ? C'était quoi tout ça ?

Il me jeta un regard dur et j'eus un aperçu des nerfs d'acier que dissimulait cette enveloppe fragile.

— Patience, dit-il. Et regarde.

C'est ce que je fis en trépignant alors que les jeunes parlaient en sirotant leurs sodas. Allie était penchée en avant, et son langage corporel montrait à quel point elle appréciait ce garçon. Je m'agitais sur mon siège. S'il ne se passait pas quelque chose très vite, j'allais faire un infarctus – ce qui aurait au moins l'avantage de détourner l'attention d'Allie du démon. Enfin je l'espérais.

Toujours rien.

Et rien.

Ils continuaient à bavarder en buvant leur soda. Je serrai les poings contre mes flancs. De quoi est-ce qu'ils parlaient ? Ce n'était pas comme s'ils avaient quoi que ce soit en commun. Stan était un ignoble démon qui appartenait à l'enfer, alors que ma fille était une jeune lycéenne qui allait à la messe de façon plus ou moins régulière – et je décidai que ça allait devenir plutôt plus que moins.

— Ça suffit, dis-je.

Je repoussai mon siège et me levai. Au même instant, je vis Stan redresser brusquement la tête et fixer son regard sur moi. Il y avait du sang dans ses yeux, et il s'était levé aussi. Allie l'imita et malgré la distance, je l'entendis demander :

— Tout va bien ?

Tout n'allait pas bien, évidemment. C'était un démon.

Il fit un pas vers ma fille et je savais que Greer n'hésiterait pas à attaquer en public. Et qu'il le ferait pour me faire du mal.

Je m'élançai en avant.

— *Kate !* cria Laura, mais je ne l'écoutais pas.

Sa voix fut complètement couverte par le grondement douloureux et angoissé qui échappa au démon.

Il tomba à genoux, les mains levées, la tête renversée en arrière. Un gargouillis, comme une indigestion puissance dix, montait de sa bouche ouverte, et il se mit à jurer, des insultes en latin qui lui échappaient comme du vitriol.

Allie recula, une main devant sa bouche. Il se tourna et la regarda, le visage tordu.

— De l'eau bénite dans le coca, dit Eddie à côté de moi. Ça marche à tous les coups.

C'était une bonne ruse, mais je n'avais pas le temps d'y réfléchir. Ce démon était en rogne, et qui sait ce qu'il était prêt à faire.

— *Allie !* m'écriai-je. Viens ici, *tout de suite*.

— Petite pute ! glapit-il.

C'était davantage à moi qu'à Allie qu'il s'adressait.

— Qu'est-ce que tu m'as fait ? *Qu'est-ce. Que. Tu. As. Fait ?*

Allie n'attendit pas qu'il ait fini de poser sa question. Elle était déjà dans mes bras quand il prononça le dernier mot.

La tête de ma fille calée contre ma poitrine, je regardai avec un

mélange de fascination et d'horreur – mais aussi, oui, un sentiment de soulagement et de victoire – Stan se relever difficilement.
L'espace d'un instant, j'eus peur qu'il ne s'élance après nous, mais
il fonça vers la sortie. J'envisageai de le suivre, mais je savais que ce
n'était pas nécessaire. Todd Stanton Greer serait mort – encore –
d'ici quelques heures. Le démon aurait disparu. Et le corps du
garçon serait enfin enseveli.

Dans mes bras, Allie tremblait.

— Quel gros taré, dit-elle. C'était quoi son problème,
sérieux ?

— Je ne sais pas, mon cœur, dis-je en lui caressant les cheveux.
Mais c'est terminé maintenant.

Elle soupira.

— Il avait l'air si gentil.

— Des fois, c'est difficile à dire avec les gens.

Je pris sa main et nous nous éloignâmes. Ce n'était pas une
super réponse, mais en cet instant, c'était la seule que j'avais.

Je n'arrivai pas à dormir.

Il se passait trop de choses. Il y avait trop d'inconnues dans
ma vie. Si bien que je me retrouvai à me retourner en tous sens
dans un lit vide. Stuart travaillait une fois de plus tard dans son
bureau, et ma parano avait atteint des niveaux épiques.

Je me recroquevillai sur moi-même en serrant mon oreiller et
en essayant de ne pas penser à ce que je ferais si l'homme avec qui
j'avais choisi de passer le reste de ma vie s'était allié à des démons.
Je ne pouvais pas croire m'être autant trompée sur la moralité de
l'homme que j'aimais, mais tout semblait prouver que Stuart filait
un mauvais coton.

Je frissonnai, je ne voulais pas penser à ça. Au lieu de cela, je
me concentrai sur d'autres choses, comme essayer de deviner où le
frère Michael avait pu cacher les os de Lazare. Je n'avais aucune
idée à ce propos, mais cela me fit penser aux ossements, aux
cadavres qui revenaient d'entre les morts, et aux démons qui s'em-

pareraient de San Diablo et du monde entier, et de l'enfer – litté-ralement – que ce serait.

Ce n'étaient pas des pensées joyeuses.

Mais ce n'était pas non plus quelque chose que je comptais laisser arriver.

Malheureusement, je ne savais toujours pas dans quel sens prendre le problème.

Je devais m'être mise à somnoler à un moment donné, car tout à coup, le lit bougea sous le poids de Stuart.

Je roulai sur le côté et m'appuyai sur un coude.

— Salut, dis-je.

— Salut, toi.

— Tu travaillais sur quoi ?

— Un contrat pour un terrain, dit-il. Comme d'hab.

— Oh.

Je me redressai, fis bouffer mon oreiller contre la tête de lit, et me rappuyai en arrière.

— Tu veux en parler ?

— C'est pas intéressant, Kate. Et il est tard.

— Oh.

Je pinçai les lèvres et réfléchis à ma prochaine action. Je choisis l'approche directe. Je n'avais pas grand-chose à perdre, après tout.

— Est-ce qu'il y a quelque chose qui te tracasse ? demandai-je. Quelque chose dont tu ne me parles pas ?

— Qu'est-ce que tu vas chercher ? s'exclama-t-il d'une voix à la perplexité sincère.

J'aurais pu m'y laisser prendre, sauf qu'il était en train d'arranger les couvertures plutôt que de me regarder.

— D'habitude, tu me parles de ton travail. Bon sang, tu m'en rebats les oreilles.

Je ne lui dis pas que la plupart du temps, je ne l'écoutais même pas. C'était un peu trop franc.

— Mais ça fait des jours que tu ne me dis plus rien. J'ai peur qu'il n'y ait un problème.

— Il n'y a pas de problème, dit-il. Je suis juste fatigué. On peut dormir ?

— Oui. Bien sûr. Tu peux me parler, tu sais.

— Je sais, Kate.

Il y avait de l'exaspération dans sa voix. Il éteignit les lumières et je me glissai sous les couvertures. Je me tendis, m'attendant à ce qu'il me touche, et j'espérais que je ne tressaillirais pas. Mais il n'y eut pas de contact et au bout d'un moment, je roulai sur le côté et lui tournai le dos.

— Et Clark ? demandai-je.

Stuart mit un moment à répondre.

— Comment ça ?

— Ça fait un moment qu'on n'a pas parlé de lui. Quels sont ses plans ? Qu'est-ce qu'il compte faire quand tu auras repris sa place ?

Ça le fit pouffer de rire.

— Au moins tu as dit « quand » et pas « si ».

— Eh bien, tu vas gagner, non ?

— Sans aucun doute.

La façon dont il le dit me tira un frisson.

— Donc, Clark ? insistai-je.

— Il prend sa retraite de façon officielle. Son oncle est décédé et lui a laissé une tonne de fric. Il s'est acheté une maison à Aspen. Il est paré pour le reste de ses jours.

— Super, dis-je, mais je fis la moue dans mon oreiller.

S'il avait vraiment hérité d'un riche oncle, Clark avait beaucoup moins de raisons de vouloir se venger de l'Église pour avoir capté le legs de son père. Comme je n'avais pas d'autres suspects à l'heure actuelle, cela laissait mon mari sous le feu des projecteurs. Ce n'était pas une méthode très scientifique, c'est vrai. Rationnellement, je savais qu'il pouvait y avoir des douzaines d'acolytes démoniaques à San Diablo, tous prêts à faire n'importe quoi pour récupérer les os de Lazare. Mais émotionnellement, je m'étais convaincue que c'était Stuart, et cela me brisait le cœur.

— Est-ce que tu comptes me dire ce qui te perturbe vraiment ? demanda Stuart.

La question me prit tellement par surprise que je roulai sur moi-même pour lui faire face. Ses yeux étaient vifs et clairs, et son sourire était celui que je connaissais si bien. C'était l'homme que je connaissais et aimais. Est-ce que je me trompais ? Oh, s'il vous plaît, faites que je me trompe.

Il me caressa la joue.

— Allez, Kate. Parle-moi.

— D'accord, dis-je. L'heure de vérité.

Je pris une grande inspiration.

— Je passe beaucoup plus de temps à l'église, en tant que bénévole sur ce projet d'archives.

Je marquai une pause au cas où la mention de l'église ne suscite une confession de sa part.

Silence.

Je me raclai la gorge.

— Euh, donc, ça me prend beaucoup de temps, alors j'ai, heu... j'ai inscrit Timmy dans une crèche.

Je me rendis compte que je m'étais décalée et m'étais recroquevillée sur moi-même. Ce n'était pas franchement étonnant. Sur ce point-là, je m'attendais à essuyer la fureur de mon mari. Et, pour être honnête, je le méritais. Si Stuart avait pris une décision parentale de cette ampleur sans me consulter, il n'aurait pas fini de m'entendre.

— Une crèche, dit-il. Où ça ?

Je clignai des yeux, surprise par le calme de sa voix.

— KidSpace, dis-je. C'est du côté du centre commercial.

— Tu t'es renseignée sur eux ?

— Bien sûr. Et la maîtresse est vraiment bien.

— Et ça t'aide ?

— Carrément. Je veux dire, c'est temporaire.

Je me soulevai sur un coude et observai son visage.

— Stuart, je suis vraiment désolée. Je sais que j'aurais dû t'en parler, mais c'est super dur d'obtenir une place, et ils en avaient une, et j'avais besoin de temps pour moi, alors j'ai juste...

Il posa un doigt sur mes lèvres.

— Ne t'en fais pas, ma chérie.

Il me fallut deux secondes complètes pour que les mots arrivent à mon cerveau, et je n'en croyais toujours pas mes oreilles.

— Quoi ?

— Je t'ai dit de ne pas t'inquiéter pour ça. Tu es une super maman. J'ai confiance en ton jugement.

— Oh.

Je fronçai les sourcils en dépit du compliment.

— Alors ça ne te pose pas de problème ?

— Non. Mais il est une heure passée. Il faut que je dorme.

Il se pencha et m'embrassa sur la joue avant de rouler de son côté du lit. Je restai allongée là à contempler son dos, son tee-shirt blanc qui semblait phosphorescent au clair de lune.

Ce n'était pas bon. Pas bon du tout, du tout.

Ce n'était sacrément – mauvais choix de mot – pas possible que mon Stuart abandonne calmement sa voix dans les décisions qui concernaient Timmy. Cet homme dans mon lit n'était pas le Stuart que je connaissais.

Des larmes me brûlèrent les yeux et je serrai mon oreiller encore plus fort alors qu'une pensée tournait en boucle dans ma tête : mon mari, l'homme que j'aimais, travaillait pour un démon.

Stuart était parti quand je me réveillai et je dois avouer que cela m'arrangeait. J'avais mal dormi. Mes rêves étaient emplis d'images démoniaques de mon mari, et je ressassai mes pensées quant aux os de Lazare. Je savais que mon subconscient avait essayé de tirer tout cela au clair, mais là, j'aurais préféré que mon cerveau se déconnecte et se repose. J'étais épuisée et mal lunée, pas d'humeur à accepter la moindre contrariété, que cela vienne d'humains ou de démons.

Laura, vaillante associée, accepta de surveiller mes deux protégés pour que je puisse passer au bureau de Larson et le choper avant qu'il ne monte à la barre à neuf heures. Timmy était plongé jusqu'aux poignets dans son porridge quand elle arriva, et Allie était déjà sortie pour qu'on la conduise au lycée. Eddie dormait toujours. Les événements de la veille avaient dû l'épuiser, mais vu la façon dont il s'était pavané après sa brillante manœuvre, je me disais que ça devait en valoir le coup.

J'abandonnai Laura sur une promesse de revenir à dix heures pour la sauver de mon petit monde. Je me disais que je pourrais emmener Tim à la crèche et embarquer Eddie à la cathédrale avec moi. Avec un peu de chance, il repérerait quelque chose que j'avais manqué.

J'avais dit à Larson que j'avais du nouveau et il m'attendait avec une cafetière en marche sur une crédence couverte de livres.

— Les os de Lazare, dis-je avant de me renfoncer dans le fauteuil de cuir et de prendre une gorgée de café.

J'étais venue avec la réponse à notre grande interrogation et je ne pouvais m'empêcher de me sentir assez satisfaite de moi.

— Les os de Lazare, répéta-t-il. Vous voulez dire, les os de Lazare, ramené des morts par Jésus. Les os qui sont réputés avoir le pouvoir de régénérer les morts ?

Je le contemplai, bouche bée.

— Vous êtes au courant pour les os ?

— C'est du folklore. Un conte de fées. Fiction et conjectures.

— Je ne crois pas, dis-je. Eddie les a vus. Eddie a été trahi à cause d'eux.

Le doute inscrit sur le visage de Larson s'effaça, remplacé par un intérêt curieux.

— Vraiment ? Très bien, alors, éclairez-moi.

C'est ce que je fis, et je lui répétai l'histoire telle qu'Eddie me l'avait racontée.

— Intéressant.

Derrière son bureau, Larson avait joint les doigts, et une moue pensive tirait ses lèvres vers le bas.

— Eddie n'était pas sénile, au final, dis-je. Excentrique, peut-être, mais certainement pas sénile.

— Mais nous ne savons toujours pas où se trouvent les os de Lazare ? Il n'a pas pu vous le dire ?

Je m'agitai sur mon siège.

— Nous savons qu'ils sont quelque part dans la cathédrale.

— Mais nous ne savons pas où.

Il tapa du poing sur son bureau et se leva.

— Bon sang, Kate ! Il faut que nous les trouvions. Il faut que nous les trouvions *avant* lui.

Je me léchai les lèvres. J'avais envie de dire quelque chose, mais je ne savais pas comment il réagirait.

Il me regarda et ses épaules s'affaissèrent légèrement.

— Quoi ?

— Je réfléchissais à quelque chose qu'Eddie a dit. Les os sont en sécurité pour le moment. Je veux dire, ils doivent l'être puisque personne ne peut les trouver. Peut-être qu'on devrait juste les laisser là où ils sont.

— En sécurité, répéta-t-il. En *sécurité* ?

Il se mit à faire les cent pas dans son bureau et je le regardai, les yeux écarquillés. Il pétait les plombs.

— Comment pourraient-ils être en sécurité alors que Goramesh veut les trouver ? Vous pensez vraiment que le démon s'arrêtera parce que la tâche n'est pas *simple* ? Kate, réfléchissez, nom de nom !

— C'est ce que je fais !

J'avais crié, mais c'était surtout contre moi que ma colère était dirigée. Mince, il avait raison.

— Mais je ne sais pas où sont les os, alors qu'est-ce que je suis censée faire ? Tout ce que je sais, c'est que le frère Michael les a emmenés à San Diablo, et qu'ensuite il a passé le reste de sa vie dans un monastère en Italie. Et que tout à coup, des démons ont retrouvé sa trace et plutôt que de tout révéler, il s'est jeté par la fenêtre. Le secret est mort avec lui, Larson. C'est comme ça, voilà tout.

J'étais debout désormais, mais je venais de m'arrêter net en me repassant mes propres paroles. *C'est comme ça.*

Vraiment ?

— Mike Florence, murmurai-je.

Larson secoua la tête avec l'air de penser que j'avais perdu l'esprit.

— Mike – Michael – *Florence*, dis-je. Florence, en Italie.

Je me passai les doigts dans les cheveux. Comment avais-je pu être aussi aveugle ?

— Bien sûr. Il a fait un don. Les os sont dans les archives, juste sous notre nez, non-catalogués, dans une petite boîte dorée.

— Une boîte dorée ?

— Oui, dis-je. De cette taille à peu près, dis-je en la mimant avec mes mains.

La boîte ne valait rien en elle-même, alors la personne qui avait reçu cette relique précieuse n'avait pas dû se rendre compte de l'importance de son contenu. Je fronçai les sourcils alors que mon euphorie s'étiolait.

— Mais ça ne peut pas être ça, dis-je. Des os ne pourraient pas rentrer là-dedans.

— Pas intacts, dit Larson. Mais les os, ça casse facilement.

J'inclinai la tête de côté.

— Écrasés ?

— De la poussière d'os conserverait les mêmes propriétés, non ?

— C'est vous l'expert.

— Allez-y. Allez chercher la boîte. Ramenez-la-moi et je me débrouille pour la faire transporter au Vatican.

Il n'y avait pas à me le dire deux fois. J'étais déjà debout, mon sac sur l'épaule.

— Venez avec moi, dis-je. Nous irons à l'aéroport ensemble. Je m'assurerai que vous montiez dans l'avion sans encombre.

— Je ne peux pas. Il y a ce procès.

Il se frotta la tempe et regarda sa montre.

— Je peux demander une interruption au bout d'une heure, trouver une excuse. Je vous rejoindrai alors.

J'avais envie de protester, de faire remarquer que ses responsabilités envers son travail n'auraient pas dû passer avant celles que j'avais envers ma famille. Mais il n'y avait pas le temps, et je n'aurais pas gagné de toute façon.

— Retrouvez-moi chez moi, dis-je. Il faut que je relâche Laura, et peut-être qu'Eddie pourra confirmer que c'est bien ça. Je ne voudrais pas qu'on se pointe au Vatican avec les cendres du pauvre tonton Edgar.

— Bien vu.

Il hésita un instant avant de hocher la tête.

— Chez vous. Dans une heure. Allez-y maintenant.

Une heure plus tard précisément, Larson, Eddie et moi nous retrouvâmes rassemblés autour de la table de ma salle à manger. Plutôt que d'emmener Timmy à la crèche, j'avais supplié Laura de le garder chez elle. Je ne savais pas combien de temps ça nous prendrait, ou ce que ça supposait. Si je devais escorter Larson jusqu'à l'aéroport de Los Angeles, je ne pourrais pas aller récupérer Timmy à la crèche en fin d'après-midi.

La boîte était posée à côté du sel et du poivre, et ni Eddie ni Larson ne faisaient le moindre mouvement pour s'en emparer.

— Comment on sait ? demandai-je. Je veux dire, comment pouvons-nous être sûrs ?

Larson et moi nous tournâmes tous deux vers Eddie.

— Des idées ? demanda Larson.

— Eh bien, déclara Eddie d'une voix traînante, j'ai des tas d'idées.

— Pour la boîte, Eddie, dis-je pour l'aiguiller gentiment.

Je doutais que Larson soit d'humeur à supporter les radotages incessants d'Eddie. Je ne l'étais pas moi-même.

— Charlie n'a lu qu'une partie du texte à Michael et moi, dit Eddie. Normal. C'était long.

Il cligna des yeux, et ses pupilles semblaient énormes derrière les lunettes en demi-cercle qu'il avait remontées trop loin sur son nez.

— En quelle année c'était déjà ? Pas les années soixante... y avait pas de hippies avec leurs fleurs. Les années cinquante, peut-être ?

— *Eddie.*

Il agita une main vers moi.

— Désolé. Oui. Tu as raison, là.

Il cligna des yeux et regarda vers Larson.

— De quoi on parlait déjà ?

Larson posa ses deux mains à plat sur la table.

— Comment on teste la poussière ?

— Ah oui. Je me rappelle. Bien sûr. Avec de l'eau bénite.

Je croisai le regard de Larson, mais il avait l'air aussi perplexe que moi.

— De l'eau bénite ? Comment ?

— On en verse un peu, et la flamme du Seigneur apparaît. Je me rappelle pas la traduction exacte, mais le texte parlait d'hybris, et la flamme était un avertissement quant à comment ne pas utiliser les os. Une sorte de rappel.

— Un rappel ? demandai-je.

— Mathieu 25:41, dit Eddie.

Je secouai la tête. Je n'avais jamais été très douée pour retenir les Écritures par cœur.

— *Ensuite il dira à ceux qui seront à sa gauche : Retirez-vous de moi, maudits ; allez dans le feu éternel qui a été préparé pour le diable et pour ses anges.*

Le regard de Larson passa d'Eddie à moi.

— C'est pertinent, vous ne trouvez pas ?

Je hochai la tête mais je n'arrivais pas à parler. Je réalisai enfin ce que les os représentaient. Je voulais les tester, et puis je voulais les faire sortir de ma maison – les faire sortir de San Diablo, même. Le vaporisateur d'Eddie était à côté du sel. Je le passai à Larson.

— Voilà, dis-je. À vous l'honneur.

Il repoussa ma main et fit un signe vers Eddie.

— Après toutes ces années, je pense que ce moment revient à M. Lohmann.

— Ça, c'est clair.

Eddie prit une inspiration et ses épaules rachitiques se soulevèrent en même temps que sa poitrine, alors qu'il tirait la boîte vers lui. Il parvint à en retirer le couvercle sans trop de mal, et il dirigea l'embout du vaporisateur vers la poussière.

— Quelqu'un veut faire un roulement de tambour ?

— Je ne suis peut-être pas votre *alimentatore*, dit Larson, mais je ne vais pas me répéter. Arrêtez vos conneries et faites-le.

Eddie me fit un grand sourire avec son dentier d'un blanc aveuglant.

— Tu as déjà remarqué comment certains mentors peuvent être chatouilleux ?

— Le test, Eddie, dis-je.

— Je le fais, je le fais.

Il fit tomber un peu de poussière sur une serviette en papier et appuya sur le vaporisateur. Une fine brume en émergea et recouvrit la poussière.

Je reculai vivement, m'attendant à des flammes. Mais il n'y en eut pas. Au lieu de cela, nous nous retrouvâmes à regarder un tas de poussière légèrement détrempé sur une serviette légèrement détrempée.

À côté de moi, Larson émit un léger grondement.

— Vous êtes sûre que c'était de l'eau bénite ? Vous m'avez dit que l'équipe remplissait son flacon avec de l'eau du robinet.

— J'en suis sûre, dis-je à regret. Le père Ben en remet chaque matin, et j'ai rempli le flacon d'Eddie exprès pour lui.

— Eh bien, dit Eddie. Voilà qui règle la question. Je suppose que ça veut dire qu'il faut qu'on continue à chercher.

— Oui, dit Larson d'une voix tendue. On dirait bien.

Larson partit et Eddie et moi restâmes assis à table dans un silence morose.

— Je pensais vraiment que c'était ça, dis-je. Je pensais qu'on avait trouvé et que c'était fini.

— De mon point de vue, répliqua Eddie, on n'aura jamais vraiment fini.

— Vous peut-être, mais moi j'aurai fini dès que les os de Lazare seront en sécurité au Vatican.

— Ah oui ?

Il mâchouilla le bout de son stylo. J'attendis qu'il en dise davantage mais comme il ne le fit pas, je m'agitai sur ma chaise.

— Il faut que je pense à ma famille, Eddie. Allie, Timmy, même Stuart.

En mentionnant Stuart, je détournai le regard. Je n'avais pas fait part de mes soupçons à Eddie et je ne comptais pas le faire. Pas tant que je n'en serais pas absolument certaine.

— Eh bien, on fait tout ce qu'on peut, mais cette ville a d'autres problèmes que juste Goramesh. Peut-être que c'est à cause de lui que ça a commencé, peut-être pas, mais toutes ces saletés ne vont pas disparaître juste parce que les os ne sont pas là.

— Il y a d'autres chasseurs, répliquai-je.

Mais je savais qu'il n'y en avait pas tant que ça. Le père Corletti me l'avait déjà fait comprendre.

— Je suis à la *retraite*. Tout comme vous. Vous n'avez pas vraiment envie de reprendre du service, si ?

Il renifla.

— Je n'ai jamais quitté le service.

— Quoi ?

Je le regardai en clignant des yeux.

— Je croyais que vous étiez à la retraite.

Son rire fut dur et il n'avait rien de vulnérable. Quelles que soient les drogues qui l'avaient ralenti jusqu'alors, son corps avait fini par les évacuer.

— J'ai été dans bien des endroits où je n'avais pas envie d'aller au cours des quelque cinquante dernières années. Tu as déjà passé quinze ans sans voir une vraie douche ? C'est pas drôle, miss, mais c'est ce que j'ai fait, et je l'ai fait pour la Forza. Et la bouffe ? La pire bouffe que tu puisses imaginer. Pas même de la vraie nourriture, juste de la bouillie. De la bouillie avec…

— Attendez.

Je levai une main avant qu'Eddie ne parte dans une de ses diatribes.

— Du calme. C'est quoi l'idée ?

— Je t'ai déjà dit ce que c'était, ma grande, dit-il en parlant, le stylo dans la bouche. J'ai été trahi. Je n'ai pas pris ma retraite. Je suis parti. Je n'avais pas le choix. Je me suis battu contre des démons au Sri Lanka et un nid de vampires au Népal. J'ai passé du temps dans un monastère en Amérique du Sud et je me suis caché quelques années à Bornéo.

— Caché ? Depuis les années *cinquante* ?

— Ils me cherchaient. Ils n'ont jamais arrêté.

— Qui ? Pourquoi ?

— Les démons, bien sûr, dit-il. Ils cherchaient les os de Lazare et ça veut dire qu'ils me cherchaient moi.

— Alors vous vous êtes planqué tout ce temps ? Pourquoi revenir à San Diablo ? Vous saviez que les os étaient ici. Vous ne pensiez pas que les démons comprendraient ?

À ces mots, Eddie éclata de rire au point de commencer à s'étrangler. Il vira au cramoisi avant de prendre une teinte de bleu qui n'était guère seyante. Je sautai sur mes pieds et lui tapai dans le dos jusqu'à ce qu'il lève la main pour me faire signe que ça allait. Il essaya de parler mais rien ne sortit. Je lui donnai un verre d'eau et il essaya à nouveau.

— Je ne suis pas venu ici, ma fille. C'est eux qui m'ont amené.

— *Quoi ?*

— Il y a trois mois environ.

— C'est à cette date que le frère Michael s'est suicidé, dis-je.

— Oui.

— Bon, et où étiez-vous avant ça ?

— Six mois avant, j'étais à Alger. J'y étais barman et je m'occupai des clients du genre surnaturels et mal intentionnés. J'entraînai quelques chasseurs, aussi. Sous le manteau, bien sûr. C'est comme ça qu'il faut faire, si tu veux mon avis. La Forza est trop lente, et le danger est trop grand. Il faut se lancer et se battre. Il faut se mouiller et...

— *Eddie !*

Tout son corps sembla s'affaisser.

— Ils m'ont trouvé là-bas. Les démons. Ils m'ont ramené dans un taudis à Inglewood. Ils m'ont drogué. Posé des questions. Essayé d'obtenir des réponses. Je ne leur ai rien dit. Rien dit du tout.

J'avais envie de pleurer mais mes yeux étaient étonnamment secs. Une colère nouvelle me parcourut. Je voulais me rattraper auprès de ce vieil homme qui avait consacré la plus grande part de sa vie à protéger un secret. Et plus que jamais, je voulais détruire Goramesh.

— Des démons vous ont amené ici ? demandai-je.

— Ils se sont calmés sur les drogues à ce moment-là. Peut-être qu'ils se sont dit que je ne me rappelais vraiment plus avec la tête tellement en vrac. Je ne sais pas. Et je ne comprenais pas ce qui les avait poussés à me ramener à San Diablo.

Il me regarda.

— Je n'en savais rien jusqu'à ce que tu me racontes ton histoire, en tout cas.

— Dès qu'ils ont appris du frère Michael que les os étaient ici, ils vous y ont emmené aussi ?

— Ça leur a bien réussi, dit-il avec un sourire de satisfaction. Je n'ai pas lâché un mot. Je n'ai jamais rien dit à âme qui vive. Et il n'y a pas une seule drogue sur cette planète capable de faire parler ce vieil Eddie s'il n'en a pas envie.

J'en eus le souffle coupé.

— Vous m'avez parlé à moi.

Ma voix n'était guère plus qu'un murmure.

— Pourquoi ? Pourquoi m'avoir fait confiance ?

— J'ai eu tort ?

— Non.

Je secouai la tête avec ferveur.

— Non, pas du tout.

Il m'adressa son sourire édenté.

— En ce cas, mes raisons n'y changeront pas grand-chose, hein ?

18

En à peine vingt-quatre heures, j'étais passée de tester une fine poudre blanche avec de l'eau bénite dans l'espoir d'empêcher la fin du monde, à servir des beignets sur le terrain de softball derrière la cathédrale Sainte-Mary.

C'est la diversité qui fait le piment de mon existence.

Je ne savais toujours pas où étaient les os de Lazare, pas plus que je ne savais – avec certitude – qui était censé les sortir de la cathédrale pour les fourrer dans les pattes avides de Goramesh. Dire que j'étais frustrée aurait été un euphémisme et si mon sourire était un peu moins jovial qu'il n'aurait dû l'être pour la foire de la paroisse, eh bien, on pouvait mettre ça sur le compte des démons.

— Mam-*man* !

Allie me rejoignit, Timmy calé sur sa hanche.

— Je suis vraiment obligée de me le trimballer ? Je ne vais pas réussi à rencontrer quiconque de cool avec mon petit frère sur les bras.

— C'est une fête paroissiale, ma chérie, pas *Tournez Manège*. Elle fit la grimace.

— Je t'ai déjà dit que je ne pense pas qu'aux garçons.

— Juste les lundis, mercredis et vendredis ?

— Voilà, répondit-elle avec un sourire espiègle. Et un mardi sur deux.

— Eh bien, on est vendredi aujourd'hui. Qui est le petit chanceux qui est l'objet de ton affection aujourd'hui ?

— Personne, dit-elle avec un gros soupir. Tous les mecs cools sont chelous.

Je savais qu'elle pensait à Stan et mon ventre se tordit. J'avais vu un petit article dans le journal du matin. Todd Greer – qui avait miraculeusement survécu à l'attaque d'un chien sauvage quelques jours auparavant – était sorti d'un centre commercial en courant et s'était jeté devant un bus. Il avait été tué sur le coup. Même si je savais qu'il n'était pas humain, je ressentais quand même une pointe de tristesse résiduelle pour le garçon qu'il avait été.

Je souris à ma fille, cette enfant que je voulais si désespérément protéger. Je suppose que j'aurais dû lui assurer qu'il y avait des tas de garçons normaux, mais je gardai le silence. Elle apprendrait bien assez vite.

— Va donc voir si Laura ne peut pas se charger de Tim ? lui suggérai-je après avoir servi un beignet à un type dont le tee-shirt arborait les couleurs de l'Université de Californie.

— Je l'ai cherchée. Je ne l'ai trouvée nulle part.

Elle me fit sa moue de chien battu.

— Papy a dit qu'il voulait bien surveiller Tim.

— Tu laisses le bébé avec Papy et tu peux dire adieu à ton téléphone.

Je n'avais pas peur d'endosser le mauvais rôle quand il le fallait.

Un gémissement de détresse, suivi d'un « peu importe ».

— Tu n'as qu'à attendre Stuart. Il a promis qu'il serait là à six heures trente.

— Il n'est que six heures, maman. Ça fait encore une demi-heure.

— Oh, quelle torture, dis-je.

— Quand est-ce que tu finis ?

— Maintenant, à vrai dire, mais j'ai encore quelques trucs à faire.

Genre me faufiler dans les archives et espérer être frappée par l'inspiration.

— *Mais mam-man*. Tu ruines ma vie sociale.

— Je sais. Je suis affreuse.

Je reculai pour laisser Tracy Baker me remplacer en tant que reine des beignets, puis me glissai hors du stand et vins faire face à ma fille.

— Ta meilleure chance, c'est Laura. Je suis sûre qu'elle doit être dans le coin avec Mindy, non ?

Vu le soupir d'Allie, on aurait cru que je venais de lui annoncer qu'il ne lui restait plus que trois semaines à vivre.

— Je ne sais pas. Je vais essayer de les trouver. *Encore.*

Elle partit en traînant les pieds tandis que Timmy donnait des coups ravis dans ses boucles d'oreilles pendantes.

Allie n'avait peut-être pas réussi à trouver Laura, mais moi je n'eus pas de problème à la localiser. Même si elle n'est pas catholique, la fête paroissiale est une affaire importante dans la communauté, et nous y allons toutes les deux chaque année. D'habitude, on fait le tour des stands et on achète quelques babioles faites à la main et des cadeaux idiots. Cette année, nous avions une quête.

— Je peux t'aider, tu sais, dit-elle alors que nous marchions vers la cathédrale.

— Non, merci. Si Goramesh nous surveille, il sait probablement déjà que tu m'aides. Mais juste au cas où il ne le saurait pas, je préfèrerais qu'on continue à maintenir l'illusion.

— Alors qu'est-ce que je peux faire ?

Un zeste de culpabilité vint me chatouiller la nuque.

— Tu ne pourrais pas aller sauver Allie ? Son frère lui gâche ses effets.

— Pour Allie, je ferais n'importe quoi.

— Merci.

— Pas de souci. Ça fera juste un dessert de plus sur une liste déjà longue.

Nous étions juste à l'extérieur des portes quand elle s'interrompit. Elle secoua légèrement la tête en resserrant ses bras autour d'elle et regarda le bâtiment devant nous.

— Triste et inspirant tout à la fois, tu ne trouves pas ?

Je ne pensais à rien à part au milliard de cartons qui attendaient toujours que je les examine. Après être passée aussi près juste pour être amèrement déçue, je ne pouvais pas prétendre être enthousiaste à cette idée.

— Kate ?

— Désolée. Quoi ?

— Je pensais juste à la cathédrale. Les os des saints mêlés au mortier. Et ces cinq martyrs dans le sous-sol, je veux dire, d'un côté c'est inspirant, mais c'est aussi un peu glauque et bizarre.

J'ouvris la porte.

— Le glauque, le bizarre, l'inspirant ou le pieux, ça ne m'intéresse pas. Ce que je veux, c'est des réponses et au lieu de passer les deux prochaines heures à m'amuser avec toi en achetant des écharpes avec des perles ou des boucles d'oreilles en toc, je vais devoir rester coincée là-dedans avec des cartons infestés de vermine. Alors pardonne-moi si je ne suis pas émerveillée par l'importance historique des lieux.

Ses lèvres frémirent mais elle hocha la tête avec gravité.

— D'accord, dit-elle. Va travailler.

Elle retourna vers le terrain de sport et je m'interrompis à l'entrée pour tremper mon doigt dans l'eau bénite et faire une génuflexion. Je n'ai jamais été très douée pour les génuflexions – désolée, le mouvement n'est pas naturel du tout – et cette fois, je tombai sur les fesses, abasourdie par la pensée soudaine qui venait de me traverser.

Laura avait dit qu'il y avait *cinq* martyrs, mais il y avait *six* sacs avec des cendres. Il y en avait un de plus dans la vitrine, littéralement caché en pleine vue.

Un frisson me parcourut, comme un courant électrique.

Je savais où se trouvaient les os de Lazare.

Je courus à l'extérieur, sortis mon téléphone de mon sac et me mis à tourner en rond alors que j'attendais que la barre de réseau apparaisse. Dès qu'elle le fit, je composai le numéro de Larson.

— Je sais où sont les os, dis-je sans m'embarrasser de politesses.

— Vous en êtes certaine ?

Sa voix était tendue.

— Absolument. Je crois. Où est-ce que vous êtes ?

— Environ à un kilomètre de la cathédrale. Allez-y, prenez les os, et retrouvez-moi sur le parking.

— Je peux attendre, dis-je. Je préférerais que nous les sortions ensemble.

— Pas le temps, dit-il d'une voix empressée. Goramesh a des oreilles partout. Vous n'auriez même pas dû m'appeler. Mais puisque vous en avez parlé à voix haute, il *faut* que vous sortiez les os *maintenant*.

Mes joues s'embrasèrent sous ces remontrances, et j'ouvris la bouche pour me défendre, mais rien n'en sortit. Avait-il raison ? Est-ce que je venais de me mettre en danger ? De mettre les os en danger ?

— Je serai là quand vous sortirez et nous les emmènerons à l'aéroport ensemble. Allez-y, maintenant.

J'obéis. Je fonçai à travers la nef et gravis les quatre marches du sanctuaire d'un seul bond. J'ouvris en grand la porte de la sacristie et dévalai les escaliers.

Et puis je m'arrêtai net et poussai un petit glapissement surpris en voyant l'homme assis là.

Stuart.

Oh Seigneur Dieu, est-ce qu'il m'attendait ?

Il était assis à l'une des longues tables en bois, avec devant lui un très grand livre aux pages jaunies, couvert d'une écriture manuscrite en pattes de mouche. Il releva la tête vers moi et je vis la surprise sur son visage. De mon côté, il n'y avait que la peur, un sentiment de trahison, et un drôle d'espoir. Était-ce toujours mon Stuart ? Ou était-il là pour me faire du mal ?

Il baissa les yeux sur sa montre et fronça les sourcils avant de croiser mon regard à nouveau.

— Je suis en retard ? Je croyais que je devais être là à six heures trente.

— Quoi ?

Cette déclaration était si inattendue que je n'arrivais pas à comprendre de quoi il parlait.

— Ce n'est pas pour ça que tu es là ? Parce que tu me cherches ?

— Je... Pas vraiment.

Un instant, il eut l'air perdu, mais sa confusion disparut bien vite.

— Tu t'es faufilée ici pour poursuivre sur ton travail bénévole.

— Un truc du genre, dis-je, toujours figée sur place. Qu'est-ce que tu fais là ?

Il ferma le livre avec un bruit sourd et un nuage de poussière.

— Rien. C'est juste un projet sur lequel je travaille.

Je laissai ma tête partir en arrière, exaspérée en dépit des circonstances surréelles.

— Qu'est-ce qui se passe, Stuart ? Dis-moi, juste. Dis-moi la vérité, d'accord ?

Je m'assis en face de lui et tendis la main à travers la table pour prendre la sienne.

— Je t'en prie. Peu importe à quel point c'est grave, je peux tout entendre.

— Grave ? Kate, qu'est-ce qui cloche chez toi ces derniers temps ?

Je me renfonçai en arrière, les yeux écarquillés, et ramenai mes mains de mon côté de la table.

— Chez *moi* ?

— Tu es distraite, tu ramènes des vieillards à la maison sans m'en parler, tu inscris Timmy dans une crèche sans me consulter.

— Je croyais que ça ne te posait pas de problème.

— J'ai confiance dans ton jugement, bien sûr. Mais tu n'en as même pas discuté avec moi.

Il secoua la tête.

— Je ne sais pas, chérie. Je ne parviens pas à mettre le doigt sur ce que c'est, mais il t'arrive quelque chose. Est-ce que c'est le vieil homme ?

Il prit une inspiration.

— Est-ce que c'est Eric ? demanda-t-il, de la douleur dans la voix.

— Ce n'est pas Eric, dis-je.

Je pinçai ma lèvre inférieure avec mes dents.

— C'est toi.

— Moi ?

— Je t'ai vu ici l'autre jour. Mais quand je t'ai posé la question, tu m'as menti, Stuart. Qu'est-ce qui se passe ? Tu ne me mens jamais.

Ses lèvres se relevèrent l'espace d'une seconde en un sourire ironique.

— On dirait qu'on peut tous les deux nous mettre dans le même panier à ce propos, hein ?

Mais je n'allais pas me laisser entraîner dans un jeu de qui avait menti à qui. Je voulais juste savoir.

— Pourquoi, Stuart ? Pourquoi tu es aussi sûr que tu vas gagner l'élection ?

Ça le fit rire.

— Oh, bon Dieu, Kate. Tu ne penses tout de même pas que j'accepte des pots-de-vin ou je ne sais quoi ?

— Je...

Je refermai la bouche sans trop savoir quoi dire.

— J'étais juste super content. Et oui, je pense que j'ai de très bonnes chances. Jeremy Thomas a accepté un poste à Washington et Frank Caldwell a décidé de me soutenir à sa place. Je ne voulais pas te le dire jusqu'à ce que Caldwell l'annonce officiellement, juste au cas où quelque chose change. Mais c'est presque certain.

Je ne pus retenir mon sourire.

— C'est merveilleux !

Jeremy Thomas était un avocat général qui se trouvait être le plus grand rival de Stuart pour la place de procureur du comté. Frank Caldwell était le procureur du district de San Diablo. Son soutien valait son poids en or.

— C'est chouette, hein ?

— Très.

Un poids sembla abandonner ma poitrine, mais en regardant autour de moi, là où nous nous trouvions, il revint aussitôt.

— Mais qu'est-ce que tu faisais ici ?

— Une cession de terrain, dit-il. Et Clark a juré qu'il aurait ma tête si j'en parlais à quiconque, toi incluse. Si ça se savait, on serait en mauvaise posture.

Je me contentai de le fixer.

— Du terrain. Tu es ici pour acheter du terrain ?

Il ouvrit le livre et je vis ce que c'était. Les actes de propriété de l'Église.

— J'essaie de retrouver le titre de propriété d'un terrain appartenant à l'Église pour lequel le comté va faire une offre. Il y a des ramifications politiques derrière, alors on se fait discrets.

— Et c'est tout ? C'est tout ce qui te préoccupe ?

— Oui ? Qu'est-ce que tu croyais ? Que j'avais une liaison et rendez-vous derrière l'autel de la cathédrale ?

Je secouai la tête.

— Non. Rien de tel.

Il se leva en tendant son bloc-notes jaune comme un bouclier. Je m'attendais à ce qu'il me demande ce que moi je faisais, mais il n'en fit rien. Peut-être qu'il ne voulait pas savoir. Peut-être que j'étais en train de prier si fort pour qu'il ne dise rien qu'il entendit ma supplique. En tout cas, il dit juste qu'il fallait qu'il s'en aille.

— Je sais que j'ai dit que je te retrouverais avec les enfants à six heures trente, mais je crois que je viens de trouver le chaînon manquant, et j'aimerais vraiment aller...

— Vas-y. Retourne au bureau et passe le bonjour à Clark de ma part.

Il fit le tour de la table et m'embrassa sur la joue. J'étais si pleine de culpabilité que j'avais l'impression qu'elle devait transpirer par mes pores. Avec un peu de chance, il n'en sentirait pas le goût.

Il partit vers la porte mais j'attrapai sa main pour le retenir.

— Ça va, nous deux ?

Son sourire m'illumina de part en part.

— Au top, dit-il.

Bon sang, j'espérais qu'il avait raison.

Je le regardai partir, pris trois grandes inspirations et me forçai à ne pas pleurer. Je n'avais pas le temps pour ça. Il fallait que je récupère les os.

J'avançai jusqu'à la vitrine, mon allure ralentie par la crainte de m'être trompée. Mais dès que je regardai à travers le verre, je sus que j'avais raison. Il n'y avait que cinq martyrs, mais il y avait bien six sacs.

Je les ouvris, un par un. Des cendres sombres, des mèches de cheveux, des éclats d'os. Dans tous les sacs. Et puis j'ouvris le dernier. « Reginald Talley », disait l'étiquette, mais j'étais certaine que ce ne serait pas Reginald à l'intérieur. Je défis la cordelette et regardai à l'intérieur. Une poudre d'un blanc parfait. Des os broyés.

Lazare.

Le frère Michael avait réduit les os en poudre. La boîte dorée emplie de poussière n'avait pas été qu'une simple ruse, c'était un indice. Une partie d'une série d'indices à l'intention d'Eddie. Le premier était le nom : Mike Florence. Le prénom anglicisé du prêtre, et puis la ville italienne pour s'assurer qu'Eddie comprenne que la boîte avait été laissée là par son ami. Et Michael avait fait exprès de mettre de la poussière dans la boîte dorée. La poussière était le second indice, pour faire comprendre à Eddie que les os avaient été broyés et s'assurer qu'il sache qu'il devait chercher une poudre.

Je n'avais même pas besoin de tester la poussière, mais ayant été échaudée une première fois, je préférais être sûre. Je sortis mon flacon d'eau bénite et le posai sur la table. Dans ma poche de derrière, je récupérai une des serviettes en papier du stand de beignets. Je la dépliai et y versai une toute petite quantité de poudre. Et puis j'ouvris le flacon et l'inclinai pour en faire sortir une seule goutte, qui resta accrochée au rebord de la bouteille.

Je retins ma respiration alors que la goutte tombait et quand une flamme d'un bleu parfait jaillit, je lâchai le flacon et me laissai choir à genoux.

C'était ça. C'était vraiment les os sacrés.

Mon cœur battait dans ma poitrine et je restai à genoux jusqu'à ce que la flamme disparaisse. Je venais d'assister à quelque chose d'incroyable, le pouvoir de Dieu s'était manifesté devant moi et je tremblais, certaine de sentir Sa présence dans cette pièce avec moi. Il m'avait guidée jusqu'ici et désormais, Il me guiderait en sécurité.

Après tout, ça avait été plutôt facile jusqu'à maintenant. Aucun acolyte humain ne m'avait menacée. Aucun démon ne s'était précipité sur moi.

Rien de ce que je craignais n'avait eu lieu, et même si j'étais heureuse de ne pas avoir à me battre pour sortir de la cathédrale, la situation était quelque peu déconcertante. Je n'avais pas à me plaindre de mon instinct, en temps normal. Et j'avais été si certaine que Goramesh enverrait un humain.

Si ce n'était pas Stuart, alors qui ?

Et c'est là que je compris. La vérité était si horrible qu'elle me donna la nausée.

C'était moi, depuis le début. C'était moi, l'acolyte humain.

Moi.

19

J'attrapai le bord de la table pour me stabiliser alors que quelque chose de sombre et froid emplissait mon ventre.

Goramesh avait failli réussir. *À cause de moi !* Je tenais les os de Lazare et j'avais été sur le point de les monter hors de la crypte et de les donner à...

Oh, merde.

J'avais eu raison, le tout premier jour, et j'aurais dû faire confiance à mon instinct. Larson était bien un démon ! Il m'avait menti en me disant que Goramesh n'était pas corporel.

Goramesh avait bien un corps, aucun doute. Goramesh était *Larson*.

Je me laissai tomber sur le plancher poussiéreux, prostrée. La terreur et le soulagement m'enveloppèrent, et je ne pus rien faire d'autre que me balancer d'avant en arrière. J'avais failli manquer la vérité. J'avais failli tout détruire.

Lentement, la terreur reflua, remplacée par une colère froide. Il voulait les os de Lazare ? Alors il n'avait qu'à venir les chercher lui-même.

Je froissai la serviette en papier et la fourrai dans ma poche avec le flacon d'eau bénite. Puis je renouai le cordon autour du sac. Je le remis dans sa vitrine, pris une inspiration pour me donner du courage, et montai les escaliers.

Je n'avais pas de plan, mais je savais qu'il était hors de question que Larson touche à ces os. Dès que je serais hors de la cathédrale et que j'aurais du réseau, j'appellerais le père Corletti. S'il ne lui restait plus de chasseurs à envoyer, tant pis. Il n'avait qu'à envoyer des gardes suisses. Mais je ne lâcherais pas l'affaire jusqu'à ce que ces os soient sortis de San Diablo et partent en toute sécurité pour le Vatican. Eddie pourrait m'aider à les garder d'ici là. Le père Ben aussi, tant qu'on y était ; s'il le fallait, j'irais lui demander son aide à lui aussi.

Je sortis de la cathédrale en courant et tombai aussitôt sur Laura.

— Où est Larson ?

Elle s'arrêta net, visiblement surprise par le ton de ma voix.

— Où est-ce qu'il est ? répétai-je avec brusquerie.

— Au niveau du stand de glace, je pense ? dit Laura. Qu'est-ce qui ne va pas ? Les enfants survivront à une soirée de sucreries.

Les enfants ? Je ne comprenais pas. Quels enfants ? Et puis…

Je saisis Laura par l'épaule.

— Où sont mes enfants ?

— Avec Larson.

Elle fit la moue.

— Paul est venu comme il l'avait promis, mais quand il m'a dit qu'il ne pouvait pas rester, j'étais si furieuse que j'ai failli craquer. Je ne l'ai pas fait, parce que je surveillais les enfants, mais je crois que Paul s'est rendu compte que je fulminais.

Je fis un cercle avec la main pour l'encourager à aller plus vite.

— C'est là que Larson s'est proposé pour les emmener prendre une glace.

Elle se lécha les lèvres, inquiète.

— Il a dit que tu étais d'accord. Ce n'est pas le cas ?

— Oh, non. Je n'ai certainement pas dit que j'étais d'accord.

Je tournai sur moi-même et commençai à foncer vers le stand de glace, sans plus me soucier des os de Lazare. Laura s'élança derrière moi.

— Qu'est-ce qui se passe ?

Je l'entendais respirer avec peine derrière moi alors que nous nous arrêtions devant le stand.

— C'est Larson, dis-je. C'est Goramesh.

Elle pâlit et je la rattrapai avant que ses genoux s'effondrent sous elle.

— Oh mon Dieu, les enfants. *Mindy.*

Ses yeux se remplirent de larmes.

— S'il leur arrive quoi que ce soit. S'il arrive quelque chose à Mindy...

— Il ne leur arrivera rien, dis-je d'une voix dure comme de l'acier.

— Qu'est-ce que tu vas faire ?

— Je vais le défoncer.

À ce moment-là, c'était le seul plan que j'avais. Franchement, je pensais qu'il n'était pas si mauvais que ça.

— *Maman, maman, maman.*

Nous nous retournâmes toutes les deux au son de cette voix.

— Mindy, souffla Laura avec un soulagement si tangible que j'aurais presque pu le toucher.

Mon soulagement à moi était entaché de ma peur pour mes propres enfants, qui n'étaient à l'évidence pas avec Mindy.

— Qu'est-ce qui s'est passé ? demandai-je.

Elle avait la tête collée à la poitrine de Laura, ses bras serrés de toutes ses forces autour de sa mère. Mais je voyais un coin de son visage maculé de larmes.

— Il m'a poussée, dit Mindy. Il a obligé Allie à rester avec lui, il a dit, sinon il ferait du mal à Timmy.

Je fermai les yeux, trop effrayée pour prier.

Mon téléphone sonna.

Je décrochai avant que l'écho de la première sonnerie ne se soit tu.

— Amenez-moi les os, Kate, dit Larson.

— Allez vous faire foutre.

Cette bravade n'était que de façade.

— Ma chère Kate, dit-il. Je vais me montrer clair et net : amenez-moi les os de Lazare, ou vos enfants sont morts.

— Enfoiré, murmurai-je.

Mais il avait déjà raccroché.

Je serrai les poings avec l'envie de frapper quelque chose, mais il n'y avait que Laura. Je m'écroulai contre elle en sanglotant et elle me tapota le dos en prononçant des paroles rassurantes auxquelles je savais qu'elle ne croyait pas vraiment.

Tout du long, Larson avait joué un rôle dans l'intention de me tromper. Mais le masque était tombé. Larson était Gora-mesh : un Haut Démon. Le Décimateur. Et j'avais vraiment la trouille.

Ça suffit.

Je me reculai et m'essuyai les yeux.

— Kate ?

Je ne répondis pas. Je ne pouvais pas. Je me détournai et retournai vers la cathédrale. Mes joues étaient baignées de larmes, mais je savais ce que j'avais à faire.

C'étaient mes enfants, après tout.

Les doigts crispés autour du sac en tissu, je remontai les escaliers, la tête en vrac. J'aurais dû le savoir. J'aurais dû repérer les indices. Tout pointait vers cela. Sa réticence à rentrer dans la cathédrale. Les chewing-gums à la menthe qu'il prenait en permanence. Sa force quand nous nous étions battus dans la cour. Sa capacité à reconnaître un autre démon – et sa précision quand il avait lancé le couteau.

Ça avait été l'eau bénite qui m'avait convaincue.

Mais là, en passant devant le bénitier, je me rendis compte d'à quel point il lui avait été facile de m'illusionner à ce propos. Un démon peut pénétrer sur le sol sacré même si cela lui est doulou-reux. Les bénitiers sont loin du sanctuaire et de son mortier impé-nétrable aux démons. Goramesh avait simplement dû les renverser avant de les remplir à nouveau avec de l'eau du robinet. Je me rappelai la flaque sur le sol avant notre entrevue et compris que j'avais raison.

Il y avait d'autres indices encore. Je ne voulais pas faire les recherches, mais il m'avait convaincue de le faire. Et j'avais accepté d'accélérer le rythme s'il y avait des signes que davantage de démons se matérialisaient à San Diablo. La nuit où Todd Greer était venu me rendre visite, j'avais pris ça pour un signe. C'en était un, aucun doute, mais je l'avais interprété de travers. Larson avait donné l'ordre à un chien de l'enfer de tuer Todd Greer pour qu'un démon puisse s'emparer de son corps et me convaincre de faire les recherches à la place de Larson. Ensuite de quoi, il avait tué le démon dans l'allée pour renforcer son image de gentil auprès de moi.

Quel escroc.

Et puis il y avait Eddie. C'était Larson qui avait « découvert » la présence d'Eddie à San Diablo. Ce n'était pas étonnant. C'était lui qui l'y avait amené. Il fallait que je rencontre Eddie parce que le vieux chasseur était le seul à savoir ce que Goramesh voulait. J'aurais même parié que c'était Larson qui avait ordonné de diminuer les quantités de drogue pour qu'Eddie puisse remettre de l'ordre dans ses idées... tout ça pour qu'il puisse me dire la vérité une fois qu'il aurait décidé de me faire confiance.

Et pourquoi ne m'aurait-il pas fait confiance ?

J'étais une chasseuse moi aussi, et je n'avais pas conscience du rôle que je jouais.

Larson avait même alimenté mes craintes à propos de Stuart, sans doute parce que me forcer à envisager cela m'empêcherait de réfléchir de trop près à son propre rôle. Et ça avait marché aussi.

Avec un juron peu gracieux, je sortis en trombe de la cathédrale. Tout cela n'était que de la curiosité académique désormais. Tout ce qui importait, c'était que je récupère mes enfants.

Le soleil de cette fin de journée jetait de longues ombres sur le sol et créait une atmosphère surréaliste qui correspondait à mon humeur. J'abritai mes yeux d'une main et je parcourus les pelouses du regard, mais je ne vis aucun signe de Laura ou d'Eddie.

J'ouvris mon téléphone et commençai à composer le numéro de Laura, mais le crissement de pneus sur l'asphalte retint mon attention. Je bondis en arrière en me rendant compte que la Lexus de Larson fonçait sur moi à toute allure en travers du parking désert.

Elle fit une queue de poisson et pila juste devant moi. Les muscles bandés, je me préparai à le rouer de coups. Entre les vitres teintées et la distorsion causée par la lumière du soleil bas, je ne voyais pas Larson, mais j'étais prête. Je me précipitai devant la portière du conducteur et je l'ouvris d'un geste brusque.

— Sors de là, fils de pute !

— *Maman !*

Ce n'était pas Larson. *Allie.*

Elle s'agrippa à la portière et se hissa de la voiture pour tomber dans mes bras. Je m'effondrai sur l'asphalte en la tenant contre moi. Je pleurais pour de bon, désormais.

— Mon bébé, oh, mon bébé, murmurai-je tandis qu'elle pleurait.

Je soulevai son menton et la fis se détacher de moi pour pouvoir l'examiner correctement.

— Tu es blessée ? Est-ce que ça va ?

Elle arrivait à peine à parler à travers ses larmes mais un petit « Timmy » parvint à lui échapper. Mes veines se chargèrent de glace alors qu'elle articulait à grand-peine :

— Je n'ai pas pu l'emmener. Oh, maman, il a toujours Timmy.

— Est-ce qu'il est blessé ? Comment il allait quand tu es parti ?

J'avais envie de me précipiter, de courir, de me battre, de faire *quelque chose* pour arranger tout ça. L'adrénaline avait envahi mon corps et une étrange froideur commençait à m'engourdir. Un pragmatisme glacial. *Pas d'émotions, Kate. Tu y vas, tu fais le boulot, et tu ramènes Timmy.*

— Il... il allait bien. Mais j'ai peur. Oh, maman, j'ai tellement peur pour lui.

Je grinçai des dents.

— Où est-ce qu'il t'a emmenée ?

— Le cimetière.

Sa voix tremblait, mais elle était un peu plus forte.

— Il nous a dit que tu avais dû partir mais qu'il nous emmenait prendre une glace avant de nous ramener à la maison. Mais il est parti dans l'autre direction et quand il est arrivé au cimetière et qu'il t'a appelée, j'ai eu tellement peur.

— Je sais, mon cœur. Mais tu t'en sors super bien.

— Il nous a fait sortir de la voiture mais il avait laissé les clés. Et je me suis enfuie, comme Cutter nous a montré.

Mon ventre se serra. Elle avait eu de la chance, la surprise avait été de son côté. Larson aurait facilement pu la rattraper et lui tordre le cou. Je la tirai vers moi et la serrai dans mes bras encore un coup, juste pour la sentir, saine et sauve, contre moi.

— Tu as été super, ma puce.

Je la soulevai tout en me remettant sur mes pieds. Le moteur de la voiture tournait toujours et je la regardai d'un air sinistre.

— Va retrouver Laura et Papy et dis-leur ce qu'il se passe. Reste avec eux, d'accord ? Ne t'éloigne pas d'eux quoi qu'il se passe.

Elle hocha la tête, le menton tremblant.

Je me glissai derrière le volant.

— Où dans le cimetière ?

— La grande statue, dit-elle. Celle avec l'ange.

Je hochai la tête. Je savais où c'était. C'était l'une des plus vieilles parties du cimetière, loin de la route.

— File, dis-je. Va trouver Laura. Ça va aller. Promis. Je vais ramener ton frère.

Elle se pencha dans la voiture et m'embrassa.

— Je t'aime, maman, dit-elle.

Et puis elle partit en courant en direction de la fête.

Je soupirai. *Je t'aime aussi, mon bébé.* Et puis je mis les gaz.

Je ne m'embêtais pas à utiliser les routes pavées du cimetière. C'était peut-être irrespectueux, mais je me contentais de diriger la Lexus vers le coin sud-est et de foncer. La plupart des tombes étaient marquées par de simples plaques et je zigzaguais entre les pierres et les tombes érigées à une autre époque.

L'ange se dressait devant moi et je m'arrêtai devant en dérapant sur la terre humide.

Larson était assis calmement aux pieds de l'ange, mon fils sur ses genoux.

— Un garçon charmant, dit-il. Je suis heureux que vous soyez venue. Je n'aurais pas pris plaisir à le tuer.

Il m'adressa un sourire menaçant.

— C'est un mensonge. Je crois que j'y prendrais grand plaisir.

Je me tins droite comme un i, les poings serrés contre mes flancs.

— Rends-moi mon fils.

— Donne-moi les os.

J'hésitai.

— Je le ferai, Kate. Tu devrais savoir à l'heure qu'il est que je n'y réfléchirais même pas à deux fois. Mais il y a quelque chose que je veux davantage que le plaisir de faire couler son sang. Donne-moi les os et je te donnerai le garçon.

Je tendis le sac.

— Bonne petite.

Il se tourna légèrement et appela.

— Doug. Le sac, je te prie.

Un vieil homme chenu émergea de derrière l'ange. Il se traîna vers moi et me prit le sac des mains. Je me tendis en reconnaissant son visage. La dernière fois que j'avais vu Doug, il jouait aux échecs à la maison de retraite Brumes Littorales.

Je me tournai vers Larson.

— Enfoiré.

— C'est ridicule. Doug est passé sur un autre plan. Pourquoi refuser d'utiliser son corps ? Il ne ferait qu'être gâché. Il y avait tellement de gâchis dans cet établissement, dit-il d'une voix presque mélancolique.

Et puis il me fixa, le regard plein de malice.

— Ne t'inquiète pas. Il y aura beaucoup moins de gâchis à partir de maintenant. Beaucoup, beaucoup moins.

— Pas si je peux l'éviter.

— Mais tu ne peux pas. Pauvre Kate, tu n'es même pas capable de te défendre.

— Rends-moi mon fils.

— Mais bien sûr.

Il se leva et posa Timmy par terre.

— Je peux aussi me montrer généreux, dit-il alors que mon bébé courait vers moi.

— Tu vas mourir, Goramesh, dis-je. Je vais te renvoyer en Enfer.

— C'est présomptueux. Et pourquoi ferais-tu une telle chose, au juste, après tout ce que tu as fait pour m'aider ? Sans toi, Eddie n'aurait jamais révélé la vérité. Sans toi, je n'aurais jamais pu atteindre la sacristie de la cathédrale.

Je ne dis pas un mot, je me contentai de serrer mon bébé fort contre moi.

— Tu veux rester ? Rester et assister à la levée de mon armée ? Je te promets que ta fin sera rapide.

— Je vais rester, dis-je. Rester, et t'arrêter.

— Tu manques d'entraînement, Kate. As-tu oublié que je me suis déjà battu contre toi ? Je te connais. Et tu ne me vaincras pas.

— Comment est mort Larson ? Comment tu es arrivé là ?

Ça le fit rire, avec une telle jubilation que cela me tira de ma fureur aveugle.

— Mort ? Qui a dit que Larson était mort ?

— Mais... *Oh, Seigneur.*

— *Il* n'a rien à voir avec ça. Larson est là, avec moi. Il s'est montré très coopératif. Il sera récompensé.

— Pourquoi ?

— Un cancer, dit-il d'une voix un peu plus aiguë. Pourquoi succomber alors que Goramesh peut m'offrir tellement plus que la mort. Et puis, quand j'ai appris l'existence des os de Lazare par ma chasseuse en Italie, eh bien, j'ai eu quelque chose à lui offrir en troc. Goramesh voulait les os. Je voulais vivre.

— Vous mourrez ce soir.

— Non, Kate. C'est vous qui allez mourir. Cette part de moi en est désolée. Je vous aime bien. À une époque, j'appréciais même de travailler pour la Forza. Mais ça n'a jamais été pour le travail. Pas en ce qui me concerne.

— La magie noire, me rappelai-je soudain. Vous étudiiez la magie noire. Et le père Corletti ne s'est jamais rendu compte...

— N'en voulez pas au prêtre, dit-il. Je peux me montrer très convaincant quand je le souhaite. Désormais, bien sûr, je suis à la fois convaincant et puissant.

Il prit une inspiration et sa poitrine se gonfla. Sa peau sembla onduler, comme la surface d'une mare, et sous les ondes je vis le vrai démon, rouge et noir, grouillant de vers, les yeux brûlants de haine.

Je clignai des yeux et la vision disparut. Seule l'odeur âcre du soufre indiquait qu'elle avait été réelle.

Timmy la sentit lui aussi et il commença à s'agiter dans mes bras et à geindre.

— Chut, mon cœur, dis-je. C'est presque fini.

— En effet, dit Goramesh. Reste, Kate. Reste, et regarde.

Comme je n'avais aucune intention de partir sans avoir d'abord anéanti Goramesh, je restai figée sur place, Timmy bien serré dans mes bras.

Goramesh s'éloigna de l'ange pour se tenir sur une tombe relativement fraîche. Il étendit les bras, regarda la terre et se mit à balancer du latin et du grec, trop rapidement pour que je puisse saisir les mots qu'il prononçait.

Mais je n'avais pas besoin de comprendre ses paroles pour avoir une idée de ce qui se passait. C'était assez clair comme ça. Et quand il ouvrit le sac et y plongea la main pour en retirer une poignée de poudre, je me tendis. J'étais trop loin pour faire quoi que ce soit pour le moment, mais je passai la main dans ma poche de derrière quand même, pour que mon eau bénite soit prête à l'emploi.

Il s'aspergea de poudre en déclamant ses incantations de plus en plus vite. Il arriva à la fin, étendit les bras et cria :

— *Resurge, mortue !*

Ça, je savais ce que ça voulait dire. Il ordonnait aux morts de se lever.

Je retins ma respiration et attendis. Les tombes ne tremblèrent pas. Les morts ne se levèrent pas.

Je savais qu'ils ne le feraient pas et je ne pus retenir un sourire alors que je poussai délicatement Timmy derrière moi, le flacon dans ma main.

— C'est terminé, Goramesh, dis-je. Tu appartiens à l'histoire ancienne.

— Petite idiote, cracha-t-il. Qu'est-ce que tu as fait ?

Je ne répondis pas. Je savais qu'il se rendrait compte bien assez tôt de ce que j'avais fait.

— *Salope !* glapit-il alors que son visage se tordait de douleur.

Je souris. Et ça commença. Sous mes yeux, sa peau se couvrit de cloques et ses cheveux tombèrent par terre en grosses touffes. Il cria, un son qui émergeait directement des entrailles de l'Enfer.

— Qu'est-ce que tu as fait ? *Qu'est-ce que tu m'as fait ?*

— Moi, rien, dis-je. C'est Mary Martinez, l'une des cinq martyrs de San Diablo. Puisse-t-elle bientôt être canonisée.

Sa peau formait des bulles qui explosaient et je m'étranglais à cause de l'odeur de soufre. Mary n'était pas encore une sainte mais elle avait été béatifiée. Je savais que ses cendres ne le tueraient pas, mais il avait mal et j'espérais que cela me donnait l'avantage dont j'avais besoin.

J'ouvris le flacon et me précipitai.

— Arrête-la ! cria-t-il.

Doug me fonça dessus. Je tombai par terre, le souffle coupé, et le flacon d'eau bénite vola au loin et s'écrasa contre une tombe sans causer de mal ni à Doug ni à Larson. Doug me saisit et je donnai de grands coups de pied pour essayer de me débarrasser de cet octogénaire fort agile. Mais il s'accrochait et je savais que Goramesh serait bientôt remis et viendrait l'aider. Deux contre un, surtout avec un Haut Démon dans l'équation, ce n'était pas génial pour moi.

Les cris de Timmy résonnaient à mes oreilles et je me tordis sur le côté et parvins à me mettre au-dessus de Doug. Il essaya de me saisir et ses doigts moites effleurèrent mon cou. Je lui échappai et tentai d'attraper un petit bout de bois par terre.

Mes doigts se refermèrent dessus alors que Doug refermait ses mains autour de mon cou. Mais c'était trop tard. J'avais gagné, je le savais, et j'enfonçai mon bout de bois au bon endroit.

Doug s'effondra. C'en était fini de lui.

Je bondis, prête à sauter sur Goramesh. La fureur me donnait de l'assurance. Ma victoire fut de courte durée. En me tournant, je m'attendais à voir le démon. Au lieu de cela, je vis mon bébé, le bras de Larson autour de son cou. Les cendres avaient fini d'agir et désormais il était tout gluant et dégueulasse, mais il n'était plus distrait par la douleur des brûlures.

— *Idiote !* cria-t-il. Tu crois pouvoir me vaincre ? Tu crois pouvoir me *tromper ?* Ce gamin va mourir ici, Kate. Amène-moi les os et peut-être que j'accepterais de le ramener pour toi.

Il bougea et je bondis, par pur instinct.

— Non ! criai-je d'une voix rendue rauque par la peur.

J'avais à peine franchi la distance entre nous quand un cri

guttural échappa à Larson. Presque aussitôt, je me rendis compte de ce qui s'était passé.

Timmy l'avait mordu.

Larson secoua son bras et lâcha Tim alors qu'il le frappait de l'autre main et l'envoyait voler. Timmy s'écrasa par terre, son petit corps tout mou. Je me précipitai en avant et renversai Larson, nous envoyant au tapis tous les deux. Il parvint à rouler au-dessus moi et se remit sur pied en m'agrippant par les cheveux. Ma barrette en métal s'enfonça dans mon crâne alors qu'il me tirait debout. Je grimaçai mais ma douleur s'évapora quand je me rendis compte que Timmy n'avait pas bougé. Je pris une inspiration étranglée, craignant le pire. Larson en profita et me poussa en arrière si bien que je me retrouvai plaquée au socle de la statue. Je criai, projetai ma jambe vers le haut et essayai de lui mettre un coup de genou en me tordant. Il fallait que je me libère mais ses doigts sur mes bras étaient comme des serres.

Il était fort. Si fort. Et j'avais beau essayer, j'étais incapable de me libérer.

— Il est mort, Kate, siffla-t-il, m'envoyant son haleine ignoble en plein visage.

— Non.

Je ne pouvais pas y croire. Je n'y croirais pas.

Larson se rapprocha encore davantage.

— Donne-moi les os et je te le ramènerai.

Sa voix était calme, presque apaisante.

— Tu peux revoir ton bébé, Katie. Tu peux l'avoir vivant de nouveau. Tu n'as qu'à m'amener les os pour cela.

J'avais le tournis et j'étais incapable de respirer. Il me tenait les bras mais il aurait aussi bien pu être en train de compresser ma trachée. Des larmes brûlantes coulaient sur mes joues. Mon bébé était-il vraiment mort ? Et si c'était le cas, avais-je la force d'utiliser les os pour le ramener ? Et, plus important, avais-je la force de ne *pas* le faire ?

Je fermai brièvement les yeux pour rassembler mon courage.

— *Jamais*, murmurai-je. Je ne t'amènerai jamais les os.

Ses narines frémirent et ses yeux s'emplirent de rage.

— Salope ! Je vais te briser le cou et te laisser là !

Il se rapprocha et colla sa bouche à mon oreille.

— Et sois consciente de ceci en mourant : je *lèverai* le garçon. Et il deviendra l'un des miens. C'est terminé, Kate. Et ma victoire sera encore plus douce que je ne l'aurais imaginée.

Je luttai alors que ma peur atteignait de nouveaux sommets mais il tint bon. Ses doigts étaient un étau et la terreur m'étreignait avec autant de force que lui. Je ravalai un sanglot alors que la peur et le regret se mêlaient. J'avais juré que je ne perdrais pas. Je craignais d'avoir fait une promesse que je ne pouvais pas tenir.

J'aspirai une goulée d'air, essayai d'en emplir mes poumons, alors que mon cœur tambourinait dans ma poitrine. À travers le bruit de mon sang à mes oreilles, j'entendis le glapissement aigu des sirènes.

Des sirènes ?

Laura aurait-elle appelé la police ? Eddie l'aurait-il laissé faire ? Goramesh les entendit aussi.

— Il est temps d'en finir, chasseuse. On ne voudrait pas que la police découvre mon petit secret, n'est-ce pas ?

Il lâcha mon bras et commença à me faire tourner. Je savais bien ce qu'il comptait faire : me tordre le cou.

— NON ! criai-je.

Je n'avais aucune arme, rien que je puisse lui planter dans le corps. Alors je fis la seule chose possible : je projetai mes bras vers le haut pour lui faire lâcher sa prise autour de mon cou. Ça fonctionna.

En une fraction de seconde, j'arrachai ma barrette de mes cheveux et la brandis.

Elle s'enfonça dans l'œil du démon comme un couteau dans du beurre. Il trembla, l'air vacilla au-dessus de lui et de moi, et puis il y eut une implosion, comme un avion à réaction qui franchit le mur du son. Le corps tomba et je fus libre. J'atterris les quatre fers en l'air sur la tombe la plus proche, juste à côté de Timmy.

Les sirènes allaient s'intensifiant et je roulai sur le côté en respirant fort, terrifiée de découvrir le pire. Je retournai mon bébé et tapotai sa petite joue. Il battit des paupières.

— Maman ? dit-il.

J'étais incapable de répondre. Je ne pouvais que le tenir et pleurer.

C'était terminé.

J'étais fatiguée. Si fatiguée.

Mais j'avais gagné. Goramesh n'était plus là. Larson était mort.

Et mon petit garçon était blotti contre moi. Je le serrai fort et fermai les yeux.

En fait, c'était Allie qui avait appelé les flics. Elle n'avait pas réussi à trouver Eddie et Laura immédiatement alors elle avait appelé les secours – en utilisant son portable exactement pour la raison que j'avais autorisée – et puis elle avait appelé Stuart. Entre-temps, Laura et Eddie l'avaient trouvée et ils s'étaient précipités au cimetière dans la voiture de Laura, et étaient arrivés au cimetière quelques secondes après la police, Stuart sur leurs talons.

Les ambulanciers avaient emmené Timmy aux urgences immédiatement, et il avait été déclaré en parfaite santé. Il avait fait des cauchemars les premières nuits mais le psy de l'hôpital avait dit que ça finirait par passer. Il faisait déjà ses nuits de nouveau, alors j'étais convaincue que ça irait.

Je passais les jours suivants à soigner mes blessures et à parler à la police. J'avais tué Larson et Doug, aucun doute là-dessus, mais je fus innocentée rapidement. Les témoignages d'Allie et Laura confirmaient ma déclaration selon laquelle Larson avait kidnappé mes enfants et que lui et Doug avaient essayé de me tuer. Et quand la police examina la voiture de Larson, ils y trouvèrent des cheveux et des preuves le liant à la disparition d'un autre résident de Brumes Littorales. Larson était donc un criminel avéré.

Après cela, la vie est revenue plus ou moins à la normale. Il y a eu quelques changements bien sûr. Eddie fait désormais partie de ma maisonnée pour de bon : Allie et lui sont devenus inséparables. Un jour, je dirai la vérité à ma fille. Mais pas maintenant. Pas encore.

Laura et les filles prennent toujours des cours d'autodéfense avec moi. Laura jure que c'est juste pour se débarrasser des calories que lui valent tous les gâteaux que je n'arrête pas de lui offrir en paiement des services rendus, mais au fond de moi, je pense qu'elle apprécie les séances. Soit ça, soit elle vient pour mater Cutter.

Du côté de la vie domestique, Stuart est le mari le plus dorloté de la planète. La culpabilité a cet effet. Et quand cette culpabilité est due au fait d'avoir cru que votre mari était de mèche avec des démons... eh bien, vous pouvez vous attendre à le dorloter et le couver pour le reste de votre vie.

Quant à moi, j'avais toujours des secrets, mais qu'aurai-je pu faire d'autre ? Je savais que Goramesh reviendrait. Sa disparition n'était que temporaire et c'était une réalité avec laquelle j'allais devoir vivre. Et il y avait toujours d'autres démons à San Diablo. Ils avaient infiltré la maison de retraite, déjà, et même si je mourais d'envie de dire au père Corletti d'envoyer un autre chasseur, je savais que je ne le ferais pas.

La vérité ? C'est que j'avais accepté une responsabilité quand j'étais devenue chasseuse toutes ces années auparavant, et je ne pouvais pas lui tourner le dos aujourd'hui. Pas alors qu'il y avait tant de ces créatures qui rôdaient dans nos rues.

Il fallait une chasseuse à San Diablo, et j'étais là. Je manquais d'entraînement, c'est vrai, mais j'avais Cutter et Eddie pour m'aider. Et puis, il y a une petite part bien cachée de moi qui aime vraiment faire ça.

Au final, quand on va au fond des choses, quelle famille n'a pas un ou deux petits secrets... ?

J'espère que vous avez aimé l'histoire de Kate autant que j'ai aimé l'écrire ! Merci de poster un avis sur votre site de vente préféré ! Vous n'avez pas idée combien c'est utile pour les auteurs.

Continuez votre lecture avec le premier chapitre de Démons et merveilles, le tome 2 de la série Maman contre démon.

UN EXTRAIT

Je m'appelle Kate Connor et je suis une chasseuse de démons.

Ça fait un peu bizarre de dire ça. Cela faisait plus de quinze ans que j'étais une chasseuse de démons à la retraite : j'avais échangé mes responsabilités de chasseuse contre celles, toutes aussi dangereuses même si un peu moins dramatiques, de mère au foyer d'une adolescente et d'un enfant en bas âge. Et non, je n'exagère pas les dangers de la maternité.

Infiltrer un nid de vampires au crépuscule c'est peut-être traître, mais ce n'est rien comparé à dire à une jeune de quatorze ans qu'elle ne peut pas mettre d'ombre à paupières. Croyez-moi. Je sais de quoi je parle.

J'avais repris du service après avoir été attaquée par un démon dans ma cuisine, ce qui avait mis en branle toute une chaîne d'événements – comme vous pouvez vous en douter – au cours desquels les forces du bien s'étaient retrouvées à lutter contre les forces du mal lors d'une bataille finale cataclysmique. On dirait un film, hein ? Mais c'est vrai. Et une fois ce combat terminé, je dois reconnaître qu'être impliquée dans quelque chose d'aussi grandiose, ça m'avait manqué. Quelque chose d'important.

Ce n'est pas que les essais pour l'équipe des cheerleaders ou apprendre la propreté à un bébé ne soient pas importants. Mais bon, vous voyez ce que je veux dire.

Bref, j'avais accepté de reprendre là où je m'étais arrêtée, et voilà que je me retrouvais soudain avec deux boulots à temps plein : chasseuse de démons Niveau Quatre et mère au foyer.

Et je peux vous dire que ces deux professions s'accordent un

peu moins bien que, mettons, le jambon et l'emmental. Pourquoi ? Parce que tout ce qui concerne les démons est un secret
aux proportions gigantesques. Je travaille pour une branche
super-secrète du Vatican, la Forza Scura, et une de ses premières
règles est le secret absolu. Personne ne sait. Enfin, personne à part
ma meilleure amie Laura, mais toute règle a son exception, après
tout.

À la différence de la plupart des mamans qui travaillent, la
société ne me fait pas de cadeau. Si Carla Cadre-Sup fait des plats
surgelés trois soirs de suite, personne ne moufte. Après tout,
« maman a une réunion importante qui arrive ».

Mais moi ? On s'attend à ce que je fasse quand même un
effort en cuisine. Et je fais de mon mieux, vraiment, mais je crois
que je n'ai pas le gène de la gastronomie. Ni même le gène de la
bonne franquette. Et ma carrière de chasseuse de Dédons ne me
vaut aucun privilège. Genre : « Désolée, monsieur le gendarme, je
ne me suis pas rendu compte que je dépassais la limite autorisée.
Mais c'est que des fois on est pressés, nous autres chasseurs de
démons. Le sort de l'humanité, le destin du monde, faire préva-
loir les forces du Bien sur celles de l'obscurité, tout ça. Vous
voyez. »

Non. Ça ne marche pas comme ça. Et pour que mes deux vies
collent ensemble, je me retrouve à devoir raconter un certain
nombre de petits mensonges. Et des fois, ça se retourne
contre moi.

Ce qui explique en bonne partie pourquoi j'étais un vendredi
matin de décembre en équilibre sur une vieille échelle en bois
dans la salle télé de la maison de retraite Brumes Littorales, avec
quelques mètres de guirlande argentée passée autour de mes
épaules, une agrafeuse dans ma poche de derrière, et mon fils de
deux ans en train de jouer au billard avec les boules de Noël sur le
tapis en dessous de moi.

Quelques mois auparavant, cet endroit grouillait de démons.
Bon, d'accord, c'est peut-être une légère exagération, mais il y en
avait une bonne demi-douzaine qui traînaient leurs guêtres ici
déguisés en résidents du troisième âge, et se conduisaient comme
s'ils étaient chez eux. Comme une telle situation était inaccep-
table, j'étais venue nettoyer les lieux. Un peu comme le marshal

Dillon dans *Gunsmoke*. Sauf que je n'avais pas un chapeau de cowboy blanc ou une petite étoile d'argent.

Ce que j'avais, c'était un bel arsenal de mensonges, et quelques outils pratiques comme de l'eau bénite, des pieux en bois, et un poignard super cool. Et je dois dire que j'avais fait du très bon boulot. Quelques mois plus tard seulement, Brumes Littorales était désormais dépourvue de tout démon. Par ailleurs, un bon nombre de personnel administratif et de médecins avaient mis les voiles. Ce n'étaient pas des démons mais des humains qui travaillaient pour eux, séduits par des promesses de pouvoir, d'argent ou allez savoir quoi. Une histoire malheureusement banale, qui avait transformé une maison de retraite ordinaire en usine à démons.

Mais j'avais mis fin à tout cela.

Désormais, ce lieu qui avait été un abominable terrain de reproduction pour morts-vivants était un établissement très correct, avec HBO, Cinemax, et une télé à écran plat dernier cri pourvu d'une sono qui faisait baver mon mari.

Mais avais-je pour autant pu rayer Brumes Littorales de ma liste de choses à faire ? Dégager un peu de temps pour faire les courses, transporter ma fille et ses amies, ou effectuer les autres corvées diverses qui m'incombaient ? Eh bien non. Parce que pour infiltrer Brumes Littorales, j'avais été obligée de me trouver une couverture : le bénévolat.

Les démons étaient peut-être éradiqués, mais mes autres responsabilités ne l'étaient pas. Alors en plus de devoir cuisiner pour ma famille, je me retrouvais à apporter leurs repas aux pensionnaires grabataires. En plus de lire les livres du Dr Seuss à mon fils, je lisais Zane Grey à des hommes probablement en âge de se rappeler la conquête de l'Ouest. En plus d'apprendre à mon fils à aller sur son pot, je... bon, vous voyez l'idée.

Pour couronner le tout – et c'était là un point essentiel – même si mes activités chez Brumes Littorales me prenaient un temps fou, la *vérité*, c'était qu'il fallait que je maintienne une présence ici. La maison de retraite avait un fort taux de mortalité – c'est dans la nature des choses – ce qui en faisait un emplacement de choix pour tout dirigeant démoniaque qui aurait voulu faire son trou à San Diablo.

C'était déjà arrivé une fois. Je n'avais pas l'intention que ça se reproduise.

Et aujourd'hui, ma meilleure amie Laura et moi-même aidions à décorer les lieux pour Noël. Nous avions amené Timmy avec nous pour trois raisons. La première était complètement égoïste : ma culpabilité maternelle.

Même si j'avais inscrit Timmy dans une crèche et même si ça semblait lui plaire, mon sentiment de culpabilité était suffisamment fort pour que je ne l'y emmène que quand c'était absolument nécessaire. Comme quand les Légions de l'Enfer descendaient sur mon quartier, par exemple. Ou quand j'avais besoin de faire du shopping. Croyez-moi. Je préférerais abattre quinze démons avec mon bambin à côté que de l'emmener dans un magasin à la recherche de la tenue parfaite pour l'une de ces cocktails partys hyper pénibles auxquelles mon mari me traînait par intérêt politique.

La seconde raison était plus altruiste : les résidents de la maison de retraite étaient complètement fous de mon petit monstre. Logique. Ils n'avaient pas tant de visiteurs que cela, et encore moins en âge d'aller à la maternelle. Et puis, niveau enfants en bas âge, le mien est quasi parfait. Et je suis tout à fait objective en disant ça.

Enfin, j'avais emmené Timmy parce qu'aujourd'hui c'était le Jour des Familles à l'école de ma fille Allie. Dès que Laura et moi en aurions fini avec la déco, nous embarquerions Timmy, passerions à la pâtisserie pour récupérer les deux douzaines de cupcakes commandées par l'asso parents-profs, et nous filerions au lycée Coronado où nous ferions de notre mieux pour ne pas foutre la honte à nos filles en mentionnant les garçons, les notes, les profs, les garçons, la télé, la politique, les garçons, les films, les repas, ou tout autre sujet pouvant mener à un désastre.

Laura se concentrait sur la taille de l'arbre tandis que j'agrafais des guirlandes à la porte voûtée en faisant de mon mieux pour les disposer de façon artistique – c'était un échec. Je n'étais pas vraiment connue pour être une fée du logis. En dessous, mon petit garçon ravissait les personnes âgées en tyrannisant les décorations de Noël, en fouillant dans mon sac à main, en chantant « Vive le vent » et en envoyant des bisous aéroportés.

Je disposais avec soin un morceau de guirlande, appuyai sur l'agrafeuse, tirai sur la décoration pour vérifier la solidité de mon travail, et jetai un coup d'œil à ma montre. Il était presque onze heures.

— Allez-y si vous voulez, ma chère. Je peux me charger d'accrocher le reste.

Cette suggestion venait de Delia Murdock qui venait de fêter son quatre-vingt-onzième anniversaire. Elle se tenait en bas de mon échelle, une main sur le pied de celle-ci, et faisait mine de la tenir. C'était une femme qui penchait constamment sur la gauche et il n'y avait pas moyen que je la laisse monter sur une échelle.

— Nous ne sommes pas pressées, mentis-je. N'est-ce pas, Laura ?

Laura me dévisagea comme si j'étais folle parce que, évidemment, nous étions pressées. Nous devions être dans le gymnase du lycée, avec nos cupcakes, dans exactement une heure et quinze minutes.

— Cinq minutes, dis-je en descendant de mon échelle pour la tirer vers la voûte suivante. Les filles comprendront si on a un tout petit peu de retard.

Un autre mensonge. Allie m'avait rappelé l'événement au moins trois fois par jour au cours des deux dernières semaines. Elle avait laissé des mémos à ce propos sur le miroir de la salle de bain, sur la cafetière, et sur le volant de ma voiture.

Apparemment, le Jour des Familles était assez important dans leur lycée pour surmonter la mortification adolescente d'avoir un parent à proximité. Et je savais que si j'arrivais en retard, elle me ferait une vie d'enfer. Je gère des choses infernales au quotidien. Et je vous assure que tout ce qui touche aux flammes et au soufre est nettement plus agréable que ce que ma fille est capable de me faire subir.

Laura n'avait pas l'air convaincue mais elle ne protesta pas, si bien que tandis que Bing Crosby chantait les délices d'un Noël Blanc, je maniai mon agrafeuse en rythme avec la musique et accélérai notablement quand Bing laissa la place à « Jingle Bell Rock » qui hurlait depuis la salle télé. Derrière moi, j'entendais Timmy compter (« un, deux, t'ois, quat', six... ») tandis que M. Montgomery le régalait d'encouragements : « Bravo gamin » et

« qu'est-ce qu'il est malin, ce petit ». Je sentis mon cœur faire un petit soubresaut. J'ai des enfants géniaux et ma fierté maternelle ne demande qu'à s'exprimer.

Mon cœur se serra un peu plus, comme c'est souvent le cas quand je pense à mes enfants, surtout à Allie. Tim a son papa, mais Allie et moi avons perdu Eric, mon premier mari, suite à une agression brutale, il y a cinq ans de cela. Et même si je suis très heureuse en ménage et que je n'échangerais Stuart contre rien au monde, il ne se passe pas un jour sans que je ne ressente le poids de cette perte. Comme si quelqu'un avait pris un emporte-pièce et avait volé un morceau de mon âme qui aurait la silhouette d'Eric.

La sonnerie stridente de mon portable me tira de ma mélancolie. Je me maintins à l'échelle d'une main et sortis le téléphone de l'autre. *Stuart*. Je fronçai les sourcils, craignant de savoir pourquoi il appelait.

— Ne me dis pas que tu ne viens pas.

— Tu plaisantes ? Bien sûr que je viens. Ça fait des semaines qu'Allie nous menace à ce sujet.

— Oh, dis-je, me sentant un peu coupable d'avoir douté de lui.

Mais j'avais des raisons. Mon mari était sur le point d'annoncer officiellement sa candidature pour devenir procureur du comté et il consacrait ses journées – ainsi que ses nuits – à soigner son carnet d'adresses, lever des fonds et faire de la politique. À plus d'une occasion, c'étaient les enfants et moi qui avions les frais de ses difficultés d'emploi du temps.

En tant qu'épouse qui le soutenait à cent pour cent, j'essayai de ne pas en prendre ombrage. J'y parvenais parfois.

— Qu'est-ce qui se passe alors ? réessayai-je.

— Je venais juste aux nouvelles. Et voir si tu avais besoin que je t'amène quelque chose. Les cupcakes ? Eddie ? De l'Ibuprofène ?

C'est un homme incroyable, non ? Je veux dire, combien y at-il de maris qui retiennent les obligations de leurs femmes auprès de l'asso parents-profs ? Ou qui se portent volontaires pour aller chercher le soi-disant arrière-grand-père de leur fille même s'ils ne s'entendent pas très bien ? Je suppose qu'il n'y en a pas tant que ça, et je suis chanceuse que l'un des rares maris de ce genre soit le mien.

— Eddie prend un taxi, déclarai-je.

Tant Eddie que Stuart m'en seraient reconnaissants. Eddie est un chasseur de démons à la retraite qui s'est récemment taillé une place permanente dans ma vie et une place temporaire dans ma chambre d'amis. Suite à un malentendu que je n'ai jamais pris la peine de dissiper, ma famille pense qu'Eddie est le grand-père d'Eric. Encore une de ces petites zones d'ombres causées par la Forza et qui rendent ma vie si intéressante.

La question des cupcakes valait davantage la peine d'être pesée, mais au final, je déclinai également cette proposition. J'aime mon mari mais je n'ai pas confiance dans ses goûts en pâtisserie. Je ne sais peut-être pas cuisiner, mais je suis la reine des courses. Quant aux analgésiques, j'ai appris à en avoir toujours sur moi.

— Tu es sûre ? demanda-t-il quand je lui dis qu'il avait quartier libre.

— Absolument. Tout ce que tu as à faire, c'est venir, et ce sera parfait.

— Pas de souci. Clark a un donateur potentiel qui m'attend dans son bureau, mais c'est la seule chose sur ma liste. Après ça, je file au lycée.

Clark Curtis est le patron de mon mari. Il est aussi le procureur du comté actuel et il soutient la candidature de mon mari pour le remplacer. Quand j'ai rencontré Stuart, il se tuait au travail en tant qu'avoué sous-payé dans le département immobilier et n'avait aucune ambition politique.

Mais Clark avait vu du potentiel en lui et l'avait tiré de l'ombre relative où il se trouvait pour le jeter sous les feux de la rampe politiques. C'était super pour Stuart, moins pour moi. C'est peut-être égoïste, mais je ne suis pas fan de la vie d'épouse d'homme politique. Et je ne suis vraiment pas fan des horaires alambiqués que mon mari se retrouve à faire.

Si bien que mentionner Clark n'envoyait pas franchement des ondes d'assurance et de bien-être parcourir mon corps. C'était même plutôt l'inverse, et je me maintins avec fermeté à l'échelle tandis que je fermais les yeux, inspirais profondément, et réfléchissais à quoi répondre. Ce n'était pas le moment pour lui faire des remontrances, mais en même temps, mes remontrances, c'était du gâteau comparé à la déception d'Allie et à sa bouderie silencieuse si Stuart ne venait pas. Au final, je choisis la diplomatie :

— Tant que tu ne perds pas la notion du temps.

— Mais non, dit-il. J'ai le sens des priorités.

— D'accord, dis-je.

Je n'étais pas complètement rassurée. J'étais sur le point d'en dire davantage, mais mon attention fut détournée par un chœur de « Bébé tout NU ! Bébé tout Nu ! Tout nu ! Bébé tout nu ! Bééébééééé tout nuuuuuuuuu », qu'on glapissait plus ou moins sur l'air du Hallelujah d'Haendel. Je ne pouvais m'en prendre qu'à moi-même, et je me tournai sur mon échelle avec un sentiment d'effroi mêlé d'amusement. Effectivement, mon bambin avait réussi à se débarrasser de son tee-shirt, son pantalon, et sa couche-culotte.

Je m'empressai de prendre congé de mon mari. Soit il viendrait, soit pas, et s'il ne venait pas, les deux femmes de sa vie lui feraient la gueule. En attendant, il fallait que je m'occupe du dernier-né de la famille.

Il tournait en rond avec une insouciance parfaite, et tapait des pieds en rythme avec la chanson qu'il hurlait à tue-tête. M. Montgomery et les autres riaient si fort que je fus à moitié tentée d'appeler l'infirmière ; je n'avais pas envie que mon fils soit le catalyseur d'une épidémie d'infarctus.

Je restai plantée devant ce spectacle un peu plus longtemps que je ne l'aurais dû. Que puis-je dire pour ma défense ? Il était mignon. Mais je finis par prendre un visage sévère et m'écriai :

— Timmy !

Il referma la bouche, mais il avait de grands yeux innocents.

— Je chante, maman !

— Ça, je vois.

Je jetai un coup d'œil à Laura pour avoir un peu de soutien, mais elle était toute rouge de rire, et les petits pères Noël décoratifs qu'elle tenait entre ses doigts tremblaient de jubilation contenue.

Avec des amies comme ça...

Je me concentrai pour garder une mine ferme.

— Chanter c'est très bien, mon cœur. Mais on met des vêtements quand on est en public.

— Pas public. Dedans !

Je vous jure, ce gamin finira avocat. Tel père, tel fils.

— Oui, dis-je avec une patience infinie. Nous sommes dedans. Mais on met des vêtements aussi dedans, n'est-ce pas ? À la maison, et à l'école, et à l'église.

— Et au magasin, dit-il.

— Exactement, dis-je, toute fière. Et là, tu es dedans et il faut que tu remettes tes vêtements.

Mais mon petit garçon ne m'écoutait pas, trop fasciné par sa propre nudité. Je soupirai et descendis de l'échelle, en laissant pendre piteusement le dernier bout de guirlande au milieu de la voûte. Je m'étais trompée en disant que les démons avaient abandonné Brumes Littorales. Mon petit diable personnel était en train de se dandiner dans la salle télé.

Mais Laura tendit la main pour m'arrêter avant que j'atteigne le sol.

— Je m'occupe de rhabiller Timmy. Toi, dépêche-toi.

Elle tapota sa montre.

— Les cupcakes, tu te souviens ?

Pendant ce temps, Timmy s'était mis à courir sur le tapis et se jetait sur les résidents qui riaient et l'encourageaient. J'avais comme un soupçon que certains lui avaient donné du chocolat. Ça aurait aussi bien pu être des cristaux de meth : l'effet n'aurait pas été plus drastique.

Laura vit ce que je regardais et m'interrompit avant que je puisse protester.

— Il n'a même pas trois ans, Kate. Je vais m'en sortir. J'en ai une aussi, tu te rappelles ?

Sauf que la sienne avait quatorze ans et s'habillait toute seule. Mais je hochai la tête quand même. Je savais qu'il valait mieux ne pas discuter avec Laura : c'était la femme qui avait réussi à ramener des vêtements à Nordstorm alors qu'ils étaient en solde à soixante-quinze pour cent, avec des panneaux « ni repris, ni échangé » affichés partout dans la boutique.

Impressionnée, je l'observais rassembler les vêtements de Timmy, et puis rassembler Timmy. Il lutta au début, mais elle le retourna en le tenant bien à la taille, et la tête du bambin se retrouva à pendre quelque part au niveau des genoux de Laura. Ses protestations se muèrent en glapissements ravis et elle partit vers les toilettes des femmes en m'adressant un regard de triomphe alors qu'elle passait devant moi.

Je me remis au travail en me dépêchant, car il fallait toujours que nous passions prendre les cupcakes sur le chemin du lycée, et que j'étais consciente de l'ire de ma fille si nous arrivions en retard.

Depuis le haut de l'échelle, je voyais les falaises au loin à travers les larges fenêtres. Je voyais même un peu de l'océan agité, blanc d'écume. Des arcs-en-ciel miniatures se révélaient dans les rayons de soleil à chaque fois qu'une bouffée d'embruns éclatait contre la rive.

J'aime la Californie. La météo. La plage. À peu près tout, en fait. Mais alors que j'agrafais ma guirlande au bois peint, je me rendis compte que j'aurais voulu ce Noël blanc que Bing chantait avec tant de conviction. Je pris mentalement note d'acheter de quoi faire du chocolat chaud avec de la chantilly et des plaids douillets rouge et vert. On n'aurait peut-être pas de blizzard cette année, mais je pouvais toujours mettre la clim à fond et convaincre Stuart de faire un feu dans la cheminée qu'on n'utilisait presque jamais.

J'essayais d'échafauder une justification à un feu de cheminée par vingt-deux degrés quand je me rendis compte que certains des résidents qui se trouvaient dans la salle télé étaient en train de traverser le couloir en direction des portes vitrées. Un homme en uniforme se tenait là avec un écriteau en carton, une casquette rouge enfoncée sur la tête. Je n'arrivais pas à lire le signe ou à entendre ce qu'il disait, mais comme les résidents étaient en train de se rassembler, je supposais qu'ils avaient une sortie de prévue.

— Où est-ce qu'ils vont ? demandai-je.

— Mmh ? Qui ça, ma chère ? s'enquit Delia.

Je désignai le bout du couloir et faillis perdre l'équilibre.

— Ah, mmh. Je crois qu'ils font une excursion avec l'école.

— Quelle école ? Le lycée ?

— Oh, oui, le lycée.

Delia fronça les sourcils.

— Je n'ai jamais fini le lycée. Papa pensait qu'une jeune femme n'avait pas besoin d'être éduquée.

Alors que j'assimilais ce petit complément d'informations sur Delia, Jenny arriva dans la pièce, un porte-bloc à la main, le front plissé. Jenny est une bénévole, un peu tête en l'air, et presque aussi au fait des ragots de Brumes Littorales que Delia.

— Madame Connor ! s'écria-t-elle en me faisant de grands gestes. Ouah. Vous faites un super travail.

J'examinai mon œuvre et en conclus que les standards de Jenny étaient bien bas.

J'étais sur le point de demander à Jenny si le bus se rendait vraiment au lycée quand Ratched débarqua, prit Jenny par le coude, et la tira de côté. J'adressai un sourire réconfortant à Jenny. Je m'étais déjà retrouvée aux prises avec Ratched alors qu'elle était mécontente, et ce n'était pas chouette. Pour être juste, je devrais ajouter que Ratched s'appelle en réalité Baker et que, pour autant que je puisse en juger, elle n'est pas une acolyte humaine pour démons, comme je l'avais imaginé au début. Mais je ne l'aime toujours pas.

Ratched a une de ces voix rocailleuses presque impossible à ignorer. Mais j'aimais bien Jenny et ce n'était pas sympa de l'écouter se faire disputer. Alors je fis tout ce que je pouvais pour ne pas écouter, sans aller jusqu'à mettre mes doigts dans mes oreilles et chantonner.

Ça ne marcha pas. J'avais beau être pleine de bonnes inten-tions, j'entendais quand même des bribes. Ce qui était une bonne chose, vu le sujet de la conversation. Car cela m'indiqua la présence potentielle de démons. Et c'était une mauvaise chose pour exactement la même raison.

Voilà ce que j'entendis malgré moi :

— Jenny, je suis fatiguée d'avoir sans cesse cette conversation avec vous. Il faut que vous vous concentriez. Ce n'est pas possible de mélanger les patients comme ça.

— Mais…

— Pas de mais. Il est absolument impossible que Dermott Sinclair soit monté dans ce bus. Ce qui veut dire que votre liste pour l'excursion est fausse, et que nous avons un résident que nous n'avons pas inscrit.

— Mais non ! C'était M. Sinclair. Il m'a même dit de le laisser tranquille.

Le menton de Jenny tremblait et sa peau était marbrée, mais pour l'instant, elle ne pleurait pas.

Ratched soupira et passa un bras autour de la jeune femme.

— Jenny, réfléchissez. Ce monsieur a fait une crise cardiaque. Il a passé trois mois dans le coma. Cela ne fait que deux jours qu'il a repris connaissance. Comment aurait-il pu trouver la force de se lever et de monter dans ce bus ?

Jenny sécha à cette question, et je dus refréner mon envie de lever la main, comme une première de la classe. Parce que oui, je connaissais la réponse, ou en tout cas, une réponse possible. Et elle n'était pas plaisante.

Dermott Sinclair était un démon et il venait de monter dans un bus qui partait tout droit pour le lycée de ma fille.

NOTES

CHAPITRE 10

1. Il s'agit d'un magazine sur le cinéma et les séries télévisées, équivalent à *Première* en France.

CHAPITRE 16

1. Femme de lettres américaine, autrice d'ouvrages sur les bonnes manières.